A Faint Cold Fear Thrills Through My Veins
William Shakespeare

Zu diesem Buch

Der Mann war ein liebenswerter Trottel, fand sie. Na gut, er sprach fließend Spanisch, aber darüber hinaus ... Sie würde jedenfalls nicht zulassen, daß man Reg den Wölfen vorwarf. «Wir müssen die Sache selbst in die Hand nehmen», verkündete sie.

«Was?» fragte er entgeistert. «*Was* müssen wir tun?»

«Reg freibekommen. Den wahren Täter finden.»

O Gott, dachte er, o Gott, o Gott, o Gott! Ich wußte, daß sie das sagen würde!

Reg und Mary Partridge haben sich an der Costa Brava ein Penthouse gekauft und beabsichtigen, dort ihren Lebensabend zu verbringen. Bis ihr Sohn David – natürlich durch andere verführt – straffällig geworden und auf dem Transport ins Gefängnis bei einem Autounfall ums Leben kam. Reg hatte damals geschworen, diesen Verführer umzubringen – und jetzt ist der Mann viele, viele Stockwerke unterhalb von Regs Patio zerschmettert auf den Steinplatten aufgefunden worden. Die Armbanduhr des Opfers ist dabei stehengeblieben – und Reg war zu der Tatzeit allein im Penthouse. Die spanische Polizei hat ihn unter Mordverdacht festgenommen, obwohl seine lebenssprühende, rothaarige Schwiegertochter Holly darauf beharrt, daß es sich um einen Irrtum handeln müsse. Reg sei der freundlichste und sanftmütigste Mensch auf Erden.

Charles Llewellyn vom britischen Konsulat in Alicante wird der verzweifelten Familie als Beistand gegeben. Charles lebt seit mehr als zehn Jahren in Spanien, er kennt die Mentalität der Menschen. Hollys Benehmen den spanischen Polizeibeamten gegenüber läßt ihn von einem Entsetzen ins andere fallen. Spanier betrachten die Frau noch immer als zartes, ihren Schutz bedürftiges Wesen. Ein Energiebündel, das fest entschlossen ist, einen Kriminalfall selber aufzuklären, stößt da auf wenig Gegenliebe.

Das Foreign Office hat Charles auf alle möglichen Eventualitäten seines Berufs vorbereitet: Detektivspielen war aber nicht darunter.

Charles kann sich des Verdachts nicht erwehren, daß da allerhand auf ihn zukommt.

Paula Gosling ist gebürtige Amerikanerin, die seit 1964 in England lebt. Von ihr liegen in dieser Reihe vor: Töten ist ein einsames Geschäft (Nr. 2533), Die Falle im Eis (Nr. 2572) und Mord in Concert (Nr. 2602).

Paula Gosling

Die Dame in Rot

Deutsch von
Brigitte Fock

Rowohlt

rororo thriller
Herausgegeben von Bernd Jost
und Richard K. Flesch

Deutsche Erstausgabe
Veröffentlicht im Rowohlt Taschenbuch Verlag GmbH,
Reinbek bei Hamburg, Juli 1984
Die Originalausgabe erschien bei Macmillan London Limited
unter dem Titel «The Woman in Red»
Umschlagentwurf Manfred Waller
Umschlagbild Ulrich Mack
Copyright © 1984 by Rowohlt Taschenbuch Verlag GmbH,
Reinbek bei Hamburg
«The Woman in Red» Copyright © Paula Gosling 1983
Satz Bembo (Linotron 202)
Gesamtherstellung Clausen & Bosse, Leck
Printed in Germany
780-ISBN 3 499 42681 1

Die Hauptpersonen

Charles Llewellyn	wird von seinem Konsulat oft bei heiklen Situationen eingesetzt. Doch diesmal geht es um mehr – es geht um Mord.
Reginald Partridge	hat Zeit, Motiv und Gelegenheit für den Mord gehabt.
Mary Partridge	hat ihre Brille vergessen – und das erweist sich als verhängnisvoll.
Holly Partridge	glaubt nicht nur an die Unschuld ihres Schwiegervaters – sie will sie auch beweisen.
David Partridge	besaß ein tödliches Talent.
Horst Graebner	kann sich nicht lange an seinem Plan erfreuen.
Colonel Jackson	ist ein Mann von schnellen Entschlüssen.
Mel Tinker	hat so viele positive Seiten, daß ein eifersüchtiger Mann ihn nur ablehnen kann.
Alastair Morland / Maddie	bieten ihre Hilfe an.
Nigel Bland	kennt sich als ehemaliger Scotland Yard-Mann mit der Polizeiroutine aus.
Mr. und Mrs. Beam	waren bereits reich und sind in Spanien noch sehr viel reicher geworden.
Burnett	sieht mit seinem Narbengesicht wenig vertrauenerweckend aus.
Teniente Esteban Lopez	erweist sich als überraschend starrsinnig.

Für John Anthony Hare,
mein Felsen inmitten des Chaos

28. September, 7.35 Uhr abends
Puerto Rio, Spanien

Der dunkle Himmel war mit so vielen Sternen übersät, daß er wie die Decke eines Ballsaals funkelte und leuchtete. Darunter bogen und neigten sich die Zweige der Olivenbäume im sanften Abendwind gegeneinander und hofften auf baldigen Regen. Ein paar Wagen fuhren die Küstenstraße entlang; ihre Scheinwerfer durchschnitten die Dunkelheit.

Beinahe hinter allen erleuchteten Fenstern des modernen Apartmenthauses in der Avenida de la Playa sprachen oder bewegten sich irgendwelche Leute. Aber niemand warf einen Blick nach draußen.

Als der Mann am ersten Fenster unterhalb der Terrassenbrüstung vorbeifiel, unterbrach Mrs. Kemmer ihre Arbeit – sie rührte gerade den Reis im Topf um – und wandte sich ihrem Mann zu, der ihr aus dem Nebenzimmer eine Frage gestellt hatte.

Als der Mann einen Stock tiefer das zweite Fenster erreicht hatte, schien das Baby der Nicholsons ihm aus seinem Bettchen zuzuwinken. Er winkte nicht zurück.

Als er am dritten Fenster vorbeikam, hielt Holly Partridge zwei große Lagen roter und ockerfarbener Wolle vergleichend gegen das Licht.

Als der Mann das vierte Fenster erreicht hatte, hopsten die Kinder der Garcias vor dem Fernsehgerät auf und ab und weigerten sich, einen anderen Kanal einzuschalten. Der Vater war gerade dabei, sich vom Stuhl zu erheben.

Beim fünften Fenster wirkte er auf den alten Mr. Vousden nur wie ein verwischter Schatten, den dieser eben aus einem Augenwinkel mitbekommen und für eine hinabtauchende Möwe gehalten hatte.

Während der Mann tiefer und tiefer fiel, begann sein Körper sich zu drehen.

Sein Jackett blähte sich wie ein weißer Ballon auf, und der Wind packte sein Haar, daß es ihm vom Kopf abstand. In den starrenden Augen spiegelten sich die Lichter aus den Fenstern wider. Die Zähne in dem weit aufgerissenen Mund glänzten ebenso wie die goldenen Manschettenknöpfe und das Uhrarmband. Seine Krawatte war aus einem diskreten Dunkelblau und auf die Farbe der Socken abgestimmt.

Als er durch die Nacht fiel, gab er keinen Laut von sich. Nicht den geringsten Ton.

Bis er auf dem Boden auftraf ...

I

Es dauerte einen Augenblick, bis ihm klarwurde, daß es nicht der Wecker war.

Charles Llewellyn streckte verschlafen den Arm aus, stieß dabei die Lampe vom Nachttisch, die beim Fallen anging, den Aschenbecher, der seinen Inhalt über die Bettkante entleerte und ihn zum Niesen zwang, das leere Glas, das auf den Boden fiel und zerschellte, den Wecker, der prompt zu läuten begann, und schließlich den Telefonapparat. Während er den Telefonhörer zwischen Schulter und Ohr klemmte, versuchte er, den Wecker abzustellen. Als er das nicht schaffte, stopfte er ihn unter das Kopfkissen, wo er weiter dumpf schnurrte, bis das Geräusch langsam versiegte. Er fischte nach dem Hörer, den er mittlerweile mit dem Arm festhielt, und stellte fest, daß die Telefonschnur ihm die Blutzufuhr im Arm abschnürte und er sie erst einmal auseinanderdrehen mußte.

Dabei hörte er die ganze Zeit eine schwache Stimme rufen: «Hallo! Hallo!» – wie eine aufgescheuchte Wespe, die sich im Hörer verfangen hatte.

«*Momentito!*» brüllte Charles in die allgemeine Richtung seines Nabels, während er sich aus den Fängen des Telefonkabels befreite. Er wischte eine Zigarettenkippe weg, die sich an seinem Arm festgeklebt hatte. Als er sich wieder hinlegte, hielt er den Wecker ans Ohr, der sich inzwischen während seines Kampfes mit der Telefonschnur unter dem Kissen hervorgearbeitet hatte.

«*Quién es?*» brummte er mit einem Blick auf den Wecker, der ihm sagte, daß er eigentlich noch schlafen sollte.

«Hier Baker.» Natürlich! «Hoffentlich hab ich Sie nicht bei was Besonderem unterbrochen.» Immer witzig!

«Bei was ganz Besonderem.»

«Oh, das tut mir aber leid.»

Charles seufzte. «Nur bei einem Traum.» So ging es ihm oft dieser Tage. «Aber warum, zum Teufel, müssen Sie mich um drei Uhr nachts rausklingeln? Ist das verdammte Konsulat abgebrannt?»

«Das nicht. Aber es hat sich hier etwas sehr Besonderes ergeben.»

«So?» Charles schüttelte Asche von seinem Deckbett, als Baker stotternd fortfuhr:

«Ziemlich delikate Angelegenheit. Er meinte, Sie sollten mal hinfahren –»

Dieses «Er» wurde in dem für Baker so typischen halb ehrfürchtigen Ton ausgesprochen, daß eigentlich nur der Konsul selber gemeint sein konnte. Also war der Konsul auch aus dem Schlaf gerissen worden? Charles stemmte sich stirnrunzelnd auf einen Ellbogen. «Wohin soll ich fahren?»

«So ein kleiner Ort namens Puerto Rio. Schon mal gehört?»

«Ach, Sie meinen dieses Kaff an der Küste für geile Senioren?» gab Charles säuerlich zurück. In Puerto Rio hatten sich in den letzten Jahren Massen pensionierter Engländer, Holländer, Deutsche und Angehöriger anderer Länder niedergelassen, die ihre «Freiheit» genießen wollten.

«Da hat's leider 'n bißchen Ärger gegeben. Ein Toter vor einem dieser neuen Apartmenthäuser. Zuerst wurde Selbstmord vermutet, doch jetzt hält man es für Mord. Die Polizei hat gerade einen unserer Landsleute verhaftet, einen gewissen Partridge. Wir waren kaum von der Guardia benachrichtigt worden, als seine Frau uns völlig aufgelöst anrief. Sie braucht Hilfe. Sie kennen die Formalitäten ja, Charles, darum dachte ich sofort an Sie.»

«Aha», sagte Charles trocken. Mord – ein bißchen Ärger! Wie würde Baker wohl den dritten Weltkrieg bezeichnen – «'n bißchen Staub aufwirbeln?» Also, wirklich!

«Es wird bald hell sein. Sie könnten bei dem geringen Verkehr auf der Straße zur Frühstückszeit dort sein. Die Partridge war völlig durcheinander, Charles.»

«Kann ich mir vorstellen. Wer ist denn dieser Partridge – ein Tourist?»

«Nein, er hat sich dort niedergelassen. Ehemaliger Staatsbeamter. Zoll- oder Steuerbehörde.»

«Aha.» Das erklärte manches. Baker wartete am anderen Ende der Leitung. Er atmete sogar anders als die üblichen Leute. «Was hat die Guardia denn gesagt?»

«Ach, sie haben uns nur offiziell benachrichtigt. Sie kennen das ja, wie die sich an den Buchstaben klammern, wenn –»

Wenn sie keine Fragen beantworten wollten. Das kannte er zur Genüge. Seufzend warf Charles die Bettdecke zur Seite und setzte die Beine auf den Boden. Dabei trat er mit dem linken Fuß in eine Scherbe. Fluchend stützte er den Fuß auf das rechte Knie und sah sich die Verletzung an. Nicht schlimmer als gewöhnlich.

«Warten Sie 'n Moment, ich hol mir eben was zum Schreiben und Sie können mir die Einzelheiten diktieren.» Er hoppelte zu seinem Schreibtisch, griff nach seinem Merkbuch und einem Bleistift, hoppelte zurück und notierte im Schein der heruntergefallenen Lampe die Einzelheiten, die Baker durchgab. «Das könnte jeder übernehmen», murrte er, als Baker schwieg.

«Schön ... aber Sie sind schon so lange hier, Charles.»
«Das brauchen Sie mir nicht extra unter die Nase zu reiben.»
«Dann kann ich also mitteilen, daß Sie die Sache übernehmen?»
«Sagen Sie dem Alten, er könne sich beruhigen, Llewellyn macht es schon.»
Es folgte eine kurze Pause. «Ich weiß nicht genau, ob ihn das besonders beruhigen wird, Charles.»
«Vielen Dank für die Blumen.»
«Nur nichts überstürzen, Charles.»
«Gut, gut.» Er legte den Hörer auf und betrachtete mißmutig seinen blutenden Fuß. Was hatte Baker gesagt – nur nichts überstürzen? Dann war es also einer dieser Jobs. Lief die Sache richtig, heimste jeder die Lorbeeren ein. Vermurkste man es, wollte niemand die Schuld daran haben.

Genau der Job, den man ihm aber auch jedesmal zuschusterte.

Charles hatte sich einmal eingebildet, er könne etwas ändern.

Frisch mit einer guten Examensnote aus Cambridge kommend, noch voller Ehrgeiz und hochgespannter Hoffnungen, war er ins Foreign Office marschiert, als ob es sich um ein olympisches Spielfeld handle. Dort mußte er sehr bald zur Kenntnis nehmen, daß man nichts von Einzelkämpfern hielt, daß man sich streng an den «Dienstweg» hielt und die brillanten Tage für brillante Diplomaten für immer dahin waren. Jetzt wurde hart gefeilscht, lange gewartet und man durfte sich mit albernen Nebensächlichkeiten und sogar Beleidigungen herumärgern.

Er war ein Einzelkind und von klein auf gewöhnt, Erwachsene herumzukommandieren. Mit einer solchen Vergangenheit war er schlecht dafür vorbereitet, sich mit seinen kindischeren Kollegen auseinanderzusetzen, für die der Aufstieg in der Karriere und die damit verbundenen äußeren Begleiterscheinungen alles bedeuteten. (Er hat einen Teppich in seinem Büro, ich will auch einen Teppich. Sofort!) Sie stampften nicht gerade mit dem Fuß auf und heulten, aber viel fehlte nicht daran.

Als er endlich begriffen hatte, daß kein Mitglied des FO vernünftig, großzügig oder intelligent war, war das ein Schock, der ihm eine lange Zeit zusetzte. Er war keineswegs naiv, aber er hatte zumindest seine Illusionen gehabt. Welcher Zweiundzwanzigjährige hat die nicht? Als er endlich ein alter Mann von siebenundzwanzig geworden war und einen unbedeutenden Posten auf den Kanarischen Inseln erhalten hatte, pflegte er ständig eine Ausgabe des Machiavelli mit sich herumzuschleppen. Nicht wegen der Ausländer – die normalerweise ziemlich geradeheraus waren –, sondern um mit seiner eigenen Position klarzukommen.

Bei einer relativ unwichtigen Verhandlung, die man ihm routinegemäß überlassen hatte, kam es eines Tages zu einer peinlichen Situation. Er verlor nicht den Kopf und nicht seine gute Laune und regelte alles mit größter Liebenswürdigkeit, ehe überhaupt jemand gemerkt hatte, daß sich da ein ernsteres Problem ergeben hatte. Zum Glück für Charles hatte jemand seine Verhandlungsführung mitbekommen und darüber berichtet. Als in der Botschaft von Madrid ein Posten frei wurde, wurde er dorthin berufen. Und da er einmal die Erfahrung gemacht hatte, daß man mit Vernunft etwas ausrichten konnte, blieb er dabei. Und weil er gelernt hatte, daß man die Dinge langsam angehen und die Nerven behalten mußte, behielt er auch das bei. Er legte Machiavelli beiseite und hörte auf, immer einen Blick nach hinten zu werfen. Er war auf dem Weg. Er war ein gemachter Mann.

Jetzt konnte ihn nur noch ein zielgerichteter, vergifteter Dolch zu Fall bringen.

Für einen aufstrebenden Karrierediplomaten in Madrid, bei jedem diplomatischen Treffen zugegen, bei allen beliebt, immer bereit, sich bei irgendwelchen Parties mit der besseren Madrider Gesellschaft nachts ans Klavier zu setzen und leise Barmusik zu spielen, sich von seiner liebenswürdigsten Seite zu zeigen und charmant zu flirten, kam der Sturz wie eine kalte Dusche.

Und jedermann bekam die Sache mit.

Narren haben so gut wie keine Freunde mehr, mußte Charles am eigenen Leib erfahren, doch zum Glück bleiben ihnen manchmal noch der eine oder andere.

Anstatt seinen Abschied einzureichen (was ein Eingeständnis seiner Schuld gewesen wäre, was seine Vorgesetzten höchst peinlich gefunden hätten) oder nach Hause geschickt zu werden (verdammt, der Kerl ist nützlich!), wurde er in das neu errichtete Konsulat von Alicante versetzt, woraus jüngere Kollegen auf ihrem Weg nach oben natürlich ihre Schlüsse zogen. Was man genau über den Fall wußte, war schließlich nur vorsichtiges Getuschel.

Da Charles aus einer soliden, vernünftigen Familie stammte, begriff er, daß Versetzung keine Bestrafung bedeutete. Er entdeckte in sich selbst die Ethik seiner Arbeit. Die Zeit wusch Flecken und Schuld fort – und die meisten seiner Illusionen – und da war er nun.

Der vernünftige, verläßliche und vorsichtige alte Charles!

Er arbeitete gut, besonders wenn er es direkt mit normalen Spaniern zu tun bekam, die er bewunderte. Man überließ ihm mehr und mehr an Aufgaben – die verzwickten Jobs, die schwierigeren Verhandlungen, die nichts einbrachten, und die täglichen Routinearbeiten für Ein- und Ausfuhrgeschäfte. Im Sommer half er dann noch bei Schwierigkeiten mit Touristen aus, die sich in dieser Zeit häuften und deretwegen man das Konsulat in Alicante hauptsächlich eingerichtet hatte.

Doch obwohl Charles fleißig und gut arbeitete, blieb seine Position etwas nebelhaft, tatsächlich außerplanmäßig, wenn sie sich nicht zumindest in seinem Gehalt ausgedrückt hätte. Er war, so könnte man sagen, der «Mann vom Entstörungsdienst». Als solcher war er von den älteren Beamten geschätzt und von denen vorsorglich auf seinem Posten belassen, die sich auf ihn zu verlassen gelernt hatten. Er wußte sehr wohl, daß andere oft die Lorbeeren für seine eigenen Verdienste einheimsten oder sich durch seine Arbeit den Weg nach oben bahnten, aber das störte ihn nicht weiter.

Er hatte es selber oft ausgesprochen. «Das stört mich nicht», hatte er gesagt. Wieder und wieder. Und eines Tages würde er es selber glauben, davon war er überzeugt.

Er war ein vielbeschäftigter Mann in einer wunderschönen Umgebung, mit einem ausreichenden Gehalt und genügend freier Zeit. Das Leben war schön. Was machte es schon, daß er jetzt vierzig war, Junggeselle und nur wenig Aussichten bestanden, den spektakulären Erfolg zu haben, von dem er einmal in Cambridge geträumt hatte?

Nur manchmal wurmte es ihn.

Zum Beispiel spät nachts oder am frühen Morgen. Wenn er im Dunkeln gegen die Decke starrte und sich überlegte, was er eigentlich aus sich und seinem Leben gemacht hatte. So wie jetzt, zum Beispiel.

Er seufzte. Na gut. Wenn er dies bißchen Ärger, das Baker ihm so reizend in den Schoß geworfen hatte, aus der Welt geschafft hatte, würde er etwas unternehmen. Er würde sich von seinem Hintern erheben und etwas für seine Beförderung tun. Er würde sich zusammenreißen. Auf jeden Fall.

Das würde er bestimmt tun.

Als Charles geduscht, sich angezogen, eine Tasse Kaffee gemacht, sie umgestoßen und sich eine neue aufgegossen hatte, war es beinahe halb sechs. Auf Zehenspitzen ging er die Treppe hinunter und trat in das morgendliche Dämmerlicht hinaus. Die Kühle war täuschend. Der Sommer an der Costa Blanca war noch nicht vorüber, obwohl die meisten Touristen bereits abgereist waren. Tief unter ihm erwachte die Stadt, und auf den Schiffen im Hafen tauchte der eine oder andere Matrose auf. Eine Düsenmaschine donnerte über seinem Kopf dahin, die erste des Tages – der heiß werden würde, schon jetzt spiegelte sich die Sonne auf der Kühlerhaube seines Wagens. Es war ein alter Séat, der einmal weiß gewesen, jetzt aber rostübersät war. So wie er aussah, paßte er großartig zu der alten Hacienda. An einer bestimmten Stelle geparkt, zeichnete er sich kaum von den Wänden ab, die aussahen, als ob irgend etwas Großes und in seinem Appetit nicht sehr Wählerisches an ihnen genagt hätte. Das einstmals schöne Haus war der Stolz eines reichen Mannes gewesen – jetzt war es in Apartments umgebaut und der Garten in einen mit Kies bestreuten Parkplatz verwandelt worden, der voller Schlaglöcher war.

Charles fand, daß seine Bleibe genau angemessen für einen Berufsdiplomaten war, der einmal große Hoffnungen auf Spanien gesetzt hatte und sich jetzt damit beschäftigen durfte, betrunkene Mitglieder einer Chartergesellschaft aus dem Kittchen loszueisen und als Verbindungsmann zwischen reichgewordenen Herstellern von Kunststoffverpackungen beziehungsweise Pappkartonfabrikanten in England oder Spanien zu fungieren. Das alte Spanien war schön, voller Grazie, hochmütig und faszinierend. Das neue Spanien war emsig und geschäftig und voller pensionierter Beamter aus Acton, die dicke weiße Socken in ihren Sandalen trugen und sich ständig beklagten, daß sie ein Vermögen dafür zahlen mußten, um täglich die *Times* geliefert zu bekommen. Sie hatten sich von dem Verkaufsgerede über den ewigen Sommer einfangen lassen, den billigen Gin und hatten in den zahllosen Schlafstädten, die überall zwischen Alicante und Benidorm aus dem Boden schossen, Häuser oder Wohnungen für ihren Alterssitz gekauft. Zweifellos gehörte Partridge ebenfalls zu dieser Gruppe.

Mit einem tiefen Seufzer stieg er in seinen Wagen, ließ den Motor an und rollte den Berg hinunter, bis er ein paar Minuten später auf die Hauptstraße traf. Charles Llewellyn war in seinen Gefühlen, was Spanien betraf, hin und her gerissen. Er liebte das Land. Außerdem liebte er die Spanier. Ihr Stolz, der auf Menschen, die für das Land nicht so viel übrig hatten, wie Arroganz wirkte, war letztlich nur reine Selbstbeherrschung, obwohl er im Extremfall manchmal recht lästig sein konnte. Jeder Spanier fühlte sich als Mittelpunkt der Welt – seiner Welt. Und anderer Leute Ansichten waren für den Spanier, in seinem Ein-Mann-Land, völlig fremd und unbegreiflich. Und da nur er wußte, was in seinem Land vor sich ging, konnte nur er entscheiden, was zu tun war. Und die Entscheidung eines Spaniers war endgültig. «Wenn du einen Fehler machst, verteidige aber korrigiere ihn nicht.» Kein Spanier würde jemals zugeben, einen Fehler gemacht zu haben. Noch würde er sich gern sagen lassen, daß er einen gemacht habe. Tatsächlich ließ kein Spanier sich überhaupt irgendwas sagen.

Er mochte viel lieber gefragt werden.

Charles wunderte sich jedesmal von neuem, wie lange ein neues Mitglied des FO brauchte, um diese schlichte Tatsache zu begreifen. Diese Haltung zu begreifen und sich dementsprechend einzustellen, bedeutete nicht, daß man auf die Spanier herabsah, sondern vielmehr, daß man sich ihrer speziellen Geisteshaltung anpaßte. Das war natürlich mit einiger Mühe verbunden. Tatsächlich bedurfte es manchmal einer enormen Anstrengung, einen Spanier nicht bei der Gurgel zu packen und ihn durch den Raum zu schleudern.

Aber er bewunderte sie! Bis zum letzten Mistkerl.

Sie waren so verdammt spanisch. Und das wußten sie auch.

Andererseits war Charles Brite. Und sosehr er sich bemühte und soviel er auch über das Land las und lernte, er würde immer Brite bleiben. Und als Konsulatsangehöriger vertrat er die Briten.

Bis hinunter zum letzten Mistkerl.

Und er schien immer an die schlimmsten zu geraten. Er wußte, daß Tausende netter Briten alljährlich ihre Ferien in Spanien verbrachten, sich ordentlich benahmen und dankbar für das waren, was sie sehen und erleben durften. Bloß schien er nie mit solchen in Berührung zu kommen. Er hätte ihnen gern erzählt, wie herrlich das Land war, wieviel Kultur und Schönheit und Abwechslung es bot. Aber wenn er schließlich mit diesen Leuten zusammentraf, waren sie entweder zu betrunken oder zu wütend, um irgend etwas wahrzunehmen. Und die davon betroffenen Spanier hatten meistens nichts anderes im Sinn, als diese Leute loszuwerden, anstatt ihre Zeit zu vergeuden, um mit Charles über Lorca oder den Einfluß der Mauren auf die andalusische Architektur zu reden.

So wurde er zwischen den beiden in sich vereinten Seiten hin und her gerissen, so wie man von ihm erwartete, daß er immer beiden Seiten der anstehenden Probleme gerecht wurde.

Und er war vierzig. Und sein Haar wurde langsam schütter. Noch war es nicht zu bemerken, aber er wußte, daß es auf ihn zukam. Und er war müde. Und vor allem gelangweilt.

Um drei Uhr morgens aufstehen zu müssen, um sich um irgendeinen Idioten zu kümmern, der im Ausland einen umgelegt hatte, war nicht das, was er sich damals vorgestellt hatte, als er die Universität verließ. Ganz und gar nicht.

Kurz nach halb acht lenkte er den Wagen auf den Platz im Zentrum von Puerto Rio. Die meisten Läden hatten ihre Metallgitter noch nicht hochgezogen, obwohl das Café schon einige Kunden hatte, Lastwagenfahrer und ein paar Lieferanten. Im Inneren bewegte sich eine Gestalt im weißen Hemd herum, wie ein Fisch im Aquarium, und in der Luft hing der Geruch von Kaffee und frischen *churros*. Später würden dann Autos den Platz mit ihrem Krach und ihren Abgasen erfüllen. Jetzt war der Platz noch verlassen, aber es würde nicht lange dauern, bis er von Gelächter und Streitereien widerhallte – die Spanier stritten für ihr Leben gern – und die Sonne würde das Pflaster aufheizen. Jetzt stolzierte höchstens mal eine Taube darauf herum und umrundete den kleinen Springbrunnen.

Charles betrat das Revier der Guardia und bemerkte sofort, daß der diensthabende Sargento ein anderer war, als der, den er kannte. Dieser hier war untersetzt, hatte einen schmalen Mund und beäugte ihn argwöhnisch, als er näher trat.

«*Buenas días, sargento*. Vielleicht können Sie mir helfen?»

Das Gesicht des Mannes wurde eine Spur freundlicher. Er hatte sofort gesehen, daß er es mit einem Ausländer zu tun hatte, doch sprach dieser ein ausgezeichnetes Spanisch. (Leider mit einem bedauerlichen valencianischen Akzent, doch völlig verständlich.) Der Sargento war also bereit, ihm zuzuhören. Schließlich ging sein Dienst erst in einer halben Stunde zu Ende, und außerdem langweilte er sich.

Charles legte seinen Ausweis vor und erklärte, daß man ihn mitten in der Nacht aus dem Bett geholt habe, weil hier ein britischer Staatsbürger unter dem Verdacht des Mordes festgehalten würde. Stimmte das, und konnte der Sargento ihm vielleicht raten, was er tun sollte?

So in die Rolle des Ratgebers versetzt, nahm der Sargento seine Aufgabe ernst. Hochtrabend führte er aus, wie man vorzugehen habe – was Charles auswendig wußte –, und holte die nötigen Formulare hervor.

Charles füllte sie unter Aufsicht des Sargento sorgfältig aus, mußte sogar einmal um Hilfe dabei bitten, die ihm gnädig erteilt wurde. Der Sargento war zu der Ansicht gelangt, daß dieser Fremde nicht gar so schlimm war, zumindest kannte er seinen Platz. Schade, daß sein Füller so kleckste, aber solchen Dingen war eben nicht zu trauen.

Nachdem er die Formulare entgegengenommen und sie sorgfältig auf irgendwelche Fehler inspiziert hatte, verstaute der Sargento sie in dem dafür vorgesehenen Fach. Dann entschuldigte er sich. Er würde sich erkundigen, ob sich in dem vorliegenden Fall schon etwas getan habe.

Nachdem der Sargento hinausgegangen war, warf Charles einen Blick auf die Wanduhr. Viertel nach acht. Nicht schlecht, wenn man die Umstände in Betracht zog.

Um 8.23 Uhr tauchte ein anderer Guardia-Sargento auf, nahm

die lacklederne Kopfbedeckung ab, sagte: «Guten Morgen» und kam um den Empfangstresen herum. Er war ein großer, dünner Mann mit einem Pferdegesicht, der offensichtlich noch nicht ganz aufgewacht war.

Auch Charles sagte: «Guten Morgen.»

Es trat eine Pause ein.

«Gab's irgendwas?» wollte der Sargento wissen.

Charles erklärte, daß sich der andere Sargento bereits seiner angenommen habe.

Der Pferdegesichtige schüttelte den Kopf. Sargento Buiges' Dienst war bereits zu Ende, jetzt sei er, Sargento Cholbi, der Verantwortliche.

Also – gab's was?

Ohne mit der Wimper zu zucken, betete Charles das Ganze noch einmal herunter und deutete schließlich auf die Formulare im Fach. Der neue Sargento inspizierte sie und bemerkte mißfällig die Tintenflecke.

Ein japanischer Füller, erklärte Charles.

Ah, klar, was konnte man da schon erwarten! Sargento Cholbi benutzte immer einen Bleistift. Aber die Formulare waren korrekt ausgefüllt, und er würde sich gleich darum kümmern, wie die Situation dieses Engländers war.

Und nun verschwand auch er.

Charles zündete sich eine Zigarette an und stellte sich in die geöffnete Tür, sah uninteressiert zu, wie sich ein Ladenbesitzer mit dem eisernen Fenstergitter herumquälte, worunter schließlich das Schaufenster eines Juweliers zum Vorschein kam. Dann hörte Charles, wie sich hinter ihm jemand räusperte. Charles drehte sich um und entdeckte einen dritten Polizeibeamten. Resigniert schnippte er seinen Zigarettenstummel in die staubige Gosse und ging zu seinem Platz am Tisch zurück. Diesmal wurde er mit einem Lächeln belohnt. Und in dem Moment kehrte Sargento Cholbi zurück, ebenfalls lächelnd.

Das hätte ihn warnen sollen.

«Guten Morgen, Señor», sagte der dritte Sargento. «Ich fürchte, wir können Ihnen nicht weiterhelfen.»

Charles bemühte sich, hilflos auszusehen und keineswegs wütend. «Und wieso nicht?»

«Der für den Fall zuständige Offizier ist nicht da, und Sie müssen erst mit ihm sprechen, ehe Sie den Gefangenen sehen können.»

«Dann befindet er sich also hier?»

«Nein, aber er wird kommen, wenn seine Dienstzeit beginnt ...»

«Nein, ich spreche von Señor Partridge. Ist er hier?»
«Sie werden erst mit dem zuständigen Offizier reden müssen», lautete die Antwort.

Charles überlegte. Die Augen dieses Mannes waren hellwach. Partridge befand sich in dem Gebäude, daran gab es keinen Zweifel – aber er mußte auf ihre Art vorgehen. Wie gewöhnlich.

«Aha. Und wann wird der diensthabende Offizier verfügbar sein?»

«Bald, Señor. Gegen zehn, würde ich sagen.»

Es handelte sich also um einen ranghöheren Offizier. Derlei Dinge wurden sehr ernst genommen. Das war nicht gut. «Wenn ich wiederkomme – nach wem soll ich bitte fragen?»

«Nach Capitán Moreno, Señor.»

Charles behielt eine neutrale Miene bei, aber innerlich stöhnte er. Das war nicht nur schlecht – das war verdammt schlecht.

«Dann komme ich noch mal um zehn vorbei. Vielen Dank.»

«*De nada, señor.*»

Charles ging hinaus und überquerte den Platz, bis er das Café erreicht hatte. Ein paar Tauben flatterten in die Höhe und ließen sich dann wieder in der Nähe des Brunnens nieder. Er bestellte Kaffee und Brötchen und entschied sich für einen Tisch am Fenster, von dem er den Platz überblicken konnte. Durch das Fenster des Reviers konnte er Sargento Cholbi erkennen, der hinter seinem Schreibtisch Platz genommen hatte und gähnte.

Der andere Sargento war verschwunden.

Die Sonne wurde wärmer.

Der Brunnen sprudelte.

Capitán Moreno war ein Mann mit kalten Augen in einem dicken Gesicht, der überhaupt keine Ausländer mochte und Engländer schon gar nicht. Charles hatte früher schon gelegentlich mit ihm zu tun gehabt und feststellen müssen, daß er nicht nur wenig hilfreich, sondern betont hinderlich war. Es schien ihm Spaß zu machen, alle Leute, mit denen er es zu tun bekam, anzublaffen. Vielleicht stimmte was nicht mit seinem Sexualleben, dachte Charles, aber er hatte wenig Mitleid mit ihm, denn Moreno benahm sich genauso, wie er es von ihm gewöhnt war.

«Der Gefangene muß heute morgen noch nach Espina.»

«Dann hätte ich ihn gern vorher gesprochen.»

«Und von dort wird er nach Alicante gebracht werden.»

«Ich bin heute früh aus Alicante gekommen...»

«Dann haben Sie Ihre Zeit vergeudet.»

«... und ich verlange, ihn zu sprechen. Dazu möchte ich alles sehen, was man ihm vorwirft, wie es mir rechtlich zusteht.»

Moreno zuckte die Achseln. «Die schriftlichen Unterlagen werden soeben angefertigt. Der Fall ist sehr kompliziert, es gibt viele Einzelheiten...»

«Eine schlichte Zusammenfassung genügt mir.»

Moreno blickte gelangweilt aus dem Fenster. «Ich will sehen, was sich machen läßt.»

«Könnten Sie mich nicht selber informieren?» erkundigte sich Charles.

«Es wäre günstiger, wenn Sie es schriftlich vor sich hätten.»

«Na schön, dann lese ich die Akte eben durch. Wo ist sie?»

«Wenn Sie warten wollen, sehe ich zu, ob ich einen Durchschlag finde.» Moreno warf einen letzten Blick aus dem Fenster, dann verließ er das kleine Vernehmungszimmer, in dem er sich herabgelassen hatte, Charles zu empfangen. Er bewegte sich betont langsam und zog die Tür hinter sich zu, ebenso gemessen und langsam. Verärgert, und doppelt verärgert, weil er diese Stimmung Moreno zu verdanken hatte, zündete Charles sich eine Zigarette an und stand auf, um sich die Beine zu vertreten. Moreno hatte ihn 20 Minuten in dem kleinen Raum schmoren lassen, ehe er sich zu der Audienz bequemte, und der Stuhl war hart. Er trat ans Fenster und erstarrte, als er sah, was da die Aufmerksamkeit des Capitán fesselte.

Ein Gefangenentransporter der Guardia stand im Hof, und eben wurde ein Gefangener aus dem Haus geführt.

Partridge.

«Verdammt!» Charles warf seine Zigarette in den Aschenbecher auf dem Tisch und riß die Tür zur Eingangshalle auf.

Der erste Uniformierte, den er dort antraf, war der pferdegesichtige Sargento Cholbi, den er bereits am frühen Morgen gesehen hatte und der jetzt einen etwas wacheren Eindruck machte.

«Ich muß den Gefangenen Partridge sprechen, bevor man ihn fortschafft. Wie komme ich in den Hof?»

«Aber Capitán Moreno –»

«Ich habe bereits mit Capitán Moreno gesprochen», unterbrach ihn Charles und ließ dabei anklingen, daß er die Erlaubnis zu dem Interview erhalten hatte.

«Ach so. Dann müssen Sie durch die Tür da hinten gehen und die Treppe hinunter. Die zweite Tür rechts wird Sie –»

Muchas gracias, amigo, sagte Charles über die Schulter und steuerte auf die Tür zu. Aus einem Augenwinkel konnte er Moreno zurückkommen sehen. Er wartete nicht ab, um zu hören, womit der arme Cholbi seine Sünde erklärte, wieso er einem Ausländer geholfen hatte. Er hastete die Eisentreppe hinunter und befand sich dann in der gleißenden Hitze des Hofs. Der Motor des Transporters war bereits angelassen worden, und der wachhabende Offizier der Guardia war gerade dabei, die hinteren Wagentüren zu schließen.

«*Teniente*», brüllte Charles. «*Espere, por favor!*»

Der uniformierte Beamte wandte sich leicht herum, wobei er die eine Hand an der Wagentürklinke behielt, während die andere nach dem im Holster steckenden Revolver griff. Doch als er sah, daß der Ankömmling ein gehetzt aussehender Engländer war, entspannte er sich. Die Sonne wurde vom Lackleder seiner Kopfbedeckung zurückgeworfen sowie von den Spiegelgläsern seiner Brille.

«Señor?»

In schnellem Spanisch erklärte Charles und streckte dem Mann seine beeindruckenden Ausweise entgegen. «Ich bin Charles Llewellyn vom Britischen Konsulat und ich muß die Gelegenheit erhalten, den Gefangenen zu sprechen, ehe er nach Espina gebracht wird. Ich habe bereits mit Capitán Moreno gesprochen.»

Etwas wie Mitgefühl zeichnete sich in den Mundwinkeln des Teniente ab. Moreno war kein typischer Vertreter der Guardia Civil, wie Charles aus langjähriger Erfahrung wußte. Die Leute konnten knallhart sein, wenn die Situation es verlangte, aber meistens waren sie Ausländern gegenüber hilfreich und höflich und überschlugen sich manchmal sogar, um ihnen aus Schwierigkeiten zu helfen. Der Teniente warf einen Blick auf seine Uhr, dann zu den höher gelegenen Fenstern. «Uns bleiben ein paar Minuten, Señor. Aber wirklich nur ein paar Minuten, wenn ich bitten darf.»

«Allerbesten Dank», sagte Charles, und er meinte es auch.

Der Teniente überging die Bemerkung großzügig. «Da der Gefangene nicht meiner Obhut übergeben ist, sehe ich keine Schwierigkeiten. Aber bitte – fassen Sie sich kurz.» Mit einer leichten Verbeugung ging der Teniente um den Wagen herum, um mit dem Fahrer zu sprechen, wobei er ein Päckchen Zigaretten aus der inneren Brusttasche des Uniformjackets zog. Charles warf einen Blick zu den Fenstern des Raums hinauf, den er gerade verlassen hatte, sah, daß Moreno wütend zu ihm hinabstarrte, und begriff, daß der Teniente zur Garnison von Espina gehören mußte und dementsprechend nichts von Moreno zu fürchten hatte. Vielleicht hatte das schwache Lächeln von vorhin eine Spur Schadenfreude beinhaltet. Moreno war sicher bei seinen Kameraden ebenso unbeliebt wie beim Publikum. Der Teniente lehnte jetzt am vorderen Kotflügel und zündete sich eine Zigarette an. Zweifellos fürchtete er nicht, daß der Gefangene entkommen könne. Als Charles die Stufen zu dem Transporter hinaufstieg, verstand er auch, warum. Reg Partridge würde sich immer und überall fair verhalten, das stand ihm im Gesicht geschrieben.

Dabei sah er keineswegs wohl aus.

Reginald Thomas Partridge hatte scharfgeschnittene Züge, eine Hakennase und ein hervortretendes Kinn. Wenn er jemals ein hohes Alter erreichen sollte, würde er Mr. Punch ähnlich sehen. Aber da war nichts von Mr. Punchs Boshaftigkeit in den braunen Augen, die Charles jetzt mit lebhaftem Interesse ansahen, als er sich dem Gefangenen gegenüber auf der harten Bank niederließ. Nur sehr viel Intelligenz, Humor und beträchtliche Erleichterung. Ansonsten war der Mann von mittlerer Größe und hatte einen unübersehbaren Bauch, den das lose geschnittene Jackett nur schlecht verbergen konnte. Das Haar war blond und wurde bereits dünn, die Haut war sonnengetönt, jetzt aber eher blaß, und Charles fühlte sich spontan zu dem Mann hingezogen. Er wollte sich vorstellen, aber Partridge kam ihm zuvor.

«Ich habe gehört, wie Sie sich mit dem Teniente unterhielten. Gott sei Dank, daß Sie hier sind, Mr. Llewellyn – jetzt können wir die Sache klarstellen.»

«Ich fürchte, das wird nicht ganz so leicht sein, Sir. Sie werden nach Espina gebracht, und dagegen kann ich zu diesem Zeitpunkt nichts unternehmen. Man hat mir nicht mal die Gelegenheit gegeben, die Anklage zu lesen. Der Fall muß erst dem Gericht übergeben werden, ehe ich etwas betreffs einer Kaution tun kann. Die Guardia hat nur die Verhaftung vorgenommen – anschließend geht die Sache an den Richter und die Kriminalpolizei. Es tut mir leid, daß sich die Sache so hinziehen wird, nur ...»

Partridge legte die Hände auf die Knie und betrachtete seine Beine, die er an den Fußgelenken übereinandergeschlagen hatte, und die Schuhe, aus denen man die Schnürsenkel entfernt hatte. «Es ist verdammt entwürdigend, ohne Schuhbänder herumlaufen zu müssen», bemerkte er vage. «Man schlurft dabei wie ein Kleinkind!» Er hielt den Blick nach unten gerichtet.

«Ich weiß, wie Ihnen zumute sein muß», sagte Charles mitfühlend. «Aber bitte haben Sie Vertrauen zu mir, bis ich die Sache in die Hand bekomme. Auf jeden Fall sind die Unterkünfte in Espina bedeutend angenehmer als die hier.»

«Das sollen sie wohl», meinte Partridge trocken. «Dies Haus muß das älteste von ganz Puerto Rio sein.»

Charles lächelte aufmunternd. Es war heiß in dem Transporter. Hinter der Hofmauer konnte man jetzt hören, wie der Verkehr auf dem Platz zunahm. Leute riefen und lachten, und alles deutete daraufhin, daß die Stadt am Erwachen war. Der Himmel war blau,

Vögel flatterten durch die Luft und alles wirkte fröhlich. Innerhalb des Hofes strahlte die Sonne auf den nackten, festgetretenen Boden hinunter und erinnerte Charles an eine Stierkampfarena, genauso wie die weißgeschlemmten Wände. Aus der Fahrerkabine des Wagens konnte Charles hören, wie sich die beiden Angehörigen der Guardia unterhielten; es klang wie überall so, als ging es dabei um Tod oder Leben. Tatsächlich sprachen sie über die Chancen von Réal Madrid bei dem bevorstehenden Länderkampf und waren sich völlig einig darüber. Der Duft von Zigarettenrauch drang durch die Gitterstäbe, und aus einem entlegenen Restaurant kam der Geruch von gebratenen Zwiebeln, die zum Lunch serviert werden würden. Der Transporter war sauber, trotzdem haftete ihm die Erinnerung an frühere, weniger reinliche Passagiere als Partridge an.

«Wollen Sie mir erzählen, was eigentlich geschehen ist, Sir?»

Partridge blickte hoch. «Llewellyn – das ist ein walisischer Name.»

«Das stimmt, zumindest war er das früher einmal.»

Partridge nickte. «Ich bin selber in Schottland geboren. Der Akzent hat sich mit den Jahren gegeben, nehme ich an. Jetzt hält man mich meistens für einen Engländer. Ich hab den Mann nicht getötet. Ich bin froh, daß er tot ist, aber ich hab ihn nicht ins Jenseits befördert.» Er sagte alles in der gleichen Tonlage, und Charles mußte aufpassen, auch jedes Wort mitzubekommen.

«Er muß irgendein Krimineller gewesen sein...»

«Nicht nur irgendeiner. Einer von der schlimmsten Sorte. Einer, der andere für seine Verbrechen büßen läßt.» Er sagte das mit müder Stimme, als ob er etwas aussprache, das er schon hundertmal gesagt hatte, wenn er im Dunkeln lag, durch die Straßen ging, sich im Rasierspiegel betrachtete. «Ich hab gesagt, ich würde ihn umbringen, aber das liegt Jahre zurück. Ich glaube, daß ich jetzt schon längst nicht mehr die Anstrengung dazu unternommen hätte. Außerdem ist das jetzt irrelevant. Aber damals war ich völlig außer mir. Da – da sagt man eben Dinge.»

«Das stimmt schon, Sir. Hat er Sie bedroht oder –»

«Ich hab ihn überhaupt nicht zu Gesicht bekommen, Mr. Llewellyn. Ich habe nicht die geringste Ahnung, was er in meiner Wohnung zu suchen hatte – jedenfalls hat er nicht versucht, sich mit mir in Verbindung zu setzen oder so. Ich wußte nicht mal, daß er aus dem Gefängnis entlassen war. Wir haben die Wohnung gegen halb acht verlassen, weil wir wie jeden Dienstag Bridge spielen wollten. Auf halbem Weg fiel Mary ein, daß sie ihre Brille vergessen hatte, also machte ich kehrt und ging zurück. Ich ließ sie im

Wagen sitzen, ging noch mal hinauf, fand die Brille und ging wieder zurück, wobei ich die Haustür abschloß, genau wie ich sie kurz vorher abgeschlossen hatte. Jetzt behaupten sie, er müsse zu genau dieser Zeit hinuntergefallen sein. Aber ich schwöre Ihnen, ich habe nichts gesehen oder gehört. Und dann fuhren wir, wie geplant, zum Bridge. Es war Duplicate-Bridge, und meine Frau und ich gewannen. Können Sie sich vorstellen, daß jemand, der gerade einen Mord begangen hat, unmittelbar darauf beim Bridge gewinnen kann? Ich bitte Sie!»

Charles sah ihn an. «Ein paar Leute würden das schon fertigbringen.» Partridge zog eine buschige Braue in die Höhe, dann lächelte er. «Unter anderen Umständen würde ich das als Kompliment empfinden. Wie die Dinge liegen, kann ich nur sagen – ich gehöre nicht zu diesen Typen. Eine derartige Konzentration würde ich nicht aufbringen. Ich würde die ganze Zeit überlegen, ob man mich vielleicht beobachtet hat. Oder ob ich irgendwelche Spuren hinterlassen hätte.» Das Lächeln verbreiterte sich zu einem Grinsen. «Das ist ja wohl verständlich – oder?»

Charles stellte fest, daß er zurückgrinste.

Plötzlich verzerrte sich Partridges Lächeln zu einer Grimasse, und er wurde blaß unter der Sonnenbräune, als er sich nach vorn beugte und mühevoll atmete. «Verflixt», murmelte er und legte die Hand unter dem Jackett auf seinen Magen.

«Alles in Ordnung, Sir?»

Nach ein paar Sekunden richtete sich Partridge wieder auf und lächelte wieder – ein armseliger Abklatsch seines früheren Lächelns. «Magenschleimhautentzündung – damit hab ich schon ewig zu tun. Soll natürlich Diät leben, aber tun Sie das mal bei dem Essen, das Sie in einem spanischen Gefängnis serviert bekommen.»

«Haben Sie irgendwelche Tabletten bei sich?»

Partridge schüttelte den Kopf. «Ich bin gestern ziemlich Hals über Kopf aufgebrochen, wie Sie sich vorstellen können. Werden Sie sich mit meiner Frau in Verbindung setzen?»

«Natürlich. Gleich nachdem ich Sie hier verlassen habe.»

«Dann seien Sie so nett und bitten Sie sie, meine Medikamente hierher nach Espina zu schicken, ja? Sie weiß, um welche es sich handelt.» Der Magenkrampf schien langsam nachzulassen, und er atmete jetzt wieder normaler.

«Sie wird sie Ihnen bestimmt mitbringen, wenn sie –»

«Nein!» fiel Partridge ihm ins Wort. «Sie müssen verhindern, daß sie mich hier aufsucht. Sie könnte es nicht ertragen, und ich möchte nicht, daß sie das miterleben muß. Jemand anderes kann mir die Tabletten bringen. Jeder, nur Mary nicht – bitte!»

«Ich werde mein Mögliches tun, Mr. Partridge.»

«Reg, nennen Sie mich um Himmels willen Reg. Ob Sie mir einen Anwalt besorgen können?»

«Haben Sie keinen eigenen?»

«Er ist ziemlich alt und in einer solchen Situation nutzlos. Besorgen Sie mir einen jungen, der Mumm hat. Ich fürchte, er wird allerhand zu tun bekommen.»

«Aber...»

Partridges Farbe war wieder etwas besser geworden. «Wie lange leben Sie schon in Spanien, Charles?»

«Etwas über zehn Jahre, Sir.»

«Dann müssen Sie doch wissen, um was es mir geht. Ich weiß, daß der Augenschein ziemlich vernichtend ist – Sie werden das sicher noch herausfinden –, aber sie haben sich mit meiner Verhaftung geirrt. Bloß werden sie das nie zugeben. Da muß man ihnen schon mit Beweisen kommen, und an denen mangelt es mir momentan.» Er verzog den Mund. «Und außerdem wollte ich an einem Bridgeturnier teilnehmen, und das kann ich ja wohl kaum vom Gefängnis her.» Das war nicht nur scherzhaft gemeint.

«Ich werde tun, was ich kann, Sir.»

Partridge nickte und seufzte. «Vielen Dank.»

Man sagte diese Worte so oft daher, aber Charles hatte das Gefühl, als ob sie Partridge aus tiefstem Herzen kamen. Und während er sich dieses eingestand, wußte er, daß er sich wieder einmal Hacke und Zeh ausreißen würde für jemand, den er kaum kannte.

Zwei Minuten später sah er zu, wie der Gefangenentransporter den Gefängnishof verließ, und machte sich daran, die eisernen Stufen wieder hinaufzusteigen. Als er oben angelangt war und die Halle betrat, wartete Moreno bereits auf ihn in seiner offenen Bürotür. Er lächelte zynisch, als Charles auf ihn zutrat.

«Der Teniente hat ihn also genausowenig laufenlassen wie ich es getan hätte.»

«Sie wollten mich nicht einmal mit ihm sprechen lassen», gab Charles etwas grimmig zurück.

Moreno hob die Hände. «Ich dachte, Sie wären schon gegangen», log er ungeniert. «Bedauerlicherweise sind die Berichte zusammen mit ihm abgegangen. Sie wissen ja, alle Unterlagen gehen zuerst zur Kriminalpolizei.»

«Dann erzählen Sie mir, was gegen ihn vorliegt.»

Moreno warf einen Blick auf die Wanduhr. «In fünf Minuten habe ich eine Besprechung.»

«Dann berichten Sie mir in fünf Minuten», sagte Charles. Er drängte sich an dem Spanier vorbei und setzte sich auf den Stuhl vor dessen Schreibtisch. «Oder ich werde einen anderen um die Auskunft bitten. Vielleicht ruft der Konsul auch persönlich an...»

Moreno kam in sein Arbeitszimmer zurück und baute sich hinter dem Schreibtisch auf. «Was möchten Sie wissen?» fragte er mit verkniffenen Lippen. Er wußte, daß es Charles mit seiner Bemerkung ernst war, und obwohl er es genoß, Schwierigkeiten zu machen, gefiel es ihm aber nicht, selbst Ärger zu bekommen.

«Zunächst einmal Einzelheiten über das Opfer.»

«Er war ein Schweizer namens Horst Graebner. Es wird vermutet, daß er sich mit kriminellen Dingen abgegeben hatte, aber zu einer Verhaftung ist es nie gekommen. Bis vor zwei Jahren jedenfalls nicht, als man ihn und Partridges Sohn wegen Betrugs festgenommen hatte.»

«Geldsachen?»

«Nein, Schwindel mit Kunstgegenständen. Fälschungen. Aber ehe es zur Gerichtsverhandlung kam, kam es zu einem Unfall. Das Fahrzeug, das sie zum Gefängnis bringen sollte, hatte einen Zusammenstoß mit einem anderen Wagen, wobei der junge Partridge getötet wurde. Und ein Polizeibeamter der Guardia Civil. Der zweite begleitende Polizist und Graebner wurden schwer verletzt ins Krankenhaus eingeliefert.»

«Und so wurde nur Graebner angeklagt?»

«Richtig. Aber viel ist bei der Gerichtsverhandlung nicht rausgekommen, denn während seines Krankenhausaufenthalts hatte er genügend Zeit, nachzudenken. Er bekannte sich schuldig, aber nur als Mittäter; die Idee wäre von dem Toten gekommen, behauptete er. Und wie sollte man gegen einen Toten verhandeln? Das Gericht war froh, überhaupt ein Schuldbekenntnis zu bekommen, und die ganze Geschichte war vorüber, ehe sie überhaupt begonnen hatte. Ich glaube, das war mit ein Grund, warum Partridge ihn bedroht hat. Na ja, die Krankenhauszeit wurde ihm dann auf die Strafe angerechnet, und vor zwei Wochen ist er dann entlassen worden.»

«Und prompt zu dem Mann hinmarschiert, der gedroht hat, ihn umzubringen?»

Moreno zuckte die Achseln. «Er wollte natürlich an das Geld heran.»

«Was für Geld?»

«Den Anteil des Sohnes. 45 Millionen Pesetas, die nie gefunden wurden.»

Charles hätte beinahe einen Pfiff von sich gegeben, konnte sich aber noch rechtzeitig bremsen. In Pfund umgerechnet waren das immerhin noch 250000. Zweifellos genügend, um es aufzuspüren. Doch hatte Partridge behauptet, Graebner nie zu Gesicht bekommen zu haben. Charles wiederholte Moreno gegenüber diese Tatsache, doch der lachte nur.

«Klar, daß er seine Unschuld beteuert. Aber wir wissen, daß er sich zur fraglichen Zeit in der Wohnung befunden hat, und das gibt er auch zu. Als wir die Sache immer noch als Selbstmord behandelten und erwähnten, daß ein Nachbar gesehen habe, wie das Licht in seiner Wohnung um Viertel vor acht angegangen war, ‹erinnerte› er sich plötzlich daran, wegen der vergessenen Brille seiner Frau noch einmal umgekehrt zu sein.»

«Das würde er aber wohl kaum eingestanden haben, wenn er den Mann getötet hätte, oder?»

«Es blieb ihm gar nichts anderes übrig, weil er ja annehmen mußte, daß er gesehen worden war», erwiderte Moreno kalt. «Und außerdem ahnte er ja nicht, daß wir ihn verdächtigten.» Er warf einen Blick auf die Uhr. Er hätte das Gespräch gern noch weitergeführt, aber ihm fehlte die Zeit. «Übrigens haben wir in Graebners Tasche ein Notizbuch gefunden, worin er die Adresse, das Datum und die Zeit, 7.30 Uhr, vermerkt hatte. Er hatte offensichtlich eine Verabredung mit Partridge und sie auch eingehalten. Eine Verabredung mit dem Tod.» Die melodramatische Formulierung schien Moreno zu gefallen, denn er wiederholte den Satz noch einmal. «Eine Verabredung mit dem Tod.»

«Hat jemand Graebners Sturz beobachtet?»

«Nein. Die Leiche wurde erst später entdeckt.»

«Eigentlich seltsam, finden Sie nicht?»

«Aber so war es.»

«Und was die Zeit des Todes angeht, da gibt es keinen Irrtum?»

«Graebners Armbanduhr ging bei dem Fall zu Bruch. Sie zeigte 7.45 Uhr.»

«Hat jemand etwas gehört? Er muß doch geschrien haben.»

Moreno schüttelte den Kopf. «Das ist schließlich nicht verwunderlich. Schließlich war er bereits tot, als man ihn über die Brüstung geworfen hat.»

Charles starrte Moreno nur an.

«Er war bereits tot!?»

«Genau. Jemand hatte ihn erstochen. Durch die Brust. Zweimal. Die Obduktion ergab, daß es sich um eine Waffe mit einer langen, dünnen Schneide gehandelt haben muß. Wir haben sie schließlich an Partridges Wand entdeckt – eine dieser *espada y muleta*-Imitationen, die ihr Ausländer so chic findet. Blutspuren des Opfers befanden sich an der Klinge, obwohl man sie hastig abgewischt hatte. Und außerdem noch Partridges Fingerabdrücke. Als wir das rausbekommen hatten, wurde er verhaftet. Das ist alles.»

«Aber ...» Charles wußte nicht, was er sagen sollte.

«Ich bin schon jetzt spät dran», sagte Moreno ungeduldig. «Wenn Sie noch weitere Fragen haben, müssen Sie sich an einen anderen wenden. Ich muß jetzt los.» Ohne weiteren Kommentar griff er nach seinem Lackhut und den Handschuhen und verließ den Raum. Charles war auf seinem Stuhl sitzen geblieben.

Mit einem kalten Gefühl im Magen starrte er aus dem Fenster.
Sie hatten das Motiv.
Sie hatten die Gelegenheit.
Sie hatten die Waffe.
Und sie hatten Partridge.
Sie hatten alles.

2

400 Avenida de la Playa war eine Wohnanlage, die aus drei Hochhäuserblocks bestand, jeder etwas von dem anderen nach hinten versetzt und im Parterre durch eine gemeinsame Halle verbunden. Sie war lang und schmal und völlig unpersönlich, abgesehen von den leuchtend bunten Kacheln, die so typisch für die moderne spanische Bauweise sind. Beinahe sämtliche Namen an den Briefkästen neben den drei Aufzügen, die zu den drei Wohnblocks hinaufführten, waren die von Ausländern, und der Name Partridge war sogar zweimal im mittleren Block aufgeführt. Charles erinnerte sich, daß der Verhaftete im Penthouse wohnte, und drückte den obersten Knopf im Lift.

Als er sich ächzend nach oben bewegte, dachte er über Reg Partridge nach – nicht den Mann, den er in dem Gefangenentransporter kennengelernt hatte, sondern den, der hier gelebt hatte. Er mußte unter den annähernd zweitausend Engländern, die in der Umgebung wohnten, eine Menge Freunde gemacht haben; er war dieser Typ. Wie viele mochten über das Vorgefallene orientiert sein? Für alle war das Leben eigentlich kaum anders geworden, als sie es von zu Hause kannten, außer daß es hier heißer war und man sich ein paar Brocken Spanisch aneignen mußte, um im Supermarkt zurechtzukommen. Partridge hatte sich zum Unterschied zu den anderen der Mühe unterzogen, die Sprache wirklich zu lernen. Das war beachtlich. Aber da hatte er jetzt eine Mordanklage am Hals, und alles, woran er denken konnte, war das verdammte Bridgeturnier. O ja, er wußte sehr gut, daß Partridge die Situation herunterspielen wollte, für einen Mann dieses Typs eine ganz automatische

Reaktion, aber doch hatte er seine Bemerkung halbwegs ernst gemeint. Ihm war der Ernst seiner Lage wahrscheinlich noch nicht ganz aufgegangen. Er glaubte einfach nicht, was da mit ihm geschah, denn pensionierten Finanzbeamten, die zwei Kinder aufgezogen und ein gutes und ehrbares Leben geführt haben, passiert so etwas nicht.

Es mußte sich dabei um einen Verteidigungsmechanismus handeln.

Partridge war in einer scheußlichen Lage. Der Hintergrund zu dem Mord war kompliziert genug, aber der Fall als solcher war verheerend einfach. Mit den Augen der Polizei gesehen, war das ja gerade das Schöne daran.

Daß das Opfer erdolcht worden war, war ein Schock, und er glaubte nicht, daß Partridge darüber Bescheid wußte – es sei denn, er war der Täter. Er hatte jedenfalls nichts davon erwähnt, aber er hätte eigentlich merken müssen, daß sie den Degen mitgenommen hatten, und er hatte nichts dagegen unternommen. Was er sich wohl gedacht haben mochte, wozu sie ihn benötigten? Doch eigentlich nur, daß sie ihn auf irgendwelche Spuren untersuchen wollten. Sicher hatte er sie für verrückt gehalten. Es sei denn, er hatte den Mann selber getötet.

Und sie mußten ihn doch über den Degen und auch Graebner ausgefragt haben, und er konnte doch nicht auf alle Fragen die passenden Antworten gehabt haben – es sei denn, er hatte die Tat selber begangen.

Die Türen des Aufzugs glitten zur Seite und Charles blieb regungslos stehen, bis sie sich wieder zu schließen begannen. Dann erst trat er einen Schritt vor und wurde zwischen den Türen eingeklemmt. Doch er konnte sich befreien und trat in den Vorraum des Penthouse. Es führten nur zwei Türen davon ab. Eine trug die Aufschrift *escaleras* (Treppe) und die andere war überhaupt nicht bezeichnet. Er drückte auf den daneben angebrachten Klingelknopf und versuchte, die Staubspuren, die sein Anzug durch die sich schließenden Türen im Lift abbekommen hatte, mit der Hand wegzuwischen.

Es gab so viel, was er nicht über den Fall wußte, so viel, was er noch über die Hintergründe erfragen mußte, und dennoch konnte er sich Partridge nicht als Mörder vorstellen, egal was für Beweise man beibringen würde. Der Mann war so vernünftig, so intelligent, so sanft, und außerdem hatte er sogar noch seinen Humor behalten. Natürlich konnte das alles ein gut einstudiertes Drehbuch sein, mit dem jemand einen kaltblütig geplanten Mord vertuschen wollte.

Wenn er tatsächlich die Tat nicht begangen hatte!
Unter diesen Voraussetzungen sagte Partridge die Wahrheit.
Er klingelte ein zweites Mal. Immer noch rührte sich nichts. Doch dann wurde die Tür plötzlich von einer jungen Frau geöffnet, mit einer feurig-roten Löwenmähne über grünblauen Augen. Sie war sehr hübsch.

Charles begriff gar nichts mehr. Niemand hatte ihm gesagt, daß Partridge eine junge Frau hatte. War es seine erste oder zweite? War er geschieden? Oder verwitwet?

Plötzlich schoß ihm der Gedanke an Massenmord und Aufruhr durch den Kopf und verwirrte ihn genauso, wie das trotzige und alles andere als entgegenkommende Starren des Mädchens selber.

«Entschuldigen Sie, ich hätte gern Mrs. Partridge gesprochen.»

«Ja?»

Die alte Tour – es war unfair! «Mein Name ist Charles Llewellyn. Ich komme vom Britischen Konsulat in Alicante.»

«Mein Gott, das wird aber auch Zeit!» Sie wich zur Seite. «Bitte, treten Sie doch ein.»

Als er über die Schwelle trat, verfing sich sein Absatz in der Teppichkante und er schwankte leicht, bis er weiter den schmalen Flur entlanggehen konnte. Er warf ihr einen fragenden Blick über die Schulter zu.

«Ganz hinten links», sagte sie und kam hinter ihm her, wobei ihm ein zarter Duft in die Nase stieg. Hatte sie nicht einen amerikanischen Akzent gehabt? Das würde die Dinge noch komplizierter machen, wenn sich die amerikanische Botschaft...

Als er durch die Tür ins Wohnzimmer trat, fielen ihm als erstes drei Dinge auf: Die Aussicht, die atemberaubend war, die vielen Bilder an den Wänden und die Frau, die zusammengekauert in dem Sessel saß, die Augen vom Weinen gerötet und einem Mund, den sie nur mit Mühe daran hindern konnte, unkontrolliert zu zittern. Das rothaarige Mädchen ging zu ihr hinüber, beugte sich über sie und legte ihr die Hand auf die Schulter.

«Das ist jemand vom Konsulat – endlich.» Sie schenkte Charles einen kalten Blick. «Er heißt Llewellyn.»

«Oh.» Das schien alles zu sein, was die ältere Frau herausbringen konnte.

«Tut mir leid, wenn Sie sich Sorgen gemacht haben», entschuldigte sich Charles. «Ich bin im Gefängnis aufgehalten worden.»

Das Mädchen richtete sich mit verändertem Gesichtsausdruck auf. «Oh, Sie haben Reg also gesehen?»

«Ja, und dann muß ich auch noch zu einem Anwalt. Aber vorher wollte ich erst mit Ihnen reden.» Er lächelte. «Ich brauche mehr

Informationen über die Hintergründe, ehe ich den Anwalt ausreichend informieren kann. Die Zeit, die man mir mit Mr. Partridge zugebilligt hat, war etwas kurz.»

Das Mädchen betrachtete ihn nachdenklich. «Sie sind heute aus Alicante herübergekommen?»

«Das stimmt.»

«Dann müssen Sie sehr früh aufgestanden sein.»

Er zuckte die Achseln. «Die Straßen waren ziemlich leer.»

«Wie geht es Reg?» Die Stimme der älteren Frau war ein so schwaches Flüstern, daß Charles die Worte kaum verstand. Dies war zweifellos Mrs. Partridge.

«Er wirkte eigentlich recht zuversichtlich», sagte Charles und bemühte sich, seinen Worten ebenfalls einen zuversichtlichen Ton zu verleihen. «Er sagte, Sie sollten sich keine Sorgen machen und ihn auch nicht besuchen. Außerdem hat man ihn bereits nach Espina gebracht. Ach so, er bat mich, Ihnen auszurichten, ihm seine Medizin zu schicken. Etwas gegen seine Magengeschichte.»

«Das ist keine Magengeschichte, das ist ein Ulcus», verbesserte das Mädchen.

«Oh.» Charles runzelte die Stirn. «Das hat er mir nicht gesagt.»

«Das glaub ich gern. Er mag kein Getue darum. Setzen Sie sich doch, ich mache uns einen Kaffee. Und bleiben Sie, bis ich zurück bin.» Mit einem besorgten aber liebevollen Blick auf die ältere Frau ging sie hinaus.

Charles ließ sich nieder und lächelte. Mrs. Partridge versuchte, ebenfalls zu lächeln. «Es war sehr freundlich von Ihnen, daß Sie so schnell hergekommen sind», murmelte sie. Dann preßte sie mit einer zitternden Hand das Taschentuch vor den Mund. «Entschuldigen Sie, ich bin gewöhnlich nicht so –»

«Ist schon gut. Wir werden die Sache so schnell es geht in die Reihe bringen. Aus dem Grund bin ich hier, um erst einmal die Tatsachen zu sichten.» Voller Entsetzen sah er, wie der Frau die Tränen über die Wangen kollerten. Dabei hatte er sie doch nur beruhigen wollen.

«Ah, wie ich sehe, haben Sie bereits ohne mich angefangen», bemerkte das Mädchen sarkastisch, als sie mit einem Tablett mit dampfenden Tassen Kaffees und einem Teller mit Keksen zurückkam. Sie stellte das Tablett auf einem niedrigen Tischchen zwischen zwei Sesseln ab und kniete sich neben die ältere Frau. «Wirklich, Mary, damit mußt du jetzt aufhören. Wir wollen diesen Herrn doch unterstützen und dabei müssen wir unsere Gedanken klar beisammen haben. Du tust Reg keinen Gefallen, wenn du so weitermachst.»

«Ich weiß, tut mir leid.» Mrs. Partridge richtete ihre Entschuldigung an die beiden anderen. «In England wäre ich bestimmt nicht eine solche Last für euch, aber hier fühle ich mich – so isoliert. Ich verstehe nicht, was sie sagen, ich verstehe nicht einmal, was geschehen ist oder warum sie ...» Sie holte tief Luft und setzte ein tapferes Lächeln auf, daß ihnen zu Herzen ging.

Sie war eine attraktive Frau von Anfang Sechzig, schätzte Charles, die ihre Figur wie auch ihre Haltung bewahrt hatte. Nur die Handrücken verrieten, daß sie älter war, als das jugendlich wirkende Gesicht vermuten ließ. Sie hatte das Haar in einem mittleren Blond getönt, und Pullover und Rock waren von schlichter Eleganz. So wie auch der Raum, in dem sie sich befanden. Die Möbel waren modern und gut, und man hatte sich auf eine spärliche Einrichtung beschränkt. Der Eindruck des Raums wurde vorwiegend durch den Ausblick und die Bilder bestimmt. Drucke, Gemälde, abstrakt, Landschaften und Porträts – zum Teil als Gruppe aufgehängt, teils als Einzelstücke – und überall durch einen Blick für Farbe und Muster bestimmt. Es war ein Raum, der Wärme ausstrahlte.

«Ich glaube, wenn Holly mir nicht beigestanden hätte, wäre ich gestern, als sie Reg abholten, verrückt geworden.» Mrs. Partridge lächelte das Mädchen dankbar an, das ihr eine Tasse Kaffee hinreichte.

Als auch er seine Tasse erhalten hatte, bemerkte er mit einem leichten Grinsen: «Als Sie mir die Tür öffneten, hielt ich Sie zunächst für Mrs. Partridge ...»

«Das bin ich auch», gab die junge Frau zurück. Als er die angebotene Zuckerdose ablehnte, stellte sie sie aufs Tablett zurück und nahm sich ihre eigene Tasse. «Das bin ich tatsächlich», wiederholte sie und trank einen Schluck Kaffee. «Andererseits bin ich's auch wieder nicht. Man könnte mich Marys Exschwiegertochter nennen.»

Es dämmerte ihm. «Ah, dann waren Sie also mit David Partridge verheiratet.»

«Sie schalten aber schnell», bemerkte sie trocken.

«Holly, sei nicht sarkastisch», sagte Mary wie automatisch.

Charles trank von dem Kaffee, der stark und heiß war. Das Mädchen nippte an ihrer Tasse und schien über ihren offiziellen Status nachzudenken. «Ich habe den Namen beibehalten, weil er mittlerweile einen gewissen Bekanntheitsgrad erreicht hat und ich die Leute nicht verwirren wollte, wenn ich ihn sozusagen mitten im Aufstreben änderte. Außerdem ist es ein Name, der sich leicht behält.»

«Sind Sie denn Künstlerin?»

«So kann man's eigentlich nicht nennen», erwiderte sie und kaute geräuschvoll einen Keks.

«Holly ist eine Stickmeisterin», erklärte Mrs. Partridge.

«Oh, Petit point oder so was in der Art?» sagte Charles höflich. Seine Mutter hatte ihm ein paar Kissen in Petit point gestickt, winzige Blümchen in noch winzigeren Kreuzstichen. Er holte sie immer nur aus dem Schrank, wenn sie zu Besuch kam. «Soll das heißen, Sie verdienen damit Ihren Unterhalt?»

«Ganz richtig.» Sie wischte ungeduldig mit der Hand über das Vorderteil ihres Kleids, um die Krümel sofort durch die eines neuen Kekses zu ersetzen. Es wirkte beinahe hektisch, wie sie das tat.

«Oh», sagte Charles noch einmal. Er scherte sich den Teufel um das, was sie tat, aber warum hörte sie nicht auf, ihn so jammervoll aus diesen grünblauen Augen anzusehen? «Also, wenn es Ihnen nichts ausmacht, würde ich gern alles über die Vorgeschichte hören.» Er zückte sein Notizbuch.

«In Ordnung. Was zum Beispiel?» fragte Holly forsch und setzte sich in ihrem Sessel zurecht. Je schneller sie das hinter sich brachten, desto besser für alle, dachte sie. Wenn man den Typ so ansah, mit seinem goldenen Füller und seinem in Leder gebundenen Notizbuch – unser Vertreter aus Alicante, schmale Krawatte und geputzte Schuhe! Sie blickte hinunter. Nein, ganz so glänzend waren sie nicht. Und die Socken paßten auch nicht so genau in der Farbe. Aus irgendeinem Grund heiterte sie das enorm auf. Trotz seiner breiten Schultern und dem eigensinnigen Kinn hatte er an der Tür wie die klassische Ausgabe des Clerkus Britannicus ausgesehen, ein gewöhnlicher Kleinlichkeitskrämer, höchstens die etwas weiterentwickelte Gartenausgabe. Und sicher war er auch das. Selbst aus der Entfernung konnte sie erkennen, daß seine Handschrift klein und genau war. Bestimmt knöpfte er den Pyjama allabendlich bis zum Hals zu, stopfte das Oberteil in die Hose und beehrte seine Frau jeden zweiten Sonntag, nachdem sie beide ein desinfizierendes Bad genommen hatten. Eigentlich schade, wenn man so seinen Mund betrachtete. Immerhin –

«Womit möchten Sie beginnen?»

Charles betrachtete sie seinerseits ebenfalls mit Mißfallen. Seine begrenzte Erfahrung mit Amerikanerinnen erweckte düstere Vorahnungen in ihm. Er fühlte etwas Heißes am Knie und konnte seine Kaffeetasse einen Moment zu spät wieder waagerecht halten. Während sie mit einer Hand eine Zigarette anzündete, tupfte sie Charles' Hose mit einer Serviette ab, wobei er sich wie ein Vierjähriger vorkam. Damit waren die ersten Vorahnungen bestätigt. «Ich glaube, wir fangen am besten mit dieser Betrugsgeschichte an, in die Ihr verstorbener Gatte zusammen mit seinem Opfer, diesem Graebner, verwickelt war. War Graebner ein Kunsthändler oder so was?»

«Graebner war ein Betrüger», stellte Holly kühl fest. «Er hat David beschwindelt.»

«Aha», sagte Charles und notierte sich diese Behauptung.

Holly blies eine Rauchwolke von sich, Mary Partridge trank mit gesenkten Augen von ihrem Kaffee; offensichtlich war sie froh, daß Holly das Erzählen übernommen hatte. Charles wartete.

«David war ein miserabler Künstler», fuhr Holly fort. «Er war nicht selber produktiv, hatte aber zweifellos Talent zum Kopieren. In der ersten Zeit unserer Ehe haben wir ganz gut davon gelebt.»

«Soll das heißen – er war ein Fälscher?»

«Aber keineswegs», gab Holly empört zurück.

Jetzt meldete sich Mary Partridge mit leiser Stimme. «Es gibt eine Unzahl von Museen auf der Welt, Mr. Llewellyn, und nicht alle besitzen die großen Meisterwerke. Ein wirklich guter Kopist kann da allerhand leisten, und David war hervorragend. Er hatte Vorstellungskraft, und beim Arbeiten wurde er zu dem Künstler, den er gerade kopierte, so daß die Bilder schließlich mit echtem Leben erfüllt waren. Es läßt sich schlecht erklären, aber manchmal waren seine Bilder echter als die Originale, und aus dem Grund rissen sich die Museen immer um ihn.»

«Entschuldigen Sie», bat Charles verlegen. «Ich verstehe nichts vom Kunstgeschäft.»

«Auf jeden Fall war er kein Betrüger», sagte Holly und warf ihm einen unfreundlichen Blick zu.

«Holly – letztlich endete er aber als solcher», murmelte Mary.

«Das stimmt nicht», widersprach Holly fest. «Er hat die Bilder nie signiert.»

«Welche Bilder?» erkundigte sich Charles.

«Na, die, die Graebner als Originale verkauft hat», sagte Holly. «David hat sie, wie gesagt, nicht signiert, aber Graebner hatte jemanden gefunden, der das vor dem Verkauf besorgte. Er hat David glatt aufs Kreuz gelegt – er würde so was nie getan haben. Niemals. Jedenfalls kann ich mir nicht vorstellen, daß er sich so geändert haben sollte.»

«Das hat er aber», bemerkte Mary und schüttelte traurig den Kopf. «Du hast ihn nicht erlebt, du warst schließlich nicht hier.»

«Bitte», sagte Charles und blickte hilflos von der einen Frau zur anderen. «Können wir vielleicht wieder zum Anfang zurückkehren?»

«Na schön – wo war ich stehengeblieben?» fragte Holly irritiert.

«Bei der Zeit, als Sie mit ihm verheiratet waren», erinnerte sie Charles.

«Ach so, ja. Also damals arbeitete David für die Museen, und das Leben war für uns einfach und alles war in Ordnung. Aber dann wurde er ruhelos – um die Wahrheit zu sagen, er wurde unausstehlich. Er begann seine Arbeit zu verabscheuen. Er wiederholte immer, daß er ‹was Eigenes› bringen wollte, aber von dem, was er da produzierte, konnte ich feststellen, daß es ein Mischmasch zwischen Impressionismus und abstraktem Expressionismus war. Es taugte nichts.»

Charles betrachtete sie neugierig. In der einen Minute verteidigte sie ihren damaligen Mann, in der nächsten hackte sie auf ihm herum. Sie war ein seltsames Mädchen. Sie bemühte sich, einen hartgesottenen Eindruck zu erwecken, dabei zitterten ihre Hände.

«Wir zankten uns häufig; ich begriff nicht, wieso er so – so widersprüchlich war. Er wurde ziemlich unerträglich. Und als Reg und Mary hierherzogen, wurde es ganz schlimm. Er zog ebenfalls hierher – um ‹des Lichtes› willen, wie er sagte, dabei war das nur eine faule Entschuldigung. Der Gin war billig, und er konnte seine Eltern anpumpen, wann immer er Geld brauchte.» Ihre Stimme klang sachlich, hatte aber einen leicht resignierten Beiklang, so als hätte sie schon sehr viel länger die Geduld mit ihm verloren und nicht erst, als er sie verließ. Sie begegnete seinem Blick und errötete, dann wandte sie sich an ihre Schwiegermutter. «Es tut mir ehrlich leid –»

Mary Partridge lächelte verständnisvoll. «Sie müssen verstehen, daß wir David alle sehr geliebt haben, Mr. Llewellyn. Er hatte immer etwas Geniales an sich und war eigentlich viel zu begabt – jedenfalls mehr, als ihm guttat. In der Schule fiel ihm alles leicht, und möglicherweise haben wir ihn zu sehr verwöhnt. Er hatte eine Art ...»

«Er konnte mitten in einem Blizzard einem Eskimo die Socken abschwatzen», unterbrach Holly sie und drückte ungeduldig ihre Zigarette im Aschenbecher aus, als ärgere sie sich, dieses zuzugeben.

«Und gerade darum war es wirklich tragisch, als die Ehe kaputtging», fuhr Mary fort und beobachtete ihre Schwiegertochter. «Wir standen auf Hollys Seite, aber schließlich war er unser Sohn. Reg wollte immer nur das Beste für ihn, und so kaufte er ihm, als er hierherkam, ein Studio in Espina, wohl in der Hoffnung, daß er sich fangen und seinen Widerspruchsgeist vielleicht aufgeben würde. Aber eigentlich wurde es nur schlimmer mit ihm.»

«Dann hat er Graebner also hier erst kennengelernt?» fragte

Charles, der diese schmerzlichen Erinnerungen unterbrechen wollte, ehe sie sich in Spekulationen – was wäre gewesen, wenn – verloren.

«Nein, ich glaube, sie kannten sich bereits von irgendwoher», überlegte Mary.

«Er hat David beschwindelt», meldete sich Holly wieder zu Wort, die sich jetzt heftig auf ihrem Stuhl aufrichtete, so daß die roten Locken wippten. «Er sagte, er sei Kunsthändler mit Galerien in Genf und Den Haag und versprach David eine eigene Ausstellung. Darauf ist David natürlich reingefallen. Er schrieb mir von der ‹großen Chance›, die ihm geboten war. Aber meiner Meinung nach kann man nur Leute beschwindeln, die beschwindelt werden wollen, Mr. Llewellyn, und David hoffte so sehr, daß Graebner sich nicht irrte, was seine, Davids, Arbeiten betraf, so daß er weitermachte, obwohl ihm im tiefsten Inneren etwas gesagt haben mußte, daß alles nur ein Schwindel war. Und ich glaube, daß er mich am liebsten zu dem Eingeständnis bewegt hätte, daß ich einem Irrtum unterlegen sei. Und um das zu bewerkstelligen, erklärte er sich einverstanden, Graebner als Gegenleistung einen kleinen Gefallen zu tun.»

«Ein Bild zu fälschen.»

«Nicht eines – zwölf», korrigierte Mary.

«Er glaubte wirklich, sie sollten als Kopien verkauft werden», beharrte Holly eigensinnig.

«Ach, Holly, warum willst du nicht wahrhaben, daß David Bescheid wußte?» sagte Mary. «Du bist genauso schlimm wie Reg. Er hat alte Leinwände benutzt, keine neuen. Wie wollte er sich das erklären? Und er wußte, die Bilder gingen an einen privaten Kunden, also nicht an irgendwelche Museen.»

Holly versuchte diesen Umstand zu erklären. «Es kann doch folgendermaßen gewesen sein: Graebner sagte ihm, er hätte einen amerikanischen Kunden, der ihm eine ‹Einkaufsliste› für Künstler gegeben hätte, die er sammelte. Das wäre doch möglich, oder?»

«Ich glaub schon», gab Charles zu.

«Eine Menge Kunsthändler arbeiten auf diese Weise», fuhr Holly hastig fort. «Und außerdem handelte es sich nur um spanische Künstler. David kam ganz offiziell um die Erlaubnis ein – und erhielt sie auch –, im Prado zwölf der Gemälde zu kopieren. Man kannte ihn dort, er hatte schon früher dort gearbeitet. Er arbeitete beinahe in sämtlichen weltberühmten Museen, und er genoß einen guten Ruf. So kopierte er vier Bilder von Velasquez, drei Murillos, zwei von Ribalta, einen Carnicero und einen Bosch.» Sie zählte die Namen an den Fingern ab.

«Bosch ist aber kein Spanier», warf Charles prompt ein.
«Nein, aber der Prado besitzt die größte Sammlung von Boschs, die es auf der Welt gibt.»
«Aber das sind zusammen dreizehn Fälschungen, und Sie haben von zwölf Stück gesprochen», beharrte Charles.
«Mary hat zwölf Fälschungen erwähnt, ich habe von zwölf Kopien gesprochen. Und außerdem wurde der Bosch nicht mit dem Rest verkauft, und es handelte sich dabei nicht mal um eine Kopie ...»
«Also wirklich!» Charles knirschte mit den Zähnen. «Bin ich so schwer von Begriff? Hat David nun Kopien oder Fälschungen angefertigt?»
Holly seufzte. «Er hat dreizehn Bilder gemalt. Zwölf davon wurden an Graebners amerikanischen Kunden verkauft und als Kopien in die USA verschifft. Auf den Zollpapieren waren sie tatsächlich als Kopien vermerkt. Reg hat das nachgeprüft.»
«Auf den Verkaufspapieren hieß es Originale», sagte Mary leise, aber beharrlich. «Und als Preis war 500000 Dollar angegeben.»
Holly ließ sich nicht beirren. «Die Gemälde waren unsigniert. David hat nie irgendwelche Kopien signiert. Was Fälschungen betraf, war er eisern, er verabscheute so etwas. Graebner mußte jemand gefunden haben, der die Signaturen vornahm. Der Bosch befand sich zum Zeitpunkt von Davids Festnahme noch in seinem Atelier, und er war nicht signiert.» Sie begegnete Charles' ratlosem Blick. «Man kann nur wegen Fälschung angeklagt werden, wenn ein derartiges Bild signiert ist», erklärte sie ungeduldig.
«Ach so.» Endlich hatte Charles begriffen. «Und der Käufer strengte eine Klage an?»
«Die Witwe des Käufers», sagte Holly verbittert. «Der Käufer, der Idiot, mußte ausgerechnet sterben, während die Bilder noch unterwegs waren. Als sie in den Staaten eintrafen, wurden sie aus zolltechnischen Gründen von einem Experten geprüft und natürlich als Fälschungen erkannt. Die Witwe schrie Betrug, Betrug!, und die Polizei erschien bei David und Graebner. Reg war gerade angekommen, um mitzuerleben, wie man die beiden fortschaffte. David rief seinem Vater nur noch zu, daß alles ein Irrtum sei, daß er sich nur den Bosch anschauen sollte, falls er ihm nicht glaubte. Aber mehr konnte er zu dem Thema nicht mehr sagen, denn auf dem Weg zum Gefängnis wurde der Wagen der Guardia von einem betrunkenen Touristen gerammt und David kam dabei ums Leben.»
«Der Offizier der Guardia ebenfalls?» fragte Charles.
«Was hat das denn mit David zu tun?» wollte Holly wissen.

«Hat sich Mr. Partridge den Bosch angesehen?» fuhr Charles schnell fort, ehe sie ihm an die Gurgel gehen konnte.

«Aber klar doch, er hat das Bild sogar an sich genommen und mitgebracht. Wollen Sie es sehen?»

«Heißt das, Sie haben das Bild noch?»

«Ja, leider», gab Holly zurück, als ob sie sich der Tatsache schäme.

Sie stand auf und ging hinaus. Charles hörte aus dem Nebenzimmer ein paar laute Geräusche, dann erschien sie schließlich wieder mit einem flachen, in Stoff gewickelten Gegenstand. Als sie die Umhüllung entfernt hatte, kam ein goldgerahmtes, etwa zwei Fuß im Quadrat großes Bild zutage, das sie gegen den Tisch lehnte. Es war eine Landschaft, über der Gott und seine Engel in den Wolken schwebten. Das Bild war in zarten Konturen und lebhaften Farben gemalt, es hätte von einem alten flämischen Meister stammen können, wenn das, was unterhalb der Wolken lag, nicht gewesen wäre.

Charles hatte sich Boschs Gemälde im Prado angeschaut. Ihm war bekannt, daß Kunstkenner den unverhüllt obszönen Inhalt der Bilder eher als mystisch denn als pornographisch erklärten, höchstwahrscheinlich von seiner Zugehörigkeit zu einer seltsamen religiösen Sekte herrührend. Aber er hatte sich bisher noch nie das Triptychon «Der Garten der Lüste» ansehen können, ohne davon sexuell erregt zu werden. Am liebsten hätte er die Einzelheiten genauer betrachtet, wagte aber nicht, es sich anmerken zu lassen. Zumindest nicht in der Öffentlichkeit.

Dieses Bild hier vermittelte ihm die gleiche Sensation.

Überall in der Landschaft verstreut waren groteske und winzige Gruppen von Menschen dabei, sich jeder vorstellbaren Ausschweifung hinzugeben, während sich um sie herum – entweder von ihnen gar nicht bemerkt oder einfach übersehen – die Erde öffnete und ihre Toten ausspuckte. Damit sollte wohl das Jüngste Gericht dargestellt werden.

Er war von der künstlerischen Leistung beeindruckt – und von dem Dargestellten betreten. Das gesamte Gemälde schrie «Bosch» aus jedem Pinselstrich, nur war es detaillierter als jedes andere, das er bisher gesehen hatte. Er ruckte auf seinem Sessel umher. «Sehr eindrucksvoll», murmelte er.

«Ich finde es scheußlich», sagte Mary und schüttelte sich. «Ich habe Reg angefleht, es wegzustellen. Wir haben oft darüber gesprochen – er findet es hervorragend.»

«Das ist es aber nicht», warf Holly trocken ein. «Es ist eine Fälschung», sie ging zum Schreibtisch und holte eine Lupe, die sie Charles reichte. «Obere linke Ecke. Der blaue Engel.»

Charles nahm das Bild auf. Es war weniger schwer, als er erwartet hatte. Er stellte es so auf seinen Schoß, daß das Licht aus dem Fenster voll darauf fiel, und bald hatte er erkannt, was sie mit ihrer Bemerkung gemeint hatte. Es war winzig, kaum sichtbar, aber es war da. «Ich werd verrückt!» stieß er hervor.

Der Engel trug am Handgelenk eine Digitaluhr!

3

Charles bat, sich den Patio einmal ansehen zu dürfen, und Holly führte ihn durch die verglasten Schiebetüren. Das Meer glitzerte in der Sonne, die ihnen warm auf die Schultern schien. Wenn nicht die ständige Brise vom Meer herübergeweht wäre, würde es auf dem Patio bereits heiß sein. Mary Partridge hatte sich zum Ausruhen niedergelegt, die Diskussion über die Vergangenheit und die Aussichten, die die Zukunft bot, hatte sie schließlich erschöpft.

«Reg war höchst verbittert, als er die Uhr entdeckte», berichtete Holly und hob kurz die Masse ihres roten Haars an, um den Hals kurz der Kühle auszusetzen. «Andererseits glaubte er, gerade damit Davids Namen reinwaschen zu können. Er war überzeugt, ähnliche Unstimmigkeiten auf den anderen Bildern festzustellen. Für ihn – und auch für mich – war das der Beweis, daß er Graebners Absichten von Anfang an durchschaut hatte und sich dagegen absichern wollte. Aber Reg bekam nie die Gelegenheit, die Uhr im Gerichtssaal zu zeigen, da er nicht als Zeuge berufen wurde. Graebner war angeklagt, nicht David. Und Graebner schob die ganze Schuld auf David und das Gericht schloß sich dieser Ansicht an. Wahrscheinlich waren sie froh, es nicht mit einem langwierigen und teuren Prozeß zu tun zu bekommen. Was machte es schon aus? David war tot und konnte nichts mehr abstreiten, und Reg erfuhr überhaupt erst von der ganzen Verhandlung, als die bereits gelaufen war, und zu der Zeit wollte keiner mehr Zeit oder Geld daranhängen, den Namen eines Toten reinzuwaschen. Der Fall war abgeschlossen. Sie waren äußerst mitfühlend, aber...»

«Ich verstehe sehr gut, daß sich Mr. Partridge aufgeregt hat, aber würde er seinen Groll zwei Jahre lang mit sich herumschleppen? Für mich hört sich das wenig wahrscheinlich an.»

«Oh, Reg kann ganz schön dickköpfig sein, beinahe genauso stur wie David. Aber diese Drohungen, die er da von sich gegeben hatte, also die waren im Zorn gesagt, und Reg kann nie lange wütend sein. Dazu ist er zu gutmütig, es paßt einfach nicht zu ihm.»

Charles warf einen Blick in die Runde. «Ich sehe, hier gibt es nicht nur ein Penthouse, sondern drei. Wieso ist die Polizei so überzeugt, daß Graebner über diese Brüstung fiel?»

«Der Penthouse-Patio führt an drei Seiten des Apartmentblocks entlang», erklärte Holly und deutete einen Halbkreis mit dem Arm an. «Wenn er unterhalb der vorderen Seite des Patio aufgetroffen wäre, könnte die Sache fraglich sein, denn alle tiefer liegenden Apartments haben seitliche Balkons, die einen Ausblick zum Meer bieten. Aber die Leiche wurde genau unterhalb der Hausseite gefunden, an der es keine Balkons gibt und auch keine Fenster, die sich öffnen lassen. Schlecht, was?»

Sie trat an die Brüstung und sah hinab. «Hier ist die Stelle. Hier, genau unter uns, wurde die Leiche auf dem Betonboden gefunden. Sie wurde nicht sofort entdeckt, da sie da unten in diesem Schacht lag.» Sie beugte sich so beängstigend weit über das Geländer, daß Charles instinktiv nach ihr griff und dabei mit einem dieser stachligen Gewächse in Kontakt kam, die auf der gesamten Länge der Brüstung angepflanzt waren. Als er seinen Ärmel wieder befreit hatte, sah sie ihn ungeduldig an. «Sehen Sie, wovon ich gesprochen habe?»

Pflichtgemäß lehnte er sich ebenfalls etwas vor. Bildete er es sich nur ein, oder hatte das Pflaster da unten einen leicht dunkleren Farbton? Als ob es nicht genügend geschrubbt worden war ...

«Wie Sie erkennen können, sind die Wohntürme an der schmalsten Stelle nur etwa zehn Fuß weit voneinander entfernt, und sie sind nur ganz wenig versetzt. Er hätte nicht durch einen Unfall da unten auftreffen können, nur wenn man ihn hinuntergeworfen hätte.»

«Das hat man ja auch.»

«Wie bitte?» Sie hob eine Hand, um die Augen vor der gleißenden Sonne abzuschirmen. «Was soll das heißen?»

«Die Obduktion hat ergeben, daß Graebner bereits tot war, ehe er über die Brüstung gestürzt wurde. Man hat ihn vorher erstochen.»

«Erstochen?»

«Ja.»

Sie starrte ihn immer noch an, ohne ihn richtig wahrzunehmen. «Darum haben sie ihn mitgenommen!»

«Den Degen an der Wand?» fragte Charles.

Sie nickte. «Wir dachten, vielleicht wäre der Besitz eines solchen Degens ja verboten, nur ...» Sie unterbrach sich. «Woher wissen Sie darüber Bescheid?»

«Der Capitán der Guardia, der die ersten Untersuchungen geleitet hat, erklärte mir voller Freude, daß Graebner mit dieser Waffe getötet worden war», erwiderte Charles ruhig. «Sie war nur flüchtig abgewischt worden und trug noch die Fingerabdrücke Ihres Schwiegervaters auf dem Griff. Tut mir leid.» Er wollte wieder die Hand nach ihr ausstrecken, ließ sie dann aber sinken. Sie machte nicht den Eindruck, als erwarte sie eine Bezeugung der Anteilnahme von ihm, denn sie stand da, steif vor Zorn. Verlegen fuhr er fort: «Sie sagen ... das Blut und die Fingerabdrücke ...»

«Er übte den Stierkampf.»

«Was sagen Sie da?»

«Doch, das war Sonntag vor einer Woche, hier auf dem Patio. Er und Nigel überlegten sich eine Szene für die Weihnachtsvorstellung. Reg gehörte der hiesigen Amateurtheatergruppe an, die jedes Jahr eine Aufführung herausbringt. Er war dieses Jahr als Produzent vorgesehen und plante, eine Stiergefechtszene einzubauen. So kamen seine Fingerabdrücke auf den Degen.»

«Damit ist aber das Blut nicht erklärt», wandte Charles beinahe schuldbewußt ein, schließlich hatte er dazu beigetragen, daß die Polizei die Waffe entdeckte.

«Er hat's nicht getan!»

«Das glaube ich auch nicht, ich wollte Ihnen nur klarmachen, wie die Dinge liegen. Die Beweise sind ziemlich vernichtend, und ich meine, daß Sie Ihre Schwiegermutter und sich selbst mit dem Gedanken vertraut machen sollten, daß Sie eine böse Zeit vor sich haben. Wie ich schon sagte, man hat ihn nach Espina gebracht. In Mordfällen ist die Guardia Civil nur für die Voruntersuchung verantwortlich, dann wird die Sache an die Kriminalpolizei übergeben. Von Espina wird er nach Alicante überführt werden, und dort wird dann auch die Gerichtsverhandlung stattfinden.»

«Dann glauben Sie, daß es zu einer Gerichtsverhandlung kommt?»

«Ich fürchte, beim Stand der Dinge sieht es sehr danach aus», antwortete Charles. «Wenn sich natürlich neues Beweismaterial finden sollte ...» Er zuckte die Achseln. «Wie steht es eigentlich mit der Finanzlage Ihrer Schwiegermutter?»

Sie streifte ihn mit einem unfreundlichen Blick. «Wieso? Müssen wir für Ihre Dienste zahlen?»

Er bemühte sich, einen gleichmütigen Ton beizubehalten. «Der Anwalt wird etwas kosten. Die Spanier haben so etwas wie einen Pflichtverteidiger, aber wenn Sie einen privaten *abogado* engagieren können, würde ich Ihnen sehr dazu raten. Nein, ich habe die Frage nach Ihrer Geldsituation nur gestellt, weil so plötzlich Inhaftierte selten daran denken, ob ihre Ehefrauen genügend Mittel haben, um den Haushalt weiterzuführen. Wenn Ihre Schwiegereltern natürlich ein gemeinsames Bankkonto besitzen, gibt's kein Problem. Andernfalls muß ich sehen, was ich für Sie tun kann.»

Sie blieb eine Weile stumm, dann wandte sie sich ab und sah aufs Meer hinaus. «Es tut mir leid», sagte sie schließlich. «Man hat mir schon oft gesagt, daß ich aggressiv werde, wenn ich Angst habe. Das wird wohl stimmen – und glauben Sie mir, ich habe Angst.»

«Schon gut», sagte er erleichtert, «schließlich wissen Sie ja nicht, ob ich gut bin in meinem Job. Sie könnten ja den Laufburschen geschickt haben, weil niemand sonst erreichbar war, und ich könnte für Sie alles nur noch schlimmer machen. Die Situation ist schon beängstigend genug für Sie, und ich bin schließlich ein unbekannter Faktor für Sie, und das ist auch nicht sehr tröstlich.»

«Also ...» Sie drehte sich wieder zurück und lächelte plötzlich – und einen Augenblick lang wirkte die Sonne ein wenig trüb im Vergleich dazu. «Also, dann erzählen Sie mal.»

Er lehnte sich mit verschränkten Armen gegen die Brüstung. «Ich bin seit vierzehn Jahren in Spanien. Zuerst war ich in Madrid stationiert, dann auf den Kanarischen Inseln und schließlich in Alicante. Den Großteil meiner Zeit verbringe ich damit, Leuten aus ihren Schwierigkeiten zu helfen. Normalerweise bekommen mich überhaupt nur solche Leute zu Gesicht, die in Schwierigkeiten stecken. Ich kann Ihnen natürlich nicht versprechen, daß ich Ihren Schwiegervater aus seiner mißlichen Lage heraushole, aber ich kann zumindest dafür sorgen, daß er anständig behandelt wird, einen guten Strafverteidiger erhält und sämtliche Erleichterungen, die das Gesetz erlaubt. Ich werde weiter dafür sorgen, daß man Ihre Schwiegermutter nicht aufregt und daß sie jede Unterstützung erhält, physisch und finanziell. Ich werde alles tun, um zu helfen.»

Sie betrachtete ihn mit einem seltsam abschätzenden Blick. «Sind Sie zufällig Jungfrau?»

«Nicht mehr seit meinem sechzehnten Lebensjahr.»

«Ich wollte damit sagen ... oh, wirklich sehr komisch», gab sie ungeduldig zurück. «Mann, ich kann den Witz schon nicht mehr hören.»

«Entschuldigen Sie», entgegnete er ziemlich steif. Er hatte die Bemerkung tatsächlich witzig gemeint. «Ich glaube, ich bin ein Steinbock.»

«Oh.» Sie dachte offenbar ernsthaft darüber nach. «Vielleicht ist das ja günstig; Steinböcke sind gut bei Detailarbeit, sehr zielstrebig und fleißig.»

«Das hört sich aber gar nicht nach mir an», bemerkte er zweifelnd. «Ich bin verdammt faul.»

«Soll ich das tröstlich finden?»

«Ich habe keine Ahnung, was Sie als tröstlich erachten mögen, Mrs. Partridge», sagte er und betrachtete wütend das Penthouse rechts neben ihnen.

«Sind Sie verheiratet?»

Sie war absolut unmöglich. Was hatte denn das mit der Sache zu tun? «Nein.»

«Also, schwul sehen Sie eigentlich nicht aus.»

Ihr Ton war völlig objektiv. Er wußte, daß sie es nicht bösartig gemeint hatte; sie war nur dabei, ihre lächerlichen astrologischen Vorstellungen zu bestätigen. Er hatte gehört, daß Amerikanerinnen oft an derlei Unsinn glaubten, aber sie war ihm nicht als dieser Typ erschienen. Er hob eine Augenbraue; er war fest entschlossen, sich nicht von ihr unterbuttern zu lassen.

«Oh, wenn Sie das finden, bin ich ja getröstet.»

«Ich mag nicht, wenn man sich über mich lustig macht», sagte sie leicht verärgert.

«Und ich mag nicht, wenn man mich in Schubladen einordnet.»

«Das mögen Steinböcke nie.» Sie mußte plötzlich lachen. «Na schön, na schön. Wie nennt man Sie eigentlich?»

Er grinste. Es war klar, daß sie nach seinem Titel fragte. Er konnte ihr doch nicht sagen, daß er keinen besaß! «Meistens nennt man mich Charles. Gelegentlich auch Tonto.»

«Tonto?»

«Spanisch für Dummkopf», erklärte er. «Damit lernen Sie eine ganz neue Facette von meinem Wesen kennen.»

Sie wollte gerade den Mund zu einer Entgegnung aufmachen, doch dann sprang sie hoch, als habe man sie mit einem scharfen Gegenstand gepikt. Auch Charles hatte sich erschrocken, als plötzlich wie aus heiterem Himmel eine Stimme ertönte.

«Was zum Teufel haben sie mit Reg angestellt? Alastair war da, um ihn zu besuchen, da bekam er von der Guardia gesagt, er sei nicht mehr da.»

Charles drehte sich im Kreise, bis er den Ursprung des Lärms ausgemacht hatte. Auf der anderen Seite des trennenden Zwischenraums, auf dem Patio des linken Penthouse, stand ein kleiner, älterer Mann in dem legeren Drillichanzug der Britischen Army, mit einem Sprayapparat in der Hand. Hinter ihm wippte eine lange Kette von Geranien im Wind. Manche standen in den Pflanztrögen der Brüstung, manche in riesigen Tontöpfen innerhalb des Patio.

«Sie haben ihn doch wohl nicht erschossen, oder?» fuhr der alte Herr fort. Es war klar, daß er die Frage als Scherz gemeint hatte. Holly sog hörbar die Luft ein, während Charles sie leise beruhigte:

«In Spanien gibt es keine Todesstrafe mehr. Wer ist der Kerl eigentlich?»

«Unser freundlicher Nachbar», flüsterte sie zurück, dann hob sie mit einem Lächeln die Stimme an. «Guten Morgen, Colonel Jackson. Ich glaube, man hat ihn nach Espina gebracht.»

«Espina? Soso. Wozu bloß, frage ich mich. Wen haben Sie da bei sich?» erkundigte sich der alte Mann und starrte Charles fragend an.

«Das ist Mr. Llewellyn von unserem Konsulat in Alicante», erklärte Holly.

«Ah, das ist gut. Sehr gut. Die ganze Sache ist natürlich ein gräßlicher Irrtum, typisch Guardia Civil. Man kann es ihnen nicht verübeln, die Leute halten sich an den Augenschein, aber in diesem Fall ist das reiner Blödsinn. Reg ist ein reizender Mensch, der keiner Fliege was zuleide tun kann. Vielleicht kann man ja ein paar Leute zusammentrommeln, die das Gefängnis stürmen, wenn die ihn nicht gehenlassen.»

«Das wird sicher nicht nötig sein, Sir», gab Charles lächelnd zurück. «Wir können sicher einen Richter bewegen, ihn während der Zeit der Beweisaufnahme auf Kaution freizulassen.»

«Verrückte Geschichte, hab ich gleich gesagt. Der Mann hat da einbrechen wollen, hörte Reg zurückkommen, rannte auf den Balkon und ging in der Dunkelheit – hups! – über die Brüstung.» Er schwenkte seinen Sprayapparat begeistert im Kreis, um seine Theorie zu untermauern, wobei er eine Spur dunkler Wassertropfen auf seiner Hose und dem gefliesten Terrassenboden hinterließ. «Bin schon paarmal selber beinahe runtergefallen, bis ich schließlich die Pflanztöpfe da aufgestellt habe. Jetzt hab ich da so 'ne Art Laufstall für die Kleinen.»

«Colonel Jackson hat sechs Enkel», erklärte Holly.

«Sind natürlich jetzt wieder fort. Schulferien vorbei.» Er schien kurz über die traurige Tatsache nachzudenken, dann nickte er. «Aber sie werden bald wieder da sein, bestimmt. Tja, wenn ich irgendwas für Sie tun kann, müssen Sie's nur sagen, meine Liebe.» Er machte Miene, sich abzuwenden.

«Haben Sie in der Nacht irgendwas gehört, Colonel?» fragte Charles. Der alte Mann drehte sich wieder zurück, wobei er wieder einen Sprühregen verursachte.

«Verflixt!» Der Colonel schüttelte seinen nassen Fuß. «Sie meinen, ob ich in der Nacht, als dieser Kerl über die Brüstung fiel, etwas gehört habe? Nicht einen Piepser, bedaure.»

«Eigentlich merkwürdig, nicht?»

«Überhaupt nicht. Waren ja nicht zu Hause!» Jackson lachte fröhlich, als ob er Charles erfolgreich an der Nase herumgeführt hätte.

«Waren so gegen sieben im Kino, das wußten Sie wohl noch nicht, oder? Jetzt ist es ja schade, aber ...» Er unterbrach sich, dann schüttelte er den Kopf. «Blöder Film. Wären besser zu Hause geblieben, aber Queenie wollte ja partout raus. Ich gehe jeden Dienstag ins Kino, ist schon zur lieben Gewohnheit geworden. Queenie geht gern aus. Kann man ihr nicht verübeln. Muß ja auch langweilig für sie sein, nur ich und meine Geranien, nachdem die Enkel wieder abgedampft sind. Aber sie hält sich tapfer. Gutes Mädchen, meine Queenie. Wirklich in Ordnung. Sonst noch was, junger Mann?»

«Das wäre wohl alles, glaube ich.»

«Der Colonel hat die Leiche gefunden», warf Holly leise ein.

«Oh ... das hatte ich nicht gewußt.»

«Irrtum, ich hab den Burschen nicht gefunden», protestierte der alte Mann. «Ich wünschte, es wäre so gewesen. Es war Queenie. Es war ihre übliche Tour ... hat sich natürlich mächtig aufgeregt, das arme alte Mädchen.»

«Das kann ich mir vorstellen», sagte Charles voller Mitgefühl für die alte Dame. Verletzungen durch einen Sturz aus 150 Fuß Höhe sind meistens mit etlichen Knochenbrüchen verbunden und außerdem eine blutige Angelegenheit. Er konnte sich gut vorstellen, daß sie sich dabei «aufgeregt» hatte.

«Sie hat's immer noch nicht ganz verwunden», fuhr der Colonel fort und beugte sich vertraulich über die Brüstung, wobei er einen Blick über die Schulter zu der offenen Tür seiner Penthousewohnung warf. «Kann immer noch nicht an der Stelle vorbeigehen. Macht einen regelrechten Umweg darum und will nicht mal in die Richtung sehen. Sehr empfindsam, wirklich. Und die Guardia hat sie auch nicht gerade sanft behandelt.»

«Das wundert mich aber», sagte Charles. Die Guardia war als hart bekannt, aber die Vorstellung, daß sie eine respektable Frau, besonders eine ältere Ausländerin, schlecht behandelt haben sollte, war schockierend. Für einen Spanier waren Frauen etwas Zartes, Verletzbares, das man beschützen mußte. «Sie hätten das bei uns melden sollen, wir hätten in Vertretung der Dame Protest eingelegt.»

Ein kleiner grauer Pudel kam auf den Patio des Colonel spaziert, ließ sich neben seinen Füßen nieder und betrachtete sie alle mit blanken schwarzen Augen.

«Oh, wir wollten kein Aufsehen», wehrte der Colonel bescheiden ab. «Und so langsam kommen wir auch schon drüber weg, stimmt's, Queenie?» Der Pudel sah zu ihm mit geduldigen, wachen Augen empor und bellte einmal. «Was uns betrifft, ist das

Schnee von gestern. Jetzt muß man sich nur noch um Reg kümmern. Queenie vermißt ihn. Und Bimla natürlich auch.»

«Bimla?» wiederholte Charles mit erstickter Stimme.

«Reg und Mary haben einen kleinen Hund. Bimla. Sie ist vor kurzem an der Gallenblase operiert worden und noch nicht aus der tierärztlichen Behandlung zurück», erklärte Holly.

«Aha.»

«Die beiden Hunde spielen immer miteinander.»

«Oh.» Charles überlegte, ob auch andere schon gelegentlich gegen den Impuls ankämpfen mußten, Holly Partridge zu erwürgen.

«Sie müssen bei diesen Typen fest auftreten», riet Colonel Jackson. «Lassen Sie sich nur nichts gefallen.»

«Ich werde dran denken, Sir.»

Der Colonel nickte, warf Holly ein reizendes Lächeln zu und wanderte zu seinen Geranien zurück. Queenie legte die Vorderpfoten auf die Patiobrüstung, starrte mit irritierend intelligenten Augen zu ihnen hinüber und kläffte eine Frage.

«Heute nicht, Queenie», sagte Holly und wich Charles' Blick aus.

Der Hund legte den Kopf schief, ganz ähnlich wie sein Eigentümer, dann trottete er hinter ihm her; es sah so aus, als ob er die Achseln zuckte.

«Das hätten Sie mir rechtzeitig sagen sollen», zischte Charles durch die Zähne.

«Was denn?» fragte Holly unschuldig.

«Daß der Alte spinnt. Was ist mit dem Penthouse an der anderen Seite?»

«Das gehört einem deutschen Ehepaar, den Neufelds. Er ist an den Rollstuhl gefesselt, sie ist jünger. Außerdem lebt ein Pfleger bei ihnen.»

«Alt oder jung?»

Sie lächelte schwach. «Sie sind ziemlich schnell von Begriff, oder? Mr. Neufeld ist altersmäßig schwer zu schätzen – er ist normalerweise derartig eingepackt, daß kaum etwas von ihm zu sehen ist. Ich glaube, er ist total gelähmt, jedenfalls habe ich noch nie ein Wort mit ihm gewechselt. Sie muß so um die Mitte Dreißig sein.»

«Und schön.»

«Woher wissen Sie das schon wieder?» Holly sah ihn an und schob das Haar zurück, das vom Wind durchgepustet worden war.

«Wegen Ihres Tons. Und wie alt ist der Pfleger?»

«Oh, jünger. In den Zwanzigern. Eigentlich recht gutaussehend. Er hat mich ein- oder zweimal gebeten, mit ihm auszugehen, aber –»

«Nicht Ihr Typ!»
«Sagen wir lieber – ich möchte ihn nicht zum Feind haben.»
«Aha.»
«Und außerdem war er einer von denen, die der Polizei erzählt haben, daß in der Nacht bei uns im Penthouse das Licht um Viertel vor acht angegangen ist. Sie können sich vorstellen, daß meine Gefühle dem Kerl gegenüber zur Zeit nicht die freundlichsten sind.»
Charles betrachtete die schweren Gardinen, mit denen die Fenster verhängt waren. «Wissen Sie sonst noch was über die Leute?»
«Nur daß der Kranke schwerreich sein soll. Manchmal geht drüben das Licht an, ehe sie die Vorhänge geschlossen haben, dann sieht man, daß sie viel für die Inneneinrichtung ausgegeben haben. Und Eigentumswohnungen sind hierzulande teuer.»
«Und wieso konnten Ihre Schwiegereltern eine erwerben? Von dem, was man von zu Hause hört, sind pensionierte Staatsbeamte nicht in der höchsten Einkommensteuergruppe.»
«Reg hat die Kronjuwelen geklaut», entgegnete Holly etwas pikiert. Aber unter seinem freundlichen Blick lenkte sie ein. «Sie hatten Glück. Als diese Wohnblocks gebaut wurden, war ein Penthouse noch etwas Neues. Mary und Reg kannten den Bauherrn und bekamen es für einen christlichen Preis.» Sie grinste. «Außerdem konnten sie ihr Haus, das sie damals in Montana Sol bewohnten, günstig losschlagen. Dazu kam, daß Mary eine kleine Erbschaft von einer Tante erhielt. Reg sagte damals, sie hätten eine Glückssträhne erwischt, so gut fügte sich alles zusammen. Das wird er jetzt wohl nicht mehr behaupten.» Ihr Gesicht verzog sich kurz. «Auf jeden Fall behielten sie das Penthouse, während die beiden anderen bereits zweimal den Besitzer wechselten, und jedesmal für den doppelten Preis. Die Neufelds leben, glaub ich, seit anderthalb Jahren hier. Ich weiß noch, daß die Verkaufsverhandlungen gerade im Gange waren, als ich herkam – zur Beerdigung.»
«Dann ist die Möglichkeit, daß Graebner ein Dieb war, gar nicht so weit hergeholt», überlegte Charles. «Sie sagten, die Leute haben allerhand Kostbarkeiten in der Wohnung?»
«Das vermute ich jedenfalls. Von einem gelegentlichen Blick durch die offenen Fenster.»
«Die ganze Gegend entwickelt sich immer mehr nach dem Muster der Riviera. Fehlt nur noch das Kasino», bemerkte Charles. «Und wo die Reichen leben, da fühlt sich das Diebesgesindel angezogen. Die Zahl der Einbrüche ist im letzten Jahr beängstigend angestiegen.»
«Nun, dann hat er sich jedenfalls in der Wohnung geirrt», sagte Holly bestimmt. «Mary besitzt ein paar Ringe und eine Perlenkette,

das ist alles. Keine Pelze oder sonstwas, für das man den Hals riskieren könnte – nicht mal ein Farbfernseher. Sie begnügen sich immer noch mit dem alten Schwarzweiß-Ding, obwohl Reg mit dem Gedanken spielt, sich ein Videogerät anzuschaffen, um gelegentlich etwas in Englisch zu sehen. Auf jeden Fall hat Reg zwei gute Schlösser an der Tür, die den einzigen Zugang zum Penthouse bildet. Ein Nachteil dieser Art Wohnungen ist, daß sie nur eine Eingangs- beziehungsweise Ausgangstür besitzen, daß also Gäste wie der Müll durch die gleiche Tür müssen.»

«Und diese Tür hat er abgesichert?»

«Klar. Wer mag schon bestohlen werden? In meiner Londoner Wohnung wurde zweimal eingebrochen, und dabei besitze ich nicht viel Stehlenswertes. So was gehört beinahe schon zum Alltag. Ich war es, die vorgeschlagen hat, noch ein zweites Schloß anzubringen.»

«Ich weiß nicht, ob ich mich noch in London wohl fühlen würde», meinte Charles. «Allmählich hört es sich an wie New York oder Hongkong.»

«Aber es ist immer noch London», sagte Holly sehnsüchtig.

«Sind Sie aus dem Grund dortgeblieben, nachdem Ihre Ehe in die Brüche ging? Weil Sie London so gern haben?»

«Das nehme ich an. Außerdem habe ich dort meine Geschäftsverbindungen. Wenn ich nach New York oder San Francisco ginge, müßte ich ganz von vorn anfangen. Warum sollte ich?»

Charles überlegte flüchtig, was für eine Art «Karriere» es sein mochte, Kätzchen oder Rosen auf Stoffe zu sticken. Vielleicht arbeitete sie ja für irgendwelche Souvenir- oder Folkloreläden. Er richtete seine Gedanken wieder auf das aktuelle Thema. «Auf der einen Seite neben Ihnen wohnt also ein pensionierter Colonel mit seinem Hund und auf der anderen ein Mann im Rollstuhl mit Frau und Pfleger. Das ist doch richtig, oder?»

«Genau.»

«Der Colonel war unterwegs, während die Neufelds wohl zu Hause gewesen sein mußten, wenn sie mitbekamen, wie das Licht an- und ausgeknipst wurde. Haben sie sonst noch was beobachtet?»

«Sie haben sich eine Videokassette angesehen, offenbar eine ziemlich laute Angelegenheit. Die Polizei hat sich jedenfalls damit zufriedengegeben.»

Es wurde immer klarer, wieso sich die Polizei auf Reg Partridge als den einzig möglichen Verdächtigen konzentriert hatte, obwohl Charles dennoch gern einiges über diesen Pfleger bei den Neufelds gewußt hätte.

«Nun, das wäre wohl alles, was ich im Moment tun kann. Ich

wollte mir einen Überblick über die Hintergründe verschaffen und mich vergewissern, daß Mrs. Partridge alles hat, was sie benötigt. Ob sie wohl nach Espina fahren und selber mit dem Anwalt reden möchte?»

«Ich glaub nicht – und ich meine, ich sollte besser bei ihr bleiben. Würde Ihnen das was ausmachen?»

«Nicht wenn sie mir die Vollmacht erteilt, den besten Anwalt zu engagieren, den ich finden kann.»

«Das wird sie bestimmt tun.»

Charles blickte sich noch einmal auf dem vom Wind reingefegten Patio um. Ohne diesen Wind, der vom Meer her wehte, würde es sehr heiß dort sein. Im Hochsommer würde es draußen kaum auszuhalten sein, höchstens abends und am frühen Morgen. O ja, abends mußte es herrlich dort draußen sein – wenn die samtene Dunkelheit herniedersank, die letzten Sonnenstrahlen auf dem Meer glitzerten oder das Bergmassiv des Montgo angestrahlt wurde, das in den Horizont hineinreichte. Er hätte Reg Partridge beinahe um seine hochgelegene Wohnung beneidet.

Wenn es da oben keinen Mord gegeben hätte.

4

Nachdem sie Charles hinausbegleitet hatte, ging Holly in das verdunkelte Eheschlafzimmer und warf einen Blick hinein. Mary lächelte sie aus ihren Kissen an. «Ist er weg?»

«Ja.» Holly betrat das Zimmer und setzte sich auf die Bettkante.

«Was meint er – wie stehen Regs Chancen?»

Holly zuckte die Achseln. «Das hat er nicht so genau gesagt.»

«Ihr seid so lange draußen auf dem Patio gewesen; irgendwas muß er doch gesagt haben.»

«Wir haben über den Mord im allgemeinen und die Nachbarn gesprochen. Er sagt, er weiß noch nicht genug über alles. Übrigens war der Colonel draußen.»

«Ach du liebe Güte.»

«Er war ausnahmsweise ganz erträglich», lachte Holly. «Zumindest ließ er sich nicht lang und breit darüber aus, daß ein Regimentskamerad mal in eine ähnliche Lage gekommen war und wie man in Darjeeling oder Nairobi oder sonstwo mit derlei Dingen fertig geworden ist.»

«Hongkong», warf Mary geistesabwesend ein. «Glaubst du, daß er etwas Nützliches beitragen kann?»

«Der Colonel?»
«Nein ... Mr. Llewellyn. Auf mich macht er einen sympathischen, verläßlichen Eindruck. Seitdem ich ihn kennengelernt habe, fühle ich mich ein bißchen besser.»
«Wir werden uns mit ihm abfinden müssen, was anderes bleibt uns ja auch nicht übrig. Schließlich können wir ja nirgends anrufen und sagen: Hören Sie, wir mögen den Typ nicht, den Sie uns rübergeschickt haben; können Sie uns nicht weitere Muster schicken, damit wir eine Auswahl treffen können?»
«Holly, also wirklich!»
«Stell sie dir doch mal vor: Alle hintereinander aufgereiht, mit den zusammengerollten Regenschirmen und den sorgfältig gebundenen Schulkrawatten ...»
«Jetzt langt's», sagte Mary. «Du übertreibst.»
Holly war glücklich, etwas wie ein Lächeln auf dem Gesicht ihrer Schwiegermutter zu entdecken. «Er ist ein Steinbock», erklärte sie. «Die legen immer sehr viel Wert auf Schulkrawatten und so was.»
«Hast du dir seine Geburtsurkunde zeigen lassen? Holly, manchmal kann man bei dir verzweifeln. Für ein intelligentes Mädchen –»
«Ich weiß, du hältst mich für leicht verrückt. Ach was, das ist nur ein einfacher Weg, um herauszufinden, was Leute so mögen. Ich nehm die Sache ja nicht wirklich ernst.» Sie seufzte und erhob sich etwas nervös. Sie wußte, daß sie alles andere als nett zu Charles Llewellyn gewesen war; es mußte an der Situation gelegen haben. Sie liebte ihre Schwiegereltern von ganzem Herzen, und es griff ihr ans Herz, sie ohne eigenes Verschulden leiden zu sehen. Sie hatte eigentlich erwartet, daß das Konsulat einen forschen und tüchtigen Vertreter geschickt haben würde. Statt dessen hatte man ihn gesandt, und obwohl er aussah, als ob er ganz in Ordnung sei und außerdem fließend Spanisch sprach, war da dieses alberne kleine Notizbuch gewesen, was sie gestört hatte; Leute, die sich Dinge notierten, waren Zuschauer, keine Täter.
Und hier mußte etwas getan werden!
«Kann ich dir was bringen?»
Mary schüttelte den Kopf. «Danke, nein. Ich glaube, jetzt kann ich auch schlafen, wo Mr. Llewellyn etwas unternimmt.»
Holly nickte nur, dann verließ sie kommentarlos das Zimmer.

Während sie das Kaffeegeschirr abwusch, starrte Holly immer wieder auf die in brütender Hitze liegenden Felder und Olivenhaine und die rechts dahinter in den Himmel ragenden Massen des Montgo. Was für eine bizarre Aussicht, so ganz anders als die baumbestandene Landschaft, auf die man von der Wohnung der Partridges am Rand von Reading blickte oder auch die von ihrer eigenen Londoner Behausung. Hier war das Land karg und trocken, irgendwie grell für das Auge. Komisch eigentlich, daß Mary und Reg, beide echte Briten, sich hier angesiedelt hatten.

Nebenbei traf das gleiche auch auf sie zu!

Immer am falschen Ort, dachte sie reuevoll. Immer eine Fremde im fremden Land. Amerikanerin, die sich in England niedergelassen hatte und jetzt in Spanien Geschirr abwusch!

Und alles wegen David.

Dunkelhaarig, aktiv, geistig souverän, sarkastisch und beinahe etwas dämonisch. Und doch hatte er etwas Gütiges an sich gehabt – sehr zu seiner eigenen Verlegenheit! –, Freundlichkeit und Humor.

Und dann hatte eines Tages der rebellische, intellektuelle David die Oberhand gewonnen. Und damit war der Spaß zu Ende gewesen.

Sie hatte immer noch nicht begriffen, wie das hatte kommen können. Natürlich, er hatte sie im Grunde immer für naiv gehalten. Von allen Anschuldigungen und Beleidigungen, die er ihr an den Kopf geworfen hatte, war nach wie vor eine zurückgeblieben, die ihre selbstaufgebaute Verteidigung noch durchlöcherte.

«Du kannst immer nur die Oberfläche sehen, nie was darunter verborgen ist», hatte er gesagt. Aus dem Grund hatte sie mit ihrer Stickerei angefangen, da hatte sie es nur mit Oberfläche zu tun, und da wurde nichts «ausgesagt». Er hatte möglicherweise recht, überlegte sie, selbst jetzt noch bereit, sich seiner tieferen Einsicht zu beugen. Was im Inneren anderer Menschen vor sich gehen mochte, hatte ihr stets Angst eingejagt, die geheimen Leidenschaften in den dunklen Windungen der Seele. Ihr aufbrausendes Temperament, das typisch für ihr rotes Haar war, wurde eigentlich eher zur Verteidigung als zum Angriff benutzt. Sie griff ein, um zu vermeiden, daß die Dinge ihr zu nahe an die Haut gerieten.

Ihre liebenswert unpraktische Mutter hatte eine Philosophie entwickelt, die über abgerissene Kleidersäume und fehlende Knöpfe hinwegtäuschen konnte: «Geh schnell, dann merkt's keiner.» Mit dieser Maxime hatte Holly schließlich ihr ganzes Leben vertuscht. Erst später war ihr der Gedanke gekommen, ob sie durch rasches Gehen nicht vielleicht etwas übersah.

Sie stellte die letzte Tasse auf das Abtropfbrett und trocknete sich die Hände ab. Da sie zu arbeiten hatte, Mary aber nicht allein lassen wollte, ging sie auf den Patio, zog sich einen Liegestuhl neben den weißen Tisch, der in der Ecke stand, heran und spannte den Sonnenschirm auf. Doch kaum hatte sie zwei Minuten gesessen, sprang sie wieder auf, suchte sich ein Buch und machte sich einen Drink zurecht, ehe sie wieder ins Freie trat. Nach weiteren zwei Minuten ließ sie das Buch sinken, starrte aufs Meer hinaus und zu den vertrockneten Pflanzen und dem verkratzten Tisch. Da mußte sie wirklich was unternehmen, an den Beinen war fast die gesamte Farbe abgeblättert. Sie überlegte, wo Reg wohl seine Farbe aufbewahrte, aber dann fand sie, es grenze doch zu sehr an harte Arbeit. Die Pflanzen ... gewöhnlich goß Mary ihre Blumentöpfe jeden Tag. Jetzt ließen sie in der gnadenlosen Hitze alle die Köpfe hängen. Sie ging wieder in die Wohnung und kehrte mit einem Krug Wasser zurück. Da! Der Colonel würde ihr beistimmen, dachte sie mit einem Blick auf seine kostbaren Geranien. Sie waren alle kräftig und in voller Blüte; sie nickten und tanzten in der frischen Meeresbrise, und ihre Farben leuchteten in der Sonne. Die rosafarbenen und roten sahen wunderschön in den weißen Töpfen aus, die hübsch in den Pflanztrögen auf der Brüstung angeordnet waren. Marys sehr viel bescheidenere Anstrengungen konnten sich nicht damit messen. Na ja, dachte Holly, was hat der Colonel sonst schon zu tun, als nach seinen verdammten Geranien zu schauen. Mary und Reg gehen auf Parties und zum Bridge ...

Oder gingen zumindest.

Holly hatte Regs und Marys gesellschaftliche Aktivitäten immer mit leichter Verwunderung betrachtet; sie hatte nie verstanden, was sie zu einem so hektischen Leben trieb. Sie selbst bevorzugte ruhigere Vergnügen. Ein Essen mit Mel Tinker, Schwimmen im Klub und Drinks nach einem Film. Er wollte ihr Schach beibringen (das hatte David bereits versucht, doch gewöhnlich endete das, indem er voll hilfloser Wut die Steine durchs Zimmer schleuderte). Sie mochte Mel. Er war in letzter Zeit etwas besitzergreifend geworden – tatsächlich war er das vom ersten Moment an gewesen, als sie sich kennenlernten. In dieser Hinsicht hatte er viel mit David gemein. Sie konnten einen überrennen.

Und eigentlich hatte sie keine Lust mehr, überrannt zu werden.

Obwohl sie ihn erst kurze Zeit kannte, versuchte er, jeden Moment ihrer Zeit für sich zu beanspruchen, und manchmal war sie direkt dankbar, wenn sie die Arbeit vorschieben konnte, um mal für sich zu sein. Keiner schien zu verstehen, daß sie manchmal niemanden um sich haben wollte. Daß sie die Freuden des Alleinseins entdeckt hatte und nicht beabsichtigte, sich davon abbringen zu lassen. Keiner machte einem irgendwelche Vorwürfe. Keiner wollte was von einem. Keiner nahm einem irgendwelche Entscheidungen ab. Man brauchte auf niemanden Rücksicht zu nehmen. Das war vielleicht selbstsüchtig, aber wunderbar befriedigend. Man gehörte

nur sich selber. Manche Menschen fürchteten sich vor dem Wort –
allein. Das hatte für David zugetroffen. Es mochte auch für Reg
und Mary seine Richtigkeit haben. Für sie aber nicht.

Zumindest war das bis zu diesem Zeitpunkt immer so gewesen.

Sie zwang sich, wieder ein paar Zeilen zu lesen, aber dann ließ sie
das Buch langsam auf den Schoß sinken und entdeckte sich dabei,
wie sie wieder aufs Meer starrte. Der Mann aus dem Konsulat
würde sich um alles kümmern. Bald würde sie sich nicht mehr hilflos
fühlen müssen und sogar schuldbewußt, daß sie Reg und Mary
mit nichts anderem helfen konnte, als für sie Kaffee zu machen und
sie mit einem Witz aufzuheitern. Der Mann aus dem Konsulat
würde einen Anwalt finden, alles würde sich aufklären und Reg
würde nach Hause kommen. Und dann würden die beiden wieder
zu Parties gehen und Bridge spielen und sie würde wieder arbeiten,
und alles würde gut sein. Der Mann aus dem Konsulat wußte, was
zu tun war. Er würde sich um alles kümmern. Er würde das schon
in die Hand nehmen.

Das würde er. Bestimmt.

Charles hatte sich noch nie im Leben so nutzlos gefühlt.

Der Fall Reg Partridge bot nicht viele Anhaltspunkte, mit denen
ein Anwalt etwas anfangen konnte. Natürlich hatte die Guardia bisher
nur eine vorläufige Beweisaufnahme vorgenommen, aber die
Schlußfolgerungen waren rund und hart und lückenlos – Waffe,
Motiv und Gelegenheit, alles paßte zusammen – bis auf Partridges
beharrliche Versicherung, daß er unschuldig sei. Charles wäre am
liebsten stehenden Fußes nach Alicante zurückgekehrt und hätte
sich einen Monat lang unter der Bettdecke verkrochen. Gerade jetzt
hatte er geplant, nach der hektischen Betriebsamkeit des Sommers
ein paar Tage Urlaub zu machen. Als er den Wagen über die
schmale Landstraße nach Espina lenkte, überlegte er, wie er den Fall
am besten angehen sollte. Wenn er einen guten *abogado* in Espina
fand, war es sogar möglich, Partridge durch Hinterlegung einer
Kaution aus dem Gefängnis zu holen. Andererseits konnte er auch
warten, bis man ihn nach Alicante verlegt hatte, wo er einen besseren
Anwalt finden würde als in Espina. Aber würde Partridge diese
paar zusätzlichen Tage durchstehen?

Er stellte den Wagen vor dem Untersuchungsgefängnis in Espina
ab, betrat das Gebäude und zeigte wieder einmal seine Beglaubigungspapiere
vor. Diesmal empfing man ihn höflicher, denn er war
in den letzten Jahren öfters in Espina gewesen. Nach einer zwanzigminütigen
Wartezeit – ein Rekord! – wurde er in Partridges Zelle

geführt. Als er den kleinen Raum betrat, verstand er auch die Eile. Partridge war nicht allein.

Der Mann, der sich erhob, nachdem der Wärter sie verlassen hatte, war schlank, elegant in einen mitternachtsblauen Anzug gekleidet, mit weißem Hemd und dunkelrotem Schlips. Seine Schuhe waren spiegelblank, und über der Weste lag eine goldene Uhrkette. Das Gesicht war feinknochig und aristokratisch, das Haar schwarz bis auf eine beinahe theatralische weiße Strähne, die ihm von der Stirn zum Hinterkopf lief und dem Gesicht eine langgezogene Herzform verlieh.

«Mein Gott, was tun Sie denn hier?» platzte Charles heraus, ehe er sich bremsen konnte.

Der Mann lächelte. «Ziemlich lange her, was, Carlos? Wie lebt sich's denn so im Exil?»

Charles zögerte einen Augenblick, dann nahm er die ausgestreckte Hand und schüttelte sie begeistert. «Reden wir nicht davon, erzählen Sie mir lieber, warum Sie hier sind. Man hat Sie doch nicht auch in die Verbannung geschickt, oder?»

Don Esteban Lopez von der Kriminalpolizei schüttelte den Kopf. «Nichts dergleichen, mein Freund. Man hat mich nur vorübergehend hierher versetzt, das ist alles. Offiziell um an einem Trainingsprogramm teilzunehmen, in Wirklichkeit aber wegen meiner Gesundheit.»

«Sie sind doch nicht krank? Jedenfalls sehen Sie glänzend aus.»

Ein schwaches Lächeln zeigte sich auf Don Estebans ausdrucksvollem Mund. «Nicht diese Art Gesundheit, Carlos. Sagen wir lieber – mein weiterer Gesundheitszustand. Ich habe Drohungen erhalten. Einige dieser Terrororganisationen scheinen nicht zu begreifen, daß man nur seine Pflicht tut. Sie nehmen es immer gleich persönlich, wenn man einen ihrer kostbaren Freunde einsperrt.»

«Ach so.» Es war nicht das erste Mal, daß Lopez auf der Abschußliste stand, fiel Charles wieder ein. Er war ehrlich, und er war fair, aber er kannte auch wenig Rücksichten.

«Und das hier ist mein neuer Assistent, Paco Bas», sagte Lopez und wandte sich um.

In der Ecke stand ein ausnehmend häßlicher junger Mann, klein und untersetzt, mit schwarzem kurzgeschnittenem Haar und dem Gesicht eines mißmutigen Stierkalbs. Er schien beinahe gewaltsam in den braunen Anzug gezwängt zu sein, so steif hielt er die Arme.

«Paco», stellte Don Esteban vor, «das ist Señor Charles Llewellyn vom Britischen Konsulat. Er und ich kennen uns von Madrid her, und ich kann nur sagen, er ist ein äußerst sturer Mensch.»

«Señor Llewellyn», schnarrte Bas, als sei er das Sprechen nicht gewöhnt, und verbeugte sich leicht. «Ich freue mich, Ihre Bekanntschaft zu machen.»

«Ebenfalls sehr erfreut, Señor Bas», gab Charles zurück. Bas war ein Mann, dem man ungern in einer dunklen Gasse begegnen mochte, traf man ihn aber in einer gutbeleuchteten Straße und konnte seine Augen erkennen, so wußte man, daß hier keine Furcht angebracht war. Es waren Augen eines Kindes in dem Gesicht eines Bullen. Sie blickten offen, freundlich und geduldig, sie verrieten – zumindest im Augenblick – Humor mit einem gewissen Unbehagen gepaart. Charles wußte instinktiv, daß Paco Bas aus einem Dorf dieser oder einer benachbarten Provinz stammen mußte, daß er sich an der Schule ausgezeichnet hatte, aber schüchtern war und sicher oft von seinen Kameraden geneckt worden war, daß er schließlich bei der Kriminalpolizei gelandet war und Lopez, der wahrscheinlich sein erster «Mentor» war, gleichzeitig anbetete und fürchtete. Der Junge hatte Glück gehabt.

Und das traf vielleicht auch für Partridge zu.

«Mr. Partridge, Ihre Frau schickt Ihnen Ihre Tropfen.» Charles händigte ihm eine große, braune Glasflasche aus. «Und ihre innigsten Grüße. Ihre Schwiegertochter befindet sich zur Zeit bei ihr, und es geht beiden gut.»

«Gott sei Dank», gab Partridge zurück. Charles wußte nicht genau, ob diese Erleichterung vom Anblick der Medizinflasche herrührte oder von der Nachricht über das Wohlergehen seiner Familie. Aber eins war zumindest deutlich sichtbar: Partridge wirkte zweifellos kränker. «Bitte entschuldigen Sie», sagte er. Er schraubte den Verschluß ab, setzte die Flasche an die Lippen und trank mehrere Schluck des flüssigen Inhalts. Nachdem er sich die Lippen mit einem Papiertaschentuch abgewischt hatte, seufzte er. «Normalerweise lasse ich mich nicht so gehen. Aber ich habe keinen Löffel und scheine einen Teil der Würde verloren zu haben, die gestern noch vorhanden war.» Mit einem schwachen Lächeln stellte er die Flasche auf das schmale Bord oberhalb des Waschbeckens, dann ließ er sich mit einem kleinen Schauer wieder auf der Kante seiner Pritsche nieder.

«Also, Señor Partridge», sagte Lopez, «ich hoffe, ich habe alle Ihre Fragen beantwortet, und danke Ihnen für Ihre Mitarbeit. Sie werden morgen oder in den nächsten Tagen nach Alicante verlegt, und ich rate Ihnen, sich bis dahin soviel wie möglich auszuruhen. Leider sind sie dort nicht auf die Unterbringung von Ausländern eingerichtet, ich hoffe aber, man wird Sie anständig behandeln.»

«Vielen Dank», sagte Partridge, ohne aufzublicken. Charles hatte ihn noch vor wenigen Stunden gesehen; inzwischen schien er aber um zehn Jahre gealtert zu sein.

«Ich werde bis zu Ihrer Verlegung in Espina bleiben, Mr. Partridge», sagte Charles, was ihn ebenso überraschte wie alle anderen. Lopez hob wortlos eine Augenbraue. «Ich hinterlasse meine Telefonnummer beim Carcelero, so daß Sie mich jederzeit erreichen können. Außerdem werde ich dafür sorgen, daß Ihre Frau alles hat, was sie braucht. Ich besorge Ihnen dann auch einen *abogado*, der sich dann heute nachmittag oder morgen früh mit Ihnen in Verbindung setzen wird.» Ihm ging auf, daß er langsamer und lauter als gewöhnlich sprach, als ob er in Partridge einen senilen alten Mann vor sich habe. Sofort änderte er seinen Ton und sprach natürlicher, konnte aber nicht entscheiden, ob Partridge ihm überhaupt zuhörte oder seinen eigenen Gedanken nachhing. «Ich kenne da verschiedene Anwälte, ich muß nur herausfinden, wer momentan Zeit hat, den Fall zu übernehmen.»

Partridge sah jetzt hoch, und Charles entdeckte ein vergnügtes Funkeln in seinen Augen. «Und einen, der das Risiko auf sich nehmen wird», bemerkte Partridge. «Señor Lopez rät mir, mich schuldig zu bekennen.»

Charles warf Lopez einen überraschten Blick zu, doch der schüttelte den Kopf. «Ich habe nur gesagt, man müsse diese Alternative berücksichtigen, Señor Partridge. Es ist gut möglich, daß das Gericht in Ihrem Fall zur Milde neigt, wenn man Graebners Vergangenheit berücksichtigt, Ihr Alter und Ihren Leumund ...»

«Mir wär's lieber, man würde berücksichtigen, daß ich den Mann nicht getötet habe», erwiderte Partridge sanft.

«Natürlich, Señor», sagte Lopez. «Und wenn Sie uns jetzt entschuldigen würden ...»

«Ich hätte gern noch ein Wort mit Ihnen gesprochen, ehe Sie gehen», bat Charles.

Lopez' Blick wanderte von Charles zu der zusammengesunkenen Gestalt von Partridge und nickte auf die Tür zu. Als der Carcelero sie hinausgelassen hatte, gingen sie ein paar Schritte den Flur entlang und unterhielten sich leise. Paco Bas folgte ihnen wortlos.

«Esteban, er ist ein kranker Mann», sagte Charles. «Er hat ein Magengeschwür.»

«Das hat er mir gegenüber nicht erwähnt.»

«Man hat Haltung zu bewahren», entgegnete Charles mit einem kleinen, schiefen Lächeln.

«Klar doch. Ihr Engländer seid spanischer als wir Spanier», grinste Lopez. Dann wurde sein Gesicht wieder ernst. «Ich werde mit dem Carcelero sprechen und bitten, daß er Diät bekommt. Vielleicht würde es auch nichts schaden, wenn er von einem Arzt untersucht wird, ehe man ihn nach Alicante bringt.»

«Es wäre besser, man würde ihn auf Kaution freilassen.»

Lopez schob kurz die Lippen vor. «Wir haben es hier mit einem Mordfall zu tun, Carlos, nicht mit einem Verkehrsdelikt.»

«Wir haben es hier mit einem achtundsechzigjährigen Mann zu tun, der einen Magenulcus hat und einen jüngeren, stärkeren und schwereren erstochen haben soll, die Leiche auf den Patio getragen und dann über die Brüstung geworfen haben soll, wonach er in aller Seelenruhe zu einem Bridgeturnier fuhr und als Erster abschnitt», bemerkte Charles etwas spitz. «Hört sich das für Sie nicht etwas unwahrscheinlich an, Esteban?»

«Ich hatte bisher noch nicht die Möglichkeit, mir das von der Guardia zusammengetragene Material anzusehen», entgegnete Lopez vorsichtig. «Sie sind mir etwas zu schnell...»

«Nun, ich überlasse das Beweismaterial Ihrem logischen Gehirn», sagte Charles. «Lieber wär's mir, Sie würden auch mit dem Gefühl arbeiten. Sie haben einen Kranken vor sich, Esteban. Und der Gefängnisaufenthalt wird seinen Zustand gewiß nicht verbessern. Sein Sohn ist gestorben, ehe er dem Gericht vorgeführt werden konnte; seinem Vater soll es ja wohl nicht ebenso ergehen.»

«Das hoffe ich auch nicht.»

«Dann werden Sie also versuchen, ihn auf Kaution freizubekommen?» fragte Charles eifrig.

«Das habe ich damit nicht gesagt. Ich will zusehen, daß er medizinisch versorgt wird, solange er meiner Obhut untersteIlt ist. Aber die Frage der Kaution liegt nicht in meiner Machtbefugnis, Carlos, und das wissen Sie auch. Die Entscheidung hat der Richter, und –»

«Der aber auf Ihre Empfehlung hört», unterbrach ihn Charles.

Lopez lächelte. «Das stimmt. Nun, ich werde mir den Bericht vornehmen und Ihren Vorschlag im Auge behalten. Mehr kann ich nicht versprechen.»

«Und mehr kann ich auch nicht erwarten», entgegnete Charles. «Sie wissen ja, ich tue ja alles nur im Interesse dieses Mannes.»

«Immer noch der Mann mit dem weichen Herzen?» lachte Lopez. «Ach, Carlos, Sie sind und bleiben ein Romantiker, selbst in der Verbannung.» Er warf einen Blick auf seine Uhr, dann wandte er sich Bas zu. «Sagen Sie Bescheid, daß wir einen Raum zum Arbeiten brauchen, Paco.»

«Sí.» Bas stapfte davon.

Lopez sah ihm kopfschüttelnd nach. «Warum man mir ausgerechnet den beigegeben hat, ist mir ein Rätsel», bemerkte er mit einem trauervollen Blick auf Charles. «Ich habe letzten Monat, kurz ehe ich Madrid verließ, noch mit Doña Maria zu Abend gegessen. Und auch mit ihrem Mann, natürlich.»

«So?» gab Charles mit ausdrucksloser Stimme zurück.

«Sie ist schön wie immer, und noch genauso verrucht. Es geht das Gerücht, daß sie einen neuen ... Protégé ... hat, nur ist sie endlich etwas diskreter geworden. Henrique ist blind und mächtig wie eh und je, und so macht sie weiter wie gehabt.»

«Es ändert sich nichts», meinte Charles und blickte durch das vergitterte Fenster auf die Möwen, die über dem Hafen kreisten.

«Im Gegenteil, die meisten Dinge ändern sich, Charles. Würden Sie nach Madrid zurückkommen, wenn sich die Gelegenheit bietet?»

«Sieht es danach aus?»

«Man hört so gewisse Gerüchte. Und außerdem scheinen Sie hier gute Arbeit geleistet zu haben.»

«Ich habe mich anständig benommen, wenn Sie das meinen», gab Charles etwas verbittert zurück. «Ich habe auch gelernt, mich diskret zu verhalten. Endlich.»

«Und würden Sie zurückgehen?»

«Ich – ich weiß es nicht», gab Charles zu. «Der Gedanke, den Rest seines Arbeitslebens am Strand zu vertun, hat zweifellos etwas Verlockendes.»

Lopez schnaubte durch die Nase. «Und wie oft gehen Sie an den Strand? Unter dem Kragen sind Sie blaß wie ein Fischbauch, möchte ich wetten.»

«Die Wette verlieren Sie», lächelte Charles. «Formulieren wir es mal so: Ich habe keine Meinung, wieder der sogenannten Society von Madrid anzugehören. Vielleicht bin ich zu alt dafür. Ich habe keine Lust mehr, bei diesen Eroberungsspielchen mitzumachen. Statt dessen will ich mit Anstand alt werden.»

«Hört sich an, als ob Sie bereits dabei sind», brummte Lopez. Er wandte sich um, als Bas zurückkam. «Na, Paco? Was gibt's Neues am Rialto?»

«Sir?»

Lopez seufzte. «Hat man ein Zimmer für uns?»

«*Sí*. Die Papiere sind dort hingebracht worden.»

«Sehr gut.» Lopez blickte Charles an. «Ich werde alles genau prüfen, Carlos. Versprechen kann ich natürlich nichts.»

«Ich verstehe. Jedenfalls vielen Dank.»

Lopez zuckte die Achseln. «Und wo sind Sie abgestiegen? Wo kann ich Sie nötigenfalls erreichen?»

«Das weiß ich noch nicht, ich muß mir noch eine Unterkunft suchen. Ich melde mich dann bei Ihnen.»

Paco Bas fühlte sich unbehaglich, als er Lopez in den Raum folgte, den man ihnen angewiesen hatte. Das Unbehagen verstärkte sich noch, als Lopez sich an den Tisch setzte, der mit Akten überhäuft war, aber keine Anstalten machte, mit dem Lesen zu beginnen, sondern seine Gedanken nachdenklich zu formulieren begann.

«Mr. Llewellyn hat da einen Punkt berührt, der ihm selber gar nicht so klargeworden ist. Stellen Sie sich nur vor, Paco, was einer daraus machen kann, wenn wir einen englischen Gefangenen, ob schuldig oder nicht, seiner Meinung nach schlecht behandelten. Das könnte ein Problem werden.»

«Das ist schon richtig», gab Bas widerstrebend zu.

«Der Fall wird von ganz oben verfolgt, und Sie wissen ja, daß wir unter ständiger Kontrolle stehen», fuhr Lopez fort.

«Auch das stimmt.» Bas' Stimme verriet jetzt eine Spur Besorgnis. Für Lopez mochte es ein wichtiger Fall sein, aber eben doch nur irgendein Fall. Für ihn, Paco Bas, war es *der* Fall, der erste nach seiner Ausbildung im *colegio*, und er würde sich ausschlaggebend auf seine Karriere auswirken. Er war furchtbar aufgeregt gewesen, als er hörte, er solle dem großen Mann aus Madrid beigegeben werden, aber diese Aufregung war von Tag zu Tag schwächer geworden. Die Hälfte der Zeit verstand er überhaupt nicht, worauf Lopez abzielte, und die andere Zeit verstand er Lopez selber nur halberlei.

«Wenn wir uns irren, wenn wir die Sache falsch anpacken, dann ... dann müssen wir mit Mißfallen rechnen.»

«Das stimmt.» Allmählich kam sich Paco wie eine Glocke vor, die den gleichen Ton wieder und wieder zurückgibt.

«Andererseits möchten wir auch nicht wie Schwächlinge dastehen, die sich durch derlei Überlegungen einschüchtern lassen.»

«Das stimmt.»

«Wir haben einen Job zu tun und dem Gericht gegenüber eine Verantwortung.»

«Das – das ist sicherlich richtig.»

«Mord bleibt Mord.»

«Ja.» Das war schon etwas besser, eine Abweichung aus der Routine.

«Mr. Llewellyn ist gleichbedeutend mit Komplikationen. Ebenso diese Schwiegertochter, eine Amerikanerin. Natürlich keine juristischen Komplikationen, mehr politischer Art, verstehen Sie.» Er legte eine Pause ein. «Und dann die anderen Probleme ... von denen Mr. Llewellyn nichts weiß und auch nichts erfahren darf.»

Paco machte den Mund auf, machte ihn wieder zu und entschied sich, nichts zu sagen. Lopez blickte aus dem Fenster, sah dieselben Möwen über demselben Hafen, die auch Charles gesehen hatte, nur aus einem anderen Blickwinkel. «Wir dürfen uns doch nicht bei einem Fehler ertappen lassen, Paco», sagte Lopez sehr, sehr leise. «Finden Sie nicht auch?»

«Stimmt, Sir.» Aus irgendeinem ihm unverständlichen Grund begann Paco zu schwitzen. Obwohl er nicht den Finger darauflegen konnte, schien es ihm, als ob in Lopez' Bemerkung eine Drohung mitgeschwungen hatte. Er ließ alles, was er in den letzten paar Tagen miterlebt hatte, vor seinem geistigen Auge Revue passieren, ob ihm da vielleicht ein Ausrutscher oder eine Überschreitung seiner Kompetenzen untergekommen war. Hatte er etwas vergessen? Sich im Ton vergriffen? Jemanden beleidigt?

«Was würden Sie an meiner Stelle tun, Paco?»

Bas starrte seinen Vorgesetzten entgeistert an. Das war schlimmer als alles, was er sich vorgestellt hatte. Lopez wollte seine *Meinung* hören! Ihm blieb nur übrig, sich genau an die Vorschriften zu halten. Mein Gott, wieso konnte seine Meinung Lopez weiterhelfen? Paco holte tief Luft.

«Ich würde alles mit äußerster Behutsamkeit angehen.»

«Ja.»

«Ich würde jeden einzelnen Gesichtspunkt überprüfen.»

«Ja.»

«Ich ... würde ... mich fragen ...»

«Ja?»

Paco schluckte. «Ich würde mich fragen ... ob vielleicht jemand anderes einen Fehler gemacht hat.»

«Ach, würden Sie das, Paco? Das ist höchst interessant. Dieser andere, auf den Sie da anspielen – denken Sie dabei an einen Kollegen beim Gericht?»

«Jeder!» Das Wort platzte aus ihm heraus, ehe er es zurückhalten konnte. «Egal, wer», setzte er hinzu.

Lopez schwieg jetzt. Als er endlich sprach, schrak Bas so heftig zusammen, daß er beinahe aus seinen neuen Dienstschuhen kippte.

«Ich bin ganz Ihrer Meinung. Es wurden Fehler gemacht, Paco. Und wenn wir diesen Knoten entwirren wollen, müssen wir ganz zum Anfang zurückkehren.»

Paco nickte und setzte sich wieder erleichtert hin. «Das stimmt», sagte er.

5

Charles fand im Ort eine *fonda* und erhielt ein Zimmer. Er hatte sich angewöhnt, im Gepäckraum seines Séat immer einen gepackten Koffer mit sich zu führen. Den trug er jetzt die Treppe zu dem Zimmer hinauf, das spärlich möbliert, aber makellos sauber war. Da die Saison vorbei war, hätte er sich eine Unterkunft in einem der größeren, modernen Hotels leisten können, doch er zog eine *fonda* vor, wo er spanisch sprechen und seine Sprachkenntnisse aufpolieren konnte. Wie immer war der Besitzer glücklich, einen Engländer zu beherbergen, der seine Sprache so ausgezeichnet beherrschte. Die Spanier waren zu Recht verärgert über die vielen Ausländer, die die Gegend überschwemmten, dort lebten, aber nicht die geringsten Anstrengungen unternahmen, die Sprache auch nur annähernd zu lernen. Dabei war es eine Sprache, die langsam gesprochen einem leicht ins Ohr ging, hatte Charles herausgefunden. Der einzige Haken dabei war nur, daß die Einheimischen die Worte wie aus einem Maschinengewehr heraushämmerten in höchster Geschwindigkeit und Lautstärke und damit selbst Leute mit einem Ohr für die Sprache plattwalzten.

Charles öffnete den Koffer und holte die Hemden heraus, die durch das lange Liegen beträchtlich verknittert waren. Er ließ etwas Wasser in das kleine Handwaschbecken, tauchte die Hemden hinein und hängte sie vor dem offenen Fenster auf Bügel. Die Mittagssonne würde sie in kürzester Zeit getrocknet haben. Nachdem er das erledigt hatte, blieb er in der Mitte des Zimmers stehen und überlegte, ob er sich etwas zu essen kommen lassen oder sich aufs Ohr legen sollte. Da er seit drei Uhr in der Frühe auf war, entschied er, daß Nahrungsaufnahme nach all dem Fahren und Reden ein Fehler wäre. Und sein Taillenumfang konnte zweifellos ein verpaßtes Mittagsmahl vertragen.

So legte er sich aufs Bett, die Hände unter dem Kopf verschränkt, und starrte gegen die Decke. Lopez' Frage, ob er nach Madrid zurückgehen würde, klang ihm wieder in den Ohren und verdrängte alle anderen Gedanken. Wollte er es wirklich? Die Arbeit dort würde abwechslungsreicher und auch wichtiger sein, und anstatt seine Karriere stagnieren zu sehen, konnte es sogar wieder einen Anstieg für sie geben.

Wohin?

Wollte er sich wirklich das Hinterteil wundsitzen, nur um schließlich das Leben damit zu beschließen, dauernd darauf zu warten, daß die nächste Auszeichnungsliste auch seinen Namen führen würde? Und würde er wirklich so viel Spaß in Madrid haben? Hier unten hatte er nämlich entdeckt, daß Spaß allein zählte. Oh, nicht die geistvollen Amüsements der Gesellschaft, sondern das natürliche, offene Vergnügen. Wie hieß noch das Gedicht von Ezra Pound? Er hatte es auswendig gelernt, weil es so genau die Stimmung wiedergab, die er in seinem Exil gewonnen hatte.

Oh, ihr Generationen von Unzufriedenen, die ihr nicht
einmal das Gefühl des Wohlbehagens kennt,
Ich habe Fischer in der Sonne beim Mahle gesehen,
Ich habe sie mit ihren ungebärdigen Familien gesehen,
Ich habe gesehen, wie sie lachend zwei Reihen weißer
Zähne zeigten, und ihr unmäßiges Gelächter gehört.
Und ich bin glücklicher als ihr.
Und sie waren glücklicher als ich.
Und die Fische im See besitzen nicht einmal ein einziges Kleid.

In Madrid gab es eine Menge gebändigten und gemäßigten Gelächters. Und diese Aussicht langweilte ihn plötzlich. Wie hatte er sich zu Anfang zurückgesehnt, und wie grausam war ihm seine Verbannung vorgekommen. Dann ging ihm langsam auf, daß er Spanien liebte, und Madrid war keineswegs typisch für Spanien. Es war eine Landeshauptstadt und damit international. Und er hatte genug von Landeshauptstädten. Dennoch – er hatte hier unten nur wenige Freunde gefunden. In Madrid hatte er mit zu der «swinging» Clique der Reichen, Berühmten und Faulen gehört, nur weil er Mitglied der Botschaft war und damit Zugang zu den exklusivsten Kreisen hatte. Er hatte jeden gekannt, den *man* kennen mußte. Und außerdem war er unverheiratet, sympathisch und leichtlebig gewesen. Er warf einen Blick in den Spiegel über dem kleinen Fichtenschreibtisch.

Jetzt bist du dicklich, müde und hast schütteres Haar. Du hast deine ganze Zeit mit Schauen und Lernen verbracht, ein Beobachter. Die meisten Tage allein, wie auch die meisten Nächte, hattest du dich in Spanien geaalt wie in einem warmen, heilenden Bad. Und jetzt hast du Angst, nach Madrid zurückzukehren.

Es ist ein anderes Land, und du bist ein anderer Mensch.

Er sank in einen unruhigen, nicht erfrischenden Schlaf, während die warme Luft aus dem offenen Fenster über ihn strich und die Hemden auf ihren Bügeln leise gegeneinanderschlugen und wie Segel im Wind flatterten und gelegentliche Geräusche von der Straße schwach zu ihm heraufdrangen... Er wachte mit trockenem Mund und Kopfschmerzen auf.

Nach einer Weile fühlte er sich besser, zog sich eins der frischen Hemden an und hängte die anderen an die Haken hinter dem Vorhang, der als Kleiderschrank diente. Dann machte er sich auf die Suche nach einem Telefon.

Er legte alle Geldmünzen, die er besaß, nebeneinander, wählte die Nummer des Konsulats in Alicante und wurde schließlich mit Baker verbunden. Zähneknirschend erklärte er die Lage.

«Die Sache sieht nicht allzu rosig aus. Man hat ihn nach Espina gebracht, und jetzt hat die Kriminalpolizei den Fall übernommen. Das Beweismaterial gegen ihn ist ziemlich erdrückend.»

«Hat er's denn getan?» fragte Baker. Der alte Baker pflegte immer gleich zur Sache zu kommen!

«Mir kommt er nicht wie ein Mörder vor, aber schließlich bin ich in diesen Dingen kein Experte.»

«Aber Sie haben eine gute Menschenkenntnis, alter Knabe. Sie müssen alles tun, um ihn loszueisen», gab Baker enthusiastisch zurück. Baker würde alles mit Enthusiasmus begrüßen, was Charles ein paar Tage dem Konsulat fernhielt. Vielleicht konnte man in dieser Zeit etwas tun, um seinen, Bakers, langsam steigenden Einfluß zu fördern, ohne dauernd dem trockenen Sarkasmus und den nicht bestreitbaren Erfahrungen eines Charles Llewellyn ausgesetzt zu sein. Charles runzelte die Stirn. Baker war der Typ, der sich einbildete, wenn man nur beharrlich bei seiner Meinung blieb, müsse sich alles schließlich einrenken. Organisation und Vorschriften, damit allein kam man mit diesen spanischen Jungs zurecht. Er schien einfach nicht begreifen zu wollen, daß die einzigen Männer, denen die Spanier den Luxus einer direkten Konfrontation zubilligten, Stierkämpfer und Fußballer waren, die diese Verantwortung für die Nation auf sich nahmen. Und selbst dabei bewunderte man nicht ihre Kraft, sondern ihre Geschicklichkeit und Raffinesse, mit der sie den Gegner abschmetterten. Geschicklichkeit, Stil und die überhebliche Weigerung, eine andere als die spanische Meinung anzuerkennen – das war spanische Art. Sie würden einem vergeben, wenn man sie besiegte – wenn es in gutem Stil geschah –, aber sie würden es nicht vergessen.

«Das könnte einige Zeit dauern», überlegte Charles.

«Macht nichts, wir behelfen uns schon eine Zeitlang ohne Sie», sagte Baker in einem Ton, der tröstlich sein sollte. Plötzlich hatte Charles eine Erleuchtung: Wenn man Baker sich selbst überließ, würde er sich mit jedem Spanier, mit dem das Büro in Alicante zu tun hatte, überwerfen, und wenn dann Charles zurückkam und alles wieder ausbügelte – wer würde den Ruhm einheimsen? Nicht Baker. Das heißt, ein so machiavellistischer und durch und durch bösartiger Gedanke wäre ihm überhaupt nicht gekommen, wenn in Bakers nasaler Stimme nicht dieser Beiklang absoluten Entzückens mitgeschwungen hätte.

«Tja ...» begann Charles langsam. «Wenn es Ihnen nichts ausmacht, würde ich die Sache gern zu Ende führen.»

«Großartig», sagte Baker. «Sie tun Ihr Bestes für ihn und lassen mich wissen, ob Sie irgendwas brauchen.»

«Vielen Dank. Dann würde ich gern eine Aufstellung der englischsprechenden *abogados* in Espina haben.»

«Was – jetzt gleich?»

«Jetzt gleich. Ich bleibe am Apparat.» Er sah zu, wie zwei weitere Fünfzig-Peseta-Münzen hinunterfielen, bis Baker schließlich mißmutig mit zwei Namen herausrückte. Ribes und Henriquez.

«Mehr nicht?» fragte Charles und notierte die beiden Namen.

«Mehr haben wir nicht», gab Baker zurück.

«Irgendwelche Hinweise?»

«Es heißt, Ribes sei aggressiv, was immer das auch bedeuten mag.»

«Dann werde ich es mit ihm als erstem versuchen», sagte Charles.

«Viel Vergnügen», sagte Baker aus vollem Herzen. «Lassen Sie sich von der Sonne braten, alter Junge.»

«Ich werde mein Bestes tun.» Charles hängte den Hörer ein.

Zwei Stunden später stellte er seinen Wagen vor der Wand ab, die die Gärten der 400 Avenida de la Playa umgab. Er ging durch das Tor und wanderte zwischen den Palmen umher, die aus dem mageren Sandboden wuchsen und den massiven Blumentrögen, die wie riesige Pilze im Schatten des frühen Abends kauerten. Er steuerte auf die Stelle zu, wo man Graebner gefunden hatte, und überprüfte die Richtigkeit noch einmal, indem er sich vor den mittleren Wohnturm stellte und nach oben blickte. Es gab eigentlich keinen Zweifel, daß der Körper von dort gekommen sein mußte und nicht von einem der beiden anderen. Winkel und Entfernung waren zu groß, und Tote pflegen selten nur zu schweben. Nach einem Blick in die Runde begriff er auch, warum der Tote längere Zeit nicht entdeckt worden war. Der Weg zum Eingang des Hauses führte geradeaus von der Pforte, und die Stelle selber war durch Pflanzen und Bäume geschützt. Wenn der Pudel nicht seinem natürlichen Instinkt gefolgt wäre, hätte Graebner bis zum Morgen dort liegen können.

Hatte jemand damit gerechnet?

Er nahm den Lift zum Penthouse. Als er gerade klingeln wollte, machte er eine Feststellung. Drinnen schien eine Party im Gange zu sein.

Er konnte mehrere Stimmen hören und das Klirren von Gläsern.

Er klingelte einmal und dann noch einmal, und schließlich wurde die Tür geöffnet. Er starrte einen Fremden an. Ein Mann im offenen Hemd, ein Glas mit einem Gin-Tonic in der Hand und den Spuren mehrerer bereits vertilgter in den braunen Augen, sah ihn fragend an.

«Ich wollte Mrs. Partridge sprechen. Ich komme vom Britischen Konsulat.»

«Oh.» Der Mann trat von der Tür und winkte ihn herein. «Sie ist mit den anderen in der Lounge.»

Charles ging hinein. «Den anderen?»

«Freunden. Wollten sehen, ob sie was für sie tun könnten. Schrecklich für sie; ich meine, daß man Reg verhaftet hat. Hätte nicht übel Lust, denen mal ein paar Wörtchen zu flüstern, wie man Verdächtige zu behandeln hat.»

«Und wer sind Sie, bitte?»

«Nigel Bland. Sehr erfreut.»

Charles schüttelte die hingereichte Hand. «Charles Llewellyn. Was wissen Sie denn über die Behandlung von Verdächtigen?»

«Genügend. Scotland Yard. Jetzt pensioniert.» Bland führte ihn wie ein Hausherr durch den schmalen Flur.

Die Lounge war voller Leute. Charles brauchte ein paar Sekunden, bis er Mary Partridge ausmachte, die tatsächlich in demselben Sessel saß wie am Vormittag. Bloß hatte sie inzwischen ein dunkelblaues Kleid angezogen. Ihr Gesicht war noch blasser als zuvor, und außerdem trug es einen gehetzten Ausdruck, der sich ihm quer durch den Raum bis zur Tür mitteilte. Er ging auf sie zu, und die Gespräche im Zimmer erstarben langsam.

«Wie geht es ihm?» fragte Mary.

Er beugte sich eine Spur zu ihr hinunter und sprach mit leiser Stimme. «Sie haben ihn in eine recht bequeme Unterkunft nach Espina gebracht, und jetzt liegt der Fall in den Händen der Kriminalpolizei. Ich kenne den Chef der Abteilung, ein gewisser Lopez. Er ist ehrlich und anständig. Er wird dafür sorgen, daß Ihr Mann gut behandelt wird und eine Diät bekommt. Außerdem wird ihn ein Arzt untersuchen, ehe er nach Alicante gebracht wird. Machen Sie sich also keine unnötigen Sorgen.»

«Keine Sorgen?» sagte eine Stimme hinter ihm. «Du liebe Güte, wie soll sie sich keine Sorgen machen, wenn ihr Mann wegen Mordes im Gefängnis sitzt.»

Charles warf einen Blick zurück über seine Schulter. Eine hochgewachsene, blühend aussehende Frau in einem engen Kleid starrte ihn an. Er wollte gerade eine Bemerkung machen, besann sich dann eines Besseren und wandte sich wieder Mary Partridge zu. «Ich habe einen ausgezeichneten Anwalt für ihn gefunden, der ihn möglicherweise auf Kaution freibekommt. Ich habe deswegen auch mit Lopez gesprochen und auf das Alter und den Gesundheitszustand Ihres Mannes hingewiesen. Er hat sich noch nie etwas zuschulden kommen lassen, das zählt natürlich auch.»

«Und wenn ... wenn sie die Kaution nicht akzeptieren ... dann muß er nach Alicante?»

«Ich fürchte, ja.»

«Können Sie nicht jemanden bestechen?» Das kam wieder von der Frau hinter ihm.

Charles richtete sich auf und sah sie an. «Das ist ausgeschlossen.»

«So was tun die ordentlichen Briten nicht, ist es das?» höhnte sie.

Er hörte jetzt einen schwachen Akzent in ihrer Sprache heraus. Deutsch, vielleicht auch Holländisch. Er müßte sie länger reden hören, um das zu entscheiden, aber dazu hatte er keine Lust. Ähnlich wie der Mann, der ihn eingelassen hatte, mußte sie eine ganz schöne Menge getrunken haben. Er war freundlich gewesen – sie nicht.

«Oh, ganz und gar nicht. Ich würde ohne weiteres mit Bestechung arbeiten, wenn ich glaubte, es nützt. Aber hier ist es zwecklos.»

«Und warum?» wollte sie wissen.

«Leben Sie schon lange in Spanien?» fragte er ruhig.

«Etwa ein Jahr. Aber jeder ist an Geld interessiert, sogar die Spanier.»

«Oh, besonders die Spanier – sie haben so wenig davon. Aber sie schätzen keine Beleidigungen, und eine Bestechung zu versuchen, wird als Beleidigung angesehen und man würde nur damit erreichen, daß Mr. Partridge noch länger als nötig in Gewahrsam bleibt.»

«Das nehme ich Ihnen nicht ab», sagte sie kurz angebunden. Ihre Augen blickten mißmutig, und der Mund verriet Ärger.

«Hatten Sie jemals mit der spanischen Polizei zu tun, Madam?»

«Nein.»

«Dann –»

«Er hat recht, Maddie», mischte sich ein Mann ein, der zu ihnen getreten war. Er war groß, blond und schien nichts getrunken zu haben. «Die Spanier sind nicht wie andere Völker, und besonders nicht wie die, mit denen du zu tun hattest.» Er warf Charles einen Blick zu und lächelte. «Maddie hat lange im Libanon gelebt.»

«Ach so», sagte Charles und nickte.

«Wie stehen Regs Chancen?» fragte der Blonde. «Übrigens, ich heiße Morland, Alastair Morland.»

«Charles Llewellyn», gab Charles automatisch zurück. «Wenn Sie seine Chancen auf Entlassung meinen, kann ich nichts sagen. Dafür hat er aber jede Chance, anständig behandelt zu werden. Ich kenne den Mann, der den Fall übernommen hat. Sein Name ist Lopez und –»

«Doch nicht El Aguila?»

Charles sah ihn überrascht an. «Ich glaube, das ist sein Spitzname», gab er zu. «Kennen Sie ihn denn?»

«Du lieber Gott!» murmelte Morland.

«Warum? Was stimmt nicht bei diesem Lopez?» tönte Marys besorgte Stimme aus dem Sessel neben ihm. Beide Männer wandten sich ihr zu.

«Oh, bei dem stimmt alles, Mary», sagte Morland hastig. «Er ist durch und durch ehrlich und ein ausgezeichneter Polizeibeamter – genau wie Mr. Llewellyn erwähnt hat.»

«Aber warum haben Sie denn ‹Du lieber Gott› gesagt, und das in diesem Ton?»

Auch Charles hatte sich diese Frage gestellt.

«Weil von ihm das Gerücht geht, daß er seine Beute festhält, wenn er sie erst einmal geschlagen hat, mein Schatz», antwortete Morland. «Wenn er sich nicht auf die Zahlung einer Kaution einläßt, heißt das, daß er seiner Sache sehr sicher ist.» Er wandte sich wieder Charles zu, ohne sich offenbar darüber klar zu sein, welche Wirkung seine Worte auf Mary Partridge haben mußten, die von Minute zu Minute blasser geworden war. «Und liegt der Fall wirklich so klar?»

«Es scheinen wirklich einige handfeste Tatsachen vorzuliegen», gab Charles vorsichtig zurück. «Ich kann Ihnen mehr sagen, wenn der Anwalt die Papiere erst einmal gesichtet hat. Die offiziellen Stellen sind wenig geneigt, einem schlichten Konsulatsvertreter irgend etwas mitzuteilen.» Er sah auf Mrs. Partridge hinunter. «Ich glaube, Sie sollten sich etwas ausruhen. Ihre Schwiegertochter hatte doch Ihren Arzt heute morgen anrufen wollen. Ist er bei Ihnen gewesen?»

«O ja», gab Mary Partridge zurück, und ihre Fingerknöchel wurden weiß, als sie die Sessellehnen umklammerte. «Er hat mir ein paar Tabletten gegeben und gesagt, ich sollte versuchen, etwas zu schlafen. Das kann ich natürlich nicht.»

«Kein Wunder – bei diesem Krach», meinte Charles. «Wer zum Teufel sind diese Leute eigentlich?»

«Jeder ist an Geld interessiert...

...sogar die Spanier», meint Maddie schnippisch.
Gewiß, aber jeder Mann von Ehre wird da Unterschiede machen. Bestechungsgelder sind nicht nur bei den stolzen Caballeros verpönt. Auch bei uns schätzt man in Verbindung mit Geld alle Eigenschaften, die mit s anfangen: saubere Herkunft, sichere Anlage, schnelle Verfügbarkeit... und stolze Zinsen, nicht zu vergessen.

Pfandbrief und Kommunalobligation

Meistgekaufte deutsche Wertpapiere - hoher Zinsertrag - schon ab 100 DM bei allen Banken und Sparkassen

Verbriefte Sicherheit

«Freunde», gab Mary resigniert zurück. «Sie haben sich Sorgen um mich gemacht und wollten fragen, ob sie mir helfen könnten.»

«Wir würden alles für den armen Reggie tun», sagte Maddie, die immer noch an derselben Stelle stand und interessiert zuhörte. «Und natürlich auch für die liebe Mary – sie braucht nur ein Wort zu sagen. Ich kann für sie einkaufen, saubermachen und so.»

«Das ist wirklich nicht nötig», protestierte Mary.

«Ehrlich, du brauchst es nur zu sagen», erwiderte Maddie vorwurfsvoll.

«Das ist sehr lieb von dir, ich bin dir auch sehr dankbar, Maddie.»

Charles merkte, wie diese Verpflichtung, allen dankbar sein zu müssen, an Mary Partridges Nerven zerrte. Die Leute im Zimmer schienen vorwiegend Engländer zu sein, bis auf ein paar Ausländer. Spanier waren aber nicht darunter. Er war überzeugt, daß es alle nur gut meinten und ehrlich um Mary und Reg besorgt waren. Aber die englische Art, Anteil zu nehmen, war ziemlich strapaziös und hatte sich in diesem speziellen Fall zu einer Totenwache ausgewachsen. Als die Anwesenden immer zahlreicher wurden, hatten die Besucher ihre eigenen Gespräche begonnen. Nigel Bland hatte sicher auf Marys Bitte hin die Pflichten des Barkeepers übernommen und alle mit Drinks versorgt. Eine andere Frau (Mrs. Bland?) leerte die Aschbecher und reichte die gesäuberten wieder herum, dennoch geriet die Party ein bißchen aus den Fugen. Auch Morland schien das zu empfinden.

«Ich werd mal vorsichtig zum Aufbruch blasen», murmelte er. «Man möchte ja keinen beleidigen.»

«Dann will ich Sie nicht von Ihrem guten Vorsatz abhalten», sagte Charles.

«Na schön.» Gut gelaunt übernahm Morland die Rolle des Rausschmeißers und steuerte durch den Raum, wobei er bei den verschiedenen Grüppchen stehenblieb und überall ein paar Worte einwarf. Charles wandte sich wieder Mary zu.

«Ich glaube, sie werden bald aufbrechen. Warum verdrücken Sie sich nicht und legen sich etwas hin?»

Der Vorschlag schien sie zu schockieren. «O nein ... ich muß mich doch von allen verabschieden. Sie waren so freundlich.»

Charles hätte sie am liebsten geschüttelt. Sie gehörte zweifellos zu dem Typ Frau, der nur schwer seine gesellschaftlichen Pflichten aufgab. «Sie sollten mehr an sich denken», sagte er etwas brüsk. «Damit tun Sie Ihrem Mann keinen Gefallen, wenn Sie sich ruinieren. Er braucht Ihre Kraft jetzt und Ihre Unterstützung.»

«Natürlich», murmelte sie. «Es wird ja auch nur einen Augenblick dauern.» Sie blickte lächelnd zu ihm auf, und er begriff ganz plötzlich, daß sie auf ihrem Standpunkt beharren würde. Tatsächlich, wenn er sie jetzt etwas genauer betrachtete, schien es, als ob sie meistens ihren Standpunkt durchgesetzt hatte, ohne es deutlich werden zu lassen. Spanien schien das richtige Land für sie zu sein. Wie die Spanier vermied sie geschickt eine direkte Konfrontation. Diese Frauen entschlüpften einem wie Melonenkerne, wenn man irgendwelchen Druck auf sie ausüben wollte. Eiserner Wille? Höchstwahrscheinlich. Dabei aber so reizend, so zart formuliert, daß man erst merkte, daß man manipuliert worden war, wenn es zu spät war und man auswegslos in die Ecke gedrängt worden war. Dennoch war kein bißchen Falsch in ihr, und sie weidete sich auch nicht an ihrer Macht, wie er wußte. Sie hatte nur schlicht das Gefühl, das Notwendige zu tun, wenn sie überhaupt darüber nachdachte. Er nahm an, daß sie einen sehr hohen Intelligenzquotienten haben müsse, für den es momentan aber kein Betätigungsfeld gab. So war er auch nicht überrascht, als er später hörte, daß sie in früheren Jahren Mathematiklehrerin gewesen war.

«Wo ist denn Ihre Schwiegertochter?» fragte Charles und sah sich um.

«Oh, sie ist vor einer Weile in ihr eigenes Apartment runtergegangen, um sich umzuziehen.»

«Sie mag uns nicht», warf Maddie wütend ein.

«Das stimmt nicht.» Mary verteidigte ihr adoptiertes Junges mit plötzlicher Lebhaftigkeit. «Sie hatte was zu tun.»

«Zu tun!» schnaubte Maddie. Was sie genau damit ausdrücken wollte, konnte Charles nicht entscheiden, aber ihr Gesichtsausdruck ließ mehrere Möglichkeiten zu, und keine war besonders schmeichelhaft für Holly Partridge.

«Können wir sie nicht anrufen, damit sie wieder raufkommt?» fragte Charles, der gern einen Verbündeten bei sich gehabt hätte. Denn Hollys Zuneigung zu ihren Schwiegereltern war tief und echt.

«Das geht leider nicht; sie hat ihr Telefon abgemeldet. Es stört sie», sagte Mary. «Sie hat Apartment 804», flüsterte sie schnell, als der erste ihrer Gäste zum Abschiednehmen auf sie zusteuerte.

«Gut.» Charles wollte mit Holly besprechen, was er wegen des Anwalts unternommen hatte. Vielleicht hatte er es richtig angefangen, vielleicht erwies sich die Wahl als komplettes Desaster.

Egal wie, irgend jemand mußte darüber Bescheid wissen, und Mary Partridge war momentan nicht in der Verfassung, sich mit der Sache auseinanderzusetzen.

Als er an die Tür von Nr. 804 klopfte, hörte er Musik zu sich herausdringen. Noch eine Party? Nein, es war klassische Musik, und er hörte auch kein Stimmengewirr. Als die Tür mit der Heftigkeit geöffnet wurde, die für Holly typisch erschien, stellte er fest, daß sie eine Brille trug, die sie hastig abnahm.

«Oh, Sie sind's», sie reckte und schüttelte sich gleichzeitig, mit einer Bewegung, die Charles an einen Schwimmer gemahnte, der zum Luftholen auftaucht. Ihr Haar war zerrauft, und Sweatshirt und Jeans waren mit lauter kleinen Fadenresten übersät. «Treten Sie ein», sagte sie. «Verzeihen Sie meinen Aufzug; ich hab gearbeitet.»

Er folgte ihr in die Wohnung. Die Diele war ein winziges Viereck, ganz anders als die Halle im Penthouse. Sie ging durch einen Türbogen und er kam ihr nach. Doch dann blieb er mehr oder weniger mit offenem Mund stehen: was ihm da an Anblick geboten wurde, war überwältigend. Es war zwar eine höchst unwürdige Haltung für einen Konsulatsbeamten, aber er brauchte mehrere Minuten, um das zu begreifen.

Beinahe sämtliche Möbelstücke aus dem Zimmer waren entfernt worden. Nur ein Sessel war verblieben, der in der Mitte des Raums stand, und eine Stehlampe. Davor stand ein niedriger, langer Tisch, der aber umgekehrt aufgestellt war und seine Beine in die Luft reckte. Das gesamte Innere der Tischplatte war in kleine Kästchen aufgeteilt, die mit Wollknäulen und Docken aus Baumwolle und Seide angefüllt waren. Die Farben waren alle in der Reihenfolge des Spektrums angeordnet, so daß Weiß und das blasseste Gelb in der oberen linken Ecke untergebracht waren und die Farben schließlich rechts unten mit dem dunkelsten Braun und Schwarz endeten. Charles hatte die Anordnung erst nach einer Weile begriffen, denn sein Blick war eine sehr lange Zeit von etwas anderem gefesselt.

Er fühlte sich visuell betäubt!

Drei der vier Zimmerwände waren unsichtbar, da vor ihnen, auf jeweils einem großen Rahmen aus Metallröhren, Wandteppiche gespannt waren. Er erkannte sofort, daß sie Winter, Frühling und Sommer darstellten, obwohl er das rein instinktiv erfaßte, denn sie waren keineswegs bildhaft, sondern rein abstrakt. Der dritte Teppich war noch unvollendet; ein leiterähnliches Gestell stand davor. Die Arbeit sollte zweifellos den Sommer zeigen, und die grellen roten und orangen Farben blendeten ihn beinahe. Er konnte die Hitze praktisch von der Oberfläche abstrahlen fühlen. Jetzt verstand er auch, wieso Holly seine Bemerkung über Petit point übergangen hatte. Diese Bilder hier mochten gestickt sein, hatten aber keinerlei Ähnlichkeit mit diesen zierlichen kleinen Kissenbezügen, die seine Mutter herstellte.

Seine Augen sagten ihm, daß er es hier mit Stickerei zu tun hatte, aber auch mit Collagearbeit und ein paar weiteren Techniken, die ihm fremd waren. Das Resultat war atemberaubend.

Das Winterbild war in eisigen Blau- und Grautönen gehalten, mit eingewebten Metallfäden und darüber, fein wie ein Spinnennetz, zogen sich winzige Kristallperlen. Der Wandteppich war anscheinend dafür bestimmt, um um einen ganzen Raum herumzuführen, wie es hier üblich war, denn der Teil des Bildes, der sozusagen die Leitung übernommen hatte, schien im Begriff des Tauens zu sein – unter den kalten Farben zog sich eine Spur sprießenden Grüns und blassen Gelbs, Farben, die im Frühlingsteppich vorherrschten, zusammen mit anderen Pastellfarben, denen man in den Monaten des Knospens begegnete. Der führende Teil des Frühlingsbildes schien in den warmen, gleißenden Farben des herannahenden Sommers zu verkümmern und zu vertrocknen. Jeder der Teppiche war mindestens vier mal fünf Yards groß und hatte etwas Plakatives. Doch wie Charles an dem ihm am nächsten aufgebauten Bild feststellte, dem Winter, war die Arbeit voller kunstvoller Details. Der Effekt des Ganzen war ungeheuer befriedigend. Am liebsten hätte er die Teppiche stundenlang betrachten und weitere Einzelheiten entdecken mögen.

«Danke», sagte Holly leise neben ihm.

Er zuckte leicht zusammen und sah sie an. «Ich habe kein Wort gesagt.»

Sie lächelte. «Nicht laut, das nicht. Aber Sie haben etwas gesagt.»

«Ich hatte keine Ahnung ... ich meine ... als Sie von Sticken sprachen, nahm ich an ...» Er kam sich plötzlich töricht vor und räusperte sich. «Es ist etwas überwältigend.»

«Das stimmt», gab Holly in nüchternem Ton zurück. «Sie sind für die vier Wände des Sitzungssaals eines städtischen Rathauses bestimmt, das vielleicht drei-, viermal größer als unseres hier ist. Als ich den Auftrag erhielt, wußte ich, daß ich irgendwann in Schwierigkeiten geraten würde. Mein Studio in Hampstead war dafür zu klein. Einen Teppich hätte ich vielleicht geschafft, aber ich mußte sie nebeneinander haben, damit die Relation stimmte. Man kann alles noch so sorgfältig auf Papier vorzeichnen, wenn man es vergrößert, verändern sich die Dinge. Ich hatte schon gedacht, ich müßte mir irgendeinen Dachboden mieten, aber dann schlug Reg vor, ich sollte doch hierherkommen. Das Apartment gehört einem Freund meiner Schwiegereltern, der ein Jahr in den Staaten verbringt. Im Mai muß ich leider räumen, weil ...»

«Weil er an Sommergäste vermieten will», ergänzte Charles. Es war das übliche Vorgehen für Leute, wie die Partridges – man verbrachte den Winter in Spanien, fern von Eis und Kälte, und finanzierte den Aufenthalt mit den riesigen Summen, die man für Häuser oder Wohnungen im Sommer an Miete erzielen konnte. Er blickte sich um. «Was wollen Sie machen, wenn Sie mit dem Herbstbild beginnen?» erkundigte er sich neugierig. «Wenn Sie es vor dem Fenster aufbauen, nehmen Sie sich das Licht.»

«Ich weiß», gab sie betrübt zurück. «Vielleicht kann ich es ja diagonal aufstellen und etwas überlappen lassen. Das dürfte gehen. Möchten Sie einen Drink?»

«Nein, danke. Ich war gerade oben.»

«Oh.» Sie runzelte die Stirn. «Ich weiß, was Sie meinen. Alte Kriegszeiten. Alle Hände an die Pumpen, und dann wird gelöscht!»

«Genau. Es wär vielleicht gar nicht falsch, wenn Sie jetzt raufgingen.»

Sie rückte die Brille von der Stirn wieder vor die Augen und sah ihn prüfend ein paar Sekunden durch die großen, runden Gläser an, dann schob sie sie seufzend wieder ins Haar. «Ich wußte in der Sekunde Bescheid, da ich Ihr Gesicht sah. Das ist auch der Grund, warum Sie runtergekommen sind, ja? Was Sie auch erfahren haben, Sie können es Mary nicht sagen.»

«So ungefähr. Vielleicht sollte ich jetzt doch um einen Drink bitten.»

Die wenigen Sommersprossen auf ihrem Nasenrücken waren auf einmal deutlicher sichtbar geworden. «Ist es so schlimm? Dann nehm ich mir besser auch ein Glas. Aber setzen Sie sich doch.» Sie deutete auf einen Stuhl. Er zögerte, und sie lächelte. «Wenn's Ihnen nichts ausmacht, arbeite ich weiter und Sie berichten. Das – das erleichtert es mir.»

«Oh ... in Ordnung.» Er nahm aufatmend Platz. In diese türkisfarbenen Augen blicken zu müssen, während er erklärte, wäre ihm nicht leichtgefallen. Als sie ihm ein Glas Wein und einen Teller mit Käse und Keksen gebracht hatte – warum mußten Amerikaner einem dauernd etwas zu essen hinstellen, wenn sie einem was zu trinken anboten? –, stellte sie ihr eigenes Glas auf die Trittleiter und nahm ihre Arbeit wieder auf. Sie saß etwa sechs Fuß erhöht, hatte ihr Weinglas neben sich auf der gummibezogenen obersten Leiterstufe stehen, baumelte wie ein Kind mit den nackten Füßen und schob die Brille wieder auf die Nase. «Los», kommandierte sie über die Schulter.

«Ich habe einen *abogado* namens Ribes engagiert», sagte er kurz.

Die Nadel, die sie gerade in das dicke Kanvasgewebe bohren wollte, blieb in der Luft hängen. Sie wandte sich um und starrte ihn an. «Ribes? Pedro Ribes?»

«Ja.»

«Aber ... aber ... der war doch Graebners Anwalt!»

«Ja», sagte Charles. «Ich weiß.»

6

«Das kann doch nicht Ihr Ernst sein?» brachte Holly heraus.

«Doch.» Charles stellte sein Glas auf den Boden. «Es ist ganz plausibel, wenn man mal genauer darüber nachdenkt.»

«Ach!» Ihr Ton war so eisig wie die Farben auf dem Wandteppich hinter ihm.

«Er hat spontan das gleiche gesagt wie Sie eben – daß er Graebners Anwalt gewesen sei», fuhr Charles fort. «Er hat sich ganz offen darüber ausgelassen. Aber ich halte das für einen Vorteil, man braucht ihm nicht erst die ganzen Hintergründe zu erklären.» Er hätte nichts dagegen, selber in dieser Lage zu sein! «Als ich ihn näher befragte, stellte es sich heraus, daß er Graebner vom Gericht als Pflichtverteidiger zugeteilt worden war. Er hat ihn nur einmal gesehen, als er ihn im Krankenhaus besuchte, und da war er von oben bis unten in Bandagen gewickelt und kaum bei Bewußtsein.»

«Ribes oder Graebner?» fragte sie sarkastisch.

Er überhörte die Bemerkung. «Für mich zählt hauptsächlich, daß er Graebner riet, sich schuldig zu bekennen und die Sache hinter sich zu bringen. Andernfalls würde er erst einmal seine Zeit im Krankenhaus hinter sich bringen müssen, dann die Zeit des Prozesses und schließlich noch die Strafe, zu der man ihn eventuell verurteilen würde.»

«Tja, das hört sich ganz vernünftig an», gab Holly zu. «Zumindest was Graebner anbelangt.»

«Richtig. Und für Ribes war es ein Fall wie jeder andere, den man ihm zugeteilt hatte und in dem er seinen Klienten nach bestem Wissen und Gewissen beriet, ohne persönliches Engagement. Hatte Graebner erst einmal eingewilligt, würde die ganze Sache ein reiner Papierkrieg werden.»

«Konnte er denn einwilligen, wenn er so krank war?»

«Er war nicht bewußtlos, und sein Geist funktionierte ganz klar, sagte Ribes. Es war also keineswegs eine Frage der Nötigung oder so was in der Art. Der Mann wußte, was er tat.» Charles dachte einen Augenblick nach. «Er ist den Weg des geringsten Widerstands gegangen – können Sie ihm daraus einen Vorwurf machen?»

«Doch.» Ihre Nadel piekte durch den Kanvas.

«Ach so, ja, das habe ich vergessen. Sie und Mr. Partridge halten ihn für –»

Die Nadel wurde durch das Material gestochen und wieder hochgeholt, als sie einen Flecken mit reinem Gelb ausfüllte. «Ich würde ihn gern kennenlernen.»

«Wieso?»

«Ich möchte mich nur vergewissern. Nicht daß ich Ihnen nicht traute, nur ...»

«Er ist ein Löwe», sagte Charles abrupt.

«Woher wissen Sie denn das?» Sie drehte sich erstaunt auf ihrer Leiter herum.

«Ich hab ihn gefragt.»

«Und er hat Ihnen ohne weiteres geantwortet?»

«Ich hab gesagt, Sie seien ein bißchen verrückt. Er schien sich nicht daran zu stören.»

«Sind Sie sich nicht ein bißchen blöd dabei vorgekommen, ihn nach seinem Sternbild zu fragen?»

«Das schon. Aber ich wußte, daß Sie sich dafür interessieren würden.»

Sie betrachtete ihn von ihrem Hochsitz aus. Sie wußte nicht, was sie von Charles Llewellyn halten sollte. Er war etwa einsfünfundsiebzig groß, ziemlich kräftig gebaut, mit hellbraunem Haar und grauen Augen und machte einen ... einen fahrigen Eindruck. Er ließ Dinge fallen. Da, eben verstreute er ein paar Kekskrümel auf dem Boden. Der Mann war ein liebenswerter Trottel, ja, das war's. Freundlich, ohne Zweifel. Und er sprach fließend Spanisch, also konnte er kein völliger Dummkopf sein. Aber er schien nicht zu begreifen, was hier eigentlich vor sich ging. Er wirkte schon besiegt, ehe er überhaupt angefangen hatte. Kein Wunder, daß es mit England bergab geht, dachte sie. Man sollte doch meinen, daß man im Foreign Office mehr Verstand hätte. Die konnten doch wohl nicht wirklich meinen, daß ein nettes Lächeln alles war, was ein Diplomat benötigte – oder? Nun, sie würde jedenfalls nicht zulassen, daß er Reg den Wölfen überließ. Auf gar keinen Fall. «Wir müssen die Sache eben selber in die Hand nehmen.»

«Was?» Er sammelte immer noch Krümel vom Boden auf.

«Reg freibekommen. Den wahren Täter finden.»

Er blickte zu ihr auf. Entgeistert.

O Gott, dachte er. O Gott, o Gott, o Gott. Ich wußte, daß sie das sagen würde!

Am nächsten Morgen holte Charles Holly ab und sie fuhren nach Espina, um Reg zu besuchen. Als sie den zellenartigen Raum betraten, warf Reg einen ärgerlichen Blick auf Charles.

«Ich sagte Ihnen doch, Sie sollten sie nicht herkommen lassen!»

«Du hast gesagt, er sollte Mary davon abhalten», sagte Holly bestimmt, aber ihr Gesicht hatte leicht die Farbe gewechselt. «Ich werde gleich mit dem Anwalt reden, den Charles aufgetrieben hat, aber erst möchte ich wissen, was du von ihm hältst.»

«Er ist noch gestern abend bei mir vorbeigekommen. Mir gefällt er.» Charles hörte die Niedergeschlagenheit aus seiner Stimme heraus. Partridge hatte inzwischen noch mehr von seiner Kraft eingebüßt. Er sah aus, als ob er Schmerzen habe, und rückte dauernd auf der Bettkante umher, wobei er wiederholt die Hosenbeine glattstrich.

«Er war Graebners Anwalt, als ...»

«Das hat er mir auch erklärt», gab Charles zurück. «Aber das stört doch nicht.»

«Wenn Sie meinen ...» Holly warf Charles einen sorgenvollen Blick zu. «Dann ist es ja in Ordnung.»

«Ja.»

«Hat der Arzt nach Ihnen gesehen?» erkundigte sich Charles, der sich ebenfalls Sorgen machte.

Reg seufzte. «Das hat er, er hat das Übliche gesagt und mir die üblichen Tabletten dagelassen. Und jetzt füttert man mich mit Milchbrei und Toast. Bei Mary hat das Zeug wenigstens nach irgendwas geschmeckt ...» Er seufzte erneut. «Sie bemühen sich ja, das muß man ihnen zugestehen. Sie sind wirklich nicht übel. Haben Sie mir was zum Lesen mitgebracht?»

«Aber ja doch.» Charles setzte die Tragetüte mit Taschenbüchern, die sie in einem der größeren Buchläden gekauft hatten, auf den Boden. «Ich fürchte, es ist eine ziemlich kunterbunte Auswahl, für Feriengäste geeignet.»

«Das macht nichts. Ich lese alles.» Reg brachte ein mühsames Lächeln zustande. «Vielen Dank.»

Sie unterhielten sich noch ein paar Minuten, aber es war deutlich, daß ihm nichts an einem längeren Gespräch lag, und so verabschiedeten sie sich schließlich. Holly vergoß draußen ein paar Tränen, und dann zogen sie zur Hauptstraße und gingen in Ribes' Büro, das sich im zweiten Stock eines modernen Bürohauses befand. Sein Sekretär, ein junger Mann, geleitete sie in Ribes' Arbeitszimmer und machte die Tür hinter ihnen zu. Ribes blickte auf.

Charles stellte fest, daß die Begegnung mit Ribes von Anfang an ein Mißerfolg war und sich von Minute zu Minute verschlechterte. Kaum hatte der junge Anwalt die Schwiegertochter seines Klienten erblickt, als seine kühle Vernunft zum Teufel ging. Ribes war um die Dreißig, hatte zwei Jahre lang in England studiert und galt als vielversprechender Anwalt. Aber das half nicht, die männlichen Traditionen vergessen zu lassen, in denen er den Rest seines Lebens in Spanien aufgewachsen war. Ehe Charles die beiden bekannt machen konnte, hatte Ribes eine leidenschaftliche Lobpreisung von Hollys Augen, Mund, Hals, Haar und Gestalt begonnen und der geballten Wirkung aller dieser Reize auf ihn, die umfassend und tief war. Sie war – sagte er – gleichzeitig die Morgensonne und der Mond bei Nacht, jedenfalls etwas in dieser Art. Selbst Charles hatte gewisse Schwierigkeiten, Ribes' herausgesprudelter Rede zu folgen, da sie natürlich in Spanisch war. Diese höchst suspekte Lobeshymne hatte sogar einen Namen – es war ein *pirópo*. Sie galt als gesellschaftliche Kunst, ein Überbleibsel aus den Tagen, da die Beziehungen zwischen den Geschlechtern in Spanien noch so eingeengt waren, daß ein Ventil für die unbezweifelte spanische Männlichkeit benötigt wurde. Hin und her gerissen zwischen ihren leidenschaftlichen Gefühlen und der strengen Gesellschaftsstruktur hatten sie gelernt, körperliches Begehren durch einen blumigen Redeschwall abzuleiten. Ribes genoß zweifellos die Herausforderung. Holly war eine weiße Gazelle, die zum Trinken an seinen Teich gekommen war, eine flüchtende Taube, ein Pfeil der Schönheit, der sein Herz getroffen hatte, und ein Dolch der Begierde in seinen Lenden.

«Was meint er?» fragte Holly.

«Er findet Sie sympathisch», antwortete Charles.

«Aber – aber er kennt mich doch gar nicht.»

«Das hindert ihn nicht daran.» Als Ribes seinen Monolog einmal kurz zum Luftholen unterbrach, warf Charles schnell mit leicht erhobener Stimme ein: «Pedro, dies ist Holly Partridge, Señor Partridges Schwiegertochter.»

«Ah, Señora Partridge, es ist mir eine große Ehre», sagte Ribes auf englisch. *«Habla ustéd Espanol?»*

«Leider nicht.»

Ribes ließ sofort den zweiten Teil des traditionellen *pirópo* los, der aus einer Beschreibung der handfesteren Dinge bestand, die er zu unternehmen wünschte, um die Leidenschaft zu beschreiben, die sie in ihm auslöste. Da er nun sicher war, daß sie kein Spanisch sprach, wurde er nahezu obszön deutlich. Aber selbst damit hörte er sich immer noch an, als zitiere er Gedichte. Doch dann sagte ihm ein Blick in Charles' Richtung, daß es nun genug sei. So beugte er sich über Hollys Hand, und dann kam er umgehend zum Geschäftlichen.

Holly, die den Umschwung mitbekam, warf Charles einen fragenden Blick zu. «Was ist denn?»

Ribes war um seinen Schreibtisch herumgegangen und blätterte durch einige Papiere, aber Charles merkte, daß er scharf zuhörte, wobei seine Mundwinkel aber leicht nach oben gebogen waren. Charles hätte ihm am liebsten eine gelangt. Holly hatte wahrscheinlich noch nie einen Spanier kennengelernt und dieses Ritual über sich ergehen lassen müssen, das spanische Mädchen als ihr gebührendes Recht ansahen oder es zumindest hinnahmen.

«Ach, nichts weiter. Spanier stellen sich oft selber vor, indem sie ... das ist eine alte Tradition ... eine Rede vom Stapel lassen.»

«Oh.»

«Es löst die Spannung.»

«Was für eine Spannung?»

«Hier, setzen Sie sich doch», sagte Charles verzweifelt. Er zog einen Stuhl für sie heran und dann einen für sich selbst. Ribes schlug das Aktenstück vor sich auf dem Schreibtisch zu, verschränkte die Hände auf der Tischplatte und lächelte.

«Ich fürchte, Ihr Freund, Teniente Lopez, wird sich nicht auf eine Kautionzahlung einlassen», sagte er zu Charles. «Ich hab mein Mögliches getan, aber ...»

«Warum?» wollte Charles wissen.

«Ich weiß nicht.» Man sah dem jungen Anwalt seine Ratlosigkeit an. «Für mich erscheint Señor Partridge nicht als Bedrohung für die Gesellschaft, aber ... Sie bestehen darauf, ihn als solchen zu behandeln. Wirklich seltsam.»

«Sie waren der Anwalt von Graebner», sagte Holly abrupt.

Ribes' schwarze Augen wanderten zu ihr hinüber. «Sein Pflichtverteidiger», sagte er ernsthaft. «Das Gericht hat mich dazu bestimmt, und ich war bei seiner Vernehmung im Krankenhaus dabei. Er war schwer verletzt, und das hinderte ihn bei der Aussage. Er sprach nur wenig Spanisch und ich wenig Französisch, so einigten wir uns schließlich auf Englisch. Ich gebe zu, daß ich es war, der ihm vorschlug, sich als mitschuldig zu erklären, aber das gehörte zu meiner Aufgabe – ich mußte das bestmögliche Ergebnis für meinen Klienten herausholen. Der Fall gegen ihn lag ungünstig, und mir schien, daß wir es andernfalls mit einer endlosen Gerichtsverhandlung zu tun bekommen würden, und das hätte er gesundheitlich kaum durchgestanden. Ein Schuldbekenntnis in einer weniger schwerwiegenden Anklage, damit ein milderes Urteil, dünkten mich das günstigste Vorgehen. Er willigte schließlich ein. Ich glaubte, hinter all den Mullbinden einen hochintelligenten, aber schwachen Menschen zu entdecken, der bereit war, seine Strafe hinzunehmen. Wenn der Prozeß vor der Tür stand, würden die Schnittverletzungen immer noch nicht ganz verheilt sein und er müßte weiter behandelt werden. Ein Gefängniskrankenhaus oder ein öffentliches machten wenig Unterschied, und so nahm er meinen Vorschlag an. Ich habe mein Bestes für ihn getan. Stört Sie das?»

«Zuerst ja», gab Holly zu, die von seiner offenen Art und der logischen Erklärung entwaffnet war.

«Und schließlich war ich Graebner als Pflichtverteidiger beigegeben, und das kollidiert in keiner Weise damit, daß ich jetzt Señor Partridge verteidige. Wenn Sie natürlich –»

«Nein, Reg sagt, es ist in Ordnung», unterbrach ihn Holly. «Wir haben ihn gerade aufgesucht. Aber ich hätte gern etwas anderes mit Ihnen besprochen.»

«Oh?» Er strahlte sie an. Beglücken Sie mich, sagte das Lächeln. Belohnen Sie mich mit den Juwelen Ihrer Lippen, den Perlen Ihres Herzens, Diamanten Ihrer Augen und Rubinen Ihrer Seele.

«Wir müssen den wahren Täter finden», verkündete Holly. «Wenn die Polizei auf ihren Hintern hocken bleibt, dann ist es wohl uns überlassen. Kennen Sie irgendwelche Privatdetektive?»

Dios mio!» stieß Ribes hervor und warf Charles einen entsetzten Blick zu, während seine Illusionen betreffs Hollys zarter Weiblichkeit auf dem Boden zerschellten.

Charles räusperte sich. «Ich habe Mrs. Partridge zu erklären versucht, daß es hierzulande keine Privatdetektive gibt. Sie glaubt mir aber nicht.»

«O doch, das entspricht völlig der Wahrheit, Señora. Bei uns in Spanien gibt es mehr Polizei als uns lieb ist. Es kommen natürlich viele Verbrechen vor, aber keine geheimnisvollen. Wir sind ein sehr leidenschaftliches Volk, wir verkünden lautstark unseren Haß. Wenn dann ein Mann getötet wird, ist es meistens klar, wer die Tat begangen hat. Damit spiele ich natürlich nicht auf professionelle Verbrecher an oder Terroristen, eigentlich mehr auf Leute, die persönliche Gründe für ihre Tat haben. Im Falle Ihres Schwiegervaters wie auch in anderen Fällen, die ähnlich gelagert sind, wird die Ermittlung von der Kriminalpolizei durchgeführt, und diese Leute sind äußerst tüchtig. Scheidung kommt bei uns selten vor. In den großen Städten können Sie vielleicht die eine oder andere Privatdetektei finden, aber hier sicher nicht.»

«Aber dieser Lopez, von dem Charles so viel hält, wird gar nichts unternehmen, um Reg aus der Sache herauszuholen, da er schließlich die Staatsanwaltschaft vertritt. Die sind alle ganz zufrieden mit ihrem Fall; alles paßt zueinander, alle Fäden sind säuberlich vernäht – nur daß es nicht stimmt. Für sie ist er einfach ein alter Mann mit einem Magengeschwür, der den Kopf verloren hat. Sie geben nicht mal die Möglichkeit zu, daß es ein anderer getan haben muß, und doch ist es so, denn Reg ist unschuldig!»

Zum erstenmal begriff Charles, wie ärgerlich Holly geworden war. Er verspürte ein hohles Gefühl im Magen, so wie jemand, der im Zoo umherwandert und plötzlich feststellt, daß der Tigerkäfig nicht versperrt ist. Sollte er ihn selber schließen oder nach dem Wärter rufen? Er machte den Mund auf, doch Ribes kam ihm zuvor.

«Señora, das versteht sich von selbst. In der Sekunde, da man mit ihm spricht, teilt sich seine Unschuld mit.»

«Aber nicht der Polizei», beharrte Holly.

«Na ja, sie haben eben keinen anderen Verdächtigen», sagte Ribes, als ob sich die Sache damit von selbst erkläre. «Im Verlauf der Zeit wird die Gerechtigkeit –»

«Die Gerechtigkeit kann mir gestohlen bleiben! Wenn die nichts zu tun beabsichtigen und Sie auch nicht, dann werden eben Charles und ich die Dinge in die Hand nehmen», verkündete Holly kurz.

«Oh, Señora, ich bitte Sie . . .» Ribes warf Charles, der die Augen geschlossen hatte, einen mitfühlenden Blick zu. «Sie werden doch nicht . . .»

«Wo wollen wir anfangen?» fragte Charles mit leicht krächzender Stimme, in der Hoffnung, daß sie noch keinen festen Plan gefaßt hatte. Doch das hatte sie.

«Wir fangen mit dem an, der David getötet hat.»

Die beiden Männer starrten sie an.

«Aber Ihr Mann ist bei einem Unfall umgekommen», begann Ribes.

«Blödsinn», gab Holly zurück. Sie hätte sich noch drastischer ausdrücken können, aber sie glaubte, daß keiner der Männer an eine solche Sprache gewöhnt war. Wirklich, die beiden waren ein jammervolles Paar. Charles, immer nur abwehrend und ausweichend, und Ribes nichts wie breites Lächeln und schlüpfrig wie eine Schlange. Sie brauchte kein Spanisch zu verstehen, um ein paar Sachen mitbekommen zu haben, die er vorhin gesagt hatte. Er hielt sie zweifellos für eines dieser passiven Weibchen, das anbetend an seinen Lippen hing und sich glücklich schätzte, wenn er sich herabließ, ihr überhaupt etwas zu erklären, was er nicht einmal getan hatte. Sie war so fuchsteufelswütend, daß sie hätte schreien können. Merkte man ihr das nicht an? Hatten die beiden denn nur Luft in den Köpfen? «Es war kein Unfall.»

Ribes hob Hände und Augen gen Himmel, und Charles beugte

sich auf seinem Stuhl vor. «Holly, David wurde nicht als einziger getötet. Es ist auch ein Beamter der Guardia Civil umgekommen. Meinen Sie nicht, wenn es überhaupt nur die Spur eines Zweifels gegeben hätte, daß die Polizei den Fall verfolgt hätte? Die Guardia ist ebenso versessen darauf, einen Polizistenmörder zu jagen, wie jede andere Polizei auf der Welt.»

«Wer hat den anderen Wagen gefahren?» erkundigte sich Holly bei Ribes.

Der zuckte die Achseln. «Ein Tourist, Señora, irgendein Tourist. Ein betrunkener Tourist, der als Resultat seiner Dummheit ebenfalls im Krankenhaus landete.»

«Um wieviel Uhr ist der Unfall geschehen?» fragte Charles.

«Am Vormittag, etwa gegen zehn», sagte Holly betont.

«Eigentlich eine komische Zeit, um sich zu betrinken», bemerkte Charles.

«Genau.» Und als ob sie darauf gewartet hätte, daß einer der beiden darauf hinwies, fuhr sie fort: «Ich habe die ganze vergangene Nacht wachgelegen und versucht, irgendeinen Sinn in die Sache zu bekommen. Was wäre, wenn zum Beispiel noch jemand in diese Fälschungsaffäre verwickelt wäre?»

«Graebner hat mehrfach wiederholt, daß er keine Helfershelfer gehabt habe, außer natürlich Ihrem verstorbenen Mann.»

«Das mag stimmen oder auch nicht», sagte Holly. «Was ist, wenn doch noch jemand daran beteiligt war? Und dieser Jemand wollte vielleicht Graebner und David zur Flucht verhelfen.»

«Warum?» fragte Charles zurück.

«Damit sie nicht vor Gericht aussagen konnten», erwiderte Holly triumphierend. «Nur ging die Sache schief und David wurde getötet. Vielleicht hatte er oder hatte sie auch vor, ihn zu töten. Oder alle beide. Aber Graebner wurde nur verletzt, also müssen sie ihn im Krankenhaus aufgesucht und überredet haben, sich für schuldig zu erklären und den Mund zu halten.»

«Und als er entlassen wurde?»

«Haben sie ihn umgebracht.»

«Aber, Señora –» Ribes' Stimme klang sanft. «Sie hätten ihn doch jederzeit töten und sich selber das Risiko ersparen können. Im Krankenhaus, im Gefängnis. Warum haben sie das nicht früher besorgt?»

Sie dachte darüber nach, aber nur einen Augenblick lang. «Weil sie anfänglich glaubten, er würde sich an sein Versprechen halten. Das tat er auch. Aber dann ging er zu ihnen und verlangte was – wahrscheinlich mehr Geld. Oder wieder mit ins Geschäft hineingenommen zu werden. Und –»

«Diese nebulösen ‹sie›, von denen Sie sprechen, Señora», fiel Ribes ihr ins Wort. «Vielleicht war es ja ein ‹er› und dieser ‹er› war Ihr Schwiegervater. Schließlich kennt er sich mit Zollbestimmungen aus. Ich gebe zu, daß alles, was Sie sagen, der Wahrheit entsprechen kann, aber es kann auch auf Señor Partridge zutreffen.»

«Nur tut es das nicht», brauste Holly auf. «Herr des Himmels, ich dachte, Sie stünden auf unserer Seite.»

«Das tue ich auch, Señora, glauben Sie mir», sagte Ribes beschwichtigend. «Ich mache Sie nur darauf aufmerksam, was die Polizei auf Ihre Theorien entgegnen würde. Nur in einem sehr viel härteren Ton. Ich halte Ihre Theorie nicht für wahrscheinlich, aber die Polizei könnte das tun. Ich schlage also untertänigst vor, daß Sie ihnen gegenüber nichts davon erwähnen sollten. Die brauchen kein weiteres Öl für ihr Feuer.»

«Aber vielleicht veranlaßt es sie, weiter nachzuforschen», gab Charles zu bedenken. «Wenn ich mit Lopez sprechen würde ...»

«Ich rate Ihnen aufrichtig davon ab», entgegnete Ribes. «Sie glauben, ihn gut zu kennen, aber haben Sie ihm jemals als Kontrahenten gegenübergestanden? Ich kenne ihn auch, das heißt, nur vom Hörensagen, und ich nehme ihm ohne weiteres ab, daß er Freundschaft und Pflicht sehr gut auseinanderhalten kann. An Ihrer Stelle würde ich den Versuch gar nicht unternehmen.»

«Finde ich auch», sagte Holly. «Und darum müssen wir ihm ein *fait accompli* bringen. Wenn wir erst wissen, wer diese Leute sind ...»

«Die können uns ebenfalls umbringen», meinte Charles düster. «Ich glaube nicht, daß wir damit weiterkommen.»

«Aber zumindest hätten wir dann bewiesen, daß Reg nicht der Täter ist», warf Holly munter ein.

«Eigentlich habe ich mich nie in der Rolle des Opferlamms gesehen», murmelte Charles.

«Schauen Sie, es muß getan werden, also reden wir nicht mehr darüber», sagte Holly und erhob sich plötzlich. «Ich bin's leid, herumzusitzen, die Hände zu ringen und mir von jedermann sagen zu lassen, ich soll mich ruhig verhalten und Vertrauen haben. Verdammt, ich habe zu arbeiten. Vielleicht haben Sie ja ein eigenes Einkommen, ich aber nicht. Ich habe schon ein Jahr an diesem Auftrag gearbeitet und stecke bis über die Ohren in Schulden. Und selbst wenn das nicht der Fall wäre, kann ich nicht auf meinem dicken Hintern herumhocken und zusehen, wie Mary immer weniger wird und Reg immer kränker. Wenn Sie mir nicht helfen wollen, dann muß ich mir eben jemand suchen, der das tut.»

Sie warf ihnen einen letzten wütenden Blick zu, marschierte aus dem Büro und die Treppe hinunter. Dann war Stille. Ribes sprach als erster.

«Sind alle Amerikanerinnen so?» fragte er lahm.

«Ich glaube, ja», gab Charles müde zurück. «Viele hab ich zwar nicht kennengelernt, aber sie wirken alle so – so energiegeladen.»

«*Dios mio*», sagte Ribes noch einmal. «Wenn sie noch häßlich wäre, könnte ich es besser verstehen.»

«Und ich es leichter ignorieren», murmelte Charles und erhob sich ebenfalls. Er blieb stehen und betrachtete Ribes. «Können Sie mir die Polizeiunterlagen zu dieser Fälschersache besorgen?»

«Dazu brauche ich die Erlaubnis des Gerichts.»

«Dann veranlassen Sie das doch bitte», bat Charles. Er kritzelte die Telefonnummer der *fonda*, in der er abgestiegen war, auf einen Zettel. «Dort können Sie mich erreichen, und wenn ich ausgegangen sein sollte, wird man mir Ihre Nachricht ausrichten.»

Er bedankte sich bei Ribes, entschuldigte sich mit Blick und Körperhaltung und folgte Holly die Treppe hinunter.

Als seine Schritte verklungen waren, griff Ribes nach dem Telefonhörer und wählte schnell eine Nummer. Die Stimme, die sich meldete, hatte er seit langem nicht gehört.

Zumindest nicht in den letzten zwei Jahren.

Charles entdeckte Holly an einem Tisch vor einem *merendero*, ein Stück von der Stelle entfernt, wo er seinen Wagen abgestellt hatte. Ein Kellner wartete auf ihre Bestellung, aber sie hatte ihn noch gar nicht wahrgenommen, so wütend war sie immer noch.

«*Dos cafés, por favor*», sagte Charles leise und setzte sich ihr gegenüber an den Tisch. Der Ober nickte und ging davon; Charles lehnte sich auf seinem Stuhl zurück, zündete sich eine Zigarette an und betrachtete sie. Ihre Augen blitzten, und auf ihren Wangen lag ein etwas unnatürliches Rot. Er bot ihr eine Zigarette an. Sie nahm sie, ohne ihn anzusehen, und paffte sie, nachdem er ihr Feuer gegeben hatte, in ärgerlichen Zügen vor sich hin. Auch er rauchte schweigend, bis der Kaffee gebracht wurde.

«Spanier mögen nicht als Narren hingestellt werden, besonders nicht durch eine Frau», sagte er schließlich sanft. «Wenn Ribes nicht in England studiert hätte, würden wir jetzt einen guten Anwalt losgeworden sein.»

«Ach, Blödsinn», sagte sie; ihr Ton verriet aber, daß sie sich schuldbewußt fühlte. Nach ein paar Minuten warf sie ihm einen schnellen Blick zu und sah dann gleich wieder weg. «Sie finden mich sicher gräßlich, eine besserwisserische Amerikanerin und so.»

«Sie waren ein bißchen barsch», gab er zu. «Immerhin ...»

Sie drehte sich auf ihrem Stuhl herum, um ihm ins Gesicht sehen zu können. «Wovor haben Sie Angst?»

«Vielleicht vor zu viel Arbeit?» schlug Charles vor.

Sie sah etwas verwirrt aus. «Das glaube ich nicht.»

«Was dann?»

«Na, daß ich irgendwelchen Skandal anzetteln könnte. Man hat Sie zu gut angelernt. Manchmal muß man einen Skandal riskieren, um einen Skandal zu beenden.»

«Ein interessanter Gesichtspunkt.»

«Sie wissen genau, was ich ausdrücken will, also seien Sie nicht so überheblich.»

«Ich kenne die Schwierigkeiten. Sie nicht.»

«Na schön», gab sie zu. «Unwissenheit ist ein Segen. Aber wenn Sie die Schwierigkeiten kennen, erscheinen Sie mir als genau der richtige Mann, damit fertig zu werden.»

«Man weiß, daß der Mount Everest ein sehr hoher Berg ist, das macht das Besteigen aber nicht leichter.»

«Haha!» Sie schluckte. «Es war – die Begegnung mit Reg. Er sah so alt aus. Wenn Sie wüßten, wie er früher gewesen war, würden Sie auch was für ihn tun wollen.»

Charles seufzte. «Ich glaube, Sie sehen meine Position hier nicht ganz richtig. Ich vertrete Ihrer Majestät Regierung. Ich muß sehr vorsichtig mit den Spaniern umgehen, besonders mit Lopez. Wenn wir anfangen, in seinem Territorium herumzuschnüffeln, wird er sehr verärgert sein, und das ist schon milde ausgedrückt. Es ist seine Aufgabe, Nachforschungen in dem Fall zu betreiben, nicht unsere.»

«Aber er geht seiner Aufgabe nicht nach; er denkt, es ist alles bereits erledigt.»

«Ich glaube, da beurteilen Sie ihn falsch», gab Charles zurück. «Er ist ein sehr guter Polizeibeamter und dazu ein gerecht denkender Mann. Wenn es in dem Fall irgendwelche unklaren Punkte gibt, wird er wahrscheinlich alles tun, um sie aufzuklären.»

«Wahrscheinlich.» Der Ton ihrer Stimme war reiner Hohn. «Können Sie ihn nicht zwingen, alle Fakten durchzugehen? Haben Sie irgendwelche Autorität über ihn?»

«Nein», antwortete Charles schlicht.

«Oh.» Das bremste sie vorübergehend. Sie rührte in ihrem Kaffee herum. Trank einen Schluck. Dann stand sie plötzlich auf. «Machen Sie mich mit diesem Lopez bekannt.»

Charles blinzelte sie an; seine Augen tränten leicht von der gleißenden Sonne. «Das halte ich nicht für eine gute Idee.»

Sie streifte ihn mit einem verächtlichen Blick. Wie konnte ein Mann, der so verläßlich aussah, in Wirklichkeit so zimperlich und schwächlich sein? «Spricht er Englisch?» wollte sie wissen.

«O ja, er ist sehr ...»

«Dann suche ich ihn selber auf. Den Weg dorthin finde ich schon.»

Sie machte kehrt und steuerte die Straße hinunter, wobei sie sich das Jackett resolut über die Schulter warf. Charles wäre entsetzt gewesen, wenn sie sein Büro in diesem Aufzug betreten hätte, aber Lopez würde da wohl ganz anders reagieren.

Er legte Geld neben die Kaffeetassen und holte sie ein. Er kam sich vor, als sei er einem Kometen als Begleitperson zugeteilt. «Hm ... und was wollen Sie ihm sagen?» fragte er schließlich.

«Das kommt darauf an, was er zu mir sagt.»

«Schön, nur ...»

«Wenn er versucht, mich mit demselben Schmus abzuspeisen wie Sie, dann werde ich ihm mitteilen, was ich von einem faulen, dämlichen, voreingenommenen, albernen Despoten wie ihn halte.»

«Mein Gott!»

«Na ja ...» Sie warf ihm einen kurzen Blick aus den Augenwinkeln zu. «Vielleicht nicht ganz so hart. Aber er darf ruhig wissen, daß ich angefressen bin.»

«Was?» fragte Charles mit erstickter Stimme.

«Na ja, sauer», erklärte sie. «Verärgert.»

«Aha.»

«Und daß er lieber anfangen soll, sich andere Sachen anzusehen.» Sie schnippte mit dem Finger. «Davids, zum Beispiel.»

«Was für Sachen denn?»

Sie wedelte mit einer Hand. «Na, die er nach seinem Tod hinterlassen hat ...» Ihre Schritte wurden langsamer, und dann blieb sie plötzlich mitten auf der Fahrbahn stehen und starrte auf das Ende der Straße, wo man zwischen den scheinbar zusammenlaufenden Linien der Häuser einen Schimmer des silbrigen Meeres sehen konnte. Eine Möwe schrie über ihren Häuptern, und hinter ihnen hupten sich zwei Autofahrer wütend an. Als sie ihn wieder anblickte, waren ihre Augen trübe. «Sind Sie jemals hier bei einer Beerdigung gewesen?» fragte sie, und ihre Stimme klang ebenfalls trübe.

«Ja.»

«Sind sie nicht – schrecklich?» Die Erinnerung schnürte ihr kurz den Hals zu. Dieser fürchterlich heiße Tag. Die Londoner Kleider juckten auf ihrer Haut und hatten etwas Erstickendes. Der staubige *cementario* mit den steinernen Mausoleen, hohe, flache Bauten, wo die Toten wie Briefe in Fächern untergebracht waren. Der Sarg war von einem Arbeiter in Hemdsärmeln mitten während der Feierlichkeiten mit einem Gabelstapler an seinen Platz verfrachtet worden. Dann wurde die Öffnung der Gruft mit Brettern verschalt und anschließend von einem kleinen, stiernackigen Mann, der eine Zigarette im Mundwinkel baumeln hatte, mit Zement verputzt. Möwen schrien in der Luft, und überall hörte man die Zikaden zirpen. Die Leute traten von einem Fuß auf den anderen und vermieden, irgendwelchen Blicken zu begegnen. David. David da in diesem schmalen Schlitz, hineingezwängt wie ein Paket im Büro für nichtzustellbare Briefe, das darauf wartete, doch vielleicht irgendwann einmal abgeholt zu werden. David, mit seinem Feuer und seiner Freude am Argumentieren, war zum Schweigen gebracht und für ewig neben einem noch unbesetzten Fach untergebracht, in dem ein Friedhofsarbeiter eine schmutzige Milchflasche hinterlassen hatte, deren letzte Reste sauer im Inneren des dicken, grünen Glases eintrockneten.

«Die Spanier verhalten sich dem Tod gegenüber ambivalent», erklärte Charles. «Sie feiern seine Mysterien in ihren Festen, das umschließt sogar die Stierkämpfe, und betrachten ihn mit metaphysischer Ehrfurcht – abstrakt gesehen. Wenn die Realität aber durchkommt, denken sie sehr praktisch.» Er legte eine Pause ein und räusperte sich. «Es ist ein heißes Land», setzte er finster hinzu.

«Reg und ich haben anschließend sein Studio geräumt. Wir brachen beide immer wieder in Tränen aus. Ich kann's nicht haben, wenn ein Mann weint – nicht weil ich es für unmännlich halte, sondern weil es mir wie das Ende der Welt vorkommt. Er nahm die Dinge, die er haben wollte, hauptsächlich Malutensilien und einige Bilder. Viel war nicht vorhanden.» Ihre Stimme brach, aber dann holte sie Luft und fuhr fort: «Ich sagte, er sollte doch nach Hause gehen, ich würde den Rest schon erledigen, aber dann brachte ich es nicht fertig. Ich konnte seine Sachen nicht anrühren, damals noch nicht. Ich sagte, ich würde alles nach London schicken lassen, aber dann fehlte mir der Mut dazu. Ich schaffte alles in die Garage und schloß sie ab. Jetzt habe ich das Studio ohne Garage vermietet; die Sachen sind alle noch dort. Ich hatte eigentlich vor, alles vor meiner Rückkehr nach London zu sichten, aber ich kann's genausogut auch jetzt schon tun.»

«Sie meinen, wir könnten darunter irgendeinen Hinweis finden?»

Eine spanische Familie, mit Bündeln bepackt und fröhlich schwatzend, zog an ihnen vorbei. Mit Bestürzung sah er die anstehenden Probleme wieder auferstehen und mit ihrem Schein der

Dringlichkeit die Schatten der Vergangenheit vertreiben. Sie setzte sich jetzt etwas aufrechter hin und sah ihn an. Trotz Ribes' blumenreicher Ansprache war sie nicht schön im üblichen Sinn des Wortes. Aber sie hatte etwas Frisches an sich, etwas von der munteren Sorglosigkeit eines heranwachsenden Jungen, das gut zu ihrem Gesicht mit der schmalen Nase und dem vollen Mund paßte. Sie war blaß geworden, und jetzt traten die Sommersprossen deutlich hervor. Sie hob das Kinn.

«Verdammt, warum denn nicht?» gab sie zurück. Ihre Abwehrbereitschaft war zurückgekehrt, möglicherweise durch die Erinnerung an Davids Tod noch verstärkt. Wenn man Dinge weggenommen bekommt, ist es nicht dasselbe, wie wenn man sie selber weggibt.

Er hatte Mitleid mit ihr, aber bei Lopez mit dem Fuß aufzustampfen war nicht die richtige Art, ihre Frustrationen oder Empörung loszuwerden. Es war möglich, daß sich unter Davids persönlichen Hinterlassenschaften etwas anfand, was im Licht der späteren Ereignisse nützlich sein mochte. Für ihn war es im Moment aber wichtiger, daß die Arbeit sie davon abhalten würde, der Kriminalpolizei den Fehdehandschuh hinzuwerfen. Sie würden beide beschäftigt sein, denn er hatte Estebans Haltung unerklärlich gefunden. Er hatte ihn bisher nie für einen Mann gehalten, der eine Ungerechtigkeit hinnahm, und Reg eingesperrt zu halten, war ungerecht. Wann genau er damit begonnen hatte, Regs Anliegen für wichtiger als seine eigene Bequemlichkeit zu halten, konnte Charles nicht sagen. Aber etwas hatte zu geschehen. Nur vorsichtig.

«In Ordnung», sagte Charles. «Haben Sie die Schlüssel bei sich?»

Ihre Augen umwölkten sich. «Nein, sie liegen in Puerto Rio auf meinem Toilettentisch.» Doch dann erhellte sich ihre Miene wieder. «Aber wir könnten das Schloß doch aufbrechen. Es ist nur ein kleines...»

«Fein», stimmte er begeistert zu. Er stand auf und blickte auf sie hinunter und dann an sich. «Nur...»

«Was?»

«Es wird eine ziemlich staubige Angelegenheit werden. Und heiß noch dazu. Die Spinnweben, die sich in zwei Jahren da angesammelt haben, werden nicht sehr förderlich für Ihr weißes Kleid sein.»

Sie betrachtete sich. «O je», murmelte sie. «Ich glaube, es ist besser, nach Hause zu fahren, sich umzuziehen und die Schlüssel zu holen. Wir können dann ein paar Kartons –»

«Wenn alles gut vorbereitet ist, besteht nicht die Gefahr, daß wir was übersehen», meinte er und gab seiner Stimme einen ganz leicht bedauernden Ton.

«Oh, ich bezweifle, daß Sie etwas übersehen werden, Mr. Llewellyn», sagte sie leichthin. «So langsam beginne ich Sie klarer zu sehen.»

«Wie bitte?»

«Sie wollen mich ablenken, warten, bis meine Wut abgeklungen ist, stimmt's?» Sie hatte wieder das frühere Funkeln in den Augen. «Das klappt aber nicht. Ich gebe zu, daß es sinnvoller ist, die Garage später zu sichten, aber das ist auch alles, was ich zugebe. Wenn Sie sich einbilden, ich würde aufgeben oder einen Rückzieher machen, dann haben Sie sich geirrt.»

«Fein.»

«Fein?» Sie starrte ihn argwöhnisch an.

«Ja. Nur weiter so. Volle Kraft voraus. Ich stehe genau hinter Ihnen, die ganze Zeit. Ehrlich.» Er strahlte sie an.

Sie hob zweifelnd eine Augenbraue, dann drehte sie sich wieder um und steuerte wortlos auf den Wagen zu. Charles kam ihr nach, dankte im geheimen dem Heiligen des mittleren Beamtentums, wer dieser auch sein mochte, für das kleine Geschenk, kurz einmal Atem schöpfen zu dürfen. Was hätte Machiavelli wohl getan, überlegte er, wenn er zwischen Holly Partridge und Esteban Lopez geraten wäre?

Den Pokal geleert, den die Borgias ihm reichten, zweifellos. Und das noch voller Dankbarkeit.

Auf der anderen Seite der Straße beobachtete Ribes sie aus seinem Bürofenster, wie sie zum Wagen gingen und abfuhren. Dann sprach er wieder in den Telefonhörer.

«Ich glaube, sie sind jetzt unterwegs», sagte er.

7

Charles fuhr den Wagen auf den Parkplatz hinter der Nummer 400, Avenida de la Playa, und stellte den Motor ab. Sie hatten auf der ganzen Fahrt von Espina kaum ein Wort miteinander gewechselt, da jeder mit seinen eigenen Gedanken beschäftigt gewesen war. Jetzt hatte Charles, angesichts der Sache, in die er sich bereits so weit eingelassen hatte, den Entschluß gefaßt, seine Haltung noch einmal klar zu umreißen, ehe sie weitermachten.

«Ich glaube, wir sollten noch einmal miteinander sprechen, ehe wir hinaufgehen.»

«Wieso?»

«Weil wir vorsichtig sein müssen.»

«Warum? Ich habe keine Angst vor –»

«Daran habe ich nicht gedacht. Ich meinte eher – Ihre Einstellung.»

«Was stimmt nicht an meiner Einstellung?»

«Also, Sie müssen verstehen, daß Sie mit Ihrer Empörung nicht die Haltung einer gesamten Nation in einer Nacht verändern können. Wenn etwas nützt, dann muß man sie beruhigen. In Spanien sind Frauen zum Ansehen und zum Erfreuen da, aber man darf sie nicht hören.»

«Aber Spanien ist ein modernes Land ... schauen Sie ...» Sie deutete auf die in leuchtenden Farben gehaltenen Gebäude um sie herum.

Charles lächelte ein kleines bißchen. «Dies hier ist aber nicht Spanien.»

«Das haben Sie aber selber behauptet.»

«Ich spreche jetzt von der Einstellung der Menschen, nicht dem ...» Er seufzte in gelinder Verzweiflung. «Begreifen Sie denn nicht? Sie tolerieren uns hier. Sie brauchen unser Geld, aber sie lassen nicht zu, daß wir mit ihrer Gastfreundschaft Schindluder treiben. Warum sollten sie auch? Sie können so viele, totschicke Apartmentblocks errichten, wie sie wollen, aber damit errichten sie nur Puppenhäuser im Garten eines anderen Kindes. Das Land und die Lebensform gehören ihnen, und so wird es immer bleiben. Aber die Leute, die sich hier zur Ruhe setzen oder einen Teil des Jahres hier verbringen, merken bis zu ihrem Lebensende nichts davon oder lassen sich dadurch aus dem Konzept bringen. Sie bleiben unter sich, kaufen in den Läden ein, die von ihresgleichen geleitet werden, oder in unpersönlichen Supermärkten. Sie leben in einer von der spanischen Sonne gewärmten Seifenblase, aber weit entfernt von den Spaniern. Bis dann einmal eine echte Schwierigkeit eintritt – so wie diese –, und dann sind sie überhaupt nicht darauf vorbereitet. Die Spanier nehmen eine solche Affäre sehr, sehr ernst, denn das ist die einzige Art, die Fremden daran zu erinnern, daß sie sich in ihrem Land befinden, in Spanien.» Er holte tief Luft. «Um es etwas brutal auszudrücken: Sie haben keine Lust, unseren Dreck von ihrem Teppich zu entfernen.»

«Ich wette, daß sie einen Spanier nicht so behandeln würden, wie sie Reg behandeln.»

«Da haben Sie völlig recht, das würden sie nicht tun. Sie würden ihn verdammt viel schlechter behandeln, glauben Sie mir. Versuchen Sie einmal, Mr. Partridge nicht als Ihren Schwiegervater oder als einen netten Menschen zu sehen, sondern betrachten Sie den Fall einmal ganz objektiv. Bitte.»

Er merkte, daß es ihr nicht gefiel, sie versuchte es aber nach besten Kräften. Nach einer Weile sagte sie sehr leise: «Er könnte es getan haben.»

«Braves Mädchen! Und jetzt hören Sie endlich auf, jedesmal gleich an die Decke zu gehen, wenn jemand diesen Gedanken äußert. Keiner läßt sich gern einen Idioten nennen, besonders nicht die Spanier. Und es war keine Idiotie, Reg zu verhaften. Sie haben das getan, was unter den gegebenen Umständen angebracht war.»

«Soll das heißen, daß Sie mir nicht helfen wollen?» fragte sie vorsichtig.

«Nein. Aber wenn Sie Ihre haarsträubenden Vorstellungen weiter verfolgen wollen, dann lassen Sie sich sagen, daß dies hier ein Land ist, das ich verstehe, zumindest beinahe verstehe, und Sie überhaupt nicht. Sie müssen es schon akzeptieren, wenn ich Ihnen empfehle, etwas nicht zu sagen oder zu tun. Obwohl es nicht so scheinen mag, sind Spanier keine Europäer. Sie sind Spanier. Und jeder Versuch, sie wie alle anderen zu behandeln, kann nur schiefgehen. Okay?»

«Wie Sie so reden, könnte man glauben, man hätte es mit Vertretern der Äußeren Mongolei zu tun.»

«Bleiben Sie bei dieser Vorstellung», riet Charles. «Das könnte helfen.»

Es schien schon wieder eine neue Party im Gange zu sein.

Als er Holly am Vormittag abgeholt hatte, war Mary allein gewesen. Jetzt waren Helen und Nigel Bland, der Colonel (und Queenie natürlich auch), Alastair Morland, ein Ehepaar namens Beam, die am Abend zuvor nicht mit dabeigewesen waren, und noch ein weiterer Mann bei ihr. Sein Name war Mel Tinker, und er war einer dieser gutaussehenden sportlichen Amerikaner mit erstklassig geschnittenem graudurchzogenem Haar und dunkelbraunem Teint. Beim Anblick Hollys erhellte sich seine Miene.

«Ah, da sind Sie ja», sagte er, und seine tiefe Stimme verriet Beifall und Erleichterung. «Ich hab mir schon Sorgen um Sie gemacht, Sweetheart.»

«Dazu war kein Grund vorhanden», entgegnete Holly leichthin. «Ich war mit Charles zusammen, der alles über die Äußere Mongolei weiß.»

«Pardon?»

«Ach, ein kleiner Scherz», murmelte Charles unbehaglich. «Mein Name ist Charles Llewellyn, Britisches Konsulat.»

«Ah ...» Tinker nickte und streckte die Hand aus. «Mel Tinker, früher bei Tinker Electronics, jetzt gondele ich durch Europa. Ich hatte genug von diesem hektischen Berufsleben.»

«Verstehe», sagte Charles. «Als einer, der immer noch der Hektik ausgesetzt ist, kann ich Ihnen nur meinen Glückwunsch aussprechen.»

Mary Partridge stellte ihn den Beams vor, die ihn begeistert angrinsten, und der Colonel bellte einen Gruß zu ihnen hinüber.

«Wir wollen Reg aus dem Kittchen befreien», tönte er. «Dazu brauchen wir noch einen Insider-Mann. Hätten Sie Lust?»

«Das ist doch nicht Ihr Ernst, oder?»

Der Colonel schüttelte bedauernd den Kopf. «Leider nicht. Zu alt für derartige Mätzchen. Außerdem würde es doch nichts nützen.»

«Stimmt nicht», sagte Morland. «Bei guter Vorbereitung würden wir Reg ziemlich anstandslos freikriegen.»

Charles warf ihm einen Blick zu, während Mary ihm einen nicht erbetenen Drink reichte – Gin und Tonic, natürlich. Er zog Scotch vor, aber er nahm ein paar Schluck und versuchte, das Gesicht nicht zu verziehen. «Das halte ich für keine gute Idee», bemerkte er milde.

«Wissen wir», gab Morland gut gelaunt zurück. «Nur ein Schuldiger rennt davon und so. Ich meine es rein von der Logistik her – es wäre leicht machbar.»

«Es ist ebenso leicht machbar, daß jemand dabei getötet oder verletzt wird», grollte Nigel aus der Tiefe des Sofas heraus. Charles sah den Ärger in seinem Blick und erinnerte sich daran, daß er früher für Scotland Yard gearbeitet hatte. Bland steckt in der Klemme, dachte er. Als ehemaliger Polizeibeamter mußte er auf seiten Lopez' stehen. Doch im Grunde seines Herzens fühlte er sich Reg verbunden. Das Resultat war zumindest eine moralische Magenverstimmung.

Charles beschrieb sein Interview mit Ribes und richtete Regs Botschaften aus.

«Armer Reg», sagte Helen Bland. Sie war eine dickliche, lebhafte Frau mit graziösen Bewegungen, die vermuten ließen, daß sie in jüngeren Jahren einmal Mannequin oder Tänzerin gewesen sein mochte. Normalerweise würde sie wohl diejenige gewesen sein, die dafür sorgte, daß die Party nicht langweilig wurde, dachte Charles. Aber im Augenblick galt ihre Sorge Mary. Er stellte erleichtert fest, daß Mary erfrischt und kräftiger aussah, nachdem sie eine Nacht lang geschlafen hatte. So hatte sie Ribes' mißlungenen Versuch in der Kautionsfrage gelassen hingenommen. Und hatte sich gefreut, daß der Arzt ihren Mann besucht hatte. Alles zusammengenommen war diese Party hier sehr viel besser als die vom Vortag.

«Also, wir erwarten euch alle gegen sechs», sagte Mrs. Beam zu den Anwesenden. «Das gilt natürlich auch für Sie, Mr. Llewellyn.»

«Bedaure ... ich habe ...» Charles wußte nicht weiter.

Helen Bland grinste ihn an. «Dick und Dot haben uns alle für heute abend zum Dinner eingeladen», sagte sie ruhig. «Ein Tapetenwechsel und eine Aufmunterung für Mary.»

«Oh, Sie brauchen mich aber nicht einzuladen ... ich meine ... es ist natürlich sehr freundlich von Ihnen ...»

«Und sehr vernünftig», sagte Nigel Bland und hievte sich mit einigen Schwierigkeiten aus dem Sofa hoch, um sich neben ihn zu stellen. «Sie wohnen doch im Hotel, oder?»

«Ja, aber –»

«Dann seien Sie nicht albern und kommen Sie mit. *La Casa de los Pavos* lohnt einen Besuch, auch ohne Essen.»

«Oh.» Charles stutzte und warf dem unauffälligen aber fröhlich aussehenden Beam einen zweiten Blick zu. Natürlich. Er selber würde auch strahlen, wenn er ein paar Millionen auf der Bank hätte. Er kannte den Namen Beam, jeder, der lange genug in der Gegend gelebt hatte, kannte ihn – nur hatte er ihn nicht mit diesen durchschnittlichen Leuten in Zusammenhang gebracht. Dick und Dot Beam hatten sich an der Costa Blanca niedergelassen, ehe sie in Mode gekommen war. Dick Beam, der schon damals ziemlich betucht war, hatte in weiser Voraussicht an der Küste oder in der Küstennähe gelegene Olivenpflanzungen aufgekauft, für einen lächerlichen Preis. Als der Boom ausbrach (und manche sagten, er hätte da seine Finger im Spiel gehabt), machte er ein Vermögen. Es hieß, daß er immer noch eine Menge Land besaß, das er nach Lust und Laune verkaufen konnte. Es hieß ebenfalls, daß Dick und Dot Beam sehr zurückgezogen lebten und nicht mit Neuankömmlingen oder sonstwem verkehrten. Und doch waren sie hier, er in billigen Gabardinehosen und einem offenen Baumwollhemd, sie in einem schlichten Kleid und Sandalen, beide grinsten die Versammelten breit an.

«Juanito wird heute abend im Freien Paella kochen – wahrscheinlich zum letztenmal in diesem Jahr», sagte Dot Beam begeistert. «Wenn's zu kalt werden sollte, können wir ja reingehen, aber ich glaube, wir haben Glück. Sie kommen doch, Mr. Llewellyn, ja?»

«Sehr gern, vielen Dank», gab er lächelnd zurück.

«Prima», sagte Dick Beam. «Wirklich prima. Also, dann mal los, Mutter, Zeit zum Aufbruch.» Sie steuerten auf die Tür zu, und

Mary Partridge kam ihnen nach. *«Hasta la vista!»* winkte Dick Beam von der Tür her. Holly kam durch den Raum auf Charles zu und warf ihm einen wütenden Blick zu.

«Und was ist mit der Garage?» flüsterte sie heftig.

«Na ja, das können wir ja morgen erledigen», gab Charles vage zurück.

«Ich wollte es aber heute tun!»

«Schauen Sie ...» er nahm sie beim Arm und führte sie auf den Patio hinaus, wo er die Augen vor der grellen Sonne zusammenkneifen mußte. «Ihr Schwiegervater sitzt in einer bösen Klemme, und Ihre Schwiegermutter könnte etwas Ablenkung gebrauchen. Aber das Wichtigste ist, daß die Beams hier in der Gegend viel zu sagen haben. Wenn ich gewußt hätte, daß Ihre Familie mit ihnen befreundet ist ...»

«Ja, sie sind alte Freunde», murmelte Holly widerstrebend und spähte verdrossen durch die Schiebetüren. Aus einem Augenwinkel konnte Charles mitbekommen, daß Tinker sie von innen durch die Scheibe beobachtete.

«Dann müssen Sie diese Beziehung pflegen», sagte Charles. «Wenn Sie jemals einen Zugang zu den Spaniern benötigt haben, dann ist es jetzt, und sie sind der Weg. Ihr Sohn ist mit Justina Merolles verheiratet, deren Vater ein großes Tier im Justizministerium ist. Ich würde sie nicht um Hilfe angehen, aber wenn es zum Schlimmsten kommen sollte, würden sie sich sicher für Sie einsetzen. Indem sie Ihre Schwiegermutter heute zum Dinner eingeladen haben, ist das ja wohl eine Demonstration für ihre Haltung Reg gegenüber. Das allein schon kann nützlich sein.»

«Ja, aber ...»

«Ich dachte, Sie hätten versprochen, das zu tun, was ich Ihnen sage.»

«Aber ich darf mir ja wohl meine eigenen Gedanken machen», entgegnete sie irritiert.

«Dann tun Sie's aber auch.»

«Stimmt was nicht, Holly?» Tinker kam lässig ins Freie geschlendert. Mit dem Glas in der Hand betrachtete er Charles von oben bis unten.

«Nein, nein, ist schon alles in Ordnung, Mel», sagte Holly kurz. «Charles hat mich gerade an etwas erinnert, was ich tun wollte.»

«Kann ich dabei helfen?»

«Das schaffen wir schon allein.» Auch Charles sprach etwas kurz angebunden.

«Kein Grund, so ablehnend zu sein», sagte Tinker betont leichthin. Charles bemerkte seine Größe, seine Reichweite und die besitzergreifende Art, mit der er Holly einen Arm um die Schulter legte. «Ich hab Holly sehr gern, und ich möchte alles tun, um ihrem Schwiegerpapa aus der Patsche zu helfen.»

«Sehr liebenswürdig», sagte Charles. «Ich bin sicher, sie wird Ihre Anteilnahme zu schätzen wissen.»

«Aber Sie nicht?»

«So oder so, es geht mich nichts an, es sei denn, Sie machen Schwierigkeiten.»

«Also, welche Schwierigkeiten könnte ich schon machen?» verlangte Tinker zu wissen. Er lächelte auf Holly hinab. «Ein netter, harmloser alter Knabe wie ich?»

«Ach hört doch auf, beide!» fauchte Holly und ging zurück ins Penthouse. Tinker sah ihr überrascht nach, dann richtete er den Blick auf Charles. Es lag keinerlei Freundlichkeit darin.

Charles hob sein Glas, und die Sonnenstrahlen spiegelten sich in seinem Rand.

«Prost!» sagte er.

Lopez betrachtete Paco Bas mit müder Resignation. Der junge Mann war äußerst eifrig in seiner Lernbegierde, ihm fehlte es aber beklagenswerterweise entweder an Selbstvertrauen oder an Stil. Er besaß keinerlei Feinheit. Er war schwerfällig und würde es immer bleiben. Aber die Schwerfälligen wollten immer fliegen. Und schlimmer noch, sie waren überzeugt, sie könnten fliegen.

Ein warmes, flüchtiges Gefühl für seinen anderen Mitarbeiter in Madrid stieg in ihm auf, den gerissenen Boas, der gerade dabei war, in den nördlichen Bergen ein anderes Schlangennest aufzustöbern. Er neidete ihm die Aufgabe nicht, dafür aber das Essen, was er dort erhalten würde. Hier an der Küste war es immer Fisch, Fisch und noch einmal Fisch. Er wußte, daß er ungerecht war, daß leichtes Essen in den Niederungen der Küste nicht nur das Übliche, sondern auch das Vernünftige war. Aber er selber hatte nun mal eine Vorliebe für gutes, gehaltvolles *cocido* oder *podrida*, das beides mit viel Brot gegessen wurde. Er wußte, daß er es hier nicht bekommen würde, und wenn, daß er es nicht essen würde, dazu waren ihm Verdauung und Figur zu wichtig.

Es war nur, daß er stets Heißhunger bekam, wenn er frustriert war. Und wenn ihm die Vernunft verbot, diesen Hunger mit allem möglichen Zeug zu stillen, so hielt sie ihn nicht davon ab, das zu bedauern und mißmutig und mürrisch zu werden. Boas würde ihn mit seinem Humor aus dieser Stimmung herausholen. Doch der arme Paco Bas nahm nur an, daß seine Laune von etwas herrührte, was er, Paco Bas, getan hatte.

Lopez stach mit der Gabel in das Gemisch auf seinem Teller und förderte eine gerollte Sardelle zutage. «Der Bericht von Interpol sollte heute nachmittag hier eintreffen, Paco», sagte er.

«Ja. Ich hab heut früh einmal angerufen, aber er war noch nicht da. Sie sagten, wir sollten nicht mehr telefonieren, sie würden ihn umgehend herschicken, wenn er da ist.»

«Dann rufen Sie noch mal an.»

«Aber ...»

«Sagen Sie, ich hätte Sie beauftragt, sagen Sie, ich will den Bericht jetzt und nicht morgen oder nächste Woche.»

«Sehr wohl.» Solange er die Verantwortung auf Lopez schieben konnte, war er zufrieden. Es hatte allerhand Verdruß gegeben, als man ihn Lopez zugeteilt hatte. Es gab viele, die der Meinung waren, er brächte nicht genug Erfahrung mit, um diese Aufgabe zu bewältigen. Sie hatten recht, er teilte ihre Meinung völlig, aber er würde eine solche Chance nicht ablehnen. Und selbst wenn er sie seinem Onkel verdankte, der ein paar Fäden gezogen hatte. Nur ein Narr würde seine Beziehungen nicht ausnutzen. Und er, Paco Bas, war kein Narr. Bitte sehr, er begriff noch nicht, worauf Lopez in seiner Arbeit abzielte. Er hatte zunächst vermutet, daß es sich um einen ganz gewöhnlichen Mordfall handelte. Aber das stimmte nicht, es ging um sehr viel mehr. Und da er mit niemandem darüber sprechen durfte, nicht damit prahlen konnte, daß er, Paco Bas, an einem Problem von internationalem Ausmaß mitarbeitete, war das beinahe mehr, als er ertragen konnte. Wenn erst einmal alles geklärt war, würden sie über seine Rolle dabei Bescheid wissen. Dann würden sie sehen, daß ...

Es sei denn, der Fall würde nie geklärt.

Oder schlimmer noch, er würde im Verlauf der Ermittlungen irgendeinen groben Fehler begehen und ...

«Es gefällt mir nicht, daß wir diesen Partridge nicht freilassen können», bemerkte Lopez.

«In der Tat, Sir, er ist nicht sehr gesund.»

«Vielleicht ginge es ihm aber bedeutend schlechter, wenn er sich außerhalb dieser dicken Mauern befände.»

«Das können wir aber nicht voraussagen.»

«Nein, aber das Risiko ist zu groß.»

«Aber wenn man seiner Familie Bescheid sagen könnte oder Mr. Llewellyn –»

«Dieses Risiko müssen wir ebenfalls vermeiden. Ein falsches Wort am falschen Platz, die kleinste Andeutung der falschen Person gegenüber ... ich mag gar nicht daran denken. Wenn es nicht zu diesem unerwarteten dummen Todesfall gekommen wäre, hätten wir den Fall sicher jetzt schon abgeschlossen. Aber wie die Dinge liegen – jetzt wächst sich die Sache zu einem Krebsgeschwür aus. Und wenn die Wahrheit erst einmal ans Licht dringt, Paco ...» Er seufzte und widmete sich einer weiteren *tapa*, die diesesmal aus einer Scheibe geräucherter Wurst bestand. «Wir haben keinen sehr schönen Beruf, Paco.»

«Das ist allerdings richtig.» Paco nickte langsam und bedauernd.

«Man liebt uns nicht gerade.»

«Das stimmt.» Daran war er gewöhnt.

«Andererseits dürfen wir unseren natürlichen Wunsch, beliebt zu sein, nicht mit der notwendigen Objektivität in Konflikt geraten lassen. Man darf alte Freunde nicht bevorzugen, das gilt umgekehrt natürlich auch für alte Feinde.»

Paco schwieg. Er saß da und wünschte, er wüßte, wovon Lopez redete.

«Paco, ich möchte, daß Sie etwas tun, was Sie sehr, sehr unbeliebt machen wird.»

«Gut.» Paco richtete sich auf.

«Ich möchte, daß Sie zur Guardia gehen und sich alle verfügbaren Unterlagen über diese Männer geben lassen.» Er händigte Bas aus seiner Brieftasche ein Stück Papier aus.

«Aber Sie sagten doch, Sie würden ...» Bas schrumpfte wieder in sich zusammen.

«Ich weiß. Aber im Moment habe ich etwas Wichtigeres zu tun.» Er beugte sich vor. «Wenn es Sie tröstet, kann ich Ihnen versichern, daß auch ich mir keine Freunde damit machen werde.»

«Nein, Sir.» Bas verstaute den Zettel in seiner eigenen Brusttasche. Sie würden unverschämt werden, die GC. Sie würden dumme Bemerkungen fallenlassen. Sie würden mit der größtmöglichen Langsamkeit arbeiten und dauernd irgendwelche Entschuldigungen vorbringen. Er würde Stunden dafür brauchen. Lopez würde das in Sekunden erledigt haben und sich keine Widerreden gefallen lassen. Und natürlich würden sie argwöhnisch werden. Sie würden wissen wollen, wieso er Unterlagen über zwei ihrer eigenen Leute anforderte.

Das würde er nebenbei selber gern wissen.

Aber Lopez würde nichts verraten.

Charles las die Instruktionen, die neben ihm auf dem Sitz lagen, sicherheitshalber noch einmal durch. Richtig, da stand ganz deutlich – die dritte Abzweigung links hinter dem Dorf. Die Straße sah zwar nicht sehr einladend aus, wie sie sich da durch eine der wenigen bewaldeten Gebiete an den Hängen des Montgo wand. Überall wuchsen Grasbüschel zwischen dem Kies und überhaupt wirkte das Ganze höchst ungepflegt.

Achselzuckend lenkte er den Séat von der Chaussee hinunter und auf den Kiesweg. Sich langsam in der Dämmerung voranbewegend, schaltete er die Scheinwerfer ein. Der Weg war sehr kurvenreich, und er fragte sich, wie der Rolls von den Beams die Strecke schaffte. Er war gerade zu der Überzeugung gelangt, daß er eine falsche Abzweigung genommen hatte, als die Bäume auf beiden Seiten zurückwichen, wie ein sich öffnender Vorhang, und er auf ein Paradies niederblickte.

Zugegeben, ein kleines Paradies, aber nach der trockenen Ebene entlang der Küste war es eine Überraschung. Über ihm zeichnete sich rotbraun der Montgo gegen den Abendhimmel ab; seine felsigen Abhänge zogen sich beschützend um den Besitz. In einer breiten und tiefen Felsenschlucht hatte sich ein Teppich satten Grüns ausgebreitet, der eine weiße Hacienda mit rotem Ziegeldach umschloß, den üblichen Rosengarten und – wer hätte das hier erwartet – ein Labyrinth aus geschnittenen Buchsbaumhecken. Der gesamte Besitz umfaßte sicher nicht mehr als einen Quadratkilometer, doch er war wie ein englischer Miniaturpark angelegt. Zugegeben, das Haus war im spanischen Stil erbaut und sogar sehr geschmackvoll. Wunderbar in den Proportionen, mit tief in den Mauern eingelassenen Fenstern und einem Patio, der um die ganze Hauslänge herumlief, aber abgesehen davon und den Abhängen des Montgo, hätte er sich zu Hause befinden können. Er trat die Kupplung durch, und der Wagen setzte sich in Bewegung und rollte bis zu dem in der Mitte des kleinen Tals gelegenen Brunnen hinunter. Dabei wurde die Luft plötzlich von einem krächzenden Schrei zerrissen, gespenstisch und rauh, so daß er zusammenschrak.

La Casa de los Pavos. Das Pfauenhaus.

Und da war schon einer, stolzierte über den Rasen, und sein schimmernder Körper leuchtete im abendlichen Licht. Das lange, zusammengelegte Schwanzgefieder schleppte hinter ihm her.

«Das ist einfach blödsinnig», murmelte Charles. Er mußte den Drang unterdrücken, laut herauszulachen. Was er hier sah, war der optimale Unsinn. Nach Spanien zu ziehen und dort nicht nur England nachzuschmachten, sondern es auf fremdem Boden nachzubauen. Die Beams gehörten offensichtlich zu dieser großen Gruppe britischer Exzentriker, die nicht nur überall in England, sondern auch der ganzen Welt ihren Stempel aufgedrückt hatten. Er kam an zwei weiteren Pfauen vorbei, bis er die kiesbestreute halbrunde Auffahrt vor der Hacienda erreicht hatte, wo schon andere Wagen abgestellt waren. Er hatte tagsüber den Rolls nicht auf dem Parkplatz hinter den Apartments stehen sehen, aber es war doch anzunehmen, daß die Beams zu Hause waren, um ihre Gäste zu empfangen.

Das Innere des Hauses war nicht ein weiterer Versuch, englische Tradition nachzuahmen, wie Charles schon erwartet hatte. Statt dessen waren die langgestreckten, kühlen Räume mit den reichgeschnitzten Möbeln eingerichtet, die die wohlhabenden Spanier immer zu bevorzugen schienen. Auf dem Terrazzo-Boden lagen Teppiche in leuchtenden Farben, und an den Wänden hingen einige wirklich gute Bilder. Er bemerkte, wie Holly sie während der ‹Cocktailstunde› näher begutachtete und hob fragend die Brauen. Sie nickte. Sie waren offensichtlich echt. Keine Goyas oder Murillos, aber Impressionisten und sogar ein Miro oder zwei. Irgendwie paßten sich die Bilder gut den alten Möbeln an.

«Sie haben es wunderschön hier, Sir», sagte Charles zu Dick Beam, der mit einer Champagnerflasche in jeder Hand die Runde machte und Gläser nachfüllte. Außer den zwei Partridge-Damen waren die Blands, der Colonel (und Queenie), Tinker und er selber und noch mehrere andere Gäste anwesend. Jeder trank Champagner, weil nichts anderes angeboten wurde.

Beam lächelte und schenkte Charles ein. «Sie scheinen überrascht zu sein, Mr. Llewellyn.»

«O nein, keineswegs. Die ganze – Anordnung ...»

Beam lachte. «Vielleicht erklärt es, wenn ich sage, daß Dot für den Garten verantwortlich ist und ich für die Einrichtung des Hauses zeichne. Unsere Geschmäcker – decken sich nicht ganz. Ich möchte Sie jetzt schon warnen, was den Garten hintern Haus betrifft. Dort gibt es sogar Zwerge. Sie wissen doch, diese scheußlichen Plastikdinger. Sie hat sie sich extra schicken lassen. Ich glaube, bei der letzten Zählung waren es mehr als fünfzig.» Sein Ton war trocken. «Ich glaube, die kleinen Scheusale vermehren sich über Nacht.»

Charles hätte beinahe einen Schluck Champagner in die falsche Kehle bekommen. Beams Miene war undurchdringlich, aber in seinen Augen funkelte es amüsiert und sardonisch. «Tja, warum nicht? Sie hatte nie hierherziehen wollen, aber wenn wir das nicht getan hätten, wären wir schon tot. Chronische Bronchitis – die englische Krankheit. Sie mußte in einer heißen Gegend leben mit trockener Luft, aber sie konnte sich nicht mit der Vegetation anfreunden, welche diese hervorbringt. So haben wir einen Weg gefunden, das Land zu bewässern und vier Gärtner eingestellt, damit sie das ganze Jahr lang Rosen schneiden kann. Es lohnt sich.» Er grinste plötzlich. «Die Zwerge hat sie nur hingestellt, um mich zu ärgern, nehme ich an. Wirklich scheußliche Dinger.»

«Sie haben ein paar schöne Gemälde.»

Beam betrachtete ihn beifällig. «Sie gefallen Ihnen? Das freut mich. Unsere spanischen Freunde halten nicht sehr viel von ihnen – für sie hat die Kunst mit Goya aufgehört.»

«Ich weiß», sagte Charles milde lächelnd.

«Es gefällt Ihnen hier?» erkundigte sich Beam neugierig.

«Wo? In Alicante oder in Spanien allgemein?»

«Spanien.»

«O ja. Ich habe mich nie danach gesehnt, anderswo stationiert zu sein.»

«Er sagt, Spanier sind wie Leute aus der Äußeren Mongolei», sagte Holly, die zu ihnen getreten war. Beam schien überhaupt nichts mehr zu verstehen.

«Ich wollte sagen, sie sind nicht ...» Charles hätte sie erwürgen können. «Sie verhalten sich seltsam, manchmal wirken sie irgendwie uninteressiert ...»

Beam warf ihm einen kurzen Blick zu. «Ich finde den Vergleich sehr treffend, Charles. Sie sind schon sehr anders, das stammt wohl von ihrer Isoliertheit her.»

Charles nickte erleichtert. «Ich habe zehn Jahre gebraucht, um das zu verstehen, und ich werde höchstwahrscheinlich noch zehn weitere Jahre brauchen, um den Grund dafür zu begreifen.»

«Mindestens», stimmte Beam lächelnd zu. Dann wandte er sich ab, um andere Gläser zu füllen.

Sie waren jetzt alle auf den hinteren Patio getreten, der sehr breit war und einen Blick über die Rosengärten gestattete.

Wie Dick Beam vorausgesagt hatte, gab es überall Plastikzwerge, stehend und sitzend und im Lilienteich fischend. Die dicken kleinen Körper und die runden, rotnasigen Gesichter bildeten einen seltsamen Kontrast zu den Pfauen, die jetzt mit zunehmendem Zwielicht immer öfter schrien. Vielleicht war es ja nur eine Spiegelung von Licht und Schatten, aber auf jeden Fall sah es aus, als ob die Augen der kleinen Gesellen die Personen verfolgten, die sich jetzt um die riesige Paellapfanne sammelten, welche auf einem eisernen Dreifuß über der Feuerstelle ruhte und von Juanito mit den verschiedensten Zutaten aufgefüllt wurde, Fleisch und Gemüse zu dem schmurgelnden, goldgelben Reis. Juanito trug ein weißes Jakkett und bewegte sich mit theatralischen Gesten. Augenscheinlich schien er ganz in seine Kocherei vertieft, doch Charles konnte sich des Gedankens nicht erwehren, daß er sich seines beifälligen Publikums vollauf bewußt war. Charles mußte zugeben, daß die Paella sich in Aussehen und Duft sehr von dem Zeug unterschied, das man in Restaurants angeboten bekam. Juanito war ein Meisterkoch; und das wußte er auch.

Zwanzig Minuten später bewahrheiteten sich Charles' Vermutungen, als er sich mit einem gehäuft vollen Teller auf dem Schoß niederließ. Es war köstlich. Er warf einen Blick in die Runde und entdeckte, daß sich Mary Partridge neben ihn gesetzt hatte. Sie aß aber nichts, sondern schob das Essen nur von einer Seite des Tellers zur anderen. Ihr Mund war verkniffen.

Charles lehnte sich zu ihr hinüber. «Wenn Ihnen das hier zuviel wird, brauchen Sie es nur zu sagen. Ich fahre Sie gern nach Hause.»

«Nein, nein ... mir geht's gut», wehrte sie ab. «Wirklich. Ich bin nur – nur nicht sehr hungrig.»

«Schade. Das ist die beste Paella, die ich je bekommen habe.»

«Ich weiß; Juanito ist berühmt dafür.» Sie sah ihn mit verschleierten Augen an. «Sie geben Reg eine kalorienarme Diät, das ist doch so, oder? Nichts – wie dies hier.»

«Nein. Ziemlich fade, nehme ich an. Er sagt, Sie machen das viel besser.» Sofort bedauerte er das Gesagte, als er sah, wie ihre Augen sich mit Tränen füllten. Sie drängte sie zurück, dann sah sie sich auf dem Patio um, wo die anderen aßen, tranken und lachten. Gegenüber an der niedrigen Brüstung saßen Holly und Mel Tinker.

«Er mag Holly sehr gern», murmelte sie. «Mel, meine ich.»

«Er macht auf mich den Eindruck eines wirklich netten Burschen», bemerkte Charles vorsichtig.

«Sie mögen ihn nicht, was?»

«Das hab ich nicht gesagt. Ich finde ihn etwas zu alt für sie, aber sicher hat er Geld, und natürlich ist er Amerikaner ...»

«Und Sie mögen ihn nicht», wiederholte Mary. Es war mittlerweile zu dunkel geworden, um ihren Gesichtsausdruck deutlich zu erkennen, aber er hörte den amüsierten Ton in ihrer Stimme. «Außerdem ist er erst achtunddreißig.»

«Oh!» Charles stellte seinen Teller auf die Fliesen des Patio. Die Paella war herrlich gewesen, aber vielleicht etwas sehr gehaltvoll. Er hatte für den Moment genug gegessen.

«Ich gebe zu, er ist ein bißchen – überwältigend. Perfekt gekleidet, nur die Stimme etwas zu laut. Gut aussehend, aber vielleicht etwas aufdringlich. Alles ein bißchen übertrieben.»

«Möglich.»

«Dann hätten Sie David sicher auch nicht gemocht. Er war ganz ähnlich. Oh, nicht laut und aufdringlich, das meine ich nicht. Aber er neigte zu Extremen, besonders nachdem die Ehe nicht mehr funktionierte. Da zeigten sich sämtliche Klischees – zu wildes Autofahren, zu viel Alkohol. Einmal ist Reg ehrlich erzürnt über ihn gewesen; es hat immer ein gewisses Konkurrenzdenken zwischen ihnen gegeben.»

«Das ist sicher natürlich bei Vater und Sohn.»

«Schon, nur David hat es übertrieben. Er hat alles, was es auch war, als eine Art Herausforderung angesehen, bloß begann ihn alles sehr schnell zu langweilen. Er konnte so vieles, nur hatte er nicht genügend Geduld, um richtig zu lernen. Beim Lernen gab es zwangsläufig Rückschläge, und die wollte er nicht lange hinnehmen. Er wollte immer alles gleich, und er wollte es gänzlich. Als ob er gewußt hätte, daß ihm letztlich nicht die Zeit blieb ...»

Mit anderen Worten – er war unreif und gierig, dachte Charles. Laut sagte er: «Ein leidenschaftlicher Geist.»

Wieder spürte er diese leichte Amüsiertheit von ihrer Seite. «Sie sind sehr freundlich», sagte sie. «Holly ist ähnlich veranlagt, vielleicht ist das der Grund, warum sie nie besonders miteinander auskamen. Auch da zuviel Konkurrenz. Aber bei ihr ist das mit gesundem Menschenverstand untermauert. Sie ist – solider, als David war.»

«Ist David jemals mit dem Gesetz in Konflikt geraten, ich meine, ehe diese Angelegenheit mit den Gemälden begann?»

«Nur einmal, damals war er siebzehn. Er wurde geschnappt, so nennt man es wohl, als er vom Urlaub in Mexiko zurückkam und Marihuana ins Land schmuggeln wollte. Es war nur eine winzige Menge, aber es gab ziemlichen Ärger, weil Reg für die Zoll- und Finanzbehörde arbeitete.»

«Hatte das die Karriere von Mr. Partridge beeinflußt?»

«Möglicherweise. Das heißt, ausgesprochen hat er es nie.»

«Wer hat was nie ausgesprochen?» erkundigte sich eine Stimme aus dem Hintergrund. Das Feuer erstarb langsam, aber man hatte die *linternas* noch nicht angezündet. Die Stimme gehörte Nigel Bland.

«Wir sprechen gerade über David und was er damals, vor Jahren, mit diesem Marihuana angestellt hat», sagte Mary. «Hat Reg eigentlich damals irgendwelche Fäden gezogen, daß David davonkam?»

«Möglich wär's. Aber es ist nie bis zu uns durchgedrungen.»

«Sie meinen Scotland Yard oder sich selbst?»

«Sowohl als auch. Ich habe mit der Zoll- und Finanzbehörde zusammengearbeitet, dadurch haben Reg und ich uns auch kennengelernt. Das ist schon lange, lange her, was, mein Schatz?» Nigel legte den Arm um Mary.

«Das ist wahr.» Sie lächelte zu ihm empor.

«Hmmm ...» Nigel schien etwas auf dem Herzen zu haben.

«Holly hat mir erzählt, daß ihr beiden euch als Detektive betätigt, Charles.»

«Oh.» Charles holte seine Pfeife hervor, stopfte sie und zündete sie an, ehe er Mary fragte, ob es ihr etwas ausmachte.

Bland antwortete an ihrer Statt.

«Auf jeden Fall würde ich aber sehr vorsichtig sein. Hier, um Puerto Rio, haben sich ein paar seltsame Typen angesiedelt. Manchen würde es bestimmt nicht gefallen, wenn Sie zu neugierig sind.»

«Wie die Neufelds?» fragte Charles ruhig.

Er sah, wie Blands Kopf hochkam. Nur eine Silhouette gegen den Himmel im Schein der inzwischen angezündeten Laternen. Er mußte unwillkürlich an einen Bullen denken, der auf seinem Feld einen Eindringling entdeckt. «Wieso erwähnen Sie ausgerechnet diese Leute?»

«Ach Gott, der Name ist mir als erster durch den Kopf geschossen», entgegnete Charles ausweichend. «Holly hat sie mir beschrieben, und sie kamen mir – nun, etwas geheimnisvoll vor. Und sie waren es, die gesehen haben, wie das Licht im Penthouse anging.»

«Oder behaupteten es zumindest», murmelte Mary.

«Dann glauben Sie, daß sie gelogen haben?» fragte Charles.

«Ja. Nein. Ach, ich weiß nicht, Reg sagte, er glaubte nicht, daß er das Licht angeknipst hätte. Ehrlich gesagt, es wundert mich, daß sie überhaupt etwas gesehen haben, wenn man bedenkt, was sie wahrscheinlich getrieben haben.»

«Wie bitte?» Charles sah sie etwas verwirrt an.

«Na, das liegt doch auf der Hand, oder?» sagte Mary verächtlich. «Kranker Ehemann, schöne junge Ehefrau, gesunder junger Krankenpfleger ... die klassische Situation.»

«Ich habe Fritz immer für einen Waschlappen gehalten», bemerkte Nigel lachend. «Zumindest geben uns die Neufelds etwas zum Klatschen. Sie ahnen ja nicht, was hier so alles für Gerüchte kursieren!»

«Oh, das kann ich mir vorstellen», sagte Charles. «Aber warum hätten sie lügen sollen, falls es überhaupt eine Lüge war?»

«Braucht man dazu einen Grund?» fragte Mary.

«Also wirklich, Mary! Nur weil Mrs. Neufeld dem alten Reg mal schöne Augen gemacht hat ...»

«Sie macht jedem schöne Augen.»

Nigel seufzte. «Mir leider nie. Immer 'ne Brautjungfer, nie eine Braut. Das ist die Tragik meines Lebens.»

Tinker mischte sich plötzlich wieder ins Gespräch. «Hören Sie,

Llewellyn, was diese kleine Unternehmung angeht – ich möchte da gern mitmachen.»

«Was für eine Unternehmung?» fragte Charles vorsichtig.

«Na, die Sachen von Hollys Verflossenem zu sichten. Mir scheint –»

«Herr des Himmels, was hat sie denn gesagt?» stieß Charles hervor.

Holly, die am anderen Ende des Patio stand, hatte ihn offensichtlich gehört. «Das, was ich schon die ganze Zeit sage – daß nämlich die Polizei keinen Finger rührt und wir dann eben einspringen müssen. Wir! Wir sind Regs einzige Hoffnung.»

«Ich verstehe überhaupt nichts mehr», wandte sich Mary mit einem drängenden Unterton an Charles. «Um was für eine Unternehmung geht es denn?»

«In der Garage, die zum Studio Ihres Sohnes gehört, sollen sich wohl noch einige von seinen Sachen befinden», erklärte Charles leise. «Holly möchte sie einmal sichten, falls sich darunter irgendein Hinweis befinden sollte.»

«Aber – sie hat doch alles zurück nach London geschickt!»

«Offenbar nicht alles. Sie sagte, sie hätte es nicht über sich gebracht, darum hat sie sie einfach in der Garage untergestellt, und das war's dann.»

«Das hätte sie uns doch sagen können; wir hätten das gern für sie erledigt», sagte Mary vorwurfsvoll.

Holly war immer noch dabei, über Lopez und die gesamte Polizei im Umkreis von tausend Meilen herzuziehen. Jetzt waren sämtliche *linternas* erleuchtet. Die Reaktionen waren unterschiedlich. Mary sah etwas blaß aus, Bland nervös, die Beams ziemlich schockiert, der Colonel zustimmend, Helen Bland und Alastair Morland leicht ratlos, und Tinker – Tinkers Gesichtsausdruck war schwer zu deuten. Er war eine Mischung aus Beunruhigung und Stolz, entschied Charles endlich. Er hatte diesen Ausdruck bereits einmal an einem anderen Amerikaner erlebt, dessen Frau gerade irgendeine empörende Bemerkung gemacht hatte. Man hatte praktisch sehen können, wie die Rädchen herumwirbelten und die Gänge knirschten, als sich die Instinkte in ihnen bekriegten. Sie überlegten, was vorteilhafter war: sich ruhig zu verhalten oder zuzulassen, daß ihre Frauen einen Narren aus sich machten. Tinker schien den mittleren Weg gewählt zu haben.

«Das ist ein tapferes Vorhaben, Holly-Schatz, aber so etwas kann in einem fremden Land gefährlich werden. Mir gefällt die Idee nicht, dich da losmarschieren zu sehen, Mädchen. Wirklich nicht.»

Sie warf ihm einen wütenden Blick zu und wollte gerade etwas sagen, als Nigel Bland ihr zuvorkam.

«Holly, wenn ich überzeugt wäre, daß da irgendeine Chance für uns läge – meinen Sie nicht, daß ich dann längst etwas unternommen hätte?» fragte er sanft. «Schließlich war das einmal mein Job.»

«Und warum haben Sie noch nichts unternommen?» begehrte Holly auf.

«Weil ich meine Grenzen kenne», antwortete Nigel. «Erst mal ist mein Spanisch nicht besonders, und ich könnte zum Schluß die Dinge nur komplizieren. Sie wissen ja selber, wie empfindlich die Spanier sind.»

«Das sagt Charles auch immer», gab Holly etwas verlegen zu.

«Und damit hat er recht», sagte Dick Beam. «Sie sollten auf ihn hören.»

«Holly, bitte sei vorsichtig», bat Mary. Resigniert begriff Charles, daß Mary die junge Frau besser kannte als alle anderen. Sie schien automatisch hinzunehmen, daß Holly tun würde, was sie sich erst einmal in den Kopf gesetzt hatte. Er hatte noch gehofft, daß die Zeit Hollys Starrsinn mildern würde. Aber das war wohl ein Irrtum gewesen.

Morland räusperte sich. «Aber was glauben Sie denn, das Sie tun könnten, Holly?» fragte er mit seiner klaren, sanften Stimme. «Die Polizei wird doch jede Möglichkeit in Betracht gezogen haben, meinen Sie nicht?»

«Alles, zu dem sie Zugang hatten, das mag schon stimmen.»

«Und zu was hatten sie keinen Zugang?»

«Oh – zu so ein paar Sachen, die David gehört hatten», entgegnete Holly leichthin.

«Was denn, zum Beispiel?»

«Ach, Trödelkram, den ich nach all dem Ärger nicht durchgehen konnte.»

«Was denn für Ärger?» wollte Tinker wissen. Die anderen Gäste, die die Vorgeschichte kannten, warfen sich vielsagende Blicke zu, als Tinker so sorglos ins Fettnäpfchen trat.

Holly kam mit gefährlich blitzenden Augen über den Patio auf die Gruppe zu.

«Als David wegen Fälschung verhaftet wurde.»

«David? Ihr Mann? Er war ein – ein Krimineller?» Tinker sah völlig verblüfft aus.

«Ganz richtig. Und was glauben Sie, warum man Reg verhaftet hat?» fragte Holly und sah ihn an, als habe sie einen Geistesschwachen vor sich.

«Ich ... dachte, es wäre etwas ... Persönliches», stammelte Tinker. Er schien sich äußerst unbehaglich zu fühlen.

«Soll das heißen, Sie haben Reg die ganze Zeit für schuldig gehalten?»

«Nein ... natürlich nicht.» Tinkers Stimme klang jetzt vorwurfsvoll. «Ich wollte nur nicht genauer nachfragen, wissen Sie.» Jetzt senkte er die Stimme. «Ich dachte, Sie würden lieber nicht darüber sprechen.»

«Sie meinen, so als ob wir ein zurückgebliebenes Kind auf dem Dachboden versteckt hielten?» fragte Holly süß.

«Holly!» warf Mary vorwurfsvoll ein. «Mel wollte doch nur freundlich sein.»

Holly betrachtete ihn eine Zeitlang, dann lenkte sie ein. «Wird wohl stimmen. Tut mir leid, Mel. Mir geht das alles ziemlich unter die Haut.»

«Aber das ist doch verständlich, Honey», gab Tinker erleichtert zurück. «Vergessen wir's und genießen wir dieses herrliche Barbecue. Kommt, trinkt noch ein Glas!» Die anderen schlossen sich etwas überbetont seinem Enthusiasmus an, um den peinlichen Zwischenfall zu überspielen.

«Ich will es aber nicht vergessen», beharrte Holly mit leiser, tiefer Stimme und steuerte auf das Haus zu. Charles drehte sich zu Mary Partridge um. Trotz des Stimmengewirrs hatte sie Hollys Worte verstanden.

«Passen Sie auf, daß sie nicht übertreibt, Charles», bat sie flüsternd. «Sie will nur das Beste, aber sie läßt sich manchmal von ihren Gefühlen davontragen. Sie will nur, daß jeder glücklich ist und alles seinen perfekten Gang nimmt. Das ist im Grunde genommen alles, worum es ihr geht.»

«Das hat auch Hitler zu seiner Entschuldigung vorgebracht», gab Charles niedergeschlagen zurück. «Warten Sie, ich hole Ihnen noch was zu trinken.» Er nahm ihr Glas und drängte sich zwischen die Menge, die um den Tisch herum stand. Jetzt standen auch noch Schüsseln mit Dessert dort, aus denen sich die Gäste selber bedienen konnten. Und Platten mit *galletas* und *pastelillos* und *turrón*. Charles nahm einen Teller und füllte eine kleine Auswahl der angebotenen Speisen darauf, dann machte er sich auf den Rückweg zu Mary. Die Party war etwas lautstärker geworden, zu Dot Beams Kummer, die sich offenbar etwas in der Art einer Königlichen Garden-Party vorgestellt hatte. Ihr freundliches Pferdegesicht lag in aufmunternden Falten, als sie den Wirrwarr hier und da mit einigen Löffeln Dessert zu beschwichtigen versuchte, und Dick Beam hatte wieder seine sardonische Miene aufgesetzt. Kein Wunder, daß wir uns meistens von diesen Leuten fernhalten, schien er zu denken. Er begegnete Charles' Blick und errötete leicht, so als ob er überführt worden wäre.

Charles sah zwanzig Minuten später auf seine Uhr und überlegte gerade, ob er sich verabschieden könne, als sämtliche Gespräche durch ein wütendes Gekläff unterbrochen wurden. Es hörte sich an, als ob sich da eine ganze Meute ineinander verbissen hatte, wurde dann aber schnell als Queenie identifiziert, die unter die Pfauen geraten war.

«Aber ich hab sie doch in den Wagen gesperrt», sagte der Colonel händeringend. «So war es doch, Alastair? Sie waren doch dabei.»

«Aber jetzt ist sie draußen», sagte Dick Beam grimmig. «Ich hatte Sie gebeten, den Hund nicht mit hierherzubringen, Jackson. Wir lassen hier nie Hunde zu.» Er strebte davon, rief nach den Dienern und mehr *linternas*. «Sie sollten versuchen, den Hund zu rufen.»

«Ach du liebe Güte», sagte der Colonel am Rande der Tränen. «Alastair, tun Sie doch etwas...»

Charles spürte, wie jemand an seinem Ärmel zerrte. Es war Holly, die sich im Schatten verdrückt hatte. «Kommen Sie», flüsterte sie. «Das ist unsere Chance.»

«Wozu?»

«Uns davonzumachen. Los jetzt!»

Sie fuhren bereits durch das baumbestandene Gelände, als Charles die Courage zu der Frage aufbrachte:

«Sie haben Queenie rausgelassen, was?»

«Genau.» Sie schien von dem Resultat sehr befriedigt zu sein. Hinter ihnen kreuzten sich die Strahlen von Taschenlampen, während die Diener und Gäste umherrannten und versuchten, den Hund einzufangen, dessen Gekläff die krächzenden Schreie der Pfauen übertönte. «Er wird ihnen nichts tun, er ist wirklich ganz lieb. Er will nur spielen.»

«Sie haben die gesellschaftlichen Kontakte des Colonel für immer zerstört, zumindest was die Beams angeht», sagte Charles fest.

«Er wird's überleben. Er mag sie sowieso nicht leiden, das hat er mir selber gestanden.» Sie grinste. «Aus dem Grund hat er Queenie überhaupt mitgebracht, nehme ich an.»

«Nun, wir sind ihnen jedenfalls entwischt.» Charles hielt den Wagen kurz vor der Chaussee an und blickte nach rechts und nach links. «Was nun? Und wieso dieser plötzliche Aufbruch?»

«Mel wollte mitkommen. Zehn Minuten später hätten sie alle

bei der Gaudi mitmachen wollen, wie bei einem dieser albernen Enid-Blyton-Krimis – Die Geheimen Siebzehn oder Das Rätsel der ältlichen Unruhstifter.»

«Statt dessen haben wir Die beiden Furchtsamen», sagte Charles und bog nach links auf die Hauptstraße ein, die nach Puerto Rio führte und dann nach Espina.

«Der Furchtsame», verbesserte Holly, schwieg aber dann für den Rest des Weges.

David Partridges Studio lag in der Nähe des alten Hafens. Das Meer war schon seit langem von Espina zurückgewichen, und die Stadt lag jetzt oberhalb des abfallenden Strandes. Ein Handelshafen war auf der anderen Seite der Landzunge gebaut worden, die aus dem felsigen Untergrund herausragte, denn Fischen war für eine kleine Stadt immer noch eine Einkommensquelle. In den Sommermonaten verdingten sich die Männer mit ihren Booten an Touristen und Sportfischern, nur im Winter fuhren sämtliche Boote gemeinsam aus.

Viele Jahre lang hatte der alte Hafen mehr oder weniger verlassen dagelegen, erst mit Beginn des Tourismus waren die alten Gebäude von Unternehmern übernommen und in Ferienapartments umgebaut worden. Neue Baulichkeiten im alten Stil wurden hinzugefügt, und in einem solchen Haus befand sich auch Davids Studio. Holly deutete auf die Fenster des Apartments, die jetzt dunkel waren. «Die werden schon im Bett sein, es ist ja beinahe halb zwölf», meinte Holly.

«Freunde von Ihnen?»

«Eigentlich nicht. Freunde von Freunden. Ich wollte sie schon immer seit meiner Ankunft einmal aufsuchen, bin aber ...» Sie zuckte die Achseln und deutete auf eine schmale, dunkle Öffnung am Ende des Hauses. «Da geht es zu den Garagen.»

Vorsichtig lenkte Charles den Séat in die angezeigte Richtung und einen schmalen Weg hinunter, der schließlich zu einem großen, gepflasterten Hof führte, der sich vor einer Reihe von Garagen erstreckte. «Die rechte, am äußersten Ende», sagte Holly.

Er stellte den Wagen vor einer Tür ab, die früher einmal orangefarben gestrichen war. Er schaltete die Scheinwerfer aus. «Ich hoffe, Sie haben den Schlüssel bei sich», sagte er und deutete auf ein Vorhängeschloß.

«Aber klar.» Holly stieg aus und blickte sich um. «Sehr viel hat sich hier nicht verändert.»

Charles machte die Wagentür zu und lehnte sich über das Dach des Séat. Salzige Luft vom Meer mischte sich mit den schärferen

Gerüchen von Benzin und Öl, und aus irgendeiner Wohnung, die auf den kleinen Hof hinaus ging, drangen Küchendüfte.

Holly steuerte auf die Garagentür zu; er ging ihr nach und sah resigniert zu, wie sie in ihrer geräumigen Handtasche nach dem Schlüssel suchte. Sie händigte ihm eine kleine Schachtel mit Papiertaschentüchern aus, dann ein Fläschchen Nagellack, ein spanisches Wörterbuch, ein Portemonnaie, ein Scheckheft, eine große Haarbürste, mehrere Docken Wolle, eine kleine spanische Puppe und ein leeres Aspirinröllchen. «Hier ist er», verkündete sie endlich und förderte einen Schlüssel mit Anhänger zutage. Dabei hielt sie die Tasche weit auf, damit er alles wieder hineinwerfen konnte. «Danke», sagte sie und griff nach dem Vorhängeschloß. Dann erstarrte sie.

«Was ist?» fragte er.

«Es ist offen», gab sie ratlos zurück.

«Lassen Sie mich mal sehen.» Er griff nach dem Schloß, hob die Tür ein wenig an, so daß sie weit nach außen schwang und sie zum Zurückweichen veranlaßte.

Die Garage war leer.

«Sind Sie sicher, daß es sich um die richtige handelt?»

«Aber sicher, die Nummer steht auf dem Anhänger. Mein Gott, sie ist geplündert worden.»

«Nun, Sie haben sich über zwei Jahre nicht darum gekümmert», sagte Charles. «Jemand muß das gemerkt haben ... oder vielleicht einer Ihrer Mieter.»

«Das glaube ich nicht. Die würden was davon erwähnt haben, schließlich kannte ich sie alle.» Ihre Schultern sackten nach vorn, und sie sah ungefähr nur halb so groß aus, wie sie vor ein paar Minuten gewesen war. Selbst das Haar schien zu hängen.

«Gibt es hier Licht?» fragte er. Vielleicht war etwas vergessen worden, wenn die Garage nur von den trüben Lampen erhellt worden war, die auf dem Hof standen.

«Innen. Auf der linken Seite.»

Er fand den Schalter und knipste ihn an. Eine staubige, von der Mitte der Decke herabbaumelnde Birne leuchtete für ein paar Sekunden auf, dann hauchte sie mit einem «Phhfft» ihr Leben aus. Aber der Moment hatte genügt, um ihm zu zeigen, daß der gesamte Raum sauber und leer war, beinahe, als habe man ihn ausgefegt.

«Tut mir leid», sagte er.

Sie stieß ein freudloses Lachen aus. «Warum soll es Ihnen leid tun. Mein Gott, ich bin so enttäuscht – ich war so sicher.»

«Macht nichts, wir denken uns etwas anderes aus», sagte er in dem Versuch, sie aufzumuntern. Aber dann erschrak er vor seinen eigenen Worten. Was hatte er denn nur? Noch ein bißchen mehr, und er würde ihr anbieten, einen Drachen für sie zu erlegen. «Kommen Sie, bis wir zu Hause sind, ist es nach Mitternacht.»

Niedergeschlagen trottete sie zum Wagen zurück, während er sinnloserweise das Vorhängeschloß wieder an der Tür anbrachte. Er war gerade ins Auto eingestiegen und wollte den Motor anlassen, als er einen Schrei hörte.

«*Alto, mierde! Alto, alto, descarado!*» Ein kleiner aufgebrachter Mann kam mit fuchtelnden Armen auf die Betonauffahrt gelaufen. Charles hielt an und stieg wieder aus.

«*Qué hay, abuelo?*» fragte Charles überrascht. Holly stand ebenfalls verwundert neben der Beifahrertür. Der kleine Mann kam schnaufend auf Charles zu, packte seine Jackettaufschläge und ließ eine knoblauchduftende Schimpfkanonade los.

«*Vaya mas despacio, por favor*», bat Charles und versuchte, einen Sinn hinter dieser lautstarken Empörung herauszufinden.

Der alte Mann war immer noch wütend; er warf einen Blick zu dem Wagen hinüber, sah zu Charles empor und brach in eine neue Flut Spanisch aus, wobei er mit den Armen wedelte, dann Charles am Ärmel zerrte und ihn zu der Stelle zog, wo die Betonauffahrt von einem Zaun begrenzt war. Der alte Mann deutete auf diesen Zaun, der einige Meter niedergewalzt war. Das zersplitterte Holz lag auf dem Rest eines kleinen Gemüsebeets. Mehrere große grüne Kürbisse lagen zermatscht am Boden, ganz klar von den Reifen eines Autos überfahren.

«*No hay nosotros*», protestierte Charles.

«*Sí, sí, mismo garaje*», kreischte der alte Mann.

«Um Himmels willen, was ist denn geschehen?» fragte Holly nervös und sah sich um, als erwarte sie jede Sekunde, einen Mob mit Fackeln auftauchen zu sehen, bereit, sie zu lynchen.

«Irgend jemand hat hier gekehrt und ist dabei in seinen Garten geraten», versuchte Charles die immer noch anhaltenden Beschuldigungen des alten Mannes zu erklären. Sie waren jetzt nicht mehr ganz so wütend, eher voller Trauer um die Zerstörung seiner Ernte. «Vor etwa einer Stunde ist jemand mit einem grünen Bus hiergewesen und hat die Garage ausgeräumt. Sie hatten es sehr eilig und sind dabei, beim Rückwärtssetzen, in seinen Zaun geraten.»

«Heute abend?» rief Holly aus.

«Vor etwa einer Stunde», berichtete Charles. «Sie haben sich zu schnell davongemacht, daß er ...» Er unterbrach sich und wandte sich dem kleinen Alten zu.

«*Vio la matriculación?*»

«Nein», antwortete der Alte bedauernd.

«Er hat die Wagennummer nicht erkannt», übersetzte Charles. Dann fiel ihm etwas ein. *«Español? O estranjero?»*

«No estoy seguro», murmelte der Alte und stemmte die Hände in die Taschen. *«Qué lástima, verdad?»*

«Verdad», stimmte ihm Charles bei. Er notierte Namen und Anschrift des Mannes und sagte, er würde sich melden, und da er sowieso den Versicherungsschaden melden müsse, sehe er keinen Grund, den Zaun und die zerstörten Gemüsepflanzen nicht mit einzubeziehen. Er reichte ihm etwas Geld – als Anzahlung –, um es nicht als Almosen wirken zu lassen.

Sie fuhren ab, und der alte Mann sah ihnen argwöhnisch nach, drehte aber das Geld von Charles in den Händen, als ob er damit eine Quelle des Trostes erhalten habe.

Die Straße zurück nach Puerto Rio kam ihnen länger als der Hinweg vor, obwohl es dieselbe Straße war; es gab nur die eine.

«Irgend jemand hatte nur zu telefonieren brauchen», murmelte Charles.

«Wer?» fragte Holly leicht erschrocken, da er die ganze letzte Zeit geschwiegen hatte. «Ach, Sie denken an jemand von der Party?»

Charles nickte. «Irgend jemand hatte Angst vor dem, was wir da finden würden. Das Dumme ist nur – was war da zu finden?»

«Ich erinnere mich kaum mehr an die Sachen, die ich hineingestellt habe. Vielleicht weiß es Reg noch; er hat ein ausgezeichnetes Gedächtnis.»

«Nun, dann werden wir ihn gleich morgen früh aufsuchen und sehen, ob wir was herausbekommen. Offensichtlich etwas Wichtiges, denn die hatten es verflixt eilig, vor uns dorthin zu gelangen.»

«Aber es war doch nur Kram – Malutensilien, Kleidungsstücke ... heh, passen Sie auf!»

Charles hatte aufgepaßt. Tatsächlich hatte er die Scheinwerfer, die ihnen schon die ganze Strecke von Espina gefolgt waren, im Auge gehabt. Sie kamen näher, fielen zurück, kamen wieder heran, so als ob der Wagen zum Überholen ansetzen wollte, es sich dann aber jedesmal wieder anders überlegt hätte. Die Straße war kurvenreich, aber Charles fuhr dennoch ein gutes Tempo. Er hatte angenommen, sein Hintermann habe sich geschlagen gegeben und sich seinem, Charles', Tempo angeschlossen. Aber jetzt, vor der schlimmsten Kurve, schien die schattenhafte Gestalt hinter dem anderen Steuerrad beschlossen zu haben, das Überholmanöver durchzuführen.

Dabei war die Straße einfach nicht breit genug!

Charles betätigte Hupe und Bremse gleichzeitig, der Wagen schleuderte, aber es war zwecklos. Mit ohrenbetäubendem Krach und einem Schaben von Metall an Metall traf der rechte Kotflügel des verfolgenden Autos zweimal seitlich in seinen eigenen Wagen, der gegen die Straßenbegrenzung gedrückt wurde.

Das trockene Holz des Lattenzauns barst, der Wagen schwankte einen Moment an der Kante des Abhangs, dann begann er den Weg nach unten in die Schlucht. Das Fahrzeug wurde schneller und schneller. Charles konnte seine Tür öffnen, packte den Arm der kreischenden Holly und sprang. In einem Gewirr von Armen, Beinen, Knien und Ellbogen landeten sie schmerzhaft im dornigen Buschwerk.

Der Wagen setzte seinen Sturz fort, jetzt überschlug er sich seitlich, traf gegen einen Felsbrocken und kam schließlich, auf der Seite liegend, unten in der Schlucht zum Halten. Eine Zeitlang war nur das Kollern kleinerer Steine und Lehmklumpen zu vernehmen, dann ertönte eine Art Pfeifen und ein plötzliches «Wusch». Wie von unsichtbaren Glocken.

Die Dunkelheit wurde verdrängt, als der Wagen Feuer fing.

Und die helle Nacht wurde noch heißer.

8

Das erste, das Charles sah, als er wieder zu sich kam, war Hollys Gesicht, das sich über ihn beugte. Es war eine herrliche Art aufzuwachen, indem er in diese türkisfarbenen Augen starrte, die vor Besorgnis ganz dunkel geworden waren.

Und dann überfiel ihn der Schmerz.

«Verdammt», murmelte er. Der Schmerz war gekommen, als er sich zu bewegen versuchte. Er wiederholte den Versuch nicht noch mal, nur raffte er sich dazu auf, sie nach ihrem Befinden zu fragen.

«Oh, mir geht's gut. Ich bin auf Sie drauf gefallen.»

«Das merke ich. Wo sind wir?»

«In einem Krankenhaus in Espina. Man hat uns mit der Ambulanz hergeschafft.»

«Wer hat die denn gerufen?»

«Der Guardia-Offizier, der ein paar Minuten danach eintraf, nachdem Sie ohnmächtig geworden waren.»

«Oh.» Moreno konnte es nicht gewesen sein, der würde schlicht vorbeigefahren sein.

«Charles?»

«Ja?»

«Sie haben mir das Leben gerettet. Ich war vor Angst wie erstarrt, ich konnte mich nicht bewegen ... Sie haben mich gepackt!»

«Tatsächlich?» Er versuchte, den Arm zu bewegen. Das hätte er nicht tun sollen. «Ehrlich gesagt, erinnere ich mich an überhaupt nichts mehr. War ich sehr tapfer und sehr edel und all das?»

«Nein. Sie haben laut geschrien und geflucht und mich am Arm ins Freie gezerrt, wo wir im Gebüsch landeten.»

«Und auf den Felsen. Da müssen Felsen gewesen sein.» Er versuchte es mit dem anderen Arm. Wieder ein Fehler.

«Ja, massenhaft Felsbrocken. Ihr Wagen ist hin, fürchte ich.»

«Na großartig. Wunderbar. Das perfekte Ende eines perfekten Tages.»

«Seien Sie nicht blöde. Wir sind schließlich am Leben, oder nicht?»

«Sie vielleicht. Was mich angeht ...»

«Sie haben nur Hautabschürfungen, hat der Arzt gesagt. Und eine leichte Gehirnerschütterung. Zum Glück hat er englisch gesprochen. Ach ja, und Sie haben zwei Rippen gebrochen, aber das ist nicht schlimm.»

«Und was ist mit meinem rechten Bein? Ich kann mein rechtes Bein nicht bewegen.» Seine Stimme kippte in einem wenig würdevollen Schrei der Panik um.

Sie sah hinunter. «Ach du liebes Bißchen!» Sie tat irgend etwas mit den Bettlaken. «Da, Sie haben sich ins Laken verwickelt. Sie sind schon ein Baby.»

«Vor einer Minute noch habe ich als Held gegolten.»

«Ja.» Sie richtete sich wieder auf und machte ein nachdenkliches Gesicht. «Charles.»

«Immer noch hier.»

«Dieser Wagen hat uns absichtlich über den Rand gedrängt.»

«Vielen Dank, das weiß ich. Es war ein roter Wagen.»

«Wirklich? Das habe ich nicht gemerkt.»

«Kennen Sie jemand, der ein rotes Auto fährt?»

«Eine Menge Leute. Mel hat einen roten – ein rotes Mercedes-Kabriolett.»

«Dies war eine Limousine.»

«Sie haben aber gut beobachtet.»

«Er ist uns gefolgt, seitdem wir den Hafen verließen.»

«Haben Sie die Autonummer behalten?» fragte sie eifrig.

«Verdammt, ich wußte doch, daß ich was vergessen hatte», gab er sarkastisch zurück. «Ich konnte ja nicht ahnen, daß wir sie mal brauchen würden.»

«Schade.»

«In der Tat.» Als er sich diesmal bewegte, war es nicht mehr ganz so schlimm. Zwar nach wie vor Schmerzen, die sich aber lokalisiert hatten. Da war ein kleinerer Schmerz in seinem linken Knie, ein mittlerer an beiden Ellbogen und ein ganz beachtlicher in seiner Brust. Außerdem juckte ihm die Nase.

Er hatte eigentlich auf mehr gehofft, als nur gerade am Leben zu bleiben, als er sich aus dem stürzenden Wagen warf.

«Wir sind jemandem auf die Schliche gekommen», sagte Holly in einem Bühnengeflüster. «Ich hab's ja gleich gewußt.»

«Haben Sie vielleicht etwas Novokain für den ganzen Körper und nicht nur für die Zähne?» fragte Charles kläglich.

«Ach, hören Sie auf zu jammern und sperren Sie die Ohren auf», befahl Holly. «Wirklich, Charles, seien Sie nicht so zimperlich. Begreifen Sie denn nicht? Jemand hat Angst vor uns bekommen.»

«Na, prima», sagte Charles und schloß die Augen wieder. «Ist das nicht herrlich?»

Zwei Stunden später stand Charles zitternd auf den Stufen der Klinik. Seine Rippen sagten ihm, daß sein Verhalten nicht das richtige war, aber er konnte es nicht ändern. Die Morgendämmerung breitete sich gerade über Espina aus. Die Wälle der alten Festung auf dem Hügel waren vom ersten Sonnenlicht vergoldet, doch die Luft war noch kalt.

«Was sollen wir jetzt tun?» fragte Charles. «Ein Fahrrad mieten?»

«Nigel müßte jede Minute eintreffen. Ich hab Mary angerufen, und sie hat Nigel benachrichtigt.»

«Der gute, liebe Nigel», brummte Charles. Als sie sich ihm zuwandte und schon den Mund zu einer Erwiderung aufmachte, kam er ihr zuvor. «Ich weiß, ich bin ein undankbarer Mistkerl und zimperlich noch dazu. Wo bleibt mein Rückgrat und meine Haltung und der ganze Kram? Wahrscheinlich in der Schlucht zu Bruch gegangen, nehme ich an.»

«Ich habe nichts davon erwähnt.»

Jetzt war sie verärgert. Offenbar war er nicht der Mann, der er sein sollte. Kein Wunder, daß David Partridge nach Spanien übergesiedelt war. Sie hatte sich wohl vorgestellt, daß er dort an Stärke gewinnen würde, statt dessen war er aber ausgeflippt. Mel Tinker würde sicherlich etwas sehr Ergreifendes sagen, daß man sich im Heraufdämmern eines neuen Tages befinde, der Wahrheit und Gerechtigkeit mit sich bringen werde.

Schweigend standen sie nebeneinander, traten von einem Fuß auf den anderen, bis Nigel eintraf.

«Sie sehen nicht allzu schlimm aus», bemerkte er, als sie einstiegen.

«Das ist nicht mein Körper, was Sie vor sich sehen», murmelte Charles. «Das ist eine Kunststoffnachahmung, die aber nicht sehr gut gelungen ist.»

«Man hat uns absichtlich von der Straße gedrängt», berichtete Holly triumphierend. «Jemand hat versucht, uns umzubringen.»

Nigel begegnete Charles' Blick im Rückspiegel. «Ach, wirklich?»

«Also, ich bin mir nicht mehr ganz so sicher. Es könnte ein Unfall gewesen sein. Spanische Fahrer sind ziemlich unberechenbar ...»

Holly gab einen erstickten Ton von sich, der spöttisch oder frustriert sein mochte. «Er hat einfach nur Angst!»

Nigel sah sie an. «Sie denn nicht?»

«Nein.»

«Dann sind Sie dumm», stellte er lakonisch fest.

«Na ja», gab sie zu, «vielleicht habe ich ein bißchen Angst, aber vorwiegend bin ich wütend.» Sie berichtete ihm von der leeren Garage. «Sehen Sie nicht, Nigel? Jemand wollte verhindern, daß wir was Bestimmtes dort fanden, und dieser Jemand will auch nicht, daß wir uns auf die Suche nach dem Mörder machen.»

«Wahrscheinlich der Mörder höchstpersönlich», meinte Charles.

«Sie sollten diese Dinge den Profis überlassen», sagte Nigel.

«Wem denn? Der Guardia Civil? Diesem faulen Lopez, von dem Charles immer schwafelt?»

«Der ist nicht faul», protestierte Charles von seinem Rücksitz.

«Was denn sonst?» wollte sie wissen.

«Also, ich sehe es mehr als Fatalismus an. Die Spanier haben ein Sprichwort: Wenn Gott mir helfen möchte, weiß er ja, wo ich zu finden bin.»

«Und wenn er nicht möchte?»

Charles zuckte die Achseln und hätte beinahe aufgeschrien. Es waren nicht so sehr die Rippen, sondern die Heftpflasterstreifen, die an seinen Brusthaaren ziepten. Er fragte sich, warum er sich so völlig am Ende fühlte, dann fiel ihm ein, daß er, abgesehen von dem Schock und den Abschürfungen, praktisch keinen Schlaf bekommen hatte. Bewußtlosigkeit zählte ja nicht als Schlaf, oder? Holly und Nigel unterhielten sich auf den Vordersitzen; sie schienen alles fest im Griff zu haben. Man brauchte ihn nicht.

«Charles?»

«Was?» Sein Kopf, den er gegen die Scheibe gelehnt hatte, zuckte hoch. «Was? Was?»

«Sie haben geschlafen», sagte Holly anklagend. «Der Arzt hat gesagt, Sie dürften während der nächsten zwölf Stunden nicht schlafen ...»

«Ich hab nur eben die Augen zugemacht», murmelte er.

«Nigel meint, man sollte die Geschichte Ihrem kostbaren Lopez erzählen.»

«Gut.» Charles machte wieder die Augen zu. «Das können Sie ja übernehmen, ihm wird das gefallen. Er mag es, wenn man ihn informiert.»

«Nein, Charles, das müssen schon Sie tun.»

«Tu ich aber nicht», beharrte Charles mürrisch. «Und Sie können mich nicht zwingen.»

«Zwei Zwischenfälle», sagte Lopez betroffen. «Man hat mich von dem Unfall informiert, aber nicht von dem Diebstahl. Gott sei Dank sind Sie nicht schwer verletzt.»

Charles hätte ihm am liebsten gesagt, daß er allerschwerste Verletzungen davongetragen habe, glaubte aber nicht, daß Lopez sich sehr dafür interessieren würde. Er überlegte, ob er hier im Büro seinen Geist aufgeben solle, fand dann aber, daß es doch wohl kein gutes Benehmen sei. Besser warten, bis er wieder auf der Straße war.

«Aber begreifen Sie denn nicht?» fragte Holly eifrig. «Es heißt, daß jemand uns töten wollte.»

«Señorita, mit dem allergrößten Respekt, es braucht nichts dergleichen zu heißen», widersprach Lopez. «Außerdem müssen der Diebstahl und der Straßenunfall nicht zusammengehören.»

«Ich bitte Sie!» sagte Holly mit einer Stimme, die vor Sarkasmus triefte.

Charles sah, wie sich Lopez' Augen verengten, und riß sich zusammen. «Ich finde es aber ein bißchen viel des Zufalls, Esteban.»

«Was hat sich denn in der Garage befunden, das so wichtig gewesen sein könnte?» erkundigte sich Lopez bei Holly. Sein Blick verriet, daß er ihre Erscheinung zwar erfreulich fand, nicht aber ihre Einmischung. «Und warum haben Sie sich mit der Sache nicht an mich gewandt?»

Holly machte eine ungeduldige Handbewegung. «Warum sollten Sie Ihre Zeit damit vergeuden, wenn nicht tatsächlich etwas Wichtiges dort vorhanden gewesen sein sollte.» Mein Gott, dachte Charles, sie hat dazugelernt! Das war ja beinahe ein Kompliment. «Darum wollten wir erst einen Blick auf die Sachen werfen. Wenn wir was entdeckt hätten, wären wir natürlich sofort zu Ihnen gekommen.»

Charles stellte betrübt fest, daß sie zuviel gelernt hatte. Der letzte Satz war eine schlichte Lüge.

«Ich verstehe immer noch nicht, was Sie zu finden hofften, Charles.» Lopez' Blick, der sich auf Charles richtete, war vorwurfsvoll. Hast du denn kein Vertrauen zu mir, alter Freund, schien er zu sagen. Weißt du nicht, daß ich mein möglichstes tun werde, um fair zu sein, obwohl der Schwiegervater dieses schrecklichen Mädchens ein verdammter Mörder ist?

«Holly meint, daß hier ein Zusammenhang zwischen dem Tod von Graebner und der Fälschersache von vor ein paar Jahren bestehen könnte», sagte Charles.

«Aber sicher besteht da ein Zusammenhang. Señor Partridge hat damals gedroht, den Mann umzubringen. Das war ja auch der Grund für den gegenseitigen Haß.»

«Sie verstehen immer noch nicht», warf Holly ein. «Wir glauben, da muß es noch jemand geben, jemand, der nicht will, daß man ...»

«Graebner hat seine Schuld offen eingestanden, Señorita, das können Sie in den Akten nachlesen. Er hat niemanden mit hineingezogen, abgesehen von Ihrem verstorbenen Ehemann, natürlich.» In Lopez' Stimme schwang ein warnender Ton mit.

«Vielleicht hat man ihn ja dafür bezahlt, daß er den Mund hielt», gab Holly prompt zurück. «Ist Ihnen nie in den Sinn gekommen, daß dazu eine Menge Leute gehörten, die ...»

«Es wäre für Graebner sehr viel leichter gewesen, wenn er gegen irgendwelche Mittäter ausgesagt hätte, Señorita», sagte Lopez. «Aber das hat er eben nicht getan, dabei war er bestimmt der Typ, der alles gesagt hätte, um seine eigene Haut zu retten.»

Holly sah ihn böse an. «Ich finde, Sie nehmen die Sache nicht ernst genug.»

«Oh, das tue ich gewiß», sagte Lopez mit einem Seitenblick zu Charles. «Ich sehe natürlich ein, daß Sie alles tun werden, um Ihren Schwiegervater von der Anklage des –»

«Einschließlich mich von der Klippe fallen zu lassen?» fragte Holly süßlich. «Glauben Sie, ich sauge mir das alles aus den Fingern? Glauben Sie, ich hätte Charles veranlaßt, den Wagen über die Böschung zu lenken?»

Charles stand auf, nahm ihren Arm und zerrte sie ziemlich abrupt auf die Füße. «Ich bin sicher, daß Esteban nichts dergleichen vermutet», sagte er hastig. Er konnte sehen, wie sich allmählich der Ärger auf Lopez' Zügen abzeichnete. Die Tatsache, daß er es mit einer hübschen Frau zu tun hatte, reichte nicht aus, des Spaniers instinktive Abneigung Frauen gegenüber, die ihren Platz nicht kannten, zu vergessen. «Wir haben korrekt gehandelt, indem wir den Unfall meldeten. Ich bin überzeugt, daß Sie alles Notwendige unternehmen werden, um den anderen Wagen und Fahrer zu finden. Inzwischen sind wir müde und erregt, und alles wird anders aussehen, wenn wir erst einmal etwas geruht haben.»

«Reden Sie nicht so süßlich daher, Sie Idiot», sagte Holly und wandte sich ab. «Ich möchte jetzt –»

«Wir lassen von uns hören, Esteban, sobald wir eine Liste der in der Garage befindlich gewesenen Dinge aufgestellt haben.» Auch Charles bewegte sich jetzt auf die Tür zu. «Vielen Dank, daß Sie uns empfangen haben.»

Wieder im Wagen, warf Holly sich auf den Beifahrersitz neben Nigel. «Sie hätten mich nicht wie ein dummes Gör aus dem Zimmer manövrieren müssen», beklagte sie sich.

«Ich hatte Ihnen doch gesagt, Sie sollten den Mund halten.»

«Was hat sie denn gesagt?» erkundigte sich Nigel amüsiert.

«Überhaupt nichts», sagte Holly mürrisch.

«Es war nicht, was Sie gesagt, sondern wie Sie es gesagt haben ... Sie haben ihm mehr oder weniger klargemacht, daß er ein Trottel sei.»

«Na, das ist er doch auch.» Holly wandte sich zu Nigel. «Dieser geschniegelte Hund wird überhaupt nichts unternehmen. Das war sonnenklar.»

«Im Gegenteil, ich glaube, er hat bereits etwas unternommen», sagte Charles von seinem Rücksitz aus. Sein Ton war nachdenklich.

«Wieso glauben Sie das?» fragte Nigel und drehte sich halb nach hinten.

«Weil er sagte, er wäre schon über den Unfall informiert gewesen. Normalerweise hätte er das nicht sein sollen, denn es ist Sache der GC, sich mit Verkehrsunfällen zu befassen. Wenn er also Bescheid wußte, dann nur, weil er darum gebeten hat, ihn über unsere Bewegungen zu informieren. Ich finde das höchst ermutigend.»

«Kann ich mir vorstellen», gab Holly angewidert zurück.

Lopez lächelte. «Bas, ich möchte sofort benachrichtigt werden, wenn die GC etwas über die rote Limousine herausgefunden hat. Außerdem schicken Sie jemand zu diesem Hausverwalter, oder was er sonst ist, und fragen Sie ihn über die Leute aus, die gestern nacht seinen Garten ruiniert haben.» Bas kritzelte eilig alles nieder. «Dann rufen Sie Señor Ribes noch mal an und sagen Sie ihm, daß wir immer noch nach der Akte aus dem Graebner-Partridge-Fall suchen.»

«Aber die Papiere haben gestern auf Ihrem Schreibtisch gelegen. Ich habe sie –»

«Sagen Sie Señor Ribes, wir fahnden noch danach.»

«Sehr wohl, Sir.»

«Und übermitteln Sie ihm mein tiefstes Bedauern.»

«Sehr wohl, Sir.»

«Und haben Sie schon die Auskunft über die Offiziere der GC eingeholt?»

«Ja, Sir», antwortete Paco mit leiser und bedrückter Stimme. Die Aufgabe hatte sich als schwieriger erwiesen, als er sie sich vorgestellt hatte.

«Und wo ist sie?»

«Auch auf Ihrem Schreibtisch, Sir.»

«Ah ... ja.» Lopez hob einen Aktenordner hoch und fand darunter einen anderen. «Haben sie Ihnen Schwierigkeiten gemacht?»

«Ich ... hab nicht lockergelassen.»

Lopez lächelte. «Eines Tages werden Sie gelernt haben, daß Nichtlockerlassen ebenso wichtig ist wie der Angriff. In diesem Fall ist stetiger Druck vonnöten. Verstehen Sie?»

Paco schluckte, holte tief Luft und sagte: «Ich verstehe überhaupt nichts, Sir. Ich verstehe nicht die Hälfte von dem, was wir tun, und wenn Señor Llewellyn ein so guter Freund von Ihnen ist, warum vertrauen Sie ihm nicht, und wenn Gefahr besteht, warum greifen Sie nicht ein, wo doch schon ein Mensch ums Leben gekommen ist und ...»

«Setzen Sie sich, Paco», befahl Lopez scharf, und Bas nahm Platz, mit einem leicht verzerrten Ausdruck seines runden, häßlichen Gesichts. Jetzt war es vorbei. Er war zu weit gegangen, und seine Karriere war ruiniert. Seine Mutter würde ihn umbringen und sein Vater ihn verfluchen. «Warum haben Sie das alles nicht schon früher gesagt?» fragte Lopez.

«Ich dachte, ich sei nicht dazu berechtigt, Sir.»

«Aber genau dazu sind Sie berechtigt, Bas. Ich dachte, Sie würden nie dahinterkommen.» Lopez lächelte. «Aber jetzt werde ich es Ihnen erklären.»

Reg war entsetzt, als er von dem Unfall erfuhr. Obwohl es kaum möglich schien, wurde er noch blasser. «Mein liebes Mädchen, du mußt sofort mit diesem Unfug aufhören.»

«Was für ein Unfug?»

«Na ja, Detektiv spielen. Wirklich, du hättest dabei getötet werden können.» Die Gefahr, die ihr drohte, ängstigte ihn mehr als seine eigene Lage, dabei hatte sich bis jetzt überhaupt nichts geändert. Er war nach wie vor im Gefängnis. Und immer noch unter Mordanklage. Und immer noch nicht gesund.

«Wenn Spanien nicht vor einigen Jahren die Todesstrafe abgeschafft hätte, könntest du ebenfalls bereits tot sein», konterte Holly. «Und außerdem ist mir nichts passiert, weil Charles mich gerettet hat.»

Reg wandte sich an ihn. «Mein lieber Junge, was kann ich dazu sagen!»

«Sie können ihr sagen, daß sie aufhören soll, den Leuten auf die Füße zu treten, besser nach Hause geht und sich mit ihrem Nähkram beschäftigt», entgegnete Charles müde.

«Das wird wohl nichts nützen», meinte Reg, der Hollys funkelnde Augen und geballte Fäuste sah. Sie schien kurz davor zu sein, um sich zu schlagen.

«Ich weiß. Versuchen Sie's trotzdem», bat Charles.

«Nein, versuch dich lieber daran zu erinnern, was wir von Davids Sachen nach der Beerdigung eingepackt haben», sagte Holly mit einem bösen Seitenblick zu Charles.

«Das bringt doch nichts, du hast doch alles nach London geschickt, oder?»

«Nein, ich hab's mir in letzter Minute anders überlegt», sagte Holly hastig. «Ich brachte es irgendwie nicht fertig, und so haben die Sachen seitdem in der Garage vom Studio gelagert.»

«Das hättest du mir sagen sollen. Ich würde es doch für dich erledigt haben», entgegnete Reg. «Du liebe Güte, ich hatte doch Zeit genug.»

«Ist ja egal jetzt, auf jeden Fall hast du ein besseres Gedächtnis als ich. Also, um anzufangen – was haben wir in die beiden großen Kartons getan? Das Skizzenbuch haben wir zuunterst gelegt, aber ...»

In der Ecke schnarchte Charles leise vor sich hin. Sie taten, als hörten sie es nicht. Und er gab vor, nicht zuzuhören.

Nach zwanzig Minuten hatten sie die Liste fertiggestellt. Sie enthielt folgende Gegenstände:

1 blauer Kunststoffkoffer und zwei braune Lederkoffer mit Garderobe
ungefähr 20 unvollendete Ölgemälde
7 unvollendete Kopien burlesker Goyabilder
4 leere Rahmen

Rahmenmodels und -material
3 Kartons seltener Farbtuben
Malleinwand, Spannrahmen, Holzpflöcke usw.
Ein tragbares Radio mit Kassettenrecorder, kaputt
Matratze und Sprungfedermatratze
2 verschiedene Stühle
2 Kartons voller Bücher
1 Karton mit allem möglichen Kram, Toilettenartikel usw.
2 Kartons persönlicher Papiere und Unterlagen, Scheckabschnitte usw.
4 Lampen
Strandutensilien – 1 Liegestuhl, 1 Sonnenschirm, 1 Windschutzständer, 1 Liegematte
Tennisschläger, Squash-Schläger, Golfschläger
Gewichte

Kurz: kaum genug, um einen Lumpensammler anzulocken, geschweige denn einen Dieb.
Und doch war alles verschwunden.

9

«Was soll das sein – Gewichte?» fragte Charles am Abend. Er hatte beinahe den ganzen Tag über geschlafen und gehofft, Holly würde das gleiche tun, aber sie hatte ihn um vier angerufen, um sich zu vergewissern, daß er auch zum Essen kommen würde. Das Schrillen des Telefons stach ihm so schmerzhaft in die Ohren, daß er zusagte, ehe ihm überhaupt aufging, um was es sich handelte.

Er hatte dann eine aus der Reinigung stammende Plastikhülle eines Anzugs um die Brust gebunden, um den Verband nicht naß zu machen, er wurde aber trotzdem naß, und jetzt fühlte er sich in der vom Meer herkommenden Brise kalt und aufgeweicht an. Er vermutete trübselig, daß er wohl bald eine Lungenentzündung haben würde.

Und wenn schon, gegen Lungenentzündung gab es Heilmittel.

Bedauerlicherweise gab es keine Heilmittel für Holly Partridge, die sich zu einem ernsteren Leiden entwickelte. Sie zeigte weder Anzeichen von Ermüdung noch Schmerz, obwohl Charles überzeugt war, daß sie bei dem Sturz allerhand abbekommen hatte. Aber da saß sie ihm auf dem Patio des Penthouse gegenüber – aufgekratzt, mit leuchtenden Augen und zu allem bereit, während die letzten Sonnenstrahlen auf ihr herrliches Haar fielen.

Er fühlte sich gleich doppelt so elend.

«Ach, das sind so Hebeglocken oder wie die Dinger heißen», erklärte sie und hob die Arme in die Luft, als stieße sie etwas Schweres über den Kopf. «David war etwas dünn und versuchte immer, seinen Körper zu trainieren. Er war ja auch sehr sportlich.»

Charles wollte weder etwas über Davids Muskeln noch sein Golf-Handikap hören. «Und was sind Rahmenmodels?»

«Ach, David hat seine Rahmen immer selber gemacht. Das tun heutzutage die meisten jungen Künstler, besonders wenn sie arm sind. Er hat Fiberglas benutzt, das er in diese Models preßte. Das sind Hohlformen, die alten Rahmenleisten nachgebildet werden, und so kann man sich Duplikate von antiken Rahmen herstellen.»

Charles knurrte. Er wollte auch nichts davon hören, wie geschickt David seine Finanzen regelte oder wie er während ihrer Ehe mit seiner künstlerischen Gestaltung gerungen hatte. Besonders über die Ehe wollte er nichts hören.

«Aha. Und was ist mit diesen persönlichen Papieren? Könnte sich darunter etwas befunden haben?» Charles warf einen Blick auf die Liste, die der Wind flattern ließ.

«Nein, das waren vorwiegend alte Kontoauszüge, Steuererklärungen, Kunstkataloge, Auftragsbestätigungen und all so Zeugs. Wir sind damals alles durchgegangen und haben alles an uns genommen, was noch der Regelung bedurfte. Der Rest war veraltet und überholt. Bloß muß man solche Unterlagen ein paar Jahre aufheben, wegen der Steuer.»

«Und der Recorder? Hätte sich eine Kassette darin befinden können?»

Sie lehnte sich gegen die blau-weiß geblümten Kissen des Patiosessels zurück. «Sie meinen, vielleicht mit einer Mitteilung darauf?»

«Ich weiß, das hört sich an den Haaren herbeigezogen an, nur –»

Sie schüttelte den Kopf. «Er war leer. Ich hab nachgesehen. Ich habe alle Kassetten an mich genommen, die David hatte; ein paar davon haben sowieso mir gehört. Wir haben beide gern bei Musik gearbeitet.»

Charles überflog noch einmal die Liste. «Ob vielleicht etwas in der Matratze verborgen war? Soweit ich mich erinnere, hat man Davids Geld, das er durch die Verkäufe gemacht haben muß, nie gefunden.»

«Weil er niemals Geld gehabt hat. Auf seinem Konto waren zum Schluß nur ein paar hundert Pfund.»

«Und was ist mit einem Konto in der Schweiz? Er könnte die Nummer davon irgendwo niedergeschrieben haben, und mehr als die Nummer braucht man nicht, um –»

«Möglich wär's, wenn er von Graebner jemals Geld erhalten hätte, was er aber nicht hatte.» Ihre Stimme klang ärgerlich. «Er hatte immer nur die Gelder, die er für die offiziell in Auftrag gegebenen Kopien erhielt, und die sind längst ausgegeben.»

«Wieviel war es denn?»

«Nach seinen Bankauszügen etwa 6000 Pfund.»

«Und das ist fort? Wofür hat er es denn ausgegeben?»

«Wenn man David kannte ... Ich würde sagen, einen Teil für Frauen, einen für Alkohol, etwas für Garderobe, etwas für die Spielbank – und den Rest für Albernheiten», sagte Holly kalt.

Aus der Küche waren Geräusche zu hören, die verrieten, daß Mary Partridge sich an die Vorbereitung des Essens machte. Die Geräusche hörten sich irgendwie wütend an. Vielleicht hatte Mary ihn nicht einladen wollen. Oder sie kochte nicht gern. Er legte die Liste mit einem leichten Zusammenzucken beiseite und lehnte sich zurück. Die Liste war einfach zu allgemein. Wonach sie suchten, das konnte etwas sehr Kleines sein, sehr Unauffälliges. Und außerdem war es sowieso verschwunden.

«Hallo! Haben Sie auch Schmerzen?» tönte es vom Patio des angrenzenden Wohnturms.

Charles öffnete die Augen und sah die kleine, drahtige Gestalt des Colonel, die sich gegen den roten Himmel abzeichnete. «Guten Abend, Sir.»

«Es hat Sie also auch erwischt?»

«Erwischt?»

«Na, der Valencia Quick-Step. Die Renneritis», setzte er erklärend hinzu. «Ich bin nach dieser verdammten Paella bei den Beams die ganze Nacht gelaufen. Mir war hundeelend. Wenn man Sie so ansieht, geht's Ihnen genauso.»

«Nein, das ist es nicht. Wir hatten gestern einen Autounfall.»

«Ach, tatsächlich? Aber es ist alles in Ordnung, ja?»

«Na, so mehr oder weniger.»

«Wir haben uns gefragt, wo Sie gestern abend geblieben sein mochten. Nachdem sich die Aufregung etwas gelegt hatte, hat sich Tinker auf die Suche nach Ihnen gemacht. Er schäumte, als er spitzbekam, daß Sie ohne ihn weggefahren waren.»

«Ich weiß», sagte Holly. «Er hat mich um die Mittagszeit angerufen.»

«Eifersüchtig, was?» kicherte der Colonel. «Das hatte ich mir gleich gedacht, als ich miterlebte, wie eklig er zu dem armen Charles war.»

Der arme alte Charles lächelte in sich hinein.

«Tut ihm gut», sagte der Colonel und bückte sich, um die Gießkanne aufzunehmen. «Er ist sowieso zu sehr von sich überzeugt. Hatte doch die Unverschämtheit mir zu sagen, ich sollte Queenie an der Leine ausführen. Ich bitte Sie – Queenie und eine Leine! Das heißt, ich weiß immer noch nicht, wie sie aus dem Wagen gekommen ist – es sei denn, sie hat die Tür selber aufgemacht. Zutrauen würde ich's ihr.»

Charles sah, wie Holly leicht errötete. «Sie hat ja nichts angerichtet, oder?»

«Hat sich 'ne Schnauze voll Federn geholt», berichtete der Colonel mit seiner Krächzstimme. «Haben Sie jemals gesehen, wenn ein Pfau rennt? Wirklich, ein verdammt komischer Anblick. Aber ich muß jetzt weitermachen...» Er bewegte sich an der Reihe der Geranientöpfe entlang und schwenkte seine Gießkanne.

«Also Tinker war eifersüchtig», murmelte Charles amüsiert.

«Seien Sie nicht albern. Er wird sicher später hier reinschauen, das tut er meistens.»

Mary erschien jetzt in der offenen Patiotür. «Das Essen ist beinahe fertig. Ihr solltet euch jetzt die Hände waschen.»

«Ja, Mummy», erwiderte Holly grinsend.

Charles erhob sich mit aller Vorsicht. «Sie haben doch gesagt, daß David ganz gut mit seiner Kopierarbeit verdiente. Ich finde nur, daß 500 Pfund pro Bild nicht gerade viel ist für die Zeit, die er darin investiert hat. Er muß sogar ziemlich knapp bei Kasse gewesen sein. Er hat dreizehn Bilder kopiert; wenn ich richtig rechne, war das pro Bild?»

«Oder würdet ihr lieber hier draußen essen?» fragte Mary geduldig.

«Warum nicht; es ist noch warm genug.» Etwas verspätet erinnerte er sich an seine Manieren. «Lassen Sie mich alles raustragen.»

«Danke.» Pflichtgemäß folgte er Mary in die Küche; Holly rührte sich nicht. Als er mit dem ersten Tablett erschien, war sie verschwunden.

«Holly?» Er sah sich nach ihr um, aber sie war nirgends zu entdecken. Sein Magen zog sich zusammen, und er steuerte auf die Brüstung des Patio zu. Es war doch nicht möglich...

«He, sehen Sie sich das mal an!» ertönte Hollys Stimme in seinem Rücken. Charles schrak sichtbar zusammen.

«Tun Sie das nicht noch mal!» rief er und drehte sich um.

Sie starrte ihn erschrocken an. «Was soll ich nicht tun?»

«Na, so ohne ein Wort verschwinden.»

«Ich bin nicht verschwunden, ich bin nur reingegangen, um dies hier zu holen.» Sie kam mit dem gefälschten Bosch heraus, den sie gegen ihre Brust gedrückt hatte. Ihre Beine waren nackt unter der an den Oberschenkeln abgeschnittenen und ausgefransten Jeans, die Knie waren wie die eines Kindes zerkratzt, und die roten Locken wurden vom Winde zerzaust. «Wirklich, was ist bloß los mit Ihnen, Charles? Sie sind ein richtiger Miesepeter.»

«Das mag stimmen.» Er war plötzlich verlegen. Er konnte doch wohl kaum zugeben, daß er geglaubt hatte, sie sei in einer Anwandlung von Kummer in die Tiefe gesprungen, oder? Oder von einem Hubschrauber entführt worden? Oder Superman? Er wußte nur, daß er einen Anfall von Panik verspürt hatte, als er feststellte, daß sie fort war. Er wandte sich ab, nur um dem interessierten Starren zweier Paar Augen und eines dritten Paares zu begegnen, das hinter einer Sonnenbrille verborgen war. Es war aber ebenfalls in seine Richtung gekehrt, und er erkannte das Gesicht des Mannes im Rollstuhl auf dem Patio des dritten Penthouse.

Mr. Neufeld, wenn er sich nicht irrte.

Der Rollstuhl stand neben der Patiobrüstung, die zum Meer hinausging, aber Neufelds Gesicht war ihnen zugekehrt, und er beobachtete ihr – Charles' und Hollys – Tun mit lebhafter Anteilnahme. Nach kurzer Zeit wurde der Kopf wieder zurückgedreht, und die Sonnenbrille war wieder aufs Meer gerichtet.

Die beiden anderen Augenpaare waren interessanter. Wenigstens das, welches zu der großen, eleganten Blondhaarigen gehörte. Dunkelblau und riesig taxierten sie ihn unverhohlen von oben bis unten. Mrs. Neufeld war eine schöne Frau, zugegeben, und sogar über diese Entfernung strahlte sie eine Sinnlichkeit aus, die wie der Duft tropischer Nachtblüher war, nicht lokalisierbar, aber durchdringend.

Das dritte Augenpaar gehörte dem Pfleger, und seine Botschaft war klar: Halt dich da raus!

Als er bemerkte, daß sich Mrs. Neufelds und Charles' Blicke über den Zwischenraum des Patio hinweg kreuzten, trat er vor und stellte mit leiser Stimme eine dringende Frage. Mit einem schwachen, letzten Lächeln gab die mit sinnlichen Kurven begabte Dame die Abschätzung Charles' auf und legte die Hand auf den Arm des Pflegers. Die drei Personen konnten ebensogut Schilder über den Köpfen tragen – Der betrogene Ehemann, Die ungetreue Frau und Der eifersüchtige Liebhaber. Charles seufzte und steuerte auf den Tisch zu, um sein Tablett abzusetzen. «Was soll ich mir ansehen?»

«Dieses Bild von David. Was Sie eben gesagt haben, hat mich an etwas erinnert. Es hört sich ziemlich phantastisch an, aber ...» Sie stemmte energisch auf der Rückseite des Bildes ein Messer unter den Rahmen. «Verflixt», murmelte sie; das Messer war abgerutscht und hatte sie leicht verletzt.

«Lassen Sie mich das tun.» Charles nahm ihr Bild und Messer ab. Er entfernte die Rahmenpflöcke und hob die hölzerne Rückseite aus der Verschalung. Holly nahm den Daumen aus dem Mund, wischte ihn ungeduldig an ihren Shorts ab und nahm das Bild wieder entgegen. Sie starrte so lange darauf, daß Charles die Geduld verlor. «Na, was ist?»

«Die Leinwand ist zu neu», sagte sie schließlich.

Charles betrachtete sie genauer. «Ich finde, sie sieht ziemlich alt aus.»

«O ja, aber nicht alt genug. Vergessen Sie nicht, Bosch hat vor beinahe 500 Jahren gelebt. Diese Leinwand ist bei weitem nicht so alt.»

«Was für einen Unterschied macht das denn?»

«Oh, zuerst dachte ich, das Bild sei neu aufgezogen ... viele alte Gemälde werden fadenscheinig oder tragen über die Jahre Schäden davon, so daß man sie sicherheitshalber auf neue Leinwand zieht. Dann kann man nur noch an den Kanten das wahre Alter erkennen. Manchmal knautschen und falten Fälscher eine Kopie und ‹restaurieren› sie dann, so daß sich der Käufer einbildet, er hat da eine Mordsentdeckung gemacht, dabei ist die ganze Geschichte nichts wie Schwindel. Oder sie nehmen ein wirklich altes, aber schlechtes Bild, bei dem die Leinwand stimmt, und übermalen es, dann gehen sie mit elektrischen Strahlern über die Ölfarbe, bis sie mit der Leinwand übereinstimmt. Das scheint man hier mit diesem getan zu haben. Vielleicht hatte er keine Leinwand aus der richtigen Zeit finden können und hoffte, der Käufer würde den Betrug nicht merken.»

«Kann man Leute wirklich so leicht täuschen?»

«O Mann!» Holly grinste und lehnte Bild und Rahmen gegen die Innenseite der Brüstung und ging zu Mary, um ihr mit dem Topf zu helfen, den sie in den Händen trug. «Bilder kann man an dem Herkunftsnachweis erkennen – entweder durch ihre Geschichte oder durch Verkaufsbelege von der und der Familie, die nachweisbar das und das Gemälde besessen hat und so weiter. Es ist ein sehr lukratives Geschäft, derartige Expertisen herzustellen, zusammen mit den gefälschten Bildern. Museen haben natürlich ihre Möglichkeiten, die Echtheit mit wissenschaftlichen Methoden nachzuweisen, aber der gewöhnliche Käufer muß sich auf den Herkunftsnachweis beziehungsweise den Ruf des Bilderhändlers oder auf die Aussagen irgendwelcher Experten verlassen. Und das können Sie mir glauben, Experten sind heutzutage sehr vorsichtig. Ehrliche Fachleute sind sehr zurückhaltend mit ihren Beurteilungen. Gauner nicht. Graebner war es nicht.»

«Der Tisch fällt beinahe auseinander», sagte Mary plötzlich.
Überrascht blickten Charles und Holly sie an, als sie die Teller auffüllte.

«Wir haben ihn im letzten Frühjahr gekauft. Seht ihn euch an ...» Sie wirkte seltsam erregt durch den Anblick. «Ich muß Reg bitten ...» Marys Stimme versagte mitten im Satz.

«Ich bin sehr gern behilflich ...» erbot sich Charles schnell.

«Das kann ich übernehmen», sagte Holly gleichzeitig.

Mary legte die Gabel nieder. «Wir haben ihn im letzten Frühjahr gekauft», wiederholte sie, und die Tränen schossen ihr so urplötzlich aus den Augen, daß sie auf ihren Teller fielen, ehe sie das Gesicht mit einer Serviette trocknen konnte. Sie erhob sich abrupt. «Ich habe keinen Appetit», sagte sie. «Ihr zwei eßt ruhig weiter – bitte.» Sie lief in den rettenden Schatten des Penthouse. Einen Augenblick später hörten sie ihre Schlafzimmertür zufallen.

«Zu dumm», sagte Charles halblaut und piekte seine Gabel in das nächstbeste Stück Rindfleisch, so daß Tomaten und Pfefferschoten nach allen Seiten spritzten.

«Vielleicht sollte ich besser nach ihr sehen.» Holly machte Anstalten aufzustehen.

«Nein», befahl Charles. «Lassen Sie sie weinen. Danach wird sie erschöpft sein und schlafen. Sie erzählen mir lieber weiter über Bilderfälschungen.»

Nach kurzem Zögern nahm sie wieder gehorsam Platz und griff nach ihrer Gabel.

«Ihr Nervenkostüm hängt am seidenen Faden, verstehen Sie.»

«Jetzt erzählen Sie endlich über diese verdammten Bilder», fauchte Charles.

Holly schluckte. «Gut. Wo war ich stehengeblieben?»

«Bei diesen Auskünften von Experten und wie man sie erhalten kann. Warum sind die so vorsichtig?»

«Na, zunächst einmal muß man genau über die Alten Meister Bescheid wissen, wenn man ein Bild einordnen will. Viele von ihnen hatten Schüler, die ihre Arbeiten kopierten, um daran zu lernen. Manche dieser Schüler waren sehr gut. Zum Beispiel hat es einen Schüler von Velasquez namens Del Mazo gegeben, der nicht nur Velasquez, sondern auch Tintoretto, Raphael, Tizian kopieren konnte. Er hat sich damit seinen Lebensunterhalt verdient, genau wie David. Er arbeitete für König Philip IV. von Spanien, und dann hat er auch noch die Tochter von Velasquez geheiratet und genoß einen guten Ruf. Sie dürfen nicht vergessen, daß man in jenen Tagen keine Fotografie kannte. Die einzige Art, alte Meisterwerke zu Gesicht zu bekommen, war, einen Hofmaler auszuschicken und sie kopieren zu lassen. Jeder tat das damals. Und diese Schüler durften manchmal den Hintergrund eines großen Gemäldes malen, oder sie ließen ihre eigenen Kopien von ihren Meistern korrigieren. Und all das macht eine Beurteilung natürlich schwierig.»

«Aha.»

«So erreicht man meistens nur die Aussage: stammt aus der und der Schule. Verstehen Sie?»

«Ja.»

«Und das ist noch nicht einmal das einzige Problem. Nicht alle diese Hofmaler bezeichneten ihre Arbeiten als Kopien. Manchmal haben sie sogar ihre Meister getäuscht. Und um die Sache noch komplizierter zu machen, fertigten sie die Kopien zur gleichen Zeit an, in der die Originale entstanden. Was bedeutet, daß nicht nur die Leinwand aus der richtigen Zeit stammt, sondern auch die Farben, Lösungsmittel, Lacke und so weiter. David sagte mal, daß es in den Museen eine Menge dieser zeitgenössischen Kopien gäbe, für die sie enorme Summen gezahlt hätten und sich jetzt genierten, ihren Irrtum zuzugeben. David sagte immer, daß man das Original neben die Kopie stellen müßte und dann nach einer Zeit das echte Bild herauskennen würde, weil es seine Leuchtkraft erhalten hat. Aber wie oft hat man schon die Gelegenheit, eine Kopie mit dem Original zu vergleichen? Viele sind in Privatbesitz, sogar unter Verschluß gehalten, so daß man den Käufer überzeugen kann, er erwerbe das echte. Wer kann schon den Unterschied feststellen? Besonders wenn eine Menge dieser Meisterwerke von Anfang an nicht ganz rechtmäßig in die Hand der neuen Besitzer gelangt sind. Die Nazis haben viele Bilder gestohlen, die jetzt langsam hier und da wieder auftauchen. Aber eine Menge von ihnen wird niemals auf dem freien Markt auftauchen. Experten wissen, wo einige dieser Bilder geblieben sind, aber längst nicht alle. Und darauf verlassen sich die Fälscher. Für ihre Dürrezeiten.»

«Dürrezeiten?»

«Ja. Alle Künstler haben Perioden, in denen sie nichts herausbringen. Das ist nötig für sie. Haben Sie nie etwas über einen Fälscher mit Namen van Meegeren gehört?»

«Ist das der, der Vermeers gefälscht hat?»

«Richtig. Experten haben immer vorausgesagt, daß irgendwo irgendwelche Vermeers existieren müßten mit religiösem Inhalt – die Vermeer in einer dieser Dürrezeiten gemalt haben müsse. Wenn er damals überhaupt gemalt hat. So hat van Meegeren freundlicherweise einige Vermeers produziert, um die Lücke zu füllen. Und das ist ihm hervorragend gelungen, selbst Experten haben sich täuschen lassen – bis er, als er schon im Gefängnis saß, gebeten hatte, man möge ihm ein Thema nennen, und das hat er dann prompt in seiner Zelle gemalt. Seitdem sind die Fachleute noch vorsichtiger geworden, das können Sie mir glauben.»

«Aber es tauchen doch wirklich immer wieder mal Bilder auf irgendwelchen Speichern auf.»

«Ich weiß. Häufig genug, um Gauner bei Laune zu halten.» Sie drehte sich auf ihrem Stuhl herum und betrachtete den falschen Bosch, der gegen die Brüstung lehnte. «Ich wünschte, ich wüßte, was David mit dem Bild vorgehabt hat. Es sollte zweifellos einen späten Bosch abgeben, denn die frühen waren auf Holz gemalt. Aber wenn er wirklich so weit hätte gehen wollen – warum hat er sich keine ältere Leinwand besorgt? Es macht einfach keinen Sinn, es sei denn, ich hätte recht gehabt.»

«In welcher Hinsicht?» fragte Charles.

«Betreffs der Tatsache, daß David genau dreizehn Bilder gemalt hat. Eine seltsame Anzahl, finden Sie nicht?»

«Eine Unglückszahl», sagte Charles leise.

«Für einige Leute sicher.» Holly legte die Gabel nieder. Das Essen war kalt geworden. «Viel mehr an Belastung erträgt Mary nicht mehr, Charles.»

«Das sehe ich auch.»

«Das tun aber nur die wenigsten. Sie gibt sich solche Mühe, und mit sehr viel Erfolg. Jeder hält sie für stark, aber das kostet sie die letzte Kraft, dauernd lächeln zu müssen und so. Reg neckt sie in der Öffentlichkeit, aber das geheime Verständnis, das sie verbindet, ist so großartig ...» Sie wandte den Blick ab. «David und ich haben einen Guerilla-Krieg geführt – reizend, wenn Leute dabei waren, und privat immer nach einer schwachen Stelle suchend, der ungeschützten Flanke, um einen Fingerbreit an Boden zu gewinnen.» Sie setzte sich gerade hin; man sah ihr an, daß sie ärgerlich mit sich selbst war. «Entschuldigung, ich weiß nicht, warum ich das gesagt habe.» Sie versuchte ein strahlendes Lächeln. «Ich glaube, gleich fange ich an zu heulen.»

«Ich wünschte, das würden Sie bleiben lassen», sagte Charles. Er warf ihr einen Blick zu und griff gleichzeitig nach seinem Glas – mit dem voraussehbaren Resultat. Sie lachte und machte sich ans Auftrocknen. Der schlimme Augenblick war vorüber.

«Haben Sie das absichtlich getan?» fragte sie.

«Ich glaub nicht. Man nennt mich allgemein den Gerald Ford des Corps Diplomatique.» Er lächelte etwas betreten und sah sich um. An jedem der beiden angrenzenden Penthouses waren die Patios verlassen und die Vorhänge zugezogen. Es wurde dunkler, und er und Holly hätten die einzigen Lebewesen über der Welt sein können. Die hellen Lichter der anderen, weiter weg stehenden Häuser hätten von einem Juwelier zu ihrem Vergnügen dorthin gesetzt sein können. Das Meer war nicht mehr zu erkennen, nur das Rauschen war immer noch hörbar.

«Wissen Sie, man kann hier oben sitzen und sich wie der liebe Gott vorkommen», sagte Charles leise. «Alles liegt tief unter einem, darüber ist nichts mehr. Wenn man hier so sitzt, kommt man sich unerreichbar, unberührbar vor.»

Holly schwieg, und er konnte kaum ihre Gestalt in dem Liegestuhl ausmachen. «Wollen Sie mir damit andeuten, daß ich nicht so völlig an Reg glauben soll? Daß er die Tat trotz allem begangen haben könnte?» fragte sie schließlich.

«Nein, ich weiß gar nicht, was ich eigentlich sage – ich hab nur so geredet.» Er schenkte ihr und sich noch etwas Wein nach. «Was wissen Sie über die Leute, die wir gestern auf der Party getroffen haben?»

«Nicht viel. Sie sind Regs und Marys Freunde, nicht meine.»

«Nun, einer von ihnen ist bestimmt kein Freund von Ihnen.»

«Sie meinen –»

«Ich meine den, der den Diebstahl und den Unfall arrangiert hat. Es können auch zwei gewesen sein. Oder vielleicht auch alle. Denn bis Sie verkündeten, daß wir Davids Sachen in der Studiogarage durchgehen wollten, wußte niemand außer Ihnen, daß sie noch existierten. Selbst Mary und Reg nicht. Sie glaubten, Sie hätten alles nach England geschickt.»

«Das ist schon richtig, nur ...»

«Was – nur?»

«Woher kannten sie die Garage?»

«Die meisten von ihnen wohnten schon hier, als David noch lebte, nicht wahr?»

«Doch, das nehme ich an.»

«Wenn nicht, hätten sie jemand fragen können, so ganz nebenbei.» Er lehnte sich zurück und blickte nachdenklich zum Himmel. «Verdammt noch mal, als wir uns nach der großen Abfütterung verdrückten, brauchte es kein Genie, um zu wissen, wohin wir gingen. Besonders nachdem wir es vorher mit Trompetenklängen angekündigt hatten. Derjenige welche brauchte nur einen Verbündeten in Espina anzurufen ...»

«Na gut. Aber wenn sie schon die Garage ausgeräumt haben, warum versuchte man dann noch, uns zu töten? Ich meine, die hatten doch, was sie wollten. Unser Problem ist jetzt nur – was wollten sie eigentlich?»

«Gehen wir noch mal sämtliche Gäste durch.»

«Das hat die Polizei bestimmt schon getan.»

«Ich würde an Ihrer Stelle gar nichts mehr voraussetzen. Nehmen wir als ersten einmal Colonel Jackson. Er sagte, er wäre in der Nacht von Graebners Tod nicht hiergewesen. Woher sollen wir wissen, ob das stimmt?»

«Weil die Polizei bestimmt sein Alibi überprüft hat. Er geht jeden Dienstag abend ins Kino. Dann läßt er Queenie beim Hausmeister und holt sie anschließend wieder ab, nachdem er mit dem Mann noch ein Glas getrunken hat. Der Mann war ebenfalls früher bei der Army.»

«Und was war an diesem Dienstag? Alles wie gewöhnlich?»

«Ja. Wenn nicht, hätten sie ja wohl weiter nachgebohrt, oder was meinen Sie?»

Er mußte zugeben, daß es sicher so war. Die Guardia würde das Alibi des Colonel bestimmt sorgfältig überprüft haben, nachdem er das angrenzende Penthouse bewohnte. Das gleiche mußte auf die Neufelds zutreffen. «Schön, und was ist mit den anderen?»

«Wer, zum Beispiel?»

«Nun, was wissen Sie über Morland?»

«Ich flehe Sie an, der ist Pfarrer im Ruhestand», sagte Holly ungeduldig. Sie stand auf, ging zur Brüstung des Patio und warf einen Blick auf die Lichter unter ihnen. «Außerdem hat er Multiple Sklerose. Im Moment ist sie zum Stillstand gekommen, aber nur vorübergehend. Daran ist nichts zu machen.» Sie schwieg einen Moment, dann fuhr sie heftig fort: «Warum müssen die schlimmsten Dinge immer den besten Leuten zustoßen?»

Er seufzte und erhob sich ebenfalls, froh über die Möglichkeit, einmal die Beine ausstrecken zu können. «Ich weiß es nicht», sagte er. «Vielleicht merkt man es eher, weil es einem tiefer unter die Haut geht. Was ist mit Tinker?» setzte er beiläufig hinzu.

«Was soll mit ihm sein?» Sie bewegte sich ein paar Schritte von ihm weg und schob sich mit der Hand eine Haarsträhne aus dem Gesicht. Er hatte diese Bewegung schon einige Male an ihr beobachtet: es war eine Verlegenheitsgeste.

«Wann haben Sie ihn kennengelernt?»

«Oh, ungefähr zwei Stunden nach meiner Ankunft in Spanien.» Ihre Stimme klang ein wenig gepreßt. «Wir haben auf dem Weg vom Flughafen in einem Klub Rast gemacht. Reg und Mary sind schon ewige Zeiten Mitglieder im Montana Sol; die meisten Engländer benutzen ihn als gesellschaftlichen Treffpunkt. Es ist sehr hübsch dort und ...»

«Ich kenne ihn», sagte Charles. «Und was ist mit Tinker?»

Sie wedelte leicht mit der Hand. «Er war da, zusammen mit Nigel und Helen, und wir wurden bekannt gemacht. Er hat ein bißchen weiter an der Küste ein Strandhaus gemietet.»

«Er hat gesagt, er hätte keine Lust mehr zu diesem gehetzten Leben zu Hause.»

«Ja, das hat er gesagt. Aber ich glaube eher, daß er einen ersten Herzanfall hatte, sozusagen eine Warnung, und das hat ihm einen Mordsschrecken eingejagt. Auf jeden Fall hat er Geld und Möglichkeiten, das Leben zu genießen. Er warf mir nur einen Blick zu – und dann hat er mich wie eine Woge überrollt. Ich habe ihn nicht dazu ermutigt, das war auch nicht nötig, ich habe ihn aber auch nicht gebremst.» Und als Charles nichts darauf erwiderte, fuhr sie etwas in die Defensive gedrängt fort: «Warum auch.»

«Genau, warum auch», stimmte Charles neutral zu.

«Wie Sie sicher bemerkt haben werden, betrachtet er mich seither als ‹sein› Mädchen.»

«Und sind Sie das?»

«Ich bin niemandes Mädchen und beabsichtige, es auch so zu belassen», sagte Holly kurz. «Einmal gebissen, zweimal vorsichtig geworden. Jedenfalls habe ich die Überzeugung gewonnen, daß ich als Single geboren wurde. So wie Sie.»

«Bin ich das?»

Sie wandte ihm das Gesicht zu, das im letzten Licht der Dämmerung gerade noch erkennbar war. «Ich glaube, ja.»

Er nickte. «Der Unterschied ist nur, daß Sie es als eine Art Triumph betrachten und ich als Fehlschlag», entgegnete Charles leise.

«Aber es hat doch Frauen in Ihrem Leben gegeben, nicht wahr?»

«Als ich dem Foreign Office beitrat, habe ich mich nicht gerade zum Zölibat verpflichtet. Natürlich hat es Frauen gegeben.»

«Aber nicht im Moment?»

«Ist das wichtig?»

«Nein, ich hab nur so gedacht. Fühlen Sie sich einsam?»

«Sie vielleicht?» konterte er.

«Nein.»

«Ich auch nicht», sagte er nicht der Wahrheit entsprechend.

«Aha.» Sie schwieg eine Minute lang. «Aber ich hab gern meinen Spaß, so bin ich mit Mel Tinker ausgegangen. Warum auch nicht?»

«Das ist das zweite Mal, daß Sie mir diese Frage stellen», sagte er. «Brauchen Sie meine Zustimmung, oder was ist?»

«Natürlich nicht.» Ihr Ton hörte sich betont selbstgerecht an.

«Ich halte ihn für einen ganz netten Mann.»

«Warum fragen Sie dann nach ihm?»

«Ich frage nach allen und jedem», korrigierte er sie.

«Dann fragen Sie jetzt mal nach jemand anders.» Jetzt hörte sie sich ein bißchen eingeschnappt an.

«Wie wär's mit den Blands?»

Er spürte ihren sofortigen Rückzug. «Hören Sie, das sind Regs und Marys engste Freunde, sie kennen sich seit Jahren. Als sie einmal herkamen, um die Blands zu besuchen, haben sie sich in Spanien verliebt. Mein Gott, Nigel war bei der Polizei!»

«Es gibt immer mal einen faulen Apfel auf der Darre», sagte Charles.

«Aber doch nicht Nigel!»

«Na schön, regen Sie sich wieder ab. Die Beams?»

«Über die weiß ich nicht viel – ich hab sie neulich zum erstenmal getroffen. Ich hab von ihnen gehört – Reg hat Mr. Beam anläßlich eines Treffens der hier Ansässigen kennengelernt, und sie waren sich gleich sehr sympathisch.»

«Die Beams sind ein seltsames Paar», überlegte Charles. «Neuzugezogene, wie sie im Buche stehn, dabei aber nach wie vor stark in England verhaftet und dann wieder einen Fuß in Spanien. Außerdem scheinen sie Geld zu züchten wie andere Geranien.»

«Das nimmt man wenigstens an. Haben Sie die Bilder an den Wänden gesehen?»

«Ja. Sie sind echt?»

«Wenn mein Kunststudium nicht ganz umsonst war, sind sie es. Moment mal, er könnte hinter dieser Fälscheraffäre stecken. Reg kennt die Leute erst seit anderthalb Jahren – mein Gott, Charles, er könnte die Begegnung mit Reg doch arrangiert haben.»

«Zu welchem Zweck?»

Sie überlegte eine Zeitlang. «Darüber möchte ich mich nicht äußern – jedenfalls noch nicht. Ich bin mir meiner Fakten nicht ganz sicher.»

«Hören Sie, ich denke, wir arbeiten gemeinsam an der Sache.»

«Sicher doch, aber ich möchte mich nicht lächerlich machen. Wenn ich mich irre, halten Sie mich für eine absolute Idiotin, und das würde mir nicht passen. Sie brauchen nicht noch schlechter von mir zu denken, als Sie es jetzt schon tun.»

«Ich halte Sie für nichts dieser Art», sagte er ruhig.

Sie stieß ein leicht verlegenes Lachen aus. «O ja, das tun Sie. Sie denken, ich rede zuviel, gehe zu schnell in die Luft und verliere zu schnell die Kontrolle über mich.»

«Wenn etwas davon stimmen sollte, und ich behaupte es keineswegs, dann tun Sie das alles nur, weil Sie sich so sehr engagieren. Und Sie glauben, bei mir wäre das nicht der Fall. Ich begreife gut, daß jemand mit Ihrem Temperament das sehr frustrierend finden muß. Dabei engagiere ich mich ebenfalls – aber ich brauche länger, mich für eine Sache einzusetzen, da muß ich sie erst von allen Seiten beleuchtet haben. Sie haben mich einmal einen Umstandskrämer genannt, wahrscheinlich bin ich das auch. Vielleicht ist das der Grund, warum ich's zu nichts Großem gebracht habe. Ich habe immer abgewartet, bis ich ganz sicher war. Zu sicher – zu spät.»

«Vielleicht sollten Sie gelegentlich mal etwas riskieren. Sie könnten Überraschungen erleben.»

Er nahm sie plötzlich in die Arme und küßte sie, ehe er sie wieder losließ. «Meinen Sie das?»

«Nicht direkt ...» Ihre Stimme schwankte ein bißchen, und sie zitterte. «Es wird langsam kühl; gehen wir rein.»

Charles folgte ihr. Sie kniete vor dem Kamin, als er die Schiebetüren schloß, und die ersten Flammen züngelten von dem Streichholz, das sie an den ordentlich angehäuften Holzstoß hielt.

«Ich weiß, um was es alles geht, Charles», sagte sie.

«Ich habe Sie nur geküßt ...»

«Was? Ach, das meinte ich nicht. Ich dachte an – David und die Bilder.»

«Oh.» Er war einen Moment lang ziemlich erschüttert, doch dann kehrte er zur Realität zurück. «Vielleicht sollten Sie lieber riskieren, für eine Närrin gehalten zu werden, und mir alles erzählen», schlug er vor; er setzte sich aufs Sofa und holte Pfeife und Tabaksbeutel hervor.

Sie wandte sich ab, griff nach einer gestrickten Decke, die zusammengefaltet auf einem Stuhl lag, und schlang sie sich um die Schultern. Dann begann sie vor dem Kamin auf und ab zu laufen, während die Decke ihr wie ein Cape um die nackten Beine flatterte. Er verbarg sein Lächeln hinter der Hand, die die Pfeife gestopft und dann angezündet hatte.

«Eigentlich wollte ich erst etwas nachlesen, weil ich mir nicht ganz sicher bin, aber ich muß es Ihnen wohl sagen, weil die meisten Bücher in der Bibliothek auf Spanisch sein werden, nicht wahr?»

«Nicht verwunderlich, da es sich um eine spanische Bibliothek handelt.»

«Genau. Hat es nicht in Spanien vor der Jahrhundertwende einen Krieg gegeben?»

«Es hat Dutzende von Kriegen in Spanien gegeben. Sprechen Sie von dem Aufstand der Carlisten in den siebziger Jahren?»

«Ja – Carlisten, ich erinnere mich daran, daß David dieses Wort gebraucht hat. Carlisten. Die haben damals im Prado einige Gemälde von Goya gestohlen, die seitdem nie mehr aufgetaucht sind.»

«Ach ja? Ich hab nichts davon gehört.»

«Doch, ich bin ziemlich sicher, daß David davon gesprochen hat. Er sagte auch, daß Kunstsachverständige überzeugt wären, daß die Bilder nach wie vor irgendwo existierten – und natürlich ein Vermögen wert sein müßten. David stöberte immer in Trödelläden herum und sagte, wenn er jemals eines dieser Bilder entdeckte, wären wir reich. Es war halberlei ein Witz, aber auch eine Art Besessenheit. Verstehen Sie?»

«Ja», sagte er automatisch und paffte mehrmals an seiner Pfeife, die nicht ziehen wollte.

«Also, ich weiß, daß David damals zwölf Bilder für Graebner gemalt hat. Und was glauben Sie, wie viele Goyas damals von den Carlisten aus dem Prado entwendet wurden?»

«Zwölf?»

Sie schüttelte den Kopf. «Dreizehn. David sprach immer von ihnen, als dem ‹Bäckers Dutzend›. Zwölf Bilder für Graebners Klienten und der Bosch. Macht zusammen dreizehn. Das ‹Bäckers Dutzend›. Und alle auf alten Leinwänden.»

«Wollen Sie damit ausdrücken, daß alle zwölf Bilder, die die Schätzer in Amerika als Fälschungen deklariert haben, in Wirklichkeit Goyas sind?» fragte Charles entgeistert.

«Ich weiß es nicht. Und ich kann es auch nicht rausbekommen, weil ich nicht weiß, wo die Bilder abgeblieben sind. Wahrscheinlich immer noch in Texas. Ich weiß nur, wo eines ist – wo es die ganze Zeit gewesen ist: hier, bei Reg. Und zwar versteckt, da Mary den Anblick nicht ertragen konnte.»

«Aber wieso nur?»

«Wieso es versteckt ist?»

«Nein, wieso einer Fälschungen über – Moment mal ...» Er setzte seinen Gedankenapparat in Bewegung, aber sie war schneller.

«Ich vermute, Graebner hat die Bilder entdeckt», sagte sie. «Ich weiß nicht, wo oder wie – viele Dinge wurden im Krieg von den Nazis gefunden und versteckt, vielleicht hat er ein solches Versteck entdeckt; das werden wir wohl niemals mehr erfahren. Der springende Punkt ist: er hat sie in Spanien gefunden. Anders ist es nicht möglich. Wenn er versucht hätte, sie hier zu verkaufen, hätte die Regierung sie konfisziert. Oh, sie würden ihm so eine Art Trostpreis gezahlt haben, der aber nicht zu vergleichen wäre mit der Summe, die er auf einer Auktion oder beim Privatverkauf erhalten würde. So mußte er sie also aus Spanien herausschaffen.»

«Was er auch tat. Als Kopien», betonte Charles. «Und erhielt einen guten Preis dafür.»

«Die Taxatoren sagten, es handle sich um Kopien. Sie hatten keine Veranlassung, unter der Farbe nachzusehen.»

«Und Sie wollen jetzt behaupten, der amerikanische Käufer wußte, daß sich ein Goya darunter verbarg?»

«Das glaube ich nicht. Wenn ja, dann würde er einen verdammt guten Kauf getätigt haben, da ein einziger Goya schon den Preis bringen würde, den er für alle zusammen erzielte. Besonders, wenn da noch eine romantische Story dranhing. Nein, Graebner wurde zu gierig. Er hat David wahrscheinlich bezahlt, um billige Kopien über die Goyas zu malen, aber als er sah, wie gut die geworden waren, besorgte er sich einen anderen, der die Signatur daruntersetzen mußte, und verkaufte die Bilder als Originale an den Amerikaner. Ich weiß nicht, was er plante, nachdem die Bilder erst einmal drüben waren. Sie zurückzukaufen oder sie zu stehlen. Stehlen hört sich für mich wahrscheinlicher an. Aber dazu kam er ja nicht mehr.»

«Und warum wurde der Bosch nicht mit dem Rest verkauft?»

«Keine Ahnung. Rein von der Technik her, würde er der schwierigste gewesen sein. Oder vielleicht...» Sie blieb mitten im Schritt stehen, ihre roten Locken waren verwuschelt, und ihre Augen glänzten im Licht des Kamins. «Aber natürlich!»

«Was?»

«Graebner hat David nie bezahlt, er hatte nichts mehr auf seinem Konto, so gab er ihm statt dessen den dreizehnten Goya. David hat dann den Bosch darübergemalt und versucht, auf eigene Faust das Bild aus dem Land zu bekommen. Und darum ist Graebner zurückgekommen – er wußte, daß David tot war und wollte das letzte Bild für sich haben. Verstehen Sie nicht? So muß es gewesen sein.»

«Holly...»

«Was ist?» Ihre Augen schimmerten, sie war beglückt.

«Sie haben Reg eben ein noch besseres Motiv für den Mord geliefert.»

Sie verlor so urplötzlich die Farbe, daß er aufstand und die Arme um sie legte, falls sie ohnmächtig werden sollte. «He, nun mal schön langsam...»

«Er wußte es nicht, er wußte es bestimmt nicht!» murmelte sie erstickt in seinen Jackettaufschlag. «Er würde sonst irgend etwas unternommen haben, das Bild hat aber die ganze Zeit im Schrank gestanden.»

«Gut, wenn Reg nichts davon wußte und Graebner nicht getötet hat, dann haben Sie recht, dann ist noch jemand in die Sache verwickelt, und dieser Jemand hat die Sachen aus der Garage gestohlen.»

«Aber sie haben das Bild nicht in der Garage gefunden», sagte

Holly. Sie hatte sich aus seiner Umarmung befreit, um ihm ins Gesicht blicken zu können. Jetzt weiteten sich ihre Augen voller Entsetzen. Sie sah hinter ihn. Charles drehte sich um.

Obwohl er vier Sprachen fließend sprach, brachte er nur einen gurgelnden Laut aus der Kehle, als er in den Lauf einer Pistole sah. Ihm war bisher nie aufgegangen, wie groß die Öffnung einer Pistolenmündung war. Wahrscheinlich genauso groß wie das Loch, das sie in seinem Körper hinterlassen würde. Die Waffe wurde von einem schwarzgekleideten Mann gehalten, mit einer schwarzen Skimütze auf dem Kopf, aus der man nur die Augen funkeln sah. Hinter ihm stand ein anderer und dahinter noch einer.

Und alle waren bewaffnet.

Und einer hatte noch etwas anderes. Etwas Weißes, wie eine Mullbinde oder ein Taschentuch und eine Flasche. Dieser Mann kam auf Charles und Holly zu und schraubte den Verschluß von der Flasche.

Charles wehrte sich, aber es war zwecklos. Man hatte ihm im FO nie beigebracht, wie man sich gegen Chloroform zur Wehr setzen kann.

Und Chloroform wirkt sehr schnell.

10

«Wenn es Ihnen schlecht wird, dann bitte hier hinein.»

Paco Bas schob eine Plastikschüssel neben Charles' Gesicht. Charles stöhnte noch einmal, dann öffnete er das linke Auge. Die Schüssel schwankte und veränderte ihre Form. Er konnte jeden Kratzer auf ihrer grünen Oberfläche erkennen. Sie strömte einen schwachen Knoblauchgeruch aus, und das, zusammen mit dem Gefühl in seinem Magen, vermittelte ihm den Eindruck, daß die Schüssel vielleicht eine gute Idee gewesen war.

«Geh weg», murmelte er, «laß mich in Frieden sterben.»

Paco grinste und trat beiseite, während Charles ein paar Minuten allein mit seinem Magen und seinem Elend zubrachte. Dann kam er schließlich schwankend auf die Füße, schlurfte durch die Halle ins Bad, während er die nicht benutzte Schüssel da zurückließ, wo man sie hingestellt hatte. Er schaffte es so eben. Danach fühlte er sich besser. Nicht sehr. Aber besser. Nachdem er sich das Gesicht gewaschen und gegurgelt hatte, fühlte er sich noch besser. Abgesehen von dem zornigen Knoten in seinem Magen und dem Schwindel im Kopf. Als er die Badezimmertür öffnete, lehnte Paco Bas lächelnd und mit übereinandergeschlagenen Armen an der gegenüberliegenden Wand.

«Das kommt vom Chloroform, Señor.»

«Ich weiß», fauchte Charles, dann seufzte er. «Tut mir leid. Wo ist Lopez?»

«Hier», sagte Lopez und trat aus der Tür des ehelichen Schlafzimmers.

«Und Holly? Und Mrs. Partridge?»

«Die haben sich hingelegt. Sie fühlen sich auch elend.» Lopez sah sich in der Halle um und ging dann ins Wohnzimmer. Das Feuer im Kamin war ausgegangen und hatte nur ein Häufchen graue Asche hinterlassen. Charles stand eine Minute da und versuchte sich darüber klarzuwerden, was sich in dem Raum verändert hatte. Die grüne Plastikschüssel stand immer noch an derselben Stelle vor dem Sofa.

«Die Wände, Carlos. Sie haben die Bilder abgenommen. Hier und in der ganzen Wohnung. Ein sauberes Aufwaschen», setzte Lopez hinzu.

Charles starrte ihn einen Augenblick an und mußte den Drang niederkämpfen, sich noch einmal zu übergeben.

«Hat sie es Ihnen erzählt? Das mit den Goyas?»

Lopez nickte lächelnd. «Das hat sie. Bedauerlicherweise gibt es jetzt keine Beweise mehr, so oder so. Es sei denn, wir treiben die Bilder in den Staaten auf.»

«Aber ...» Charles' Blick wanderte zu den Schiebetüren. Dahinter konnte er im ersten Licht der Morgendämmerung schwache Fußabdrücke auf den betauten Bodenfliesen erkennen. Die Schritte waren zur Brüstung und wieder zurückgegangen. Und wo der Bosch (oder Goya) gestanden hatte, war nur noch ein Strich auf dem Boden. Und ein weiterer für den Rahmen. Beides, Bild und Rahmen, hatte man mitgenommen. «Oh», sagte Charles.

«Was?» fragte Lopez verwundert.

«Sie haben alle Bilder mitgenommen», meinte Charles bedrückt.

«Das sagte ich ja. Ein sauberes Aufwaschen.»

«Wie lange sind Sie schon hier?» erkundigte sich Charles und ließ sich aufs Sofa fallen. «Woher haben Sie überhaupt Bescheid gewußt?»

«Miss Partridge hat mich angerufen», sagte er und lächelte. «Nicht ganz ohne Schwierigkeiten, gebe ich zu, aber sie ist beharrlich. Sie rief den Arzt, und der hat mich benachrichtigt. Er ist jetzt bei ihnen. Es war ein schreckliches Erlebnis für sie.»

«Das können Sie gern glauben», brummte Charles. «Drei riesengroße Männer ...»

Lopez grinste. «Die Damen hielten sie für mittelgroß.»

«Pistolen. Sie hatten Pistolen.» Er war sich klar, daß er sich kindisch anhörte, und das verstärkte seinen Ärger noch. «Um Himmels willen, Esteban, die Sache nimmt eine gefährliche Richtung an. Vielleicht nehmen Sie mir jetzt ab, daß außer Partridge noch jemand anders darin verwickelt ist. Jemand...»

«Man hat Ihnen aber nichts getan.»

«Vorgestern versuchten sie, uns von der Straße zu drängen und zu töten», gab Charles zu bedenken.

«Ah, sí, aber diese Nacht hat man Sie nur schlafen geschickt, damit die Burschen ihrer Arbeit nachgehen konnten. Sie haben Sie nicht einmal gefesselt, Carlos.»

«Na so was, richtig reizende Gentlemen», sagte Charles sarkastisch.

«Und da sie jetzt wahrscheinlich haben, was sie wollten, brauchen Sie sich nicht mehr zu ängstigen», sagte Lopez.

«Nicht ängstigen? Und was ist mit Partridge? Und der Mordanklage?»

Lopez' Gesicht wurde ernster. «Daran hat sich nichts geändert, Carlos. Wir haben immer noch die Waffe mit seinen Fingerabdrücken und Graebners Blut daran. Die Sache mit den Bildern hat damit überhaupt nichts zu tun.»

«Nun, jeder hätte den Degen benutzen können, jeder, der in das Apartment hier eindrang.» Charles wedelte mit seinem Arm umher. «Ich meine ... nehmen wir mal an, Graebner kam her, um Partridge aufzusuchen, der war aber bereits fort. Dann hörte er den Lift, und da er ein vorsichtiger Typ war, verdrückte er sich ins Treppenhaus, um erst mal zu sehen, wer da kam. Und es war Partridge, der in die Wohnung ging – und die Tür hinter sich offen ließ. Schließlich wollte er ja nur einen Augenblick bleiben.»

«Weiter», sagte Lopez mit einem Blick hinüber zu Bas.

Charles erwärmte sich von Sekunde zu Sekunde mehr für seine Theorie. «Es paßt doch alles zusammen, Esteban. Angenommen, Partridge hat wirklich die Tür offen gelassen, und Graebner ist nach ihm hineingeschlüpft und hat sich, sagen wir, in der Küche versteckt und gewartet, bis Partridge wieder gegangen war.»

«Wozu?»

«Nun, um nach dem Bild zu suchen.»

«Und was war dann?» fragte Paco Bas.

«Ich verstehe nicht», gab Charles zurück.

«Nun, dann hat Graebner den Degen von der Wand genommen, wobei er Handschuhe benutzte, sich selber damit erstach, den Degen wieder zurück an die Wand hing, auf den Patio hinausging und über die Brüstung sprang – stimmt das so?» fragte Paco Bas mit einem halben Lächeln um den Mund.

«Natürlich nicht», fauchte Charles zurück.

«Vielleicht hat er jemand anders eingelassen», schlug Lopez vor.

«Ja ... ja!» sagte Charles dankbar.

«Und der hat Graebner erstochen?»

«Ja.»

«Und ihn in die Tiefe gestürzt?» fragte Lopez.

«Ja.»

«Und er verließ die Wohnung ohne das Bild, weswegen er gekommen war und gemordet hatte?» fuhr Lopez fort. «Meine Güte, soviel Mühe für nichts!»

«Vielleicht wurde er ja gestört.»

«Die Partridges kamen erst nach Mitternacht zurück.»

«Na, vielleicht hat er ja gedacht, jemanden gehört zu haben», beharrte Charles.

«Vielleicht hatte er ja anderswo eine Verabredung», sagte Paco.

«Natürlich, das ist es – er wollte zu derselben Bridge Party», schlug Charles eifrig vor. «Sehen Sie denn nicht? Es mußte irgendwo sein, wo dieser Jemand ...» Er stockte.

«Ein Jemand, der wußte, daß sich das Bild die ganze Zeit hier im Apartment befunden hatte. Und trotz zahlreicher Gelegenheiten wählte er ausgerechnet den Abend, genau diesen Abend, obwohl die Partridges oft eingeladen waren, um den Raub zu begehen?»

«Nun, zumindest ...»

Lopez schüttelte den Kopf. «Nein, mein Freund, die beiden Verbrechen haben nichts miteinander zu tun. Nur Graebner wußte, daß Mr. Partridge das Bild besaß, denn Graebner wußte, daß es sich in Davids Studio befunden hatte, als die erste Verhaftung ausgesprochen wurde. Er hörte, wie David Partridge seinen Vater anrief und ihm mitteilte, sich um das Bild zu kümmern – auf englisch! Keiner der verhaftenden Guardia Civil-Beamten sprach Englisch, das hab ich erkundet.»

«Er hätte es ja sonst jemand erzählt haben können.»

«Dann wäre das Bild schon sehr viel früher gestohlen worden. O nein, mein Freund, so ein Typ war Graebner nicht. Er behielt die Sache für sich, solange er im Krankenhaus war, erhielt keinen Besuch und schloß sich an niemanden an. Er soll vor sich hingebrütet haben, sagte man mir, und wenn er überhaupt etwas von sich gab, dann ging es darum, wie er sich rächen würde. Tut mir leid. Was Sie gesagt haben, war ja sehr interessant, aber kein Beweis. Und jetzt, wo auch das letzte Bild verschwunden ist ...» Er zuckte die Achseln.

«Aber Sie lassen die Bilder in Amerika prüfen?»

«Sicher doch. Wenn Miss Partridges Theorie stimmt, müssen sie gefunden und für das spanische Volk gerettet werden. Stellen Sie sich nur die Freude, die Aufregung vor ... Sie können sich darauf verlassen, daß wir sie prüfen werden.»

«Nun, das wäre schon ein Schritt.»

«Sí, das wäre ein Schritt. Und natürlich werden wir uns bemühen, die Diebe zu finden, die gestern nacht hier eingebrochen sind, das versteht sich von selbst. Aber an der Anklage gegen Mr. Partridge hat sich nichts geändert. Übrigens halte ich ihn für kränker als uns bekannt ist und glaube, daß ihm egal ist, was aus ihm wird. Er hat getötet, möglicherweise in der Überzeugung, daß er den Zeitpunkt des Gerichtsurteils nicht mehr erleben wird.»

«Sie glauben – er hat Krebs?»

«Dafür liegen keine Anzeichen vor. Auch der Arzt vermutet nichts dergleichen. Aber fortgesetzter Kummer, der Sohn tot, die verrinnende Zeit – all so etwas kann einen Mann schon verändern, Carlos.»

«Sie irren sich, Esteban. Sie irren sich!»

«Dann müssen wir übereinstimmen, daß wir nicht übereinstimmen, mein Freund», entgegnete Lopez, und seine Augen blickten kalt. Charles hatte ihn noch nie so gesehen. Aber schließlich war er ihm bisher auch nur auf Dinner-Parties begegnet und gelegentlich mal in der Botschaft. Und dann hatten sie sich immer auf der gleichen Seite befunden.

«Können Sie mir sagen, ob die Guardia die Alibis aller Personen, die möglicherweise in diesen Fall verwickelt sind, sorgfältig geprüft hat?» fragte Charles verzweifelt. «Die Leute, die die angrenzenden Wohnungen haben, Colonel Jackson und die Neufelds. Ich finde, irgendwas ist komisch bei denen, Esteban.»

Lopez nickte. «Ich sehe, daß Ihr Instinkt noch funktioniert. Das Alibi des Colonel ist hieb- und stichfest, Carlos, aber bei den Neufelds stimmt manches nicht, nur können wir nichts beweisen. Glauben Sie mir, wir haben es versucht und sind immer noch dabei. Überrascht Sie das?»

«Mich überrascht gar nichts mehr», entgegnete Charles matt. Er ging zu den Schiebetüren hinüber und blickte auf den Patio und den sich in der Morgendämmerung rosa verfärbenden Himmel hinaus. Das Meer erstreckte sich glatt und metallisch bis zum Horizont; die Brüstung des Patio versperrte die Sicht auf die Erde, abgesehen von den weit links im Blickfeld steil abfallenden Felsen. Der Tau trocknete bereits auf den Fliesen, und die Spur, die von der Tür wegführte, war kaum mehr sichtbar. Doch er konnte sie gerade noch erkennen. Er wandte sich wieder dem Raum zu und griff nach seinen Zigaretten. Die Pfeife wäre jetzt falsch gewesen. Eine Pfeife war gut zum Nachdenken.

«Was glauben Sie, wen würde Mr. Partridge töten, wenn Sie ihn auf Kaution freiließen, Esteban?» fragte er ruhig.

«Vielleicht sich selber», gab Lopez leise zurück.

«Nicht wenn er noch eine Frau versorgen muß, die ihn zudem sehr liebt», sagte Charles. «Das ist ja lächerlich.»

Lopez' Gesichtsmuskeln verkrampften sich, und zu spät ging Charles auf, daß er ungefähr zehn der selbstaufgestellten Regeln für den Umgang mit Spaniern gebrochen hatte. «Meine Entscheidung ist endgültig. Tut mir leid, wenn Sie das anders sehen», gab Lopez steif zurück. «Paco.»

Paco Bas erhob sich, und die beiden steuerten auf die Tür zu.

«Wollen Sie das Apartment nicht nach Fingerabdrücken untersuchen?»

«Sie haben doch Handschuhe getragen – war das nicht so?»

Doch, das war richtig, erinnerte sich Charles. Holly mußte es ihnen erzählt haben. «Glauben Sie, daß Sie die Täter finden werden? Oder die Bilder?»

«Wir werden uns bemühen.» Lopez' Stimme klang kalt. «Sobald wir etwas in Erfahrung gebracht haben, werden wir mit Ihnen Kontakt aufnehmen. Das heißt, mit Mrs. Partridge.» Mit einem kurzen Nicken verließ er den Raum. Einen Moment später hörte Charles, wie die Tür des Apartments zufiel und gleich darauf den Lift abwärtsfahren. Er blieb stehen, wo er war, und wartete.

Nach einem Augenblick erschien Holly in der Küchentür. Er hatte eine Spur ihres Parfums mitbekommen und wußte, daß sie dort war, und lauschte.

«Da sehen Sie's ja selber», sagte sie wütend. «Es hat gar keinen Zweck, mit denen zu reden. Sie sind einfach engstirnig. Man kann nicht –»

«Wo ist es, Holly?» fragte er. «Wo ist das Bild?»

11

«Unter der Matratze von Marys Bett», sagte Holly widerstrebend. «Ich hab's dahin getan, als sie im Bad war. Woher wußten Sie, daß ich es immer noch hatte?»

Er deutete auf den Patio. Die Fußabdrücke waren jetzt getrocknet. «Jemand ist barfuß hinausgegangen und hat das Bild geholt.

Diese Männer trugen Schuhe – das weiß ich genau, weil ich, als sie mich niederschlugen, mit der Nase genau neben die Füße des einen fiel.»

«Der Gedanke, draußen nachzusehen, ist ihnen nie gekommen. Jemand hat sie beauftragt, sämtliche Bilder hier zu stehlen, und das haben sie getan. Sie haben alles von den Wänden entfernt und überall gesucht, wo sonst noch was stehen könnte. Aber auf dem Patio haben sie nicht nachgesucht; wie sollten sie auch – Leute bewahren ihre Bilder normalerweise nicht auf dem Patio auf.»

«Und was wollen Sie jetzt damit anfangen?»

«Ich möchte es nach ...»

Mary Partridge tauchte plötzlich in der Tür auf. Blaß und zittrig hielt sie den Morgenmantel vor der Brust zusammen. Das Haar war zerrauft, und ihr Gesicht sah alt aus.

«Ich möchte nicht mehr hierbleiben, Holly. Ich kann nicht, wenn ich weiß, daß ... Fremde ... alles berührt haben ...»

Holly ging sofort auf sie zu, legte den Arm um ihre Schultern, führte sie zu einem Stuhl und kniete sich neben sie. «Ich kann mir vorstellen, wie es dir zumute ist, Liebes, wirklich. Aber du kannst jetzt nicht nach England zurück, nicht solange Reg nicht ...»

«Oh, ich dachte nicht an England», sagte Mary. «Ich würde Reg niemals verlassen – egal wie es kommt. Aber ich kann nicht länger in dieser Wohnung bleiben. Nicht ohne ihn. Noch jetzt, wo ...» Sie wickelte sich die Schnüre des Morgenmantels um die Finger. «O Holly, ich bin ja so froh, daß ich schlief, als es passierte – daß ich sie nicht zu sehen brauchte. Sie müssen mir das Zeug aufs Gesicht getan haben ... und ich ... es müßte schrecklich gewesen sein, sie zu sehen ...»

«Es waren ganz gewöhnliche Diebe», sagte Charles schnell. «In letzter Zeit sind an der Küste viele Einbrüche erfolgt.»

«Schau, warum gehst du nicht ein paar Tage zu Nigel und Helen», schlug Holly munter vor. «Sie würden dich schrecklich verwöhnen, und das ist genau, was du brauchst.»

«Ach, ich dachte, ich ziehe runter zu dir», entgegnete Mary leicht verwundert. «Willst du mich denn nicht haben?»

«Aber natürlich, du Dummchen. Ich dachte nur, du wärst bei Helen besser aufgehoben, weil ich ein paar Tage fort muß, und du solltest jetzt nicht allein sein, verstehst du.»

«Wo gehst du denn hin?» Aus Marys Stimme klang echte Panik, und sie packte Hollys Arm, als ob sie sie zurückhalten wolle.

«Oh, Charles und ich haben ein paar Tage zu tun, das ist alles.»

Mary sah Charles aus den Augenwinkeln an, und er meinte etwas Argwohn und einen leichten Vorwurf in ihrem Blick zu lesen. Er nahm ihr das Mädchen weg! Er lächelte und überlegte, was, zum Teufel, Holly da wieder ausbrütete.

«Du und Charles?» fragte Mary unsicher.

«Richtig.»

«Aber wohin müßt ihr denn?»

«Alicante», sagte Charles.

«Valencia», antwortete Holly zur gleichen Zeit. Es entstand ein kurzes, peinliches Schweigen, dann fuhr sie schnell fort: «Möglich, daß wir auch bis Granada müssen, aber Charles hofft, daß der Anwalt in Alicante den Fall übernehmen kann.»

«Ich verstehe nicht – ich dachte, er hätte Reg bereits einen Anwalt besorgt», sagte Mary ärgerlich. Sie sah von einem zum anderen und errötete plötzlich. «Es macht ja nichts», murmelte sie. «Dann gehe ich eben zu Helen. Ich packe am besten ein paar Sachen und rufe sie dann an.» Sie eilte aus dem Zimmer, ohne einem der beiden noch einen Blick zuzuwerfen.

Charles sah ihr nach. «Sie wissen, was sie denkt, nicht wahr?»

«Daß wir uns ein schlampiges Wochenende machen werden.» Holly seufzte. «Na ja, soll sie eben.»

«Rein interessehalber – wohin fahren wir denn?»

«Natürlich nach Madrid», sagte Holly und erhob sich. «Wohin denn sonst?»

Charles wickelte das Bild in braunes Packpapier, während Holly ihre Sachen zusammensuchte. Als sie wieder nach oben kam, legten sie das Paket zwischen ihre Kleider, denn ohne den Rahmen war das Bild nicht stabil genug, und mit Rahmen hätten sie es nicht in den Koffer bekommen.

Nigel und Helen trafen gerade ein, als Charles den Koffer zum drittenmal mit Kordel umschnürte. Sie waren nicht allein gekommen.

«Ist alles in Ordnung, Honey?» fragte Mel Tinker und steuerte schnurstracks auf Holly zu. Er legte die Hände um ihre Oberarme und blickte auf ihr Gesicht hinunter. «Mein Gott, wenn du mich bloß hättest mitkommen lassen, dann wären sie nicht entkommen.»

«Es waren drei Männer», sagte Charles.

Tinker betrachtete ihn. «Ich sehe aber keine Verletzungen bei Ihnen», bemerkte er verächtlich. «Haben Sie nicht versucht, ihnen Einhalt zu gebieten?»

«Du wirst lachen, das habe ich versucht, aber sie haben Chloroform benutzt», sagte Holly.

«Chloroform? Das ist ziemlich altmodisch, was?»

«Wir hinken hier im sonnigen Spanien hinter der Zeit zurück», sagte Charles entschuldigend. «Zweifellos benutzt man bei Ihnen zu Hause jetzt Betäubungspfeile.»

«Sehr komisch! Aber wahrscheinlich kann man nichts Besseres von einem verdammten Büroangestellten erwarten. Denn das sind Sie doch, Charles? Ein Büroangestellter.»

«Ach, ein bißchen mehr schon», entgegnete Charles ruhig. «Manchmal darf ich auch Briefmarken anlecken.»

Helen mischte sich ein. «Sie hat alles gepackt. Soll dieser Koffer auch mit?»

«Ja, aber nicht mit Mary. Er gehört mir», sagte Holly.

«Wo gehst du denn hin?» wollte Tinker wissen.

«Valencia», sagte Charles.

«Alicante», sagte Holly zur selben Zeit.

«Also, wohin nun? Und wozu?» fragte Tinker.

«Erst nach Alicante, dann nach Valencia», sagte Charles schnell, ehe sich Holly eine Variation des Themas ausdenken konnte. «Vielleicht können wir auch alles Nötige von Alicante aus erledigen.»

«Was gibt's denn da Dringendes?»

«Hollys Paß erneuern lassen», sagte Charles, wobei er gleichzeitig notierte, daß Holly keine Anstalten machte, zu erklären, und ihm alles überließ. Es wurde allmählich auch Zeit. «Sie hat vergessen, den Paß rechtzeitig zu erneuern, und jetzt ist er abgelaufen, und sie muß persönlich aufs Konsulat. Normalerweise müßte sie nach Madrid, aber wir hoffen, das umgehen zu können.»

«Charles hat da 'nen Schlag.»

«Er hat – was?» fragte Tinker.

«Einen Schlag», wiederholte Nigel und übersetzte für den Amerikaner: «Einfluß.»

«Oh, haben Büroangestellte einen Schlag?» wollte Tinker wissen.

«Nur wenn sie besonders gut gegessen haben», sagte Holly. «Vielen Dank, daß Sie sich um Mary kümmern wollen, Helen. Sie ist wirklich völlig am Boden zerstört.»

«Machen Sie sich nur keine Sorgen um sie», sagte Helen. «Hier, Nigel, hilf mir mit dem Koffer.»

«Schon gut, ich nehme ihn», sagte Charles.

«Ich nehme ihn», sagte Tinker und nahm ihm geschickt den Koffer aus der Hand. «Und diese Paßgeschichte kann ich auch für sie regeln. Ich habe nämlich auch einen ganz guten Schlag.» Er packte den Koffer so heftig, daß eins der beiden Schlösser aufsprang und der halbe Inhalt herausfiel. Charles griff nach dem

Koffer, stopfte die Sachen und das herausgefallene Teil des Pakets wieder hinein und suchte nach der Schnur.

«Wir waren gerade dabei, ihn zu verschnüren», sagte er betont. «Das eine Schloß funktioniert nicht.»

«Was haben Sie da?» fragte Tinker, als das Paket kurz zwischen Bluejeans und etwas Spitzenbesetztem zu sehen war.

«Eine Mantilla für meine Tante Fanny in Idaho», sagte Holly. «Ich muß sie heute noch abschicken, sonst ist sie nicht rechtzeitig zu ihrem Geburtstag drüben. Erinnern Sie mich daran, Charles.»

«Werde ich tun», erwiderte er.

«Ich sagte, ich würde Sie rüberfahren», beharrte Tinker dickköpfig.

«Nein, das werden Sie nicht», erklärte Holly forsch. «Es ist alles verabredet. Ich werde bei Charles und seiner Frau bleiben, bis die Sache geregelt ist.»

«Oh», sagte Tinker besänftigt. «Sie sind verheiratet, Llewellyn?»

«Ja», entgegnete Charles unbeteiligt und verknotete die Schnur.

«Fünf Kinder und das sechste unterwegs», sagte Holly munter. «Er hat mir die Fotos gezeigt.»

«Also, das ist ja reizend», meinte Nigel. «Wirklich reizend.»

Es klingelte an der Tür.

«Wer mag das denn sein?» fragte Holly verwundert.

«Ich geh schon hin», sagte Charles rasch und vermied ihren Blick. Fünf Kinder und eins unterwegs! Heiliger Strohsack! Er machte die Tür auf und sah Alastair Morland vor sich stehen.

«Hallo», sagte er munter. «Ich dachte, ich schaue mal rein und erkundige mich, wie die Aktien stehen.»

«Was für Aktien?» fragte Charles.

«Na ja, Reg und Mary und ... die Dinge eben. Sie wissen schon.»

«Charles, ich finde ...» Holly hatte die Tür zur Diele etwas geöffnet und spähte durch den Spalt. «Ah, Alastair. Er soll reinkommen, Charles.»

Seufzend trat Charles einen Schritt beiseite. «Also dann – herzlich willkommen.»

Alastair sah erst ihn und dann Holly an. «Wenn ich störe, kann ich auch –»

«Nein, treten Sie ein. Charles, Sie sind der unfreundlichste Mensch, den ich kenne», sagte Holly.

«Es scheint ihm jedenfalls Spaß zu machen, Leute vor die Tür zu setzen», sagte Morland grinsend. «Findet hier mal wieder eine Party statt?»

«So ungefähr», erwiderte Charles und machte die Tür zu. «Parade, Picknick mit anschließendem Feuerwerk, hereinspaziert, hereinspaziert!» Er trottete hinter Morland her. Da niemand ihm irgendwelche Beachtung schenkte, setzte er sich in eine Ecke und verzehrte das Sandwich, das er sich gemacht hatte, während Holly den Koffer packte.

Die anderen setzten Morland über den letzten Stand der Dinge ins Bild. Charles beobachtete ihn scharf, aber er wirkte ehrlich überrascht und bekümmert. «Mein Gott», murmelte er wiederholt, was Charles ganz in Ordnung fand, da es sich bei ihm schließlich um einen pensionierten Geistlichen handelte. Tinker lehnte sich im Stuhl zurück und hielt ausnahmsweise einmal den Mund, wobei er aber Holly nicht aus den Augen ließ. Sein Gesicht wirkte angespannt, und er streifte Charles einmal mit einem schnellen Blick, als Holly von den maskierten Männern sprach. Das wäre bestimmt nicht passiert, wenn ich auf sie aufgepaßt hätte, schien der Blick zu besagen. Der Blick hätte Charles beunruhigen können, wenn er sich um Tinkers Meinung über ihn geschert hätte. Da er das nicht tat, blickte er ungeniert zurück und aß sein Sandwich zu Ende.

Wie es schien, war Morland gerade vorbeigekommen, um Colonel Jackson zu ihrem wöchentlichen Einkauf nach Espina abzuholen, wobei er nur kurz bei Mary nachfragen wollte, ob sie etwas benötigte. Mary benötigte nichts, weil sie, wie sie erklärte, zu Helen und Nigel ziehen würde, um ein paar Tage Ruhe zu haben.

«Also wirklich», sagte Morland, «ich begreife das alles nicht. All diese entsetzlichen Dinge – es ist eine Sünde und Schande.»

«Da kommt einem unwillkürlich der Gedanke, daß da irgend jemand die Partridges nicht leiden kann», warf Charles ein; er schüttelte die Krümel von seinem Schoß und stand auf. «Mit solchen Feinden – wer braucht da schon Freunde!»

«Das soll wohl komisch sein», bemerkte Nigel spitz.

«Wollen Sie vielleicht andeuten, daß einer von uns mit der Sache zu tun hat?» fragte Tinker und setzte sich senkrecht hin.

«Das haben Sie gesagt, nicht ich», bemerkte Charles mit einem breiten Grinsen in die Runde. Und dann klingelte es wieder.

Diesmal war es Maddie, die mit Lebensmitteln beladen war. «Ich habe Nachschub gebracht», verkündete sie und betrat mit dramatischen Schritten und neugierigen Augen die Diele. Sie setzte die Tüten auf der zunächst befindlichen ebenen Fläche ab und wandte allen das Gesicht zu. «Wo ist Mary?» erkundigte sie sich und streifte die Handschuhe ab. «Nun?» Ihr Blick wanderte von einem zum anderen.

«Ich bin hier», sagte Mary mit müder Stimme und trat in den Raum.

«Sie ... Sie sehen ja fürchterlich aus!» brachte Maddie im Ton tödlichen Entsetzens hervor. «Wie eine wandelnde Leiche.»

«Vielen Dank», gab Mary mit schwacher Ironie zurück.

«Also ...» Maddie sah sich argwöhnisch um. «Was geht hier eigentlich vor? Warum starrt ihr mich alle so an? Und was sollen die Koffer? Fahren Sie fort?» erkundigte sie sich bei Mary, die sie aber ignorierte und sich in einen Sessel fallen ließ. Maddie, die in der Mitte des Zimmers stand, drehte sich um ihre eigene Achse. «Was ist nur so anders hier? Irgendwas stimmt nicht.»

«Hier ist heut nacht eingebrochen worden», sagte Alastair eifrig, der entweder Hollys bedeutsame Blicke nicht sah oder nicht wahrnehmen wollte. «Maskierte Männer sind hier eingedrungen und haben alle Bilder gestohlen.»

Maddie verkrampfte die Hände. «Nein!»

«Doch.»

«Nein.»

«Wieso können Sie das behaupten?» fragte Tinker leicht interessiert. «Sie sehen doch, daß kein einziges Bild mehr vorhanden ist. Das stimmt doch, Holly, oder? Sie haben sämtliche Bilder mitgenommen.»

«Doch, das stimmt», sagte Holly; sie griff nach ihrer Handtasche und überprüfte eifrig den Inhalt.

«Aber – aber haben Sie die Polizei denn schon benachrichtigt?» wollte Maddie wissen.

«Natürlich, Maddie. Wir haben alles Nötige veranlaßt», erwiderte Holly. «Vielen Dank für die Lebensmittel, doch wir fahren für ein paar Tage fort und brauchen nichts.»

«Fort? Wohin?» erkundigte sich Maddie.

«Valencia», sagte Holly.

«Alicante», sagte Charles.

«Granada», sagte Mary. Es folgte ein kurzes Schweigen.

«Wie wär's denn mit Barcelona?» fragte Nigel munter.

12

Charles lenkte den alten VW-Käfer der Partridges zu einem kleinen Krankenhaus, das in der Nähe von Espina lag und hauptsächlich wohlhabende Ausländer beherbergte. Es lag zehn Meilen landeinwärts, ein einsam gelegenes Gebäude im alten Stil, das still und verlassen dalag. Das etwas stotternde Motorengeräusch des VW war der einzige Laut in dem strahlenden, geheimnisvollen Morgen.

«Wieso nur fünf Kinder, um alles in der Welt?» stöhnte Charles.
«Sechs, wenn das nächste da ist. Es hörte sich für mich wie eine nette, runde Zahl an.» Holly lächelte in der Erinnerung.
«Meine Hormone bedanken sich für das Kompliment», brummte Charles. «Ich nehme an, Sie wollten Tinker beruhigen, was die Zeit angeht, die wir zusammen verbringen.»
«Ich wollte, daß er Sie zufriedenläßt», fauchte Holly.
«Sie haben Ihren Landsmann verjagt.»
«Ich schätze es nicht, wenn man mich bedrängt – ich leide unter Klaustrophobie.»
«Aha.» Er parkte den Wagen und stellte den Motor ab. Was ihnen wie absolute Stille vorgekommen war, als sie den schmalen, kurvenreichen Weg hinausgefahren waren, war doch nicht ganz so lautlos. Das Krankenhaus stand auf einem Hügel, und von den okkerfarbenen Feldern, die sich terrassenförmig abfallend erstreckten, kam das leise raschelnde Geräusch trocknen Grases und das stetige Zirpen der Grillen. Vom Haus her drang ein leicht metallischer Geruch zu ihnen herüber, der den Geruch von Heu, Zwiebeln und Düngemitteln überlagerte.

Das Gebäude selber mußte etwa 100 Jahre alt sein, aber die Kästen der Klimaanlageeinheiten an jedem Fenster bewiesen, daß man für anspruchsvolle Patienten mit der Zeit gegangen war. Es war hoch und schmal und sah irgendwie erschrocken aus, als ob es von Anfang an nicht für diesen Zweck gedacht worden war. Es standen nur drei Wagen auf dem mit Kies bestreuten Parkplatz, alle weit voneinander entfernt, ebenso in sich zurückgezogen wie die Klinik selber. In der Entfernung, in den Schluchten der Hügel bildeten kleine Olivenhaine silbergrüne Schatten, die Kühle versprachen, aber hier regte sich kein Lüftchen. Hier gab es nur die brennende Sonne, die einen wie eine Faust packte, und den Staub, der sich auf die Kühlerhaube legte und Kopfweh versprach, wenn man zu lange im Freien blieb.

Sie gingen ins Haus, und nach einem kurzen Gespräch mit dem Direktor – einem knochigen Engländer mit einem Schnauzbart und einer militärischen Haltung – fertigte ein gelangweilter, spanischer Röntgenlaborant ein paar Aufnahmen des Gemäldes an. Er hielt sie für verrückt. Aber nachdem er in diesem speziellen Krankenhaus arbeitete, hielt er sämtliche Ausländer für verrückt.

«Ist das hier eine Art Anstalt?» flüsterte Holly auf dem Weg nach draußen Charles zu. Es war hier alles so still, dachte sie, so als ob alle in ihren Räumen eingeschlossen seien.

«Natürlich nicht. In einer Anstalt hätten sie ja wohl kaum eine Röntgenabteilung, oder? Dies ist eine allgemeine Privatklinik.»

«Und wer ist der Leiter?»

«Ein Freund.»

«Ein Freund von wem?»

Er sah sie mit gerunzelter Stirn an. «Ein Freund von der Regierung Ihrer Majestät.»

«Wußt ich's doch!» zischelte Holly triumphierend. «Hier kommt James Bond her, um sich zu erholen.»

«Ganz richtig. Er würde nie woanders hingehen.»

Jetzt war es an ihr, die Stirn zu runzeln, als sie die leere Halle durchquerten und wieder auf den sonnenbeschienenen Parkplatz hinaustraten. Er hatte zu widerspruchslos ihre Phantastereien akzeptiert, was nur bedeuten konnte, daß es sich um ein ganz normales Haus handelte und er sie aufzog – oder er bluffte, und ihre Vermutungen stimmten. War Charles mehr als er zugab? Der Gedanke gefiel ihr, aber sie bezweifelte es. Er war so ausgeglichen, so schwer durchschaubar. Man konnte wirklich zuviel bekommen.

Sie öffneten die Türen des Wagens und alle Fenster, dann kam der große Umschlag an die Reihe. Charles hob die dünne Röntgenaufnahme vor die Windschutzscheibe. «Sieht wie Kraut und Rüben für mich aus», meinte er zweifelnd. Aber als er Holly ansah, war klar, daß sie mehr darauf erkannte.

«Es ist es», flüsterte sie. «Es ist es.»

«Was – Kraut und Rüben?»

«Nein, Sie Dummkopf. Sehen Sie doch – hier – und hier – und hier. Sehen Sie diese Schatten? Jetzt betrachten Sie mal das Bild.» Sie hatte es auf ihrem Schoß und ließ den Blick jetzt von dem Bild zu der Röntgenaufnahme wandern. «Da, sehen Sie – auf dem Bosch gibt es nichts, was mit diesen Schatten korrespondiert.»

«Sieht so aus.»

«Also befindet sich etwas unter der Farbe.»

«Aber nicht notwendigerweise ein Goya. Es kann Gott weiß was sein.»

«Ich weiß. Als nächstes müssen wir herausfinden, welche Goyas gestohlen wurden. Wie können wir das anstellen?»

«Wir wahrscheinlich überhaupt nicht. Aber Lopez könnte es.»

«Nein, besten Dank. Was ist mit der Bibliothek?»

«Versuchen kann man's ja.»

Aber die Bibliothek in Espina, wo es zwar kühler war als in der Klinik, hatte nichts zu bieten. Sie fanden eine Notiz über den Bilderdiebstahl, aber nichts darüber, um welche Bilder es sich handelte.

Als sie wieder im Wagen saßen, zögerte Charles. «Ich kenne zufälligerweise jemanden im Prado, der uns die Auskunft geben könnte. Ich werde ihn anrufen.»

«Ist er auch verläßlich?»

Charles sah sie an. Über der blassen Haut lag ein rosiger Schimmer, und ihr rotes Haar schien wie elektrisch aufgeladen. Sie strahlte ihre Erregung wie ein Parfum aus, und er spürte, wie ihm der Duft zu Kopf stieg. Immer mit der Ruhe, befahl er sich.

«Nun, er ist nicht gerade ein pensionierter Geistlicher, wie Morland, und er wird bestimmt neugierig sein, aber er ist schon in Ordnung», sagte er in leicht vorwurfsvollem Ton, der aber ihre Rüstung der Selbstzufriedenheit nicht durchbrechen konnte. «Er ist einer der älteren Kuratoren, intelligent, belesen und sehr charmant.»

«Ich habe kein Vertrauen zu charmanten Männern», stellte Holly fest; sie wickelte das Bild wieder in das braune Papier und lehnte sich über den Sitz, um es wieder im Koffer zu verstauen.

«Sie trauen aber mir», sagte Charles.

«Genau.»

Sie gingen in die *fonda* und mußten sich ein paar schiefe Blicke gefallen lassen, als sie die Treppe zu Charles' Zimmer hinaufstiegen. Holly bemerkte außerdem, wie sich die Lippen der Frau hinter dem Empfangstisch mißbilligend verzogen.

«Die hält mich für Ihre Geliebte», flüsterte sie Charles zu. «Sie sollte sich mit Mel zusammentun.»

Er betrat das Zimmer und setzte sich aufs Bett und überließ es ihr, die Tür zu schließen. Telefone in den Räumen war einer der Gründe, die ihn bewogen hatten, dieses spezielle Gasthaus zu wählen. Solchen Luxus fand man gewöhnlich nur in den großen Hotels, aber mit der Zeit begannen auch die Spanier diese modernen Annehmlichkeiten zu verlangen. Er ließ sich mit einer Nummer verbinden, dann legte er die Hand auf die Sprechmuschel. «Wir können ja wohl kaum etwas Anstößiges tun, solange ich telefoniere, oder was meinen Sie? Hiermit ist Ihre Ehre gerettet.»

«Ich kann allein auf meine Ehre aufpassen, vielen Dank», gab sie zurück; sie ging zum Fenster und sah auf einen kleinen, staubigen Hof hinunter. Ein Mann saß dort, halb schlafend im Schatten eines kleinen Olivenbaums. Er hatte eine Schüssel mit Erbsenschoten auf dem Schoß, eine zweite stand neben ihm auf dem wackeligen Tisch. Sie war leer, leer wie das Glas, das offenbar Rotwein enthalten hatte. Er sah sehr friedlich aus, dieser Mann mit der Schüssel Erbsen. Eine graue Katze schlief neben dem Baumstamm; sie hatte sich zwischen die knorrigen Wurzeln gerollt. In Charles' Zimmer herrschte eine Bruthitze, und Holly machte das Fenster auf, um etwas Luft hereinzulassen. Das schwache Geräusch ließ den Mann hochschrecken, und er machte sich hastig daran, die Erbsen auszupahlen und die Schoten in die leere Schüssel zu werfen.

Die Katze rührte sich nicht.

Eine plötzliche Flut von Spanisch sagte ihr, daß Charles seinen Freund im Prado erreicht hatte. Sie schienen sich erst ausgiebig zu unterhalten, ehe der Name Goya fiel. Nach einer Minute deutete Charles auf den Schreibtisch und gestikulierte wie wild, daß sie ihm sein Notizbuch bringen solle. Holly holte es ihm, setzte sich auf den einzigen Stuhl im Zimmer und sah zu, wie er schnell etwas hinkritzelte. Als er fertig war, warf er ihr das Notizbuch hin und führte die Unterhaltung fort. Holly inspizierte die Liste. Die Namen bedeuteten ihr nichts. Das eine Bild war benannt – Hannibals Zug durch die Alpen, dann folgten mehrere Porträts – Don Pedro Rodriguez, Conde; weiter Don Francisco Xavier Larriatigui, und dann mehrere allgemeine Titel – Der Wasserverkäufer, La Prenderia Camios, Kinder mit Trommeln und Trompeten und Die Schmuggler. Das letzte paßte genau, dachte sie amüsiert. Charles plauderte immer noch; er hob ungeduldig eine Augenbraue, als der Mann am anderen Ende der Leitung immer noch kein Ende fand. Schließlich aber legte er den Hörer auf die Gabel. «Mann», brachte er heraus, «Neuigkeiten von sechs Jahren, das muß ja der Weltrekord sein. Taugt die Liste was?»

«Was ist ‹La Prenderia Camios›?» fragte sie.

«Wörtlich Die Hemdenverkäufer, aber Alfredo sagte, das Bild habe mehr eine Straßenszene gezeigt, den Lumpenmarkt.»

«Oh. Und was ist ‹La Maja Roja›?»

«Die Rote Maja. Ich kenn es nicht. Vielleicht das Bild einer Frau im roten Kleid.»

«‹Maja› bedeutet Hure, nicht wahr?»

«Nicht direkt. Kurtisane wäre besser.»

Holly holte die Röntgenaufnahmen aus dem großen Umschlag und hielt sie gegen das Fenster. Nein ... da war nichts ... plötzlich hielt sie den Atem an.

Und drehte die Aufnahme herum.

Jetzt bekamen die Schatten einen Sinn. Kopf und Schultern ... ja!

«Da, sehen Sie mal!» sagte sie mit erstickter Stimme. Er stand auf, kam zu ihr herüber und stellte sich neben sie. Er betrachtete die Aufnahme; schließlich warf er Holly einen Blick zu und hob eine Augenbraue. Das war alles. Nur eine erhobene Braue.

«Ja, sehen Sie es denn nicht?» brachte sie heraus. «Um Himmels willen, sagen Sie was und stehen Sie nicht einfach so herum, Sie verdammter Klotz!»

«Na schön», sagte er ruhig. «Ich gebe zu, da könnte etwas sein.»

«Na großartig, tausend Dank auch!» Sie funkelte ihn wütend an, während der alte Mann interessiert von seiner Arbeit aufsah. Leute streiten zu sehen war interessanter, als Erbsen auszupahlen.

«Und was schlagen Sie vor, das wir tun sollen?» fuhr Charles fort. «Sie sagten doch selbst, daß Sie die Farbe nicht entfernen können.»

«Richtig, aber ein Fachmann kann es», sagte sie entschlossen. «Und Experten findet man nur in Madrid.»

«Jetzt ist mir alles klar – endlich», sagte er. «Und wenn sich das Bild tatsächlich als Goya herausstellt? Was schlagen Sie in diesem Fall vor?»

«Müssen Sie denn diese Sache irgendwem melden?» fragte sie argwöhnisch. Er stand einfach da, die Hände in den Taschen, und seine Miene verriet nichts.

«Das sollte ich sicher ...» Er warf einen Blick aus dem Fenster. «Aber die Entscheidung liegt bei Ihnen. Vielleicht erfahren wir niemals die ganze Geschichte des Bildes. Vielleicht hat sich ein Hinweis unter der Hinterlassenschaft Ihres Mannes befunden, aber das ist alles gestohlen. Wir haben nur das Bild selber, und das ist stumm.»

«Sie wollen damit andeuten, daß es aus einer privaten Sammlung stammt, aus der Graebner und David es gestohlen haben. Das vermuten Sie doch, oder?»

«Es wäre eine mögliche Erklärung.» Er lächelte flüchtig. «Natürlich ist der frühere Besitzer nicht in der Lage, seinen Anspruch anzumelden oder Strafantrag zu stellen, ohne daß er selber ein paar Fragen beantworten müßte.» Er rieb sich den Nacken. «Der springende Punkt ist, daß Sie, so wie die Dinge liegen, nicht wissen, ob es sich um einen Goya handelt. Das kann Ihnen niemand nachweisen.»

«Was haben Sie denn Ihrem Freund erzählt?»

«Oh, daß ich in einem alten Buch von dem Diebstahl der Bilder gelesen hätte und wissen wollte, ob das stimmte. Ich sagte, wenn ich das nächste Mal wieder da sei, würde ich mal auf dem Rastro suchen gehen.»

«Was ist das – der Rastro?»

«Madrids Gegenstück zum Pariser Flohmarkt. Alfredo bezweifelt, daß das viel bringen würde; er meint, die Bilder seien längst fort. Er murmelte was von Argentinien.» Charles warf ihr einen prüfenden Blick zu. «Was werden Sie mit dem Bild tun, Holly?»

«Es kann ein Vermögen wert sein.»

«Theoretisch.»

Sie dachte eine Zeitlang nach. «Ich verstehe, was Sie meinen. Aber wenn ich es so ließe, wie es ist, könnte ich es ganz legal als Kopie aus dem Land schaffen, denn schließlich habe ich ja keinerlei Veranlassung, es für etwas anderes als eine Kopie zu halten. Habe ich es erst mal in England, lasse ich es reinigen, und wenn es sich da als Goya herausstellt, hab ich eben Glück gehabt. Ich könnte es ganz offiziell an den Meistbietenden verkaufen.»

«Das ist richtig; das könnten Sie.»

«Aber damit ist Reg noch nicht aus dem Gefängnis?»

«Nein.»

«Wenn ich es aber andererseits hier in Spanien reinigen lasse und es sich als Goya erweist, könnte Lopez zur Überzeugung gelangen, daß Reg nichts von der Sache wußte und die Leute, die es uns abjagen wollten, etwas genauer unter die Lupe nehmen.» Er beobachtete sie, wartend. «Aber wenn ich das täte, bringe ich es nie mehr aus dem Land, denn es ist ja Eigentum Spaniens. Sie würden es mir wegnehmen.»

«Man würde Ihnen aber eine angemessene Entschädigung zahlen.»

«Angemessen – das ist kein Vermögen.»

«Das stimmt allerdings. Und eine Garantie haben Sie auch nicht, Lopez von dem einen oder dem anderen zu überzeugen. Vielleicht nützt es überhaupt nichts.»

Sie seufzte. «Das Bild gehört Reg; ich würde gern mit ihm darüber reden. Vielleicht glaubt er ja, daß ihm das Geld mehr helfen kann. Der Ärger ist – er ist so verdammt ehrlich.»

«Nein», sagte Charles. «Der Ärger ist, daß Sie so verdammt ehrlich sind.»

Er hatte in der fast leeren Straße einen Parkplatz unter einem einsamen Baum gefunden, das Jackett auf den Rücksitz geworfen und sich dankbar für den Schatten eine Pfeife angezündet. So beobachtete er die wenigen Passanten. Er hatte auch die Rechnung in der *fonda* bezahlt, denn wie die Sache auch verlief, er würde weitermachen müssen. Reg würde innerhalb der nächsten zwei Tage nach Alicante gebracht werden, daran gab es keinen Zweifel. Die Mühle der Gerechtigkeit würde langsam ihre Arbeit aufnehmen, und ihm blieb nichts anderes zu tun, als mit ihr Schritt zu halten und Reg gelegentlich aufmunternde Worte zuzurufen, während die Tage verstrichen. Das einzige, was sie besaßen, befand sich in braunes Packpapier gewickelt in Hollys Koffer. Wenn es sich als Goya herausstellen sollte, hatten sie Reg noch längst nicht von der Anklage des Mordes befreit. Das könnte nur Lopez tun. Sie mußten ihn also überzeugen, daß es notwendig war. Würde ein Bild das fertigbringen?

Holly kam aus dem Gefängnis und sah sich auf der Straße nach dem Wagen um. Sie fuhren jetzt Partridges alten gelben VW-Käfer, so daß sie ihn bald entdeckt hatte. Sie kam langsam die Stufen herunter, und er versuchte nach ihrem Gang zu beurteilen, wie die Entscheidung ausgefallen war. Sie sah kleiner und dünner aus, und die kurzgeschnittenen roten Locken klebten ihr feucht an der Stirn, als sie neben ihn in den Wagen stieg.

«Madrid», war alles, was sie sagte.

13

«Was bedeuten diese schwarzen Bullen auf den Hügelkämmen?» wollte Holly eine halbe Stunde später wissen, als sie durch das Landesinnere fuhren. Sie hatte die schwarzen Silhouetten praktisch auf jedem zweiten Berg entdeckt, groß wie Bauzäune und wahrscheinlich aus bemaltem Holz bestehend.

«Reklame für Sherry und Weinbrand.»
«Aber da steht nichts dergleichen drauf.»
«Es wird angenommen, daß jedermann es weiß.»
«Ziemlich arrogant.»
«Nein. Das ist Spanien.»

«Warum sehen alle Dorfkinder so alt aus?» fragte Holly. «Sie haben Gesichter wie kleine Erwachsene.»

«Sie kommen schon halb verhungert in diese Welt, und sie wissen, daß sie sie verhungert verlassen werden, mit nichts anderem zwischen Geburt und Tod als harter Arbeit.»

«Woher wissen sie das?»
«Ihre Eltern erzählen es ihnen, jeden Abend.»
«Aber das ist ja schrecklich.»
«Nein. Das ist Spanien.»

«Wieso sind die Spanier alle so schlechte Autofahrer?»

«Weil sie nie eine andere Ansicht gelten lassen als die ihre. Wenn sie die Fahrbahn wechseln wollen, dann tun sie es. Wenn man hupt, sind sie verwundert und enttäuscht, denn man hätte wissen müssen, daß sie es tun würden.»

«Aber das ist ja Anarchie.»
«Nein. Das ist Spanien.»

«Warum gibt es so wenige Wälder in Spanien?»
«Weil die Spanier große Bäume hassen. Sie hassen alles, was größer ist als sie selbst. Sie ärgern sich, wenn ein Baum seine Äste auf sie herabhängen läßt, so sehr, daß sie ihn mit der fadenscheinigsten Begründung fällen. Olivenbäume sind klein, natürlich.»
«Aber das ist doch verrückt!»
«Nein. Das ist –»
«Sagen Sie es nicht!» schrie Holly und erschreckte Charles so sehr, daß er mit dem VW beinahe von der Straße abkam. «Soll dieses ‹Das ist Spanien› denn für alles in diesem gesegneten Land herhalten? Es hört sich so – so fatalistisch an.»
Er grinste. «Auch das ist Spanien. Tut mir leid, vielleicht bin ich etwas zu lange hier im Land gewesen.» Er warf einen Blick auf seine Armbanduhr und kümmerte sich nicht um den bösen Blick, den sie zu ihm herüberschickte. Er wirkte wirklich sehr finster, aber sie lächelte dabei. Zumindest hatten seine Blödeleien sie etwas abgelenkt. «Bald kriegen wir auch etwas zu essen. Die Lokale öffnen demnächst.»
«Diese Siesta hier ist wirklich enervierend», beklagte sie sich. «Es ist eine scheußliche Art ...» Sie unterbrach sich und seufzte. «Ich weiß, es ist Spanien.»
«Und dazu sehr vernünftig, namentlich im Sommer. Ich nehme an, Sie haben das noch nicht bemerkt, weil Sie mit Reg und Mary in dem Puerto Rio-Kokon gelebt haben. Ich wette, Sie vertilgen immer noch Ihr Frühstück um acht, Lunch um eins, Tee um vier und das Abendessen um sechs, genau wie zu Hause, hab ich recht?»
«Tja ...» Sie sah ihn an und lachte. «Das ist England.»
Sie hielten bei einer *posada* an, die sich neben einer Tankstelle, aber ein gutes Stück von der Straße entfernt, befand. Man hatte ein paar Tische ins Freie gestellt, aber sie zogen einen Platz im kühleren Dunkel des Hauses vor. Die samtweiche Stimme Julio Iglesias' kam aus dem Radio in der Küche, war aber durch das Klappern der Pfannen und Kochtöpfe kaum vernehmbar. Der Eigentümer sah sie überrascht an, dann zuckte er die Achseln. Bier und Sandwiches? Wenn sie sich bei der Hitze des Tages mit schwerverdaulichem Essen vergiften wollten – warum nicht? Er konnte ihnen das Verlangte bringen – und die *servicios* waren am Ende der Halle, Señora.

Als Holly zurückkam, fand sie Charles in der Tür stehend vor; sein Gesichtsausdruck war nicht zu deuten. «Stimmt was nicht?» erkundigte sie sich.

«Nein, nein, es ist nichts.» Er kam an den Tisch zurück und nahm Platz.

«Sie sehen aber gar nicht so aus, als ob nichts wäre.»

«Ach, ich dachte, ich hätte draußen einen Wagen gesehen, der plötzlich langsam fuhr, dann aber seinen Weg fortsetzte.»

«Was für einen Wagen?»

«Ein rotes Mercedes-Kabriolett.»

«Mel Tinker? Ausgeschlossen. Er glaubt doch, wir wären in Alicante.»

«Das frage ich mich. Als Mrs. Partridge mit Granada herausplatzte, hat er ein sehr argwöhnisches Gesicht aufgesetzt.»

«Aber wir haben es doch erklärt.»

«Das schon. Außerdem glaube ich nicht, daß er Ihnen Ihre Erzählung von der ‹Frau mit fünf Kindern und eines unterwegs› abgenommen hat. Zumal ein verheirateter Mann einem Mädchen ebenso nachstellen kann wie ein unverheirateter.»

«Oh, vielen Dank, Charles... nehme ich an.» Sie biß wieder von ihrem Sandwich ab. «Aber wenn wir so wild entschlossen wären, miteinander ins Bett zu steigen, brauchten wir ja wohl kaum nach Alicante oder Madrid zu fahren, wenn ich selber eine völlig ausreichende Wohnung besitze. Ich gebe zu, Mel hat mich sehr gern...»

«Oder gibt es zumindest vor, um immer in Ihrer Nähe sein zu können.»

Sie funkelte ihn an und setzte ihre Kaffeetasse mit einem Knall auf den Tisch. «Sie haben eine verteufelte Art, einem mit der einen Hand etwas zu geben, um es dann mit der anderen wieder fortzunehmen. Ist das auch Spanisch? Mein Gott, ich hasse dieses Land.»

«Wirklich?» Er war überrascht. Wie konnte jemand Spanien hassen?

«Es ist grausam, heiß und... wild. Die Spanier brüllen sich dauernd an – Sie brauchen ihnen nur mal zuzuhören.» Sie legte den Kopf zur Seite, um die Stimmen, die über die Radiomusik und das Töpfeklappern aus der Küche drangen, aufzunehmen. «Das hört sich an, als wollten sie sich jede Minute ermorden.»

Charles hörte einen Moment zu, dann lachte er. «Sie sprechen über den Preis der Hühner – sie sind sich einig, daß er unverschämt hoch ist.» Ein Telefon läutete, und die Stimmen verstummten. «Um mehr ging es nicht.»

«Aber es macht mich nervös. Ich hab ständig das Gefühl, gleich werden sie –»

Charles hielt plötzlich eine Hand hoch, und sie unterbrach ihren Satz. Er wandte den Kopf, um besser hören zu können. Eine Stimme war wieder da, ebenso laut und offensichtlich verärgert. Charles runzelte die Stirn, dann erhob er sich abrupt.

«Kommen Sie.»

«Aber ich habe mein Sandwich –»

«Kommen Sie!» Er zerrte sie praktisch zum Wagen hinaus und schubste sie auf den Sitz. Als sie abfuhren, kurbelte er die Wagenfenster herunter, um die im Inneren angestaute heiße Luft rauszulassen, dabei bemerkte Holly, wie der Besitzer der *posada* ins Freie gestürzt kam und ihnen nachstarrte.

«Sie haben doch bezahlt, Charles? Der Mann winkt uns nach.»

«Ich weiß.» Charles fuhr den Weg eine kurze Strecke weiter, dann kehrte er und lenkte den Wagen die gleiche Straße zurück, die sie gekommen waren. Als sie an der *posada* vorbeikamen, war der Mann bereits wieder im Inneren verschwunden.

«Sie haben die falsche Richtung genommen», protestierte Holly.

Er bog so abrupt von der Straße ab, daß das Fahrzeug eine Zeitlang schleuderte. Nachdem sie mehrere Kurven durchfahren hatten und nicht mehr von der Straße sichtbar waren, stellte er den VW am Straßenrand ab und schaltete den Motor aus. «Hier werden wir ein bißchen warten.»

«Wozu?» In der Nähe mußte ein Fluß sein, sie konnte ihn hören, aber nicht sehen.

«Weil das Telefongespräch uns galt. Jemand wollte das ‹amerikanische Mädchen› sprechen.»

«Aber ich hab den Mund gar nicht aufgemacht – woher konnte er wissen, daß ich Amerikanerin bin.»

«Der Wirt wußte es auch nicht – er wollte uns ja fragen, ob Sie damit gemeint waren –, aber der Anrufer wußte es.»

Sie starrte ihn verblüfft an. «Dann war es tatsächlich Mels Wagen?»

«Ich bin ziemlich sicher.»

«Und er ist uns nachgekommen, weil er eifersüchtig ist?»

Er überhörte ihren ungläubigen Ton. «Oder weil er das Bild verfolgen wollte, das wir seiner Meinung nach haben.»

«Dann halten Sie Mel für – für denjenigen, der ...»

«Ich weiß nicht. Ich sehe bloß keinen Anlaß dafür, daß er uns folgt, außer seiner unterstellten Eifersucht, und ich kann mir nicht vorstellen, daß er deswegen so ausflippt. Sie vielleicht?»

«Ich weiß nicht.»

«Dann denken Sie mal darüber nach, während ich einen anderen Weg nach Madrid suche.» Er griff nach der Straßenkarte. Fünf Minuten später ließ er den Motor wieder an und steckte die Karte in den Spalt zwischen den beiden Vordersitzen. «Wir müssen nach Norden fahren. Ich schlage vor, wir bleiben die Nacht in Cuenca, halten uns dann nördlich nach Guadalajara und fahren von dort runter nach Madrid. Ist Ihr ‹eifersüchtiger Liebhaber› sehr vertraut mit spanischen Straßen?»

«Ich habe keine Ahnung», sagte Holly mit kleiner Stimme. «Ich glaube, er ist nur zwei Monate in Puerto Rio gewesen. Vielleicht war er vorher irgendwo anders in Spanien, aber er hat nie etwas darüber erwähnt. Ich hatte immer geglaubt, er wäre direkt nach dort gekommen.»

«Wie eine heimkommende Taube?» fragte Charles und warf einen Blick in den Rückspiegel.

«Möglich.» Ihre Stimme klang gekränkt. «Sie wissen doch, daß er nicht mal am Ort war, als Graebner getötet wurde. Er war in Alicante.»

«Und was hat er dort gemacht?»

«Ich weiß nicht.»

«Sie sagten mal, er sei mit Nigel Bland zusammengewesen, als Sie ihn kennenlernten. Wie lange kennen die beiden sich denn?»

«Ich weiß nicht.»

«Was für eine Firma war das – die Tinker Electronics?»

«Ich weiß nicht.»

«Hat Nigel irgendwas mit Tinkers Firma zu tun?»

«Nicht daß ich wüßte.»

«Es scheint Ihnen ziemlich schwerzufallen, jemanden zu verdächtigen, von dem Sie nichts wissen», sagte Charles irritiert. «Ist es nicht angenehmer, einen Fremden zu verdächtigen als einen Freund?»

«Er *ist* ein Freund.»

«Soso. Er ist auch ‹ein Freund› von Nigel.»

«Ja, glauben Sie ernsthaft, Nigel könnte mit all dem etwas zu tun haben?» fragte Holly eine Weile später, als sie die Holzbrücke über dem kleinen Fluß überquert und schließlich die Hauptstraße nach Cuenca erreicht hatten.

«Es wäre möglich.»

«Aber ich hab Ihnen doch gesagt ... Nigel und Reg sind alte Freunde.»

«Wir sprechen über eine große Geldsumme – aus dem Diebstahl und vielleicht auch aus dem Bild da hinten, falls es ein Goya sein sollte. Selbst alte Freunde können in Versuchung geraten.»

«Und Mary befindet sich jetzt bei ihnen!»

«Oh, das braucht Sie nicht zu beunruhigen. An Mary sind sie

nicht interessiert. Sie wollen das Bild, hinter dem sie schon so lange her sind.»

«Aber Nigel wußte über ...» Sie unterbrach sich. «Nein, stimmt nicht. Sie waren in England, als David umkam, und kamen erst nach der Beerdigung zurück. Also muß Reg ihnen über das Bild berichtet haben?»

«Das muß nicht sein. Mary veranlaßte ihn, es zu verstecken, wissen Sie nicht? Vielleicht wollte er ihre Gefühle schonen – besonders da er ja wußte, es würde ihm nichts nützen, nachdem David tot war und Graebner die Anklage auf ihn abgewälzt hatte. Aber wie auch immer, Sie haben gesagt, Ihr Schwiegervater hätte mehrere von Davids Bildern an sich genommen. Vielleicht war Graebner als einzigem bekannt, daß noch ein dreizehnter Goya existierte. Wenn er im Gefängnis überhaupt etwas sagte, dann waren es Racheandrohungen, darum glaube ich auch nicht, daß er einem seiner früheren Partner davon erzählt hat. Schließlich war es auch das einzige, was er noch an Wertobjekten besaß. Und seinem Mörder hat er auch nichts davon erzählt, denn sonst wäre das Apartment noch in der Nacht seines Todes ausgeraubt worden. Tatsächlich wußte niemand etwas, bis Sie davon sprachen, daß Davids Sachen in der Garage aufbewahrt wären. Nicht einmal Reg und Mary. Aber dann wurde alles gestohlen. Bloß war das Bild nicht dabei, so räumten sie sämtliche Bilder im Penthouse von den Wänden, in der Hoffnung, das richtige zu erwischen. Aber es war immer noch nicht da. Sie waren ratlos – bis der gute alte Harry und der gute alte Mel das in braunes Papier gewickelte Paket in Ihrem Koffer erspähten und begriffen, daß sie eins zurückgelassen hatten. Sehen Sie es jetzt?»

Sie schwieg.

Charles wandte kurz den Blick von der Straße, um sie anzusehen. Sie saß da mit gesenktem Kopf, tief in Gedanken versunken. «Glauben Sie, daß die schon hinter dem Bild her waren, als sie meine Wohnung in Hampstead durchsuchten? Das war etwa ein Monat nach der Beerdigung und ein paar Tage, nachdem die paar Sachen, die ich nach England geschickt hatte, geliefert waren.»

«Sollte mich nicht wundern», meinte Charles. «Es paßt zusammen. War Harry zu der Zeit immer noch in England?»

«Ja.» Sie hörte sich an, als wolle sie jeden Moment in Tränen ausbrechen. «Aber wie wollen wir das alles beweisen?»

«Ich habe nicht den geringsten Schimmer», sagte Charles.

Cuenca lag oben auf dem Kamm, zwischen den beiden Flüssen, die sich tief in den felsigen Boden eingegraben hatten und steile Schluchten bildeten. Jetzt, wo Holly den Ort zum erstenmal zu sehen bekam, war er in blutrotes Sonnenlicht getaucht. Sie mußten erst zwei Tunnels durchfahren, und so war sie völlig unvorbereitet für das, was sie auf der anderen Seite erwartete.

«Mein Gott, Charles, sehen Sie doch diese Häuser – sie hängen im wahrsten Sinn des Wortes über den Klippenkanten!»

«*Las Casas Colgadas*», lächelte Charles. «Die hängenden Häuser von Cuenca. Sie sind berühmt. Man hat drei verbunden und ein Museum daraus gemacht. Sie sollten es sich eines Tages mal ansehen. Wirklich gute moderne spanische Malerei.»

«Ich wußte gar nicht, daß es eine moderne spanische Malerei gibt; ich dachte, alles endet hier mit Goya.»

«Hat David denn nie das Museum von Cuenca erwähnt?»

«Möglich, ich erinnere mich aber nicht daran.» Sie wandte den Kopf, um die alte spanische Stadt zu betrachten, während Charles durch die engen Gassen fuhr, auf der Suche nach dem Hotel, das er flüchtig kannte und das beste am Ort sein mußte. Schließlich hielt er vor einem Torbogen, an dem sie schon mehrmals vorbeigekommen waren. Auf der anderen Seite erstreckte sich ein winziger Hof, von dem eine offenstehende Tür abführte, neben der ein kleines Messingschild angebracht war. «Du liebe Güte, die werben hier nicht gerade um Gäste», meinte Holly.

«Warten Sie bitte», sagte Charles und stieg aus dem Wagen. «Vielleicht haben sie nichts frei, es ist nur ein sehr kleines Hotel.»

Sie sah sich um, während er im Schatten durch die Tür verschwand. Die Häuser auf beiden Seiten der kleinen Gasse waren beinahe gesichtslos, bis auf die herrlich geschnitzten Holztüren, die man in Spanien so häufig findet. Ein kleiner Balkon hing hier und dort über dem Kopfsteinpflaster, doch in den meisten Fällen bewahrten die Häuser ihre Geheimnisse. Sie konnte gelegentlich Stimmen hören, sah aber nirgends eine Menschenseele. Da ihre Beine steif geworden waren, stieg sie aus dem Wagen und holte tief Luft. Die Hitze des Tages nahm rapide ab, und die Straßen lagen wie in einem Cañon tief im Schatten. Da tauchte Charles wieder auf.

«Ich hab zwei Zimmer bekommen, aber sie liegen leider an den gegenüberliegenden Seiten des Hotels.»

«Schadet das?»

«Nein.» Sein Mund zuckte. «Es ist nur wieder einmal ein Beispiel für das spanische Moralempfinden. Kichern Sie jetzt nicht!»

«Ich kichere ja gar nicht», sagte Holly beleidigt.

Er holte die Koffer aus dem Wagen. «Es könnte aber dazu kommen, wenn Sie die Halle des Hotels sehen.»

Es kam auch beinahe soweit, denn sämtliche Wände waren mit kunstvoll gerahmten Kopien von Goya bedeckt.

Sie beschlossen, sich das Museum anzusehen, nachdem sie erfahren hatten, daß es bis sieben geöffnet war. Charles stellte den Wagen ab und wartete auf sie am oberen Ende der schluchtähnlich abfallenden Gasse mit dem Kopfsteinpflaster. Den Anweisungen des Hotelangestellten folgend, gelangten sie schließlich zu einem Weg, der an der Mauer der Kathedrale entlangführte, und bogen dann in eine Sackgasse ein. «Hier ist es», sagte Charles. «Ich erinnere mich wieder.» Er steuerte auf eine der mittelalterlichen Türen zu, die in die Mauer eingelassen war. Da sie die einzige war, die offenstand, und man außerdem seitlich ein kleines Schild mit der Aufschrift *museo* angebracht hatte, war die Vermutung nicht allzu weit hergeholt. Holly kam ihm außer Atem hinterher, und da sie eigentlich nicht viel erwartet hatte, erlebte sie eine angenehme Enttäuschung.

Die meisten Sachen waren hervorragend, und Charles mußte sie von einigen regelrecht fortzerren. Sie wünschte, sie hätte einen Notizblock bei sich, um die Ideen festzuhalten, die sie überschwemmten. Die Sachen hatten alle ein Feuer, das man nicht oft bei französischen, englischen oder amerikanischen Abstrakten antraf. Diese erdhaften Farben und ihre Dichtigkeit ... Sie fühlte sich erhoben und gleichzeitig beschämt, daß sie dieses unverbildete, rastlose Talent, das diese Bilder verströmten, nie von den konventionellen Spaniern erwartet hatte. Sie wunderte sich nicht, daß David nie ein Wort darüber erwähnt hatte, obwohl sie sicher war, daß er hergekommen wäre, wenn er es gewußt hätte. Und wie ihm sein eigenes, mittelmäßiges Können dabei zum Bewußtsein gekommen wäre! Es mußte wie eine Ohrfeige wirken, daß jemand, der nicht in den Kunsthochschulen und Studios Europas gelernt hatte, so gut, so ursprünglich malen konnte.

Die drei Gebäude, in denen das Museum untergebracht war, waren miteinander verbunden, und so führten unerwartete Stufen hinauf und hinunter, enthüllten versteckte Winkel und überraschende Schönheiten. «So sollte ein Museum immer sein», rief Holly begeistert. Charles wurde langsam müde, aber ihre Begeisterung wuchs von Schritt zu Schritt. Als sie in einen kleinen Raum gelangten, in dem Textilien ausgestellt waren, weigerte sie sich, weiterzugehen. Sie blieb einfach schweigend in der Mitte des Zimmers stehen.

«Nur einen Moment», brachte sie heraus.

Gelangweilt schlenderte er zum Fenster und wich unwillkürlich zurück, als ihm aufging, daß es von dort 600 Fuß zum Rio Huecar hinunterging. Der Fluß war wegen der verflochtenen Vegetation an den Ufern kaum sichtbar, aber er konnte sein entferntes Rauschen hören. Ein Glitzern hier, ein Glitzern dort verriet seinen Lauf. Wenn er in die Ferne sah, konnte er in drei Richtungen meilenweit blicken, und er kam sich beinahe wie ein Vogel im Flug vor, da sich nichts zwischen ihm und dem Himmel befand.

Was das unter ihm liegende Land anging ... er erstarrte plötzlich und blickte hinunter. Tief unter sich sah er die Straße in einer Linkskurve aus dem zweiten Tunnel herausführen, den er und Holly vor einer Stunde durchfahren hatten.

Was sich da auf ihn zu bewegte, war ein rotes Mercedes-Kabriolett.

14

Hollys Füße schwebten über dem Boden.

«Was ist? Was ist los?» rief sie, als Charles sie buchstäblich aus dem Museum und auf die Gasse hinaus zerrte, wobei er ihren Arm wie in einem Ringergriff gepackt hatte.

«Tinker ist hier; ich habe seinen Wagen gerade die Straße heraufkommen sehen», sagte Charles und rannte durch den Torbogen und den kurvenreichen Weg hinunter, der zum Hotel führte. «Sie müssen sofort Ihren Koffer packen ...» Er suchte in seiner Jackettasche und förderte schließlich den Zimmerschlüssel zutage. «Dann packen Sie meinen. Und passen Sie auf, daß niemand Sie sieht. Sollte es sich nicht vermeiden lassen, sagen Sie, daß Sie schlechte Nachrichten erhalten hätten ...» Halb rutschend hielt er oben an der Straße an, von wo aus man den Hoteleingang überblicken konnte. «Nein, packen Sie zuerst meinen Koffer, dann erst Ihren. Warten Sie in Ihrem Zimmer, bis ich Sie abhole. Und lassen Sie keinen rein außer mir. Ich klopfe zweimal kurz, zweimal lang und dann noch mal kurz. Verstanden?»

«Zwei kurz, zwei lang und zwei mittlere – um Himmels willen, Charles, das ist doch verrückt!» protestierte Holly.

«Bestimmt hat Graebner das gleiche gedacht», sagte Charles. «Halten Sie den Mund und tun Sie, was ich sage.»

Der Gedanke an Graebner genügte ihr. Bis zu diesem Augenblick hatte sich Holly allein von ihrem Adrenalin leiten lassen und Erinnerungen, wie die an Graebner und die maskierten Männer, in den

Hintergrund ihres Gedächtnisses gedrängt. Aber jetzt stand auf einmal wieder das Bild der Gestalt vor ihrem Auge, die von der Guardia mit einer Plane bedeckt auf dem Boden lag. Graebner. Und wie die eine, klauenähnliche Hand an einer Seite unter der Plane hervorkam ... Und wie das dünne Blutgerinnsel von der Erde um die Palmen herum aufgesaugt war, aber immer noch glitzernde Spuren hinterlassen hatte ...
Sie hielt den Mund.
«Er wird eine Zeitlang brauchen, um sich bis zu dem Hotel durchzufinden, aber bestimmt nicht lange. Es gibt nicht viele gute Unterkünfte in Cuenca, und Sie mit Ihrem roten Haar ...»
Sie warf ihm einen hilflosen Blick zu.
«Verflucht», murmelte er. «Wie kann er uns nur gefunden haben?»
«Ich weiß nicht», jammerte sie.
«Na schön, dann weiter. Ich hole den Wagen.» Charles tauchte im Schatten einer weiteren schmalen Passage unter. Sie eilte zum Hotel und stellte zu ihrer Erleichterung fest, daß sich niemand am Empfang befand, griff hastig nach ihrem Zimmerschlüssel, eilte die Treppe hinauf, öffnete mit zitternden Händen die Tür von Charles' Zimmer und huschte hinein.
Zehn Minuten später tauchte sie mit seinem Koffer in der Hand wieder auf, hastete in ihr eigenes Zimmer. Als sie an der Treppenbrüstung vorbeikam, warf sie einen raschen Blick nach unten. Ihr Herz setzte beinahe vor Schreck aus – dann begann es wie wild zu pochen.
Mel Tinker stand am Empfangstresen und redete auf den Angestellten ein.
Wie konnte er sie nur so schnell gefunden haben?
Aber wichtiger war, daß er Charles genau im Weg stand. Mit dem Moment, da dieser das Hotel betrat, würde Mel ihn ausmachen. Und sie konnte nichts tun, um das zu verhindern.
O Gott, sie sah, wie der Angestellte nickte. Klar, Mel hatte sie nur zu beschreiben brauchen! Wie viele rothaarige Amerikanerinnen konnte man schon an einem Herbstabend in einer kleinen spanischen Stadt erwarten?
Von Panik erfüllt, gleichzeitig aber wie gelähmt bei dem Gedanken, daß sie jetzt vor jemandem fliehen mußte, den sie bisher als Freund betrachtet hatte, trat Holly von der Geländerbrüstung zurück und schlich an der Wand entlang zu ihrem Zimmer. Soweit der Empfangschef orientiert war, befanden sie und Charles sich immer noch im Museum. Vielleicht würde er Mel ihnen dorthin nachschicken. Bitte, lieber Gott, laß ihn ins Museum gehen, dachte sie

und stellte Charles' Koffer auf den Boden, um ihr Zimmer aufzuschließen.

Im Raum griff sie zum Lichtschalter und berührte statt dessen einen Handrücken. Ehe sie schreien konnte, legte sich eine andere Hand über ihren Mund.

«Um Himmels willen, nicht schreien», zischelte Charles ihr ins Ohr.

Sie sackte beinahe zusammen, und er mußte zupacken, damit sie nicht auf den Boden sank. «Und werden Sie mir bloß nicht ohnmächtig; dazu haben wir keine Zeit.» Er nahm die Hand von ihrem Mund.

«Mel ist unten», brachte sie japsend hervor.

«Ich weiß, ich habe seinen Wagen vor dem Haus gesehen. Hoffen wir, daß man ihn ins Museum schickt.»

«Wie sind Sie denn an ihm vorbeigekommen?»

«Bin ich gar nicht.»

«Aber wie sind Sie denn in mein Zimmer gelangt?»

«Ich bin wie Romeo in Ihr Fenster gestiegen», sagte er und deutete mit dem Kopf auf das französische Fenster, das auf den Balkon hinausging, der um den ganzen Innenhof herumführte. Sie trat auf den Balkon und sah sich um. Eigentlich konnte er nur in ihr Zimmer hinauf geflogen sein, überlegte sie. Er stellte sich neben sie.

«Wenn Sie mich für Icarus halten wollen, mir soll's recht sein. Tatsache aber ist, daß ich den Wagen auf der anderen Seite der Mauer geparkt habe und dann auf den Balkon geklettert bin.»

«Müssen wir das Hotel auch so wieder verlassen?»

«Vielleicht.»

Ein Klopfen ertönte an der Tür. «Holly? Sind Sie da?» Das war Mel Tinkers Stimme. Holly und Charles starrten sich an, dann bedeutete er ihr mit einer Geste, keinen Laut von sich zu geben.

«Holly? Honey?»

Er hörte sich so freundlich an, so teilnehmend. Charles runzelte die Stirn, und Holly schnitt ihm eine Grimasse.

«Holly? Hier ist Mel ...»

Dann ertönte eine zweite Stimme, die spanisch sprach. Tinker antwortete, und dann hörten sie sich entfernende Schritte. Holly stieß die Luft aus. «Was haben Sie?» flüsterte sie angesichts Charles' verwunderter Miene.

«Er hat ganz anders Spanisch gesprochen als sonst ... genauso gut wie ich.»

«Was hat er denn gesagt?»

«Wie?» Charles schien aus seiner Trance aufzuwachen. «Oh, der Angestellte erinnerte sich daran, daß wir ins Museum wollten, und

Tinker hat nach dem Weg dorthin gefragt. Kommen Sie, wir setzen uns besser in Bewegung. Übrigens, nehmen Sie das Bild aus dem Koffer, ehe Sie packen.»

«Warum?»

«Ich hätte es gern weniger auffällig untergebracht – falls Tinker wirklich hinter ihm her ist.»

Als sie fertig war, trat er ans Fenster. Der Balkon war nicht die bequemste Möglichkeit, das Haus zu betreten oder zu verlassen, denn er lief in einer Höhe von ungefähr 20 Fuß um den Innenhof herum und besaß keine Treppe, die hinunterführte. Außerdem waren die jeweiligen Balkonanteile, die zu einem dahinterliegenden Gästezimmer gehörten, durch kreuzweis angebrachte Metallstäbe abgegrenzt, so daß man die Trenngitter eins nach dem anderen überklettern mußte, um zu der Stelle zu gelangen, wo der Balkon über die Mauer reichte. Von dort aus waren es etwa fünf Fuß bis zu der darunterliegenden Mauerkrone, die ihrerseits höchstens einen halben Fußbreit und an mehreren Stellen verwittert war. Holly blieb ängstlich stehen.

«Es ist ganz in Ordnung», sagte Charles und warf einen Blick auf das nächstgelegene Fenster, in dem Licht brannte, dessen Vorhänge zum Glück aber zugezogen waren. «Ich geh als erster.»

«O Gott», sagte Holly und schwankte. «Ich kann Höhen nicht ertragen.»

«Das ist keine Höhe», sagte Charles gereizt. «Das ist eine Tiefe.»

«Also wirklich ...» Sie machte die Augen zu.

Charles schwang ein Bein über das Balkongeländer. «Geben Sie mir die Koffer; ich bring sie zum Wagen. Dann komme ich Sie holen.»

Sie versuchte nicht hinzusehen, wie er mit einem Koffer in jeder Hand über die Mauerkrone balancierte, als ob er sein Lebtag nichts anderes getan hätte, konnte den Blick aber nicht abwenden. Er stellte die Gepäckstücke aufs Dach des VW, dann kam er zurück, um das Bild zu holen. Er sprang auf der anderen Mauerseite auf den Boden, und sie hätte schwören können, daß er kein Geräusch dabei verursachte. Nach kurzer Zeit tauchte er wieder auf und grinste, wobei seine leicht schiefstehenden Zähne weiß im Licht des Mondes glänzten. Das Haar hing ihm in die Stirn, das Hemd stand am Hals offen und er sah eher wie ein Straßenräuber aus, der die Gastwirtstochter holen will. Sie stand einfach da, sah auf ihn hinunter und wartete darauf, daß er zu ihr kommen würde.

Sein Lächeln verschwand plötzlich, und er ließ die Arme an beiden Seiten hängen. Mit einem Seufzer hob er sie wieder an und bedeutete ihr, zu ihm hinunterzuklettern. Sie konnte sich nicht bewegen. Er winkte ihr ein zweites Mal, drehte den Kopf nach hinten und blickte sich im Hof um. «Schnell», flüsterte er ungeduldig. Doch sie schüttelte den Kopf. Sie hörte, wie er vor sich hin brabbelte und fluchte, als er wieder auf die Mauer stieg. Er versuchte sie zu packen, doch sie gab unwillkürlich einen kleinen Schrei von sich. Beide erstarrten, während sie sich jeder von seiner Seite des Balkongeländers umschlungen hielten und warteten. Die Stimmen hinter den Vorhängen des erleuchteten Fensters waren plötzlich verstummt. Sie konnten hören, wie drinnen Worte gewechselt wurden, die nur heißen konnten – «Was war das eben?»

Charles zerrte an ihrem Arm, während drinnen die Verriegelung des einen französischen Fensters geöffnet wurde, stieg sie schnell über die Balkonbrüstung und ließ sich in Charles' Arme gleiten. Er zog sie hinunter, und dann kauerten sie sich unter den Balkon.

Holly versuchte, an nichts zu denken.

Wie tief mochte es bis zu der mit Kopfsteinen gepflasterten Straße unter ihnen sein?

Zehn Fuß? Fünfzehn? Zwanzig. Was konnte als Schlimmstes geschehen? Daß sie sich den Arm brach? Knöchel? Rücken? Sie stöhnte an Charles' Hals, und er schloß die Arme fester um sie. Nach ungefähr zehn oder zwanzig Jahren hörten sie, wie das Fenster wieder geschlossen und das Gespräch im Zimmer fortgesetzt wurde.

«Okay, und jetzt runter aufs Wagendach», flüsterte Charles ihr ins Ohr. Er hörte sich sehr gelassen an. Ungeschickt löste sie sich von ihm, gelangte irgendwie auf die Mauerkrone, auf das Wagendach und dann auf das Straßenpflaster. Sie konnte es selbst nicht fassen, als sie an sich hinunterblickte.

Nichts gebrochen.

Charles ließ sich geschmeidig neben sie fallen, direkt von der Mauer hinunter, ohne die Zwischenstufe des Wagendachs zu benutzen. Er grinste sie wieder an, dann öffnete er mit einer schwungvollen Verbeugung die Tür des Beifahrersitzes.

«Señorita?»

Der VW-Motor hörte sich in den engen, gewundenen Gassen betäubend laut an. «Wo fahren wir hin?» flüsterte Holly.

«Im Moment erst mal bergabwärts», entgegnete Charles mit normaler Stimme. Er lenkte den Wagen aus einer Straße hinaus und dann langsam in eine andere. Zweimal mußte er zurücksetzen, weil er in eine Sackgasse geraten war, gelangte dann aber auf eine Straße, die wie die Hauptdurchfahrt aussah. Am anderen Ende war ein Geländer zu sehen und dahinter spiegelten sich die Lichter im Wasser.

«Welcher mag das sein – der Huecar oder der Jucar?» murmelte er zu sich selber.

«Fragen Sie mich das?» erkundigte sich Holly.

«Wir haben keine Zeit, die Landkarte zu studieren.»

«Dann biegen wir nach links ab.»

«Also gut. Nach links.»

Zehn Minuten später begann er zu fluchen. Sie waren an einer Firestone-Tankstelle vorbeigekommen, die aber geschlossen war. An der Straße gab es keinerlei Hinweisschilder. So stellte er den VW am Rand ab, schaltete die Innenbeleuchtung an und zog die Straßenkarte aus dem Spalt zwischen den beiden Sitzen.

«Verflucht», sagte er schließlich. «Wir müssen wieder zurück.»

«Führt diese Straße denn nirgendwohin?»

«Zumindest nicht in unsere Richtung. Es würde einen Umweg von Meilen bedeuten, und die einzigen Alternativen wären Karrenpfade. Es scheint, daß wir uns nach der Karte eine phantastische Landschaft entgehen lassen. Schade, was?»

«Wirklich, sehr schade. Ich liebe Landschaften beinahe so sehr wie das Hinunterklettern an Regenrohren und ... ahhhh!»

Er hatte eine Kehrtwendung mit dem Wagen vollführt, und sie kreischte, als er noch schneller als vorher die Straße hinunterraste.

«Ich halt das nicht länger aus», schrie er so laut er konnte. «Ich bin ein Schreibtischmann – das hier finde ich überhaupt nicht lustig.»

«Aber was ...»

«Ihr verdammter Freund ist hinter uns her und hat uns schon beinahe eingeholt», sagte Charles gehetzt und klammerte sich ans Steuerrad. «Sein Wagen ist zweimal so stark wie unserer, dem entkommen wir nie. Verdammt, wie stellt er das bloß an?» Er warf einen Blick in den Rückspiegel. Es bestand kein Zweifel daran, der Mercedes war dicht hinter ihnen. Charles konnte Tinkers Gestalt hinter dem Steuer erkennen, das Gesicht konturenlos, drohend. Etwas von Hollys Hysterie war jetzt auf ihn übergegangen, und er fühlte, wie seine Muskeln flatterten. Vor ihnen bot sich ein Feldweg an, und ohne eine Sekunde zu zögern, riß er das Fahrzeug herum und schleuderte in den Weg, wobei Holly beinahe auf seinem Schoß landete. Der Wagen schaukelte gefährlich von rechts nach links und wieder zurück. Erst nach mehreren Sekunden kam er in einer größeren Kiesmulde zum Halten.

Holly rappelte sich wieder hoch und starrte ihn an.

«Plattfuß», sagte er nur. «Kommen Sie.»

Trotz der Aufregung wurde ihr auf einmal klar, daß Charles sie dauernd aus irgendwas herauszerrte – Wagen, Hotelzimmer oder was sonst noch. Um sie herum erwachten im Licht der Scheinwerfer des Mercedes verkümmerte Bäume und Felsen zum Leben.

«Mal wieder auf ins Gestrüpp!» zischelte Charles. Sie krabbelten die Uferböschung hinauf und landeten zwischen zwei knorpeligen Olivenbäumen. Die fedrigen Blätter über ihnen leuchteten kurz auf, als die Scheinwerfer des Mercedes sie streiften. Dann wurde es dunkel, als der Mercedes neben dem VW stehenblieb und der Motor ausgeschaltet wurde.

«Mir wird schlecht», flüsterte Holly.

«Später – jetzt nicht», flüsterte Charles zurück.

«Holly? Charley? Wieso lauft ihr denn davon?» Es war Tinkers Stimme, die vom Echo seltsam hohl zurückgeworfen wurde. Es hörte sich an, als befänden sie sich in einem gigantischen Auditorium. Charles zerrte an ihrer Hand, und zusammen bewegten sie sich so leise sie konnten den Abhang wieder hinunter und weg von Tinker.

«Das ist wirklich albern», hörten sie Tinker rufen.

Kiesel kollerten gegeneinander, und es hörte sich an, als ob Tinker ihnen nachkam. Sie liefen jetzt schneller, ohne sich um den Lärm zu kümmern, und stolperten prompt über eine Baumwurzel. Dann kam ein Zaun. Dann ein Felsblock.

«Ich finde, wir sollten uns unterhalten», rief Tinker.

Das fand Charles auch, aber dann hörte er das Geräusch. Er hatte es tatsächlich noch nie im Leben wirklich gehört, aber Hunderte von Kinobesuchen am Samstagvormittag im Palace Royale hatten diesen Ton in sein Gedächtnis eingegraben. Es war der Ton, der entsteht, wenn man eine Pistole durchlädt. Holly mußte auch ein Kino-Fan sein, denn er fühlte, wie sie erstarrte.

«Er hat eine Waffe», sagte Charles ungläubig.

«Wozu braucht er denn eine Waffe?» fragte Holly.

«Das würde ich auch gern wissen», sagte Charles. «Aber kommen Sie jetzt.»

Sie standen auf und begannen ernsthaft zu rennen, und während ihre Augen sich an die Dunkelheit gewöhnten, stolperten sie auch weniger oft als zuvor. In ihrem Rücken konnten sie hören, daß auch Tinker sich schneller bewegte. Jetzt rief er ihnen auch nichts mehr hinterher. Sie ließen sich keine Zeit, um Überlegungen anzustellen, sondern stürzten wie blind vorwärts, von der hirnlosen Panik der Gejagten besessen. Plötzlich hielt Holly an, stierte und kreischte.

Genau vor ihr stand ein Dinosaurier.

Holly nahm die Hände vom Gesicht.

Der Dinosaurier war immer noch da.

«Ach, reißen Sie sich zusammen», zischte Charles ihr ins Ohr. «Es ist nur ein Felsen.» Um sie herum, kaum sichtbar im schwachen Licht des aufgehenden Mondes, dräuten monströse, verrenkte Tiere, Bauwerke und menschliche Gestalten, die alle dem verwirrten Gehirn eines Hexenmeisters entsprungen sein konnten.

«Weiter, weiter», drängte Charles. Er zog sie am Arm und sie ließ sich gehorsam mitzerren, von Todesangst befallen, daß er sie zurücklassen, aber ebenso verängstigt bei dem Gedanken, daß Tinker sie finden könnte.

«Wo sind wir hier?» brachte sie hervor, als er sie mit sich zog.

«*La Ciudad Encantada* – ‹die verwunschene Stadt›, eine große Touristenattraktion. Nur ein Haufen Felsblöcke, die vom Wind und Regen merkwürdige Formen angenommen haben.» In seine Stimme hatte sich der Ton eines Museumsführers eingeschlichen – etwas merkwürdig, wenn man bedachte, wie sie da unter einem riesigen Pilz hockten, wie zwei Feldmäuse, die sich vor der Katze verstecken.

Holly schreckte zusammen und wäre am liebsten in Charles' Jakkett gekrochen, als Tinkers Stimme, durch Nacht und Felsen leicht verzerrt, ganz aus der Nähe zu ihnen herüberschallte.

«Das ist doch albern», sagte sie leichthin. «Was kann Ihnen das Bild schon nützen, jetzt, wo Graebner tot ist?»

Vielleicht hatte Graebner das auch geglaubt.

Charles festigte seinen Griff um sie und stieß sie leicht an. Sie kamen beide hoch und bewegten sich von der Stimme fort, aber große Felsen bedeuten auch kleine Kiesel, und die verrieten ihren Weg durch kleine Steinkaskaden, als sie sich den Abhang zwischen ihren riesigen Brüdern hinunterkämpften.

«Sie brauchen wirklich keine Angst zu haben. Wenn Sie sich nur zeigen wollten, können wir das in aller Ruhe besprechen.»

Charles hätte gern tapfer und beherrscht wirken mögen, aber Tatsache war, daß sich seine Knie wie Gelee anfühlten. Er zitterte und schwitzte, und er wünschte sich Gott weiß wohin. Alicante, London, selbst nach Cardiff an einem regnerischen Mittwochabend. Irgendwohin.

Ihm blieben eigentlich nur zwei Möglichkeiten. Er konnte hier wie ein Feigling auf dem Boden herumkriechen oder sich aufrichten und kämpfen.

Sie krochen weiter. Bis sie an eine Mauer gelangten und den gähnenden Abgrund dahinter ahnen konnten. Er war einmal hier gewesen, das lag schon lange zurück, und erinnerte sich an den Blick bei Tage – die silbernen Windungen des Flusses, die verstreuten Felsblöcke überall, der ferne Horizont und ein blauer Himmel mit hohen, weißen dahinziehenden Wolken.

Aber jetzt war es dunkel; man konnte die Weite erahnen und das schwache Rauschen des Flusses, wie er Hunderte von Fuß unter ihnen über die Kiesel sprang. Charles holte tief Luft und seufzte.

«Bleiben Sie hier», befahl er Holly. Er hörte sich sehr erschöpft an.

Sie klammerte sich an seinen Ärmel. «Lassen Sie mich nicht allein, bitte . . .»

«Hocken Sie sich hinter einen der Felsblöcke und warten Sie», sagte er und war dann mit wenigen Schritten zwischen den monströsen Felsformationen verschwunden. Holly schlang die Arme um sich; in der Feuchtigkeit, die von jenseits der Mauer aufstieg, konnte sie nicht aufhören zu zittern. Die Stimme kam näher.

«Holly, Honey, so kommen Sie doch!»

Sie wollte antworten. Sie wollte ihm alle möglichen Beschimpfungen an den Kopf werfen, aber sie blieb regungslos unter dem Felsen kauern, der die Form eines großen Tisches hatte.

Nachdem Charles die Schuhe ausgezogen hatte, wurden seine Schritte leiser, das Gehen dafür aber bedeutend unbehaglicher. Er konnte an nichts Konstruktives denken, außer daß er, solange Tinkers Stimme ertönte, wenigstens wußte, wo sich dieser befand.

Prompt verstummte Tinker.

Die ganze Gegend war still, dunkel und bedrohlich.

Und außerdem, überlegte Charles, während er sich neben etwas drückte, das wie ein Brontosaurier aussah, war es zweierlei: zu wissen, wo Tinker war, und sich darüber klarzuwerden, was er mit ihm anfangen würde. Er war eben nicht der gewalttätige Typ. Meistens saß er hinter seinem Schreibtisch, von einem gelegentlichen Cricketspiel abgesehen. Er konnte sich nicht einmal genau erinnern, wann er nach dieser Rauferei an der Universität das letzte Mal jemanden geschlagen hatte. Streitigkeiten über Kontrakte aus der Welt zu schaffen und Pässe zu verlängern, war nicht ganz die richtige Vorbereitung für diese Art der Aufgabe.

Er begriff, daß er zauderte, und versuchte, sich aufzuraffen und dem kräftigen Amerikaner entgegenzutreten.

Er war wirklich sehr groß und kräftig!

Und er war bewaffnet.

Er fühlte sich ernstlich niedergeschlagen.

Und dann ging ihm auf, daß er bereits seit gut drei Minuten dastand und keinen Laut von Tinker vernommen hatte. Mein Gott, er mußte auf Holly gestoßen sein!

Er rannte zurück, mit ausgestreckten Händen, um nicht gegen irgendwelche Felsen zu stoßen, konnte aber nichts von Tinker entdecken.

Bis er über den Körper stolperte.

Charles fiel mit einem lauten «Huch» der Länge nach auf den Boden; da lag er einen Moment und versuchte sich klarzuwerden, was geschehen sein mochte. Er war über etwas gefallen – kein Felsen, aber ... Er hob sich auf Hände und Knie. Holly? Er kroch zurück und berührte die ausgestreckte Gestalt.

Nein, Tinker.

Und dann blickte er hoch.

Ungefähr zehn Fuß über ihm, auf der ebenen Platte einer dieser bizarren Felsen, zeichnete sich Hollys Figur gegen den Himmel ab. Sie starrte zu ihm herunter.

«Was machen Sie da?» fragte er überrascht.

«Ich warte auf den Bus der Linie 73», kam die mit zittriger Stimme gesprochene Antwort, und dann rutschte sie zur Kante, ließ sich mit einem Plumps fallen, taumelte zur Seite und sank samt Charles neben Tinker zu Boden. «Wo sind Sie bloß geblieben?»

«Was haben Sie mit ihm angestellt?» fragte Charles, der sich nicht ganz sicher war, ob er es wirklich wissen wollte.

«Ich hab ihm einen Felsbrocken auf den Kopf geworfen», gab sie mit klappernden Zähnen zurück.

Charles richtete sich auf. «Das hatte ich auch vorgehabt.»

«Warum haben Sie es denn nicht getan?» Sie starrte ihn an und dann auf die regungslose Gestalt. «Ich hab noch nie mit einem Stein nach jemand geworfen. Es hat ein scheußliches Geräusch gemacht.» Sie schien den Tränen nahe. «Ist er tot – oder so was?»

Charles beugte sich über Tinker und lauschte. «Nein, er atmet. Sie haben ihn ausgeknockt, das ist alles.» Er erhob sich. «Ich glaube, wir sollten lieber machen, daß wir fortkommen, ehe er erwacht. Er wird bestimmt etwas böse sein.»

«Und was ist mit ... mit dem Ding da?»

Charles folgte mit dem Blick ihrem ausgestreckten Zeigefinger und sah Tinkers Pistole als dunkler Schatten auf dem Boden liegen. Er ging darauf zu, packte sie vorsichtig, tat ein paar Schritte auf die Mauer zu und warf sie so weit er konnte hinaus in die Dunkelheit. Einen Augenblick blieb alles still, dann konnte er sie in der Tiefe auf Gestein aufprallen hören.

«Warum haben Sie das um Himmels willen getan?» begehrte Holly auf. «Wir hätten sie vielleicht gebraucht.»

«Wozu?» fragte Charles. «Könnten Sie jemanden erschießen?»
«Ich könnte Sie erschießen, auf der Stelle», fauchte sie ihn an.
«Vielleicht habe ich deshalb das Ding weggeworfen», sagte er kalt. Er machte kehrt und marschierte davon, wobei die Würde seines Abgangs durch die scharfen Steine behindert wurde, die ihm durch die Strümpfe stachen. Nachdem er sich schmerzhaft die Nase angeschlagen hatte, fand er seine Schuhe und zog sie an, dann setzte er den Weg zum Wagen fort.
«Sie sind jetzt wütend, was?» sagte Holly und stolperte ihm hinterher; ihre Stimme klang vorwurfsvoll und gekränkt. «Ich habe Ihnen genaugenommen das Leben gerettet.»
«Dessen bin ich mir vollauf bewußt.»
«Was tun wir jetzt?»
«Ich weiß nicht, wie es mit Ihnen steht, aber ich werde...» Er blieb stehen, dann ging er aber wieder weiter. Seine Nase hatte zu bluten angefangen, und er wischte sie mit dem Hemdzipfel ab.
«Sie wissen nicht, was wir tun sollen?» fragte Holly.
«Halten Sie den Mund; lassen Sie mich nachdenken.» Er stieß mit dem Ellbogen gegen einen Felsblock, so daß der Arm vorübergehend gefühllos wurde. Er massierte ihn beim Gehen, nur um sich das Schienbein an einem anderen Felsbrocken zu stoßen, ehe sie endlich die Uferböschung erreicht hatten, hinter der die Wagen standen.
Der VW stand immer noch im verrückten Winkel mit dem Kühler halbwegs auf der Böschung. Der Mercedes hatte sich hinter ihn gestellt. Ein paar Schritte von ihnen entfernt konnte er jetzt den Eingang zu *La Ciudad Encantada* erkennen, das Tor war wie zu erwarten verschlossen und verriegelt. Er trat an den Mercedes und blickte ins Wageninnere. Die Schlüssel hingen im Zündschloß. Auf dem Sitz lag eine kleine schwarze Schachtel mit Metallteilen daran. Er holte sie heraus und trug sie zum VW, um sie im Licht einer Taschenlampe zu betrachten.
«Aha, so hat er uns also immer so leicht gefunden», sagte Charles zu Holly, die sich auf den Fahrersitz des VW gesetzt hatte und die Beine schüttelte, um Sand und Kies aus den Schuhen zu entfernen.
«Was ist das?» fragte sie.
«Irgend so ein Electronic-Pieper; ich nehme an, da sitzt irgendwo eine Wanze am VW. Ich finde, Sie sollten ihn nicht heiraten, der weiß ja immer, wo Sie sind.»
«Ich habe weder die Absicht Tinker noch sonst jemand zu heiraten. Kommt er nicht hierher zurück, wenn er aufgewacht ist?»
«Der wird eine Zeitlang nicht aufwachen. Und wenn, dann sind

wir nicht mehr hier.» Er griff in seine Tasche und holte die Wagenschlüssel des VW heraus. «Hier, Sie folgen mir.»

«Heißt das – Sie wollen sein Auto stehlen?»

«Wollen Sie zurücklaufen und seine Schuhe stehlen? Kommen Sie schon, setzen Sie sich in den Wagen und folgen Sie mir.»

«Mit 'nem Platten?» erkundigte sie sich liebenswürdig.

«Oh.» Er starrte den VW an. «Dann muß ich seinen Wagen wohl tatsächlich stehlen. Ich hatte eigentlich vorgehabt, ihn an der nächsten Tankstelle zu lassen, doch ...»

Er kam zu ihr hinüber und bedeutete ihr, aufzustehen. Dann kippte er den Fahrersitz nach vorn und kletterte nach hinten. Er zog die Lehne der Rückbank fort, holte das Bild hervor und brachte den Sitz wieder in Ordnung. «Ich laß ihm die Zündschlüssel da, dann kann er sich damit amüsieren, den Reifen zu wechseln.»

«Und wenn er den Mercedes als gestohlen meldet?»

«Glauben Sie, daß er das tun wird?» gab Charles ungeduldig zurück. «Er wird uns sicher nach Madrid nachkommen, aber ohne die Hilfe seines kleinen Freundes.» Er warf das Kästchen mit dem Pieper auf den Boden und zertrat es mit dem Absatz.

Dann raffte er seine Sachen zusammen und ging auf den Mercedes zu. Er hielt die Tür auf, bis sie ihre große Tragetasche aufgesammelt hatte und einstieg. Dann warf er die Wagentür zu, ging um das Fahrzeug herum, stieg ein, ließ den Motor an und setzte auf die Chaussee zurück.

An einer Tankstelle außerhalb von Madrid hielt er an, um sich ein bißchen zu säubern, ehe er die Botschaft betrat. Er konnte ja wohl kaum dort mit all dem Blut auf dem Hemd aufkreuzen, fand er. So holte er ein zerknittertes Hemd aus seinem Bündel und zog es über. Er wusch sich das Gesicht und betrachtete sich im Spiegel. Die Augen waren von der langen Nachtfahrt blutunterlaufen, und an der einen Backe bildete sich eine blutunterlaufene Stelle. Seine Nase war geschwollen und ließ ihn wie ein Clown aussehen, und das Haar schien ein Eigenleben entwickelt zu haben, indem es wahllos vom Kopf abstand.

Unser Mann in Alicante? Du lieber Gott!

Er ging zum Wagen zurück und setzte sich wieder hinter das Steuer. Holly war wach geworden und hatte im Waschraum irgendwas für ihr Aussehen getan. Sie sah frisch und munter aus, und ihre Locken kräuselten sich in der Morgensonne. Er hatte eigentlich gehofft, sie nicht mehr bei seiner Rückkehr vorzufinden, aber da war sie. Und lächelte ihn sogar an.

«Sie sehen sehr viel besser aus», sagte sie fröhlich.

«Hmmmm.» Er startete den Wagen und schleuste sich auf der

Autobahn nach Madrid in den morgendlichen Frühverkehr ein. In Guadalajara hatten sie die Rush-hour vermieden, aber hier nicht. Und hier ging es zwanzigmal schlimmer zu als auf allen anderen Straßen Europas. Sich dort hineinzustürzen, mußte der Beweis sein, daß man einen geheimen Todeswunsch in sich trug. Die ganze Nacht hindurch war er mit dem Mercedes über die dunklen Straßen gefahren und hatte sich gefragt, was ihn wohl bewegt haben mochte, sich in diesen Schlamassel einzulassen. Ein Todeswunsch schien die einzig mögliche Erklärung dafür. Mit Aufkommen der Morgendämmerung hatte er sein Schicksal mit Fatalismus betrachtet. So sollte sein Leben eben enden. In eine alberne, bedeutungslose Geschichte verwickelt, in der es um gestohlene Bilder ging, Mord und Männer mit einem Ulcus, die im Gefängnis saßen und versuchten, es tapfer hinzunehmen. Nichts Großes oder Erhebendes daran. Nur mal wieder ein verdammter Schlamassel. Llewellyns letzter Schlamassel, der ihn endgültig schaffte! Er riß das Steuer herum, um einem leuchtend blauen Citroen auszuweichen, der von einem weiteren hilflosen Menschen mit Selbstmordabsichten gefahren wurde.

Er fühlte sich scheußlich.

Holly sah ihn an. Armer Charles. Er war am letzten Abend wirklich nett gewesen, aber jetzt schmollte er, weil sie sich tapferer verhalten hatte als er. Das nahm sie jedenfalls an. Sie hatte versucht, ihm zu erklären, welche Angst sie ausgestanden hatte, und daß sie nur aus Angst die Courage aufgebracht hatte, Tinker den Felsbrocken auf den Kopf zu werfen. Na schön, wenn er maulen wollte, sollte er das eben tun. Sie hatte nur versucht, nett zu sein, oder vielleicht nicht? Eigentlich sollte man meinen, daß jemand mit einer solchen Kinnlade es mit zehn Mel Tinkers hätte aufnehmen können. Nun, er war eben kein Kraftprotz, das war's. Manche Männer hatten es, manche nicht. Er war der vernünftige Typ; er war intelligent. Sie wünschte, er wäre nicht so wütend. Sie warf einen Blick in die Runde.

«Hier sieht's genau wie in Chicago aus», beklagte sie sich dann. «Nur daß die Reklametafeln spanisch sind.» Charles schwieg. Er war wirklich ein Blödmann, wie er da hockte, fand sie. «Ich dachte immer, Madrid sei eine so schöne Stadt.»

«Einige Teile der Stadt sind schön.»

«Aber nicht dieser?»

«Nein.»

Sie seufzte. «Das wär ein Witz, wenn es sich nicht als ein Goya herausstellt, was?»

«Zum Schreien.»

«Na schön – wenn Sie diese Masche abziehen wollen...»
«Ich ziehe gar keine Masche ab; ich fahre», sagte Charles mit zusammengebissenen Zähnen. «Ich kann keine muntere Unterhaltung führen und gleichzeitig den Wagen durch diesen Verkehr lenken. Ich bin nicht...»
«Na schön.»
«Ich brauchte bei dieser Sache gar nicht mitzumachen. Ich tue aber mein Bestes.»
«Na *schön*!»
Ein paar Minuten später sprach sie erneut. «Hier sieht es mehr aus, wie ich mir Madrid vorgestellt habe.» Er war von der Hauptverkehrsstraße in eine breite, baumbestandene Allee eingebogen, mit großen Häusern, die mitten in parkähnlichen Grünanlagen standen. Ein Stück vor ihnen plätscherte mitten in der Straße ein Springbrunnen. Der Verkehr zog daran vorbei, und Neptun – in einem eigenen Wagen, von zwei Tieren gezogen, halb Pferd, halb Fisch – lächelte gütig darauf hinab. Dünne Wasserstrahlen erhoben sich um die ihn umbrausenden Kaskaden, und etwas von der versprühten Feuchtigkeit wurde gegen die Windschutzscheibe des Mercedes geweht und glitzerte in Hollys Haar.
«Das da ist der Prado», murmelte Charles und nickte zu einem langgestreckten, matt rosafarbenen Gebäude hinüber, mit einer klassischen Fassade mit hohen Säulen und einem Flachrelief.
«Warum halten wir hier an?»
«Tun wir ja gar nicht. Ich dachte nur, Sie wollten das hier sehen. Wir fahren in die Botschaft.»
«Die Botschaft?»
«Genau. Ich hab da einen Freund, der mich gelegentlich in seiner Wohnung übernachten läßt. Wenn wir ins Hotel gehen, kann Tinker uns aufspüren. Und Brads Wohnung hat eine Tiefgarage, so daß wir den Mercedes verstecken können, falls Tinker uns auf die Art finden will. Okay?»
«Fein. Meinten Sie denn, ich hätte was dagegen?»
«Bei Ihnen weiß man nie, was Sie als nächstes tun werden», brummte er.
«Genau», stimmte sie ihm zu. «Das weiß ich auch nicht.»

Charles entdeckte Bradley hinter dessen Schreibtisch, was an sich schon eine Seltenheit war. «Kann ich deine Wohnung heute nacht haben? Vielleicht auch noch morgen nacht?»
«Wenn es nötig ist», gab Brad grinsend zurück.
«Ich ... ich bin nicht allein.»

«Sieh da, sieh da, unter die Lebenden zurückgekehrt! Meinen Glückwunsch.»

«Das ist nichts dergleichen.»

«Das hast du immer behauptet.» Bradley holte den Schlüssel aus seiner Schreibtischschublade und reichte ihn Charles. «Übrigens hast du Glück, alter Knabe. Ich muß heute nachmittag nach Valencia und werde ein paar Tage dort bleiben. Ist das nicht praktisch?»

«Ja.»

Bradley runzelte die Stirn. «Der Glückszufall scheint dich nicht gerade umzuhauen, alter Knabe. Sag bloß nicht, daß sie eine häßliche Cousine zweiten Grades aus Swansea ist oder sonst was.»

«Sonst was. Vielen Dank. Ich liefere den Schlüssel dann hier ab.»

«In Ordnung. Viel Spaß.» Bradley wartete, bis Charles' gebeugte Gestalt das Büro verlassen hatte, dann griff er nach dem Telefonhörer. Er wählte eine Nummer und wurde schließlich verbunden.

«Also, Baker ... er war gerade hier. Was soll ich jetzt tun?»

16

Das Rastro, der Trödelmarkt, erinnerte Holly an Camden Lock an einem Sonntagvormittag, nur daß die Häuser anders waren, die sich über den mit Buden bestandenen und vollgepfropften Straßen erhoben. Zuerst konnte sie nicht sagen, was diese hier so un-englisch machten. Doch dann hatte sie's.

«Es sind die Markisen», beschloß sie. «Sie machen das Ganze so – so lustig. Wie in einem Ferienort an der See.» Sie war froh, daß sie sich in der Wohnung umgezogen hatte; jetzt trug sie ein leichtes Kleid, das die Beine frei ließ. Sie erntete bewundernde Blicke und wandte sich zu Charles, ob er sie auch mitbekam. Er merkte nichts davon. Er drängte sich ungeduldig durch die Menschenmenge und überließ es ihr, mit ihm Schritt zu halten. Er schien irgendwie beunruhigt zu sein.

«Was ist denn nun schon wieder los?» fragte Holly.

«Ich weiß nicht. Ich hab das Gefühl, man beobachtet uns.»

«Das stimmt», entgegnete sie selbstzufrieden. Er blieb stehen und starrte sie an, dann sah er sich hastig in der Runde um.

«Woher wissen Sie das?»

«Eine Frau merkt meistens, wenn sie gut ankommt.»

Ein Ausdruck reinsten Widerwillens flog über sein Gesicht. «Ach so. Sind Sie mittlerweile nicht daran gewöhnt? Es ist Ihr rotes Haar, das ist es. Ich dachte, Sie meinten es ernst.» Er machte auf dem Absatz kehrt und schob sich wieder wie ein ungeduldiger Schleppkahn durch die Menge. Schließlich war er das langsame Vorwärtsbewegen der Schaulustigen überdrüssig; er nahm ihren Arm und schob sie in eine Seitenstraße. «Wir gehen hier entlang, das ist schneller.»

Nach dem fröhlichen Geschiebe auf dem Rastro wirkte die Straße, die sich durch hochmütige Gebäude hindurchwand, welche weder an ihnen noch an sonst etwas Interesse bekundeten, düster und böse. Charles schritt schnell voran, und sie stolperte hinter ihm her, beladen mit dem Bild, das in einer Plastiktüte steckte. Zumindest war es hier ein wenig kühler. Er bog nach rechts ab, durch eine schmale Gasse und gelangte in eine andere kleine Straße. Links am Ende konnte sie in einiger Entfernung das Rastro liegen sehen, sonnenbeschienen und wimmelnd vor Menschen. Aber jetzt ging es für sie nach rechts.

«Ich glaube, es ist die nächste. Richtig, Calle de Gavilan, Falkenstraße. Numero *Treinte y uno* muß da hinten sein.»

Sie erreichten schließlich die schmale Tür neben einem kleinen Schaufenster, in dem ein paar Ölbilder und eine Lackdose ausgestellt waren. Trotz des mangelnden Lichts zwischen den Häusern waren die glühenden Farben des mittleren Bildes zu erkennen. Es stellte eine Madonna mit Kind dar vor dem Hintergrund einer schwach in Braun und Gelb angedeuteten Landschaft.

Selbst Charles war überrascht. «Das ist aber hübsch», meinte er. «Sieht beinahe wie ein Raphael aus, was?»

Holly kicherte. «Vielen Dank, im Namen meines Mannes.»

Charles starrte sie an. «Soll das heißen ...»

«Ich hab ihm dafür gesessen. Sehen Sie die Ähnlichkeit nicht?»

Er beugte sich näher an die Schaufensterscheibe. Das Gesicht der Madonna war unverkennbar dasselbe Gesicht, das sich neben seinem eigenen in der Scheibe spiegelte. Das Haar war anders und zweifellos der Ausdruck. Keine Madonna würde jemals diese mutwillige Befriedigung zur Schau tragen. Aber die Ähnlichkeit war nicht zu leugnen. Mein Gott, was für ein Zufall, dachte er und überlegte gleichzeitig, wie es David gelungen sein mochte, sie so lange zum Stillsitzen zu bewegen und dazu ernst zu bleiben, um diesen versonnen-traurigen Blick in den Augen der Madonna einzufangen.

Das Innere des kleinen Ladens war mit Bildern vollgestopft; es roch nach heißem Wachs, Terpentin, Leinsamenöl, Lösungsmitteln und Firnis. Es war irgendwie ein altmodischer Geruch. Wäre da nicht diese elektronische Kasse neben einem höchst modernen Telefon gewesen, hätte man glauben können, in das vergangene Jahrhundert zurückversetzt worden zu sein. Ebenso enttäuschend in dieser Hinsicht war der Mann, der auf das leise Bimmeln der Türglocke durch den hinteren Vorhang erschien. Um zu seiner Umgebung zu passen, hätte er ein kleiner, zerknitterter alter Mann sein sollen, mit gebeugter Haltung und leisem Hüsteln. Statt dessen war er ein breitschultriger junger Spanier in einem leuchtend roten Rollkragenpullover und Jeans, mit dunklem Kraushaar und einem goldenen Ohrring in dem einen Ohr. Er warf Charles einen kurzen Blick zu, dann blieben seine Augen auf Holly haften.

«*Puedo ayudarle?*» fragte er mit einem reizenden Lächeln.

Charles räusperte sich. «Wir haben hier ein Bild und glauben, daß sich darunter ein anderes befindet», sagte er, ehe Holly den Mund aufmachen konnte. «Könnten Sie für uns die obere Farbschicht entfernen?»

«Darf ich das Bild einmal sehen?»

«Er möchte es sehen», wandte sich Charles an Holly. Er holte das Bild aus der Tragetüte und legte es auf den Tresen. Der junge Mann nahm eine Schere, schnitt die Schnur auf und wickelte das Bild aus dem braunen Packpapier.

«*Madre de Dios!*» rief er aus und knipste eine starke Lampe an, um das Bild zu beleuchten. «Sie wollen, daß ich das hier zerstöre?»

«Ja.»

«Ja, wissen Sie denn, was das ist, Señor?»

«Eine sehr gute Fälschung», antwortete Charles. «Wir glauben, daß sich darunter ein sehr viel kostbareres Gemälde befindet. Sie sind mir von Alfredo Braganza als Restaurator empfohlen worden, auf dessen Können und Diskretion man sich verlassen kann.» Er hatte Alfredo aus der Wohnung angerufen. Ohne in Einzelheiten zu gehen, hatte er die Lage erklärt und gesagt, er benötige einen «Freund». Er war sich nicht im Zweifel darüber, daß Alfredos Neugier damit noch mehr angestachelt worden war, aber er riskierte lieber dieses, als sich an eine unseriöse Firma zu wenden, die er nicht kannte.

Der junge Mann vollführte eine elegante Handbewegung. «Das war sehr liebenswürdig von ihm.»

«Wie lange wird das dauern?»

Der junge Mann zuckte die Achseln. «Zwei bis drei Wochen, würde ich meinen.»

Das überraschte Charles nicht. Holly wie auch Alfredo hatten ihm gesagt, daß man mit einer solchen Zeit rechnen müsse. Jetzt machte Holly den Mund auf.

«Sprechen Sie Englisch?» erkundigte sie sich.

«Ja, Señorita.»

«Sie müssen verstehen, wir haben es ganz schrecklich eilig», sagte Holly mit kleiner, versonnener Stimme, die Charles veranlaßte, sie voller Staunen anzusehen. «Es ist ungemein wichtig für uns, herauszufinden, was sich unter der Farbschicht befinden mag. Es könnte eine Frage von Leben und Tod sein», setzte sie hinzu, was Charles unnötig melodramatisch fand.

Der junge Mann richtete sich ein wenig auf und sah ihr in die Augen. «Ich werde mein möglichstes tun, Señorita. Aber ich muß da sehr, sehr vorsichtig herangehen ...»

«Mr. Braganza sagte, Sie wären der Beste, den er uns nennen könne», murmelte Holly. Charles hatte das Gefühl, sich jeden Moment übergeben zu müssen, aber der junge Mann strahlte. Der Ausdruck seiner funkelnden Augen verriet, daß er sich wohl bewußt war, manipuliert zu werden – er schien aber die Mühe zu dankbar zu vermerken. Und die Urheberin.

«Für Sie, Señorita, und für Alfredo werde ich alles andere aufschieben und sofort mit der Arbeit beginnen», versprach er.

«Vielen Dank», sagte Holly und senkte sittsam die Lider.

«Dann werden wir in ein, zwei Tagen vorbeikommen und sehen, wie die Arbeit fortschreitet», mischte sich Charles mit sachlicher Stimme ein.

«Da hab ich ja kaum begonnen», protestierte der junge Mann. «Ich muß erst die Dicke der oberen Farbschicht erkunden, den Zustand der darunterliegenden Lasur ...»

«Natürlich müssen Sie das», warf Holly beschwichtigend ein. «Es gibt da so viele Möglichkeiten.»

«Endlose, Señorita», schnurrte der junge Mann. «Genau wie die Variationen ...» Niemand glaubte, daß er von Bilderrestauration sprach.

«Dann vielen Dank, wir melden uns wieder», sagte Charles und steuerte auf die Tür zu. Als sein Blick auf das Bild im Fenster fiel, blieb er noch einmal stehen. «Übrigens, was kostet dieser Raphael?» fragte er wie nebenbei.

«Die Madonna mit Kind?» Der junge Mann richtete sich bei der Aussicht auf ein Geschäft etwas gerader auf. «Es ist sehr schön, was?»

«Sehr», bestätigte Charles und überlegte, welchen horrenden Preis dieser schlehenäugige Marktschreier wohl verlangen würde.

«Bedauerlicherweise ist es nicht echt», sagte der junge Mann und kam um den Tresen herum, um das Bild aus dem Fenster zu nehmen. «Es ist eine sehr gute Nachahmung, die ein guter Freund von mir gemalt hat, der vor etwa zwei Jahren verstorben ist. Übrigens ein Landsmann von Ihnen.»

«Sie – Sie haben David gekannt?» fragte Holly erstaunt.

Der junge Mann starrte sie verblüfft an, dann betrachtete er das Gemälde in seinen Händen.

«Aber ... das sind ja Sie! Sie sind Holly? Davids Frau?» Er war auf einmal ein anderer geworden; er wirkte plötzlich jünger, und die künstlich aufgelegte Sinnlichkeit fiel von ihm ab wie ein alter Mantel.

«Den Bosch hat David auch gemalt», sagte Holly und runzelte die Stirn, während sie ihr Gedächtnis anstrengte. «Natürlich – Gavilan, der Straßenname! David sprach von seinem Madrider Freund immer als ‹der Falke› ... Jaime, stimmt's?»

«Ja, das bin ich», rief der junge Mann, und die Freude ließ sein unbestreitbar falkenähnliches Gesicht aufleuchten. «Er wohnte immer bei mir, wenn er im Prado kopierte. Und von Ihnen hat er oft gesprochen, immer so traurig ...»

Charles wandte sich irritiert ab. Zweifellos würde es jetzt zu einer grandiosen Wiedersehensszene kommen, wobei die Erinnerungen an David in alle Richtungen fließen würden. Er starrte trübe aus dem Fenster, während die beiden anderen miteinander schwatzten.

Jaimes Englisch war ausgezeichnet, sie benötigten keinen Dolmetscher. Er fühlte sich ausgeschlossen. Draußen, in der engen Straße, lief ein Mann langsam an dem Laden vorbei, der seine Augen aber nicht auf die Bilder im Schaufenster, sondern auf Jaime und Holly gerichtet hielt. Charles, der etwas seitlich im Schatten stand, wich noch etwas weiter zurück und betrachtete den Mann stirnrunzelnd. Er hatte ihn bereits im Rastro gesehen, und sogar manchmal ganz in seiner und Hollys Nähe. Kein Spanier. Irgendwas an der Kleidung verriet den Ausländer.

Nach kurzem Stehenbleiben wanderte der Mann weiter und ließ Charles nachdenklich zurück. Schließlich riß er sich zusammen. «Wir müssen jetzt aber wirklich gehen.»

«Aber bleiben Sie doch zum Essen», bat Jaime. «Sie müssen!»

«Tja ...» zögerte Holly.

«Vielen Dank für Ihre Gastfreundschaft», sagte Charles. «Aber wir haben noch ein paar weitere Besuche vor. Vielleicht dürfen wir wiederkommen?»

«Gut», sagte Jaime, und sein Blick wurde weich, als er Holly erneut betrachtete. «Das ist ein Versprechen?»

«Sicher. Wir kommen sehr gern.»

«Aber jetzt müssen wir gehen», drängte Charles.

«Warten Sie, ich möchte, daß Sie das hier mitnehmen.» Jaime hielt Holly die Madonna mit dem Kind entgegen.

«O nein ...» wehrte sie ab.

«Ich bestehe darauf. Es ist schließlich nach Ihnen gemalt. Wer hätte mehr Anrecht darauf als Sie?» Er ging um den Ladentisch herum. «Sehen Sie, wir können es leicht in dasselbe Papier wikkeln. Das ist Schicksal – Sie müssen es nehmen.»

Holly sah zu, wie er das Bild schwungvoll in das braune Packpapier einschlug, es dann in die Plastiktüte gleiten ließ und sie Charles aushändigte. «Sie werden es tragen, Señor, es ist schwerer als das andere.» Er warf einen Blick auf die Tragetasche, die auf der einen Seite mit ein paar Früchten, auf der anderen mit einem Cartoon aus verschiedenen Gemüsen verziert war. «Sehr gut», nickte er. «Ein Bild aus dieser Richtung durch den Rastro zu tragen, ist riskant. Man kennt hier unseren Namen.»

Es dauerte noch weitere sieben Minuten, bis Charles Holly aus der Tür gelotst hatte. Jaime sah ihnen durch das Fenster nach, dann nahm er das Bild mit einem Seufzer an sich und verschwand durch den Vorhang in die hinteren Räume.

Als der Vorhang sich hinter ihm schloß, wanderte der Mann, der alles von der Straße beobachtet hatte, wieder weiter. Vor ihm bogen Holly und Charles jetzt in das muntere Getümmel des Rastro.

Er folgte ihnen nach.

Sie kehrten in die Wohnung zurück, nachdem sie auf dem Rastro noch ein paar Lebensmittel für den Lunch eingekauft hatten. Charles war beinahe zu müde, um etwas zu essen, da er seit dem Vortag keinen Schlaf bekommen hatte, dafür aber in ein paar häßliche Situationen geraten war. Auch Holly hatte häßliche Augenblicke mitgemacht, dafür aber im Wagen geschlafen.

«Ich möchte baden, als allererstes», verkündete er.

«Nach Ihnen», sagte Holly unterwürfig. Er brummte und verschwand in Richtung des Badezimmers. Am Morgen hatten sie kaum Zeit gehabt, den Mercedes in einer dunklen Ecke der Tiefgarage und ihr Gepäck in der Halle abzustellen. Jetzt sah sie sich erfreut um.

Charles hatte gesagt, Peter Bradley besäße ein privates Einkommen; das spiegelte sich in der Einrichtung wider. Die Wohnung hoch oben lag in einem modernen Apartmentblock und war mit herrlichen chinesischen Teppichen und etlichen Antiquitäten ausgestattet. Der Blick auf Madrid war phantastisch. Sie dachte an ihre kleine Wohnung in Hampstead, von der aus man in die winzigen Gärten der Nachbarhäuser blicken konnte. Sie lächelte. Dies hier war sehr viel anders.

Über der ausgedehnten Grünfläche des Retiro-Parks unter ihr konnte sie eine dunkle Reiterstatue ausmachen, die, wie Charles gesagt hatte, Alfonso XII. darstellen sollte, der mit offensichtlicher Mißbilligung auf den Retiro-Teich hinabsah, wo Büroangestellte in Hemdsärmeln ruderten oder im Tretboot fuhren und Kühlung nach der Hitze des Tages suchten. Mit einem Seufzer wandte sie sich zur Küche – und hätte beinahe aufgeschrien.

Sie hatte über das Rauschen des einlaufenden Badewassers nicht gehört, wie die Tür geöffnet wurde.

Und jetzt stand da ein Mann und sah sie an.

Ein sehr großer Mann.

17

«Soso – wie ich sehe, ist Charles zu seiner früheren Form zurückgekehrt», sagte der Mann und kam mit ausgestreckter Hand lächelnd auf sie zu. «Ich bin Peter Bradley.»

Holly wäre vor Erleichterung beinahe ohnmächtig geworden. «Oh ... ich bin Holly Partridge. Charles badet gerade. Wir sind eben aus dem Rastro zurückgekommen.»

«Und erwarteten natürlich, die Wohnung für sich zu haben?» Bradley grinste. «Das werden Sie auch gleich. Ich muß vor meiner Abfahrt nur ein paar Worte mit Charles wechseln. Okay?»

«Natürlich.» Sie verstand nicht ganz, wieso er meinte, ihre Erlaubnis dazu einholen zu müssen. «Wir wollten uns gerade etwas zum Lunch zurechtmachen – wollen Sie nicht mitessen?»

Er lachte und schüttelte den Kopf. «Ich kann mir gut vorstellen, wie das bei Charles ankommen würde. Vielen Dank, aber als wir dies Apartment miteinander teilten, hatten wir gewisse Regeln aufgestellt, und ich bin sicher, daß sie immer noch gelten.»

«Charles – hat hier gewohnt?»

«Klar. Hat er Ihnen das nicht erzählt? Ich habe immer noch irgendwo ein paar Hemden von ihm zu hängen. Die Hemden, bei denen sich der Lippenstift nicht rauswaschen ließ.» Er merkte, daß sie etwas verständnislos aussah, und zuckte die Achseln. «Sie sind Amerikanerin, hab ich recht?»

«Allerdings.»

«Ich glaube, Charles hat noch nie eine Amerikanerin gekannt», überlegte Bradley laut. «Die einzige Nationalität, die er ausgelassen hatte.» Er grinste erneut und steuerte auf das Schlafzimmer zu. «Ich freu mich, daß er zu seiner alten Form zurückgefunden hat. Ich hab mir schon Sorgen um den alten Charles gemacht, der da in Alicante festsaß. Aber er hat sich nicht verändert.»

«Verändert?» Holly verstand kein Wort – von der Art, wie Bradley redete, hätte man vermuten können, daß Charles eine Art von ... Charles!

Bradley ging ins Schlafzimmer und hob die Stimme. «Dein Mädchen gefällt mir, Llewellyn.»

Es folgte ein Augenblick des Schweigens, dann hörte man hinter der Badezimmertür das Wasser ablaufen und dazwischen die etwas dünne Stimme von Charles: «Peter, bist du's?»

«In voller Lebensgröße.» Bradley zwinkerte Holly fröhlich zu und zog die Schlafzimmertür ins Schloß.

Sie starrte die Tür an, dann schüttelte sie den Kopf. Sollte er doch denken, was er wollte, er war zweifellos ein Idiot. Sie konnte hören, wie die beiden sich unterhielten, während sie das Frühstück hinstellte – frisches Brot, Butter, Oliven, zweierlei Wurst und drei Käsesorten, Obst, Wein und eine ominöse Pastete, die er für teures Geld in einem düsteren kleinen Laden erstanden hatte, den sie nicht einmal betreten hätte. Sie würde ein Erlebnis sein, hatte er gesagt. Während sie die Pastete betrachtete, fand sie, daß sie auf dieses Erlebnis verzichten könnte. Als Bradleys Stimme hinter ihr ertönte, schrak sie zusammen.

«Ich verziehe mich jetzt», sagte er und sah sie mit seltsamen Blicken an. «Tut mir leid, daß ich die Situation mißverstanden habe. Charles sagte, Sie wären nur geschäftlich hier.» Das Grinsen tauchte flüchtig wieder auf. «Das heißt, wie er sich in Ihrer Gegenwart auf Geschäftliches beschränken kann, ist mir ein Rätsel. Vielleicht hat er sich ja doch verändert. Es hat mich gefreut, Ihre Bekanntschaft zu machen. Die Kaffeemaschine steht im Hängeschrank über der Spüle.» Mit einem Winken ging er hinaus.

Ein paar Minuten später erschien Charles in der Küchentür, das Haar noch feucht und durcheinandergerubbelt, die Füße nackt unter der Hose. «Das war Peter», sagte er mit etwas belegter Stimme.

«Er hat sich selber vorgestellt», sagte Holly und beschäftigte sich mit der Kaffeemaschine.

«Er wollte mich warnen.»

«Warnen?» Sie drehte sich mit dem Filter in der Hand zu ihm um. «Vor was?»

«Das wußte er selber nicht genau. Man hatte ihm gesagt, zu melden, wenn ich in Madrid auftauchte.»

«Wem zu melden?»

«Einem Typ namens Baker in Alicante.»

«Ist er Ihr Chef?»

«Nein, obwohl er's gern sein möchte. Peter tat, was man verlangt hatte, aber dann machte er sich Sorgen. Er mag Baker nicht lieber als ich; darum kam er her, um herauszufinden, ob ich in Schwierigkeiten sei. Ich glaube, er hat sehr bedauert, Baker von meinem Auftauchen informiert zu haben.»

«Wenn es ein offizieller Befehl war ...»

«Das ist es ja gerade. Das war es nicht, Baker hatte ihn heute früh ganz nebenbei angerufen und gesagt, wenn er mich sähe, möchte er es ihn doch wissen lassen. Peter dachte – na ja, eigentlich hat er sich gar nichts dabei gedacht. Bis er mich ... so gehetzt aussehen sah. Hat er was zu Ihnen gesagt?»

«Er fand, daß Sie sich geändert hätten.»

«Geändert? In welcher Art?»

«Oh, er deutete an, daß Sie darüber hinweggekommen seien», sagte Holly leichthin und wandte sich wieder ihrer Kaffeemaschine zu.

Charles wirkte während des Frühstücks leicht nachdenklich und irgendwie geistesabwesend. Holly ertappte ihn mehrere Male, wie er sie mit einem seltsamen Blick streifte. Dann wieder schien er durch die Aussicht aus dem Fenster hypnotisiert zu sein. Nach dem Kaffee machte er endlich den Mund auf.

«Peter sagte, ich sollte auf meinen Rücken aufpassen.»

«Wieso, haben Sie Rückenbeschwerden?»

«Nein.»

«Aha, damit Sie kein Messer in den Rücken kriegen?»

«So in etwa. Was da auch immer vor sich geht, er weiß nur einen Teil davon und ich überhaupt nichts. Peter hat sämtliche ‹richtigen› Schulen besucht, er schwört auf ‹fair play›, was bedeutet, daß er mich nicht ungewarnt bleiben lassen wollte, aber viel konnte er mir nicht erzählen. Armer Teufel.» Er schüttelte sich leicht. «Vielleicht bin ich ja überängstlich, aber ich spüre bereits ein Messer zwischen den Rippen. Und ich bin so müde, daß ich beinahe in der Badewanne ertrunken wäre. Wenn's Ihnen nichts ausmacht, möchte ich mein Schlafdefizit jetzt nachholen.»

«Stört es Sie, wenn ich jetzt bade?»

«Der Anbruch des Jüngsten Gerichts würde mich nicht stören», sagte er.

Nach dem Bad hatte sie eigentlich vorgehabt, sich nur ein bißchen auf dem Bett im Gastzimmer auszuruhen, doch als sie die Augen aufmachte, war es später Nachmittag, und Charles klopfte an die Tür. «Holly?»

«Einen Moment, bitte.»

Sie zog sich den Morgenmantel über und ging zu Charles hinaus, der mit gerunzelter Stirn die Aussicht auf den Retiro-Park musterte.

«Ich habe gerade mit Puerto Rio telefoniert», sagte er, indem er sich zu ihr umwandte. Sie konnte seinem Gesichtsausdruck nichts entnehmen, aber er hob hilflos die Hände. «Nigel Bland hat mir erzählt, daß man Reg ins Krankenhaus gebracht hat. Er hat letzte Nacht Blut gebrochen, wahrscheinlich zu der Zeit, da wir mit Tinker Hasch-mich gespielt haben.»

«O nein!» Holly ließ sich in den nächststehenden Sessel fallen. «Ist es sehr schlimm?»

«Ich fürchte, ja», sagte Charles. «Vielleicht müssen sie operieren.»

«Sie dürfen sich keine Vorwürfe machen», sagte Charles plötzlich.

Holly saß zusammengekauert in einer Ecke des Mercedes, den Mantel eng um sich gezogen. Der Abend war nicht feucht, aber ihr war kalt bis ins Mark. Wenn Reg sterben würde? Eines Mordes beschuldigt, aber nie vor Gericht gestellt. Genau wie David angeklagt, aber nie verurteilt worden war. Der Verdacht würde bestehenbleiben, und niemand würde endgültig wissen, ob er unschuldig gewesen war. Es war schrecklich ungerecht. Sie wollte helfen – vielleicht war dieser Aufbruch nach Madrid, um Näheres wegen des Gemäldes herauszufinden, der falsche Weg gewesen. Vielleicht hätten sie lieber in Puerto Rio bleiben sollen ...

«Sie können nicht die ganze Zeit für jeden ständig da sein», fuhr Charles fort. «Sie sind ein ganz normaler Mensch, keine Superfrau.»

«Das habe ich auch nie behauptet.»

«Aber Sie sind der Typ, der das immer sein möchte», sagte er und lenkte den Wagen vorsichtig durch eine Kurve, während er das Fernlicht anschaltete. Es war jetzt tiefe Nacht geworden.

«Aha, Sie sind also auch ein Psychoanalytiker», sagte Holly. «Wie großartig; offene Seelenanalyse frei Haus. Na schön, dann erzählen Sie mir mal – hat man Sie wegen Ihrer Liebschaften aus Madrid verbannt?»

Er drehte den Kopf, um sie anzusehen, und wäre dabei beinahe von der Straße abgekommen. «Wer hat das behauptet? Peter Bradley?»

«Das hat niemand getan, ich habe nur geraten. Es gibt da ein paar Gerüchte um diese typischen Frauenhelden, besonders um die, die niemals heiraten.»

Seine Hände packten das Steuer fester. «Wissen Sie, was Ihnen fehlt?»

«Lassen Sie mich raten: Entweder eine tüchtige Tracht Prügel oder mal richtig im Bett rangenommen zu werden, das ist doch gewöhnlich die Antwort auf so was.» Sie mußte einfach zurückschlagen, weil er den Finger so genau auf die Wunde bei ihr gelegt hatte.

«Nein.» Seine Stimme klang gelassen. «Ihnen fehlt jemand, der sich um Sie kümmert.»

«Hah!» Sie starrte wie gebannt aus dem Fenster.

«Ich wurde nach Alicante versetzt, weil ich mit der Frau des falschen Mannes eine Affäre hatte», sagte Charles leise und hielt den Blick auf die Fahrbahn vor sich gerichtet. «Als sie Schluß machte, war ich beinahe mit den Nerven am Ende. Schließlich bekam ich eine Hepatitis, und die hat mich wahrscheinlich gerettet, weil ich viel zu schwach war, um gegen meine Versetzung zu opponieren. Jetzt glaube ich allmählich, daß es nicht so sehr als Strafe, sondern hilfreich gemeint war. Leute wie Peter Bradley kümmerten sich um mich – warum werde ich nie begreifen. Mein Körper gesundete, der Rest brauchte etwas länger dazu. Weder eine gute Story noch eine originelle. Leute verlieben sich immer wieder in die falschen Partner.»

Holly fühlte sich zu elend, um antworten zu können.

«Wenn ich jemandem begegne, der mit einer dünnen Haut versehen ist, dann erkenne ich ihn, weil es mir genauso geht.»

Als sie immer noch nicht antwortete, seufzte er. Wieder falsch, Llewellyn, sagte er sich. Immer noch keine «Eins» für Menschenbehandlung. «Da vorn gibt es ein Café. Ich ruf von dort mal an und erkundige mich, ob's was Neues gibt.»

Das Café war voller Menschen, Lärm und Rauch. Er steuerte auf das Telefon zu, nachdem er Kaffee und Sandwiches zum Mitnehmen bestellt hatte. Als er sein Gespräch beendet hatte, waren auch die Brote fertig. Er zahlte und ging in die Nacht hinaus, die im Kontrast zu dem lebhaften Trubel im Café kalt und ruhig wirkte.

«Ich habe mit Nigel gesprochen, er schlägt vor, wir sollen gleich in die Klinik nach Espina fahren. Sie werden operieren müssen.»

Sie gab ein seltsames, trockenes Lachen von sich. «Ziemlich brutale Art, aus dem Gefängnis zu entkommen.»

«Sicher ein wenig drastisch», gab er grimmig lächelnd zu.

Sie seufzte; sie war ganz plötzlich erschöpft, so als ob ihr gesamtes Adrenalin verbraucht wäre. «Was wollen wir wegen Mel unternehmen, wenn wir zurück sind?»

«Ich weiß nicht. Kommt drauf an, wie er sich verhält.»

«Aber wir haben das Bild doch nicht mehr; wir können es ihm gar nicht zurückgeben, wenn wir's nicht haben.»

«Das ist richtig. Ich mache mir nur um die Art Sorgen, mit der er uns unter Druck setzen wird.» Er drängte ihr etwas heißen Kaffee auf, aber als sie die Sandwiches ablehnte, warf er die Tüte auf den Rücksitz und fuhr weiter.

Hinter ihnen, in dem Café, zwängte sich ein Mann, der nach dem Mercedes eingetroffen war, an der Gruppe der Zuschauer vorbei, die das Spiel zwischen Réal Madrid und Juventas beobachteten, und steuerte auf das Telefon im Hintergrund des Raumes zu.

Der Hörer war immer noch leicht angewärmt, dort wo Charles ihn in der Hand gehabt hatte.

18

Lopez legte den Bericht von Interpol nieder und machte ein finsteres Gesicht. «Die ganze Zeit – nichts wie warten», flüsterte er vor sich hin. Er kippte den Stuhl zurück und starrte auf seine schimmernden Schuhspitzen. Es tröstete ihn gar nicht, recht behalten zu haben. Überhaupt nicht. Noch erfüllte es ihn mit irgendeiner Art von Zufriedenheit, den Beweis von Reg Partridges völliger Unschuld erhalten zu haben. Denn es konnte zu spät sein. Und es bewies eben nichts anderes als das.

Bas kam herein, und Lopez betrachtete ihn mit gemischten Gefühlen. Es gab keinen Zweifel, daß der Junge sich machte. Er würde zwar nie besonders gut aussehen, aber er hatte mehr Selbstvertrauen gewonnen.

Als Bas die Tür schloß, waren von draußen mehrere scharfe Explosionen zu hören. Beide erstarrten einen Moment, dann wechselten sie leicht verlegene Blicke. «Das Feuerwerk», sagte Lopez. «Sie fangen jedes Jahr etwas früher an.»

«Es sind nur die Kinder», meinte Bas nachsichtig.

Lopez schob ihm den Brief von Interpol über den Schreibtisch. «Sagen Sie mir, was Sie davon halten.»

Vorsichtig nahm Bas den Bericht und überflog ihn. Dann hielt er inne, starrte auf das Blatt und sah dann Lopez erstaunt an. «Stimmt das?»

Lopez nickte. «Die Tatsachen sind unwiderlegbar.»

«Aber was hat Sie veranlaßt, danach zu fragen?» Bas war voller Bewunderung. Welche Einsicht! Welche Inspiration! Würde er auch eines Tages dahin gelangen?

Lopez lächelte traurig. «Mir kam der Verdacht, als ich über Graebners Vergangenheit las. Er war ein gerissener Typ, dem die Worte leicht von den Lippen kamen, ein geborener Betrüger und Schwindler. Aber im Krankenhaus war er voller Bitterkeit und Rachegedanken. Er redete mit einem Eifer von Vergeltung, wie es nur ein Mann fertigbringt, den man betrogen und zerstört hat. Der Unterschied war hervorstechend.»

«Aber wer außer Partridge hat ihn dann umgebracht?»

Lopez lächelte trübe. «Das sollen Sie mir erzählen, Paco.»

Bas sah niedergeschlagen aus. «Das hat, glaub ich, nur einer tun können.»

«Aber Sie sind sich Ihrer Sache nicht sicher?»

«Nein.»

Lopez seufzte. «Dann werden wir zusehen, daß er es uns verrät, nicht wahr, Paco?»

Fünf Meilen außerhalb von Espina gerieten sie in den Verkehrsstrom. Die Straßen waren voller Wagen, die in die Stadt fuhren oder sie verließen, und als sie weiterfuhren, wurde es noch schlimmer. Charles warf einen Blick auf seine Uhr. Beinahe zehn Uhr abends, und das an einem Samstag. Schön, er war auf allerhand Verkehr vorbereitet gewesen, aber nicht in diesem Ausmaß. Er wollte Holly gegenüber gerade etwas darüber erwähnen, als ein riesiger Bogen roter, grüner und weißer Sterne über ihnen in den Himmel schoß, und wenige Sekunden später tönte das dumpfe Geräusch der Explosion an ihr Ohr.

«Findet eine Fiesta in Espina statt?» erkundigte er sich.

«Was?» Sie war so in ihre eigenen dunklen Gedanken vertieft, daß sie das Feuerwerk gar nicht mitbekommen hatte, so gebannt hatte sie auf die roten Schlußlichter der Wagen vor ihnen gestarrt.

Eine weitere Garbe schoß in den Himmel. Das Signal für den Beginn der Festivitäten. «Eine Fiesta. In Espina. Wir sind mitten hineingeraten», sagte er, als die Wagenreihe sich vorwärts schob und dann wieder in einer der engen Straßen hielt.

«Ach ja, ich glaube, Reg und Mary haben letzte Woche darüber gesprochen. Ehe...» sie wedelte vage mit der Hand. «Die letzte in diesem Jahr, haben sie gesagt.»

«Großartig», murmelte Charles. «Sehr viel Platz zum Parken wird es nicht geben... ich werde Sie so dicht es geht bis zum Krankenhaus bringen und dann herumkurven, bis ich den Wagen irgendwo abstellen kann.»

«Warum lassen Sie ihn denn nicht in Davids Garage?» schlug sie vor. «Da ist jetzt genügend Platz drin.» Sie fischte in ihrer Handtasche und brachte triumphierend einen Schlüssel zum Vorschein. «Finden Sie sich bis dorthin zurecht?»

«Ich glaub schon.» Er blickte sich um. «Passen Sie auf, die Klinik, in die man Reg gebracht hat, liegt am Ende dieser Straße. Sie heißt Clinica Leonides. Sollten Sie sich verlaufen, fragen Sie einfach: ‹Donde está la Clinica Leonides› ... okay?»

Sie wiederholte für sich mehrmals den Satz. «Okay.» Sehr überzeugt hörte sie sich nicht an. «Werden Sie dorthin kommen?»

«Sobald ich den Wagen geparkt habe.»

Nach mehreren Fehlversuchen fand er die Garage und stellte den Wagen ein. Er war etwas lang, so daß die Tür sich nicht ganz schließen ließ, aber er hoffte, daß niemand es merken würde. Zur Tarnung hakte er das Vorhängeschloß in eine der Laschen, dann lief er die Gasse hinunter, die auf die Straße führte, von wo aus man zum alten Hafen gelangte.

Von der höher gelegenen Stadt konnte er den Lärm der Menschenmassen und die Musikkapellen hören, aber hier, an der See, war es friedlich und still – abgesehen vom Rauschen der Brandung, die ziemlich hoch ging. Er setzte sich eine Zigarettenlänge auf die verwitterte Hafenmauer, dann schnippste er den Stummel ins Wasser, wo er zwischen zwei schwankende, rostige Bojen fiel.

Sich vorsichtig seinen Weg über die zerbrochenen Pflastersteine suchend, gelangte er in den oberen Teil der Stadt und auf die Plaza Mayor, wo die Menge sich am dichtesten drängte, der lauteste Krach herrschte und die Erregung auf dem Höhepunkt war. Um ihn herum lachten und schrien die begeisterten Teilnehmer des Festes, schwenkten ihre ledernen *botas* mit Wein und liefen Gefahr, das kochende Öl der *churros*-Verkäufer auf sich selbst und die Straße zu kippen. Seltsamerweise geschah das nie. Die Plaza war eine wogende Menge von Besuchern, Essenverkäufern, Musikern und Hunden. Überall gab es Hunde, die nach den zu Boden gefallenen Essensresten schnappten und zwischen den Beinen der Leute hindurchhuschten. Abgesehen von den *tapas*-Verkäufern wurden Puppen angeboten, kleine Feuerwerkskörper, Knallfrösche und eine Unzahl der Dinge, die man stets bei derartigen Anlässen vorfindet. Charles fragte sich, zu welchem Zweck all die Sachen wohl dienen sollten. Er versuchte, sich mehrere Male durch die Menge zu zwängen, ehe er begriff, daß sich der Strom der Fiesta genau zwischen ihm und dem Krankenhaus entlangwälzte.

Selbst wenn er den Anfang der Schlange erreichte, würde er doch warten müssen, bis er eine Gelegenheit fand, sich seinen Weg hindurchzubahnen. Von den Bemerkungen, die er aus seiner Umgebung aufschnappte, schloß er, daß jedermann sich Gedanken machte, ob das Wetter wohl anhalten würde. Er hatte selber schon festgestellt, daß das Meer unruhig geworden war und der Wind zweifellos zunahm. Das schien das allgemeine Tempo zu beschleunigen – von der Parade angefangen bis zu der Häufigkeit, mit der die *botas* angehoben wurden. Als er endlich den Beginn des Zuges eingeholt hatte und den Strom der tanzenden Menschen in der Parade sah, hatte er mehrmals einen Schwall Wein aus den Leder-*botas* übers Jackett bekommen, mit der fröhlichen Aufforderung, den Mund zu öffnen und seine Kleider zu schonen. Zweimal hatte er angenommen, um die Geber nicht zu kränken, und nun sagte ihm sein Magen, daß er besser aufpassen müsse, wenn er keine Schwierigkeiten haben wollte.

Die allgemeine Stimmung der Leute war fröhlich, wenn auch ein wenig hektisch, und sie machten gutmütig Platz, wenn er sagte, er wolle nur ins Krankenhaus auf der anderen Seite. Doch kaum hatte er zehn Schritte getan, als er erneut grinsende Gesichter sah und Wein und Essen angeboten bekam. Das war das echte Spanien, von seiner besten Seite – und ausnahmsweise hätte er diesmal gern darauf verzichtet. Es wäre so viel leichter gewesen, wenn jedermann zu Hause säße und die letzte Episode von Dallas verfolgte.

Ein riesiges Gesicht beugte sich aus zehn Fuß Höhe über ihn, grinsend und schaukelnd; Nase und Mund obszön verzerrt und an Geschlechtsteile erinnernd. Leuchtend rot und rosa, mit einem lächerlichen Federhut, bewegte es sich weiter, und sofort folgte das nächste Gesicht, noch komischer und deutlicher in der Anspielung. Unter den gigantischen Pappmachékörpern lugten die Beine der darin steckenden Träger dünn und spindelig hervor, obwohl Charles wußte, daß nur ein kräftiger Mann diese Dinger in der Balance halten konnte. Es lag nur am Kontrast.

Um ihn herum war der Geruch von Essen, Wein und Schweiß, und er hatte das Gefühl, daß ihm jeden Moment schlecht werden könne. Er klammerte sich an einen Laternenpfahl, als die Szene vor seinen Augen zu schwimmen begann.

«*Borracho* – hey, *borracho* – so schnell willst du schon aufgeben?» rief ihm eine muntere Stimme zu und eine Hand hielt ihm die lederne *bota* unter die Nase. «Wenn was runtergeht, kann nichts hochkommen, was?»

Charles blickte in das fröhliche Gesicht eines Fremden und lächelte schwach. «Nein, danke, *amigo*.»

«Aber wenn du sowieso morgen einen schweren Kopf haben

wirst, soll es sich wenigstens lohnen», lachte der Mann und bot ihm noch einmal von seinem Wein an.

«Ich ...» Charles wedelte mit der Hand und suchte verzweifelt nach einem Ausweg; dann erstarrte er, und sein rebellierender Magen war vergessen.

Durch eine Lücke in der Menschenschlange, zwischen gigantischen Köpfen und der mitmarschierenden Musikkapelle hatte er den bandagierten Kopf und die breiten Schultern von Mel Tinker entdeckt. Jetzt schob sich ein neuer, riesiger Kopf dazwischen. Als er vorbeigezogen war, suchte Charles die Menge ab.

Aber Tinker war verschwunden.

Holly sah dem Umzug aus einem Fenster der Clinica zu. Trotz drei Tassen Kaffees drohte sie jede Minute aus reiner Erschöpfung einzuschlafen. Nach einem Alptraum von Straßen, in denen sie sich verfahren hatte und falsch verstandenen Richtungsanzeigen hatte sie schließlich die Clinica Leonides gefunden, nur um zu entdecken, daß Reg gerade operiert wurde. Mary war nirgendwo zu sehen.

Die Schwestern waren außerordentlich freundlich, und manche hatten sogar englisch gesprochen. Sie hatten ihr den Warteraum gezeigt und versprochen, sie sofort zu informieren, wenn Mr. Partridge aus dem OP gerollt würde. Sie wollten sogar den Chirurgen bitten, mit ihr zu sprechen, ehe er ging. Im Krankenzimmer selber durfte sie nicht warten; dort war ein Polizeibeamter postiert. Ein anderer befand sich sogar im Operationsraum, was den Schwestern großen Spaß zu machen schien. Sie sagten, sie würden jede Minute darauf gefaßt sein, ihn ohnmächtig auf einer Bahre hinausgebracht zu sehen.

Hollys Kopf sank wieder nach unten, und sie wandte sich vom Fenster ab. Wenn sie sich vielleicht nur ein paar Minuten auf das einladende Sofa aus Chrom und Leder niederließ ...

«Holly?»

Die Stimme riß sie aus dem Schlaf, und sie setzte sich blinzelnd auf. Vor den Fenstern schien die Fiesta lauter als vorher geworden zu sein, und die Zimmer wurden von dem grellen Aufleuchten der Feuerwerksgarben erleuchtet. Knaller und Kanonenschüsse wurden auf dem Platz losgelassen.

«Oh, hallo», sagte sie. «Ich muß eingeschlafen sein. Wo ist Mary?»

«Ich soll Sie holen. Ich fürchte, Mary fühlt sich nicht ganz wohl; sie ist vor einer Weile umgekippt.»

«O nein! Nicht auch noch Mary!»

«Ich glaube nicht, daß es etwas allzu Ernstes ist, aber wir möchten, daß Sie kommen. Ich dachte mir, daß Sie hier zu finden wären. Wie geht es Reg?»

«Er wird immer noch operiert. Sollte nicht jemand hierbleiben und warten?»

«Sie werden uns benachrichtigen, wenn sie mehr wissen – ich habe die Telefonnummer bei der Anmeldung hinterlegt. Kommen Sie, mein Wagen ist draußen.»

Charles hatte die Menge sorgfältig abgesucht, dann entdeckte er Tinker auf der entfernten Seite des Platzes. Er selber war nicht gesehen worden, aber Tinker hatte sich umgedreht und nach hinten geblickt, so als ob er gefühlt hätte, daß jemand ihn beobachtete.

Impulsiv grabschte Charles nach der *bota*, die der Mann ihm angeboten hatte, und hob sie vors Gesicht, wobei er sich leicht zur Seite drehte, um ein Auge auf Tinker zu behalten. Er bekam etwas Wein in den Mund, aber verschüttete den größten Teil, offenbar aus Ungeschicklichkeit. Der Eigentümer der *bota* lachte und lachte, schließlich nahm er den Weinsack an sich, um sein eigenes Können zu demonstrieren. Im Augenblick, da er den Kopf mit geschlossenen Augen nach hinten legte, schlüpfte Charles zwischen dem Kopf von Don Quichote und einem anderen von Esmeralda hindurch, wobei er letzteren beinahe zu Fall gebracht hätte, weil er auf den flatternden Rock getreten hatte, der die Gestalt vom Hals bis zum Boden umhüllte, um die Beine des darin steckenden Mannes nicht sehen zu lassen.

«*Olé!*» schrie die Menge, als die riesige Figur knickste und sich wie flirtend wieder vor Charles aufbaute. Er versuchte, sich an der anderen Seite vorbeizudrängen, aber wieder wurde ihm von der schwingenden, buntfarbenen Seide der Weg blockiert.

«*Olé!*» schrie die Menge erneut und lachte wie verrückt über diese nicht eingeplante Einlage.

Das war lächerlich. Jede Minute konnte sich Tinker umsehen, um zu erkunden, was der ganze Trubel sollte. Durch den Spalt im Hals des Pappmaché-Kopfes konnte Charles die leuchtenden, vergnügten Augen des Trägers erkennen. Das hier war etwas Neues, was den langen, harten Marsch unterbrach.

Mit einem resoluten Atemholen duckte sich Charles zusammen und hob die Hände an den Kopf, um Hörner darzustellen. Die Menge winkte mit freudigem Johlen dem grotesken Kopf mit dem schwellenden Busen nach, als dieser sich entfernte, und wartete auf den nächsten. Jetzt scharrte Charles – wie ein Bulle – mit einem Fuß auf den Boden, dann stürzte er unter dem Beifall der Zuschauer nach vorn. Wieder schwankte die riesige Gestalt kokett vor ihm umher und ließ ihn nicht vorbei, was ein ohrenbetäubendes Johlen der Menge verursachte. Noch dreimal versuchte es Charles, sich seinen Weg zu bahnen, nur um sich schließlich in den seidigen Falten des Rocks zu verwickeln, als er darunter hindurchtauchen wollte und plötzlich Brust an Brust mit dem lachenden Mann darin stand.

Die sexuelle Andeutung, die damit verbunden war, wurde von der Menge sofort verstanden; obszöne Vorschläge wurden ihm zugerufen, was er unter den Rockfalten alles tun solle, ob er auch fähig sei, es zu tun, und ob ‹sie› sein Tun auch zu würdigen wisse.

Charles, der sich Gesicht an Gesicht mit dem schwitzenden Spanier befand, konnte an keine passende Entgegnung denken, wenn sie überhaupt bei dem herrschenden Lärm verstanden werden sollte. Der Mann grinste ihn an und zuckte die Achseln.

«Sie sind doch kein Spielverderber... warten Sie ein paar Sekunden, dann machen Sie, daß Sie hier wieder rauskommen.»

Charles nickte albern. Sie marschierten ein paar Schritte weiter, er rückwärts, der Spanier vorwärts, und dann flüchtete er unter dem Rock hervor.

«*Olé!*» kreischte die hysterische Menge, und als er sich zwischen sie drängte, schlugen ihm begeisterte Hände auf die Schultern. Weitere Kommentare über seine sexuellen Fähigkeiten ertranken im Krach der nachrückenden Blaskapelle. Endlich konnte er sich wieder in die Anonymität retten.

Tinker hatte sich nicht umgedreht, und wichtiger noch, hatte er den Rand des Platzes an der gegenüberliegenden Seite erreicht. Er war nur noch durch seine Größe kenntlich. Als er in einer Seitengasse verschwand, beeilte sich Charles, ihn einzuholen. Mehrmals glaubte er, ihn verloren zu haben, doch dann sah er wieder seinen Kopf über die Menge ragen. Die Bandage wirkte in dem Licht der Straßenlaternen wie ein Leuchtfeuer, doch je weiter sie sich vom Platz entfernten, desto schwieriger wurde es für Charles, ihm unbemerkt zu folgen. Tinker war ohne Zweifel nervös und sah sich mehrmals um. Charles tauchte immer noch rechtzeitig in irgendwelchen Hauseingängen unter, aber dann mußte er sich in Bewegung setzen, als er Tinker ein schmales Bürohaus mit Blick über den Hafen betreten sah.

Kein Schild an dem Haus besagte, welcherlei Geschäfte darin abgewickelt wurden, doch die große Eingangstür weiter unten ließ darauf schließen, daß ein Teil des Hauses als Garage genutzt wurde.

Vorsichtig, da er jetzt ohne Deckung war, drückte sich Charles an den Hauswänden der gegenüberliegenden Straßenseite entlang, bis er auf gleicher Höhe mit dem erleuchteten Fenster im Parterre angelangt war. Im Inneren des Zimmers konnte er Tinker erkennen, der mit zwei Männern redete. Einer war ein finster aussehender Typ mit einer Narbe über der einen Wange und einem blinden Auge.

Der andere war Nigel Bland.

19

Er mußte in das Haus und hören, was sie sagten!

Staub und Konfetti von seinem Jackett klopfend, wartete er, bis die Straße leer war und er sich dem beobachteten Gebäude im Winkel nähern konnte. Er trat schnell durch die Glastür und befand sich in der Eingangshalle.

Bis hierher war es leicht gewesen.

Es gab drei Türen, die von der Halle wegführten, aber er wußte, welche Tür es war, die er suchte. Er konnte Stimmen von drinnen vernehmen, aber nicht verstehen, was sie sagten. Auf Zehenspitzen schlich er näher und legte sachte das Ohr gegen die Türfüllung.

Langsam und elegant, wie in einem Traum, schwang die Tür nach innen, und er stolperte in den Raum. Sein Griff nach dem Türknauf kam zu spät. Nur flüchtig nahm er die drei Gesichter wahr, die ihn anstarrten, als er, die Balance verlierend, hineintaumelte.

«Llewellyn!» brachte Bland erschrocken hervor. «Was, zum Teufel, tun Sie hier?»

Charles tat das einzige, was ihm zu tun übrig blieb.

Er machte die Tür wieder zu.

Als er auf die Straße hinausrannte, hörte er, wie die Bürotür geöffnet wurde und gegen die Wand prallte. Er hörte, wie die Männer ihm nachsetzten. Er hatte panische Angst. Leute jagen keine Leute, außer in Filmen. Verdammt, und vor allem jagten Leute *ihn* nicht! Dennoch rannte er wie ein entsetztes Kind davon und wußte nicht einmal warum.

Er wußte nur, daß ihm das alles nicht gefiel. Und das genügte nicht, um ihn anhalten zu lassen.

Er hielt auf die belebte Plaza Mayor zu. Eine Menschenmenge bedeutete Sicherheit. Wenn sie ihn in einer der verlassenen Seitenstraßen erwischten, konnten sie ihn leicht umbringen und niemand würde etwas merken. Sein Herz hämmerte und seine Lungen schmerzten. Er war einfach nicht für einen derartigen Unsinn gemacht. Er haßte es. Und das war schon das zweite Mal innerhalb von zwei Tagen!

Die Ungerechtigkeit lastete schwer auf ihm.

Er stürzte zwischen zwei Matronen in engen, schwarzen Kleidern hindurch und in das Gewühl der Plaza. Der Umzug ging gerade seinem Ende entgegen, und die Töne der letzten Band waren gerade noch von der weitest entfernten Stelle des Platzes her zu hören, während der letzte Riesenkopf und der Menschenzug zwischen einem Bürohaus und dem Kino verschwanden.

Er drängelte sich tiefer und tiefer zwischen die Leute und riskierte jetzt erst einen Blick zurück über die Schulter. Er sah Tinkers bandagierten Kopf wie ein Leuchtfeuer herumwirbeln, und dann hatte der Mann ihn erspäht und warf sich wie ein Schwimmer in die Menschenmenge. Charles duckte sich in den Schatten einer leeren Bude, seine Füße zermahlten die Krümel und Zuckerbrocken der *churros*, die hier verkauft worden waren. So stand er da, versuchte, wieder zu Atem zu kommen, und hoffte, sich um die Bude herumzuschleichen, während Tinker daran vorbeikam, und dann den Weg, den er gekommen war, wieder zurückzugehen.

Plötzlich gab es eine ohrenbetäubende Explosion und die Plaza wurde von einem rötlichen Lichtschein erhellt, gerade in dem Moment, in dem Tinker auf seiner Höhe angelangt war. Ihre Blicke trafen sich kurz, Charles sah, wie die Augen des Amerikaners sich überrascht weiteten, dann änderte Tinker die Richtung und kam schnurstracks auf ihn zu, wobei er etwas zu dem Mann in seiner Begleitung sagte.

Als die Menge aufjohlte und die Feuerwerksgarben über der Plaza Mayor zerplatzten, versuchte Charles, erneut unterzutauchen. Die Menschen riefen «Oh!» und «Ah!» angesichts der aufblitzenden Wunder, die über ihren Köpfen wie Novas aufblühten und ihr Licht von der Unterseite der segelnden Wolken auf die himmelwärts gekehrten Gesichter, die leuchtenden Augen und die aufgerissenen Münder der Zuschauer reflektieren ließen. Die Blumengesichter der Menge schwenkten wie auf Kommando herum, ein Garten in dem sekundenlangen Rausch jeder neuen Sonne, die aufschäumte und verblich, noch bunter und mit immer wieder neuen Mustern nachschleppender Funken. Der Krach jeder Explosion hallte auf der Plaza wider, wiederholte sich, prallte an den Wänden der Gebäude ab, bis es schließlich schien, als ob ein konstantes Donnern und Blitzen aus dem Himmel kam.

Charles schob sich durch die stierende Menge und steuerte auf eine hübsch dunkle Gasse zu. Er verschwand darin und hoffte, ein gutes Versteck gefunden zu haben, doch eine diesmal besonders helle Sonne enthüllte seine Zuflucht.

Er mußte oben irgendwie nicht gut angeschrieben sein.

Er rannte den dunklen Durchgang entlang, und sofort war der Lärm des Feuerwerks nur noch halb so laut. Er fürchtete schon ertaubt zu sein, doch diese Illusion wurde zerstört, als Tinker laut seinen Namen rief.

Der Durchgang machte eine Kurve – und dann war er zu Ende. Charles wurde von Panik ergriffen, als er vor sich eine hohe und nicht überwindbare Mauer aufragen sah. Er blickte nach rechts und nach links und fand schließlich zwischen zwei Häusern eine noch schmalere Gasse. Sie war so schmal, daß seine Schultern an beiden Mauerseiten entlangstreiften. Viele Katzen waren vor ihm hier gewesen, und seine Füße rutschten auf Unrat und Abfall aus, der hier schon seit Jahren dahinrotten mußte. Vor ihm befand sich eine kleine hölzerne Pforte.

Er stieg darüber, nur um zu entdecken, daß er sich schon wieder in einer Sackgasse befand. Sie mußte irgendwo hinter dem Platz liegen. Er sah sich um, konnte aber nichts hören. Vielleicht war der Durchgang für Tinker zu eng gewesen – er selber hatte sich an ein paar Stellen regelrecht hindurchquetschen müssen.

Schwer atmend ging er zurück zu dem Lärm und dem Getümmel auf der Plaza Mayor, wo das Feuerwerk sich jetzt einem rauschenden Finale näherte. Als er in die Nähe des Platzes kam, entdeckte er, daß er kaum noch die Füße heben konnte, sein ganzer Körper fühlte sich für eine solche Anstrengung zu schwer an. Die Beine unterhalb der Knie kamen ihm wie abgestorben vor, seine Brust schmerzte wie wild bei dem Versuch, einzuatmen und seinen verkrampften Muskeln Sauerstoff zuzuführen. Er taumelte etwas und sah sehnsüchtig auf die Menschenmenge. Sie würde ihn verbergen. Mit Gottes Hilfe würde sie ihn sogar auf den Beinen halten, bis er wieder Atem holen konnte, während sie vor Begeisterung über das Feuerwerk auf und ab schwankte. Und dann war die sich bewegende Menge auf einmal durch etwas blockiert, das ganz still stand. Und wartete. Tinker.

«Verdammter Mist», krächzte Charles und tauchte nach rechts, wobei er sich einer Finte bediente, die er seit seiner Fußballzeit als Jugendlicher nicht mehr benutzt hatte. Tinker griff nach ihm – und ins Leere. Charles duckte sich unter dem ausgestreckten Arm weg, schoß durch eine Lücke in der Menge, nur um zu entdecken, daß sein Weg von einem Obstkarren mit Orangen, Melonen und Bananen versperrt war. Er konnte Tinker hinter sich hören und versuchte, hinter dem Karren Deckung zu finden, doch Tinker warf sich nach vorn, und beide fielen auf den Obstwagen, der seine Apfelsinen und Melonen nach allen Seiten verstreute. Die Menschen schrien und wollten sich verärgert über diese unzeitgemäße Ablenkung auf sie stürzen.

Charles kämpfte gegen Tinkers Griff. Plötzlich wurde die gesamte Plaza von einem enormen Krach erschüttert.

Während der Ton über das weite Gelände rollte, blieb die Menschenmenge einen Augenblick sprachlos. Sie erstarrte da, wo sie gerade stand. Aber nur einen Augenblick lang.

Und dann setzte der Regen ein.

Die Leute kreischten auf und setzten sich in Bewegung; Orangen wurden zerquetscht und Melonen überallhin verstreut, als die Menschen darüber hinwegtrampelten, ohne sich um die beiden Männer zu kümmern, die unter den Trümmern des Karrens kämpften. Anstatt von Feuerwerksgarben war der Himmel jetzt von zuckenden Blitzen erhellt. Sie beleuchteten Tinkers Züge, die von Ärger und Entschlossenheit sprachen, als er versuchte, Charles mit Faustschlägen zu traktieren. Charles wand sich verzweifelt, konnte schließlich ein Knie befreien und es Tinker in den Leib rammen, so daß dieser seinen Griff lockern mußte. Charles holte wild aus und traf auch etwas – er hoffte, es wäre Tinkers Kinnlade, oder vielleicht seine Schulter – und versuchte, auf die Füße zu kommen. Aber eine Orange kullerte ihm in den Weg und er verlor die Balance. Jetzt kauerte er wieder auf Händen und Knien zwischen zermustem Melonenfleisch und Samenkernen.

Er versuchte, sich wieder hochzurappeln, landete einen Schwinger gegen Tinkers Rippen und wollte davonlaufen. Doch da war Nigel und packte ihn; er drehte ihm den Arm so fachmännisch auf den Rücken, daß er ihn einen Moment völlig bewegungslos hatte.

«Kommen Sie, Sohn, beruhigen Sie sich. Die Sache hat nun lange genug gedauert. Wo ist das Bild?»

Paco Bas betrat Lopez' Büro. Es brannte kein Licht, wurde aber durch das Feuerwerk draußen erhellt.

Lopez, der in seinem Sessel saß, drehte sich zu Bas um. «Was gibt's?»

«Señor Llewellyn und Señorita Partridge sind wieder in Espina.»

«Ach, wirklich?» Lopez wirkte nicht sonderlich interessiert. Seine Stimme klang matt. «Woher wissen Sie das denn?»

«Also was Señor Llewellyn betrifft, bin ich nicht ganz sicher, aber Señorita Partridge war vor kurzem in der Klinik. Perez hat angerufen und gesagt, sie wollte sich erkundigen, wie es Señor Partridge ginge.»

«Und wie geht es ihm?»

«Er ist immer noch im Operationsraum, Sir. Laut Auskunft von der Schwester wird es noch eine halbe Stunde dauern, bis sie mit ihm fertig sind.»

«Und wenn er überlebt, wird das, was ich ihm über seinen Sohn mitzuteilen habe, ihn womöglich gleich wieder ins Krankenhaus zurückschicken. Ich habe die Sache schlecht angepackt, Paco.»

«Nein, Sir, das finde ich nicht. Sie taten, was Sie für richtig hielten.» Während Paco sprach, erfolgte draußen ein mächtiger Donnerschlag, und Sekunden später prasselte der Regen gegen die Scheiben. «Ich gebe zu, Sie haben ganz schön was riskiert, aber...»

«Man soll kein Risiko eingehen, Paco. Man soll ein verläßlicher, verantwortungsbewußter Gerichtsvertreter sein. Ich hatte einfach gehofft, ich könnte sie dazu bringen, sich für sicher zu halten und...» Er zuckte die Achseln. «Aber dann passierten Dinge, mit denen ich nicht gerechnet hatte: Diese Sache mit der Garage und die Bilder im Penthouse. Ich kann das immer noch nicht mit dem Anschlag auf Carlos und das Mädchen unter einen Hut bringen... es macht keinen Sinn. Paco, es macht einfach keinen Sinn.»

«Nein, Sir.» Paco war nicht besorgt; er war überzeugt, daß es sehr bald einen Sinn ergeben würde. Ein Mann wie Lopez pflegte immer am Schluß zu gewinnen.

Lopez erhob sich. «Ich glaube, ich gehe trotz des Regens mal ins Krankenhaus und spreche mit der Schwiegertochter. Vielleicht ist bis dahin die Operation auch schon beendet.»

«Miss Partridge ist nicht dort, Sir», sagte Paco.

Lopez starrte ihn im aufzuckenden Licht eines Blitzes an. «Nicht da? Sie sagten doch gerade –»

«Perez sagte mir, sie würde kommen, doch dann war sie ganz plötzlich fortgegangen. Mit einem Freund.»

Holly kurbelte das Wagenfenster hoch, als der Regen hereinprasselte. «Mein Gott, gießt das!»

«Ja, hier gibt es im Herbst oft ganz beachtliche Stürme.»

Die Scheibenwischer bewegten sich rhythmisch hin und her, und der Motor summte. Der Wind blies den Regen in langen, wäßrigen Streifen auf die Kühlerhaube zurück, und der rote Lack vermittelte im Schein der Blitze den Eindruck, als blute der Wagen.

«Sie haben ein neues Auto, was?» fragte Holly neugierig. «Was ist aus dem Citroën geworden?»

«Den hab ich verkauft. Man hatte mir diesen hier sehr günstig angeboten, da konnte ich nicht widerstehen. Jemand, der nach England zurückging – solche Gelegenheiten ergeben sich manchmal. Dieser Wagen fährt sich sehr viel leichter.»

«Und wie lange haben Sie ihn schon?»

«Seit zwei Wochen, ich habe ihn nur für ein paar Tage einem Freund überlassen.»

«Oh, darum haben Sie ihn an dem Abend nicht gefahren, als wir alle bei den Beams waren?»

«Richtig. Da hatte ihn mein Freund.»

«Kenne ich ihn?»

«Es ist eine ‹sie›.»

«Mann – Sie sind aber ein stilles Wasser!»

«Na ja. Aber immerhin ein Mann – trotz allem.»

Holly runzelte die Stirn. «Ich dachte, Mary wäre bei Helen.»

«Das stimmt.»

«Aber hier geht es nicht nach Puerto Rio.»

«Das stimmt.»

«Aber wieso ...»

«Sagen wir, ich habe dort eine Verabredung.»

«Ich begreife überhaupt nichts», sagte Holly mit leicht gepreßter Stimme. «Ich möchte Mary sehen ...»

«Alles zu seiner Zeit, meine Liebe.»

«Jetzt!»

«Es wird nicht lang dauern.»

Holly betrachtete das bekannte Profil, das sich vor dem regennassen Wagenfenster abzeichnete, und fühlte eine plötzliche Kälte in sich aufsteigen, die nichts mit dem Wetter zu tun hatte. Jetzt war der Sturm in ihrem Inneren.

«Ihre Freundin – ist sie eine gute Autofahrerin? Oder neigt sie dazu, andere Wagen von der Straße abzudrängen?»

Das Profil wandte sich ihr zu, und das Lächeln, das sie sonst auf dem Gesicht zu sehen gewöhnt war, hatte sich verändert.

«Das stimmt, meine Liebe.»

Als der Regen ihm das Haar in die Stirn peitschte, versuchte sich Charles eine Antwort auszudenken, die Nigel und die anderen zufriedenstellen würde.

«Ich weiß nicht.»

«Na, raus mit der Sprache, Sohn», sagte Nigel geduldig. «Wir wissen, daß Sie das Bild nach Madrid gebracht haben, und zwar zu einem Restaurator in der Gavilan Straße.»

Charles fühlte, wie der Wind ihm den Regen in den offenen Mund blies. Woher konnten sie das erfahren haben? Er und Holly hatten Tinker bewußtlos zwischen den bizarren Felsen zurückgelassen und er selber hatte dieses Peilgerät zerstört.

«Wenn Sie das wissen, dann wissen Sie ja auch den Rest. Das Bild ist eine Fälschung, keinen Penny wert. Wir haben es dagelassen.»

«Sie sind mit dem Bild in den Laden gegangen und wieder damit rausgekommen», sagte Tinker.

«Aber ...» Charles brach ab. Zum Teufel mit allen! Er war erschöpft, durchnäßt und fühlte sich elend wie ein Hund. «Das stimmt.»

Der Mann mit der Narbe sagte ungeduldig: «Ich kann nicht behaupten, daß es mir Spaß macht, hier in der Nässe herumzustehen.»

Charles starrte ins Dunkel. Als wieder ein Blitz über den Himmel zuckte, sah er das Gesicht des dritten Mannes, das von einer Narbe verunstaltet war, und das hängende Lid eines weißen, blinden Auges. Es war ein schreckliches Gesicht, das eines Bösewichts, eines spanischen Piraten, doch die Stimme war ausnehmend sanft und kultiviert.

Und englisch.

«Nach allem, was Sie mir gesagt haben, hat der Mann in den letzten Tagen allerhand durchgemacht. Bestimmt würde er lieber ins Trockene und Warme kommen. Wir können die Angelegenheit wie Gentlemen in meinem Büro besprechen.»

«Also, ich habe wenig Mitgefühl für ihn», brummte Tinker. «Hab immer noch 'ne Beule wie ein Hühnerei am Kopf.»

«Sie hätten uns nicht verfolgen sollen», sagte Charles.

«Blödsinn, das gehört zu meinem gottverdammten Job!»

Es war das erste Mal, daß Charles einem Dieb und Mörder begegnete, der professionellen Stolz an den Tag legte. Er schwankte leicht. Das Gewicht des Regens auf seinen Schultern wurde allmählich zuviel für ihn.

«Kommen Sie, Sohn, stützen Sie sich auf mich», sagte Bland.

Charles tat es, dabei wünschte er innerlich, er könnte die drei mit Tritten und Fausthieben zu Boden bringen und dann in der Dunkelheit untertauchen. Aber wie die Dinge standen, konnte er kaum einen Fuß vor den anderen setzen. Außerdem, was brachte es schon? Sie würden ihn wahrscheinlich töten. Sie hatten ja auch Graebner getötet, oder vielleicht nicht?

«Reg ist aus dem OP heraus; die Schwester sagte, der Arzt ist sehr zufrieden mit ihm. Alles wird gut werden.»

Mary begann vor Erleichterung zu weinen und stellte ihre Teetasse unsicher ab. Helen rettete sie gerade rechtzeitig. «Gott sei Dank!»

«Ja.» Helen wirkte verwirrt. «Die Schwester sagte, Holly sei in der Klinik.»

«Oh, dann muß sie schnurstracks dorthin gegangen sein. Wie vernünftig.» Mary schnüffelte beifällig. Jetzt, wo sie sicher war, daß Reg sich wieder erholen würde, stimmte sie allem zu. «Hast du mit ihr gesprochen?»

«Nein. Die Schwester sagte, sie sei vor einer Stunde fort. Mit Alastair Morland. Sie sagte, Holly hätte was davon erwähnt, daß sie zu dir kommen wollte.»

«Vor einer Stunde? Aber dann müßten sie doch längst hier sein.»

Helen warf einen Blick aus dem Fenster. «Das sollte man annehmen, aber vielleicht hat das Wetter sie aufgehalten. Alastair ist immer mächtig vorsichtig.»

«Ich begreife nicht ... wieso?» wiederholte Holly erneut.

«Geld, Süße. Die Wurzel von allem, was das Leben lebenswert macht.» Alastairs Hand schloß sich fester um ihren Arm, und er schob sie praktisch in die Halle von 400 Avenida de la Playa.

Sie funkelte ihn an. «Dann sind Sie auch kein Pfarrer, was?»

Alastair zwinkerte. «Nein, ganz gewiß nicht.»

«Lassen Sie mich los!» Holly zappelte, um sich zu befreien. «Und krank sind Sie wohl auch nicht?»

«Seh ich krank aus?»

Sie starrte ihn an; er hatte sich unheimlich verändert. Er sah nicht nur kerngesund aus, er sah aus, wie sie ihn nie gesehen hatte. Seine Augen glitzerten, und die Kinnlade wirkte entschlossen. Der Mund, der immer einen so sanften und liebenswürdigen Zug gehabt hatte, war auf einmal hart und grausam. Sie versuchte, nach ihm zu schlagen, aber er tauchte geschickt weg, so als wäre er derlei Dinge gewöhnt.

«Na, na, so was wollen wir doch lassen. Sie brechen sich nur Ihre Fingernägel ab.»

«Verdammt!»

Er stieß sie auf die Lifttüren zu und drückte heftig auf einen der Knöpfe. «Macht nichts, Süße. Ich bin der Nette. Warten Sie auf den, der Sie oben empfangen wird.»

Sie betrachtete den Lift. «Das ist nicht unser Aufzug. Das ist ...»

«Ihr Künstler habt eine so gute Beobachtungsgabe», sagte Alastair höhnisch. «Schade, daß ihr nicht auch noch clever seid.»

«Ich möchte nicht darüber sprechen», sagte Charles. «Mir hängt die ganze Sache zum Hals raus. Wenn Sie so wild auf das Bild sind, warum haben Sie es denn nicht selber gestohlen?»

«Wir wußten nicht, daß Reg es hatte, alter Junge», sagte Nigel und händigte ihm eine Tasse Kaffee aus. Sie waren in seinem Bürohaus. Der Sturm tobte draußen mit unverminderter Heftigkeit. Oktoberstürme waren immer so, sie brachen schnell herein und ließen sich Zeit, wieder nachzulassen. Der Regen prasselte wie Applaus gegen die Fensterscheiben.

«Tatsache ist, ich wußte nicht einmal, daß es existierte, bis Mel mich aufgesucht hat.»

Charles warf Tinker einen Blick zu. Obwohl er durchnäßt war und eine Rauferei hinter sich hatte, sah er großartig wie immer aus. Sogar noch etwas gewaltiger, zweifellos war es eins der neuen amerikanischen Wunder, daß sie nicht einliefen, wenn sie naß waren.

«Aha», murmelte Charles. «Ich nehme an, Sie repräsentieren das amerikanische Ende von Graebners kleinem Handel.»

Nigel lachte in sich hinein. «Sie haben das offenbar nicht so ganz mitbekommen, Sohn.» Er warf Tinker einen Blick zu. «Ich hab dir von Anfang an gesagt, man hätte ihn einweihen müssen. Egal was Baker sagte.»

«Baker!» rief Charles aus. Verdammt, natürlich Baker. Er hatte ihn vom ersten Tag ihrer Begegnung an nicht leiden mögen, und jetzt wußte er auch warum. Der Mann war durch und durch korrupt und benutzte seinen diplomatischen Status als Deckmantel. Es war abscheulich.

«Ich wußte nichts über ihn», sagte Tinker. «Ich weiß immer noch nichts.»

«Damit geht es uns beiden gleich», fauchte Charles.

«Er hält uns für Verbrecher», sagte der narbengesichtige Mann plötzlich, als ob ihm eine neue Erkenntnis gekommen wäre.

Nigel grinste. «Das habe ich mir auch schon überlegt. Sie enttäuschen mich, Sohn. Wirklich», sagte er zu Charles.

Tinker griff in seine Tasche. «Er ist zweifellos kein Profi. Als Sie mich am Boden hatten, Llewellyn, hätten Sie die Gelegenheit nützen sollen, mich zu durchsuchen. Das haben Sie aber nicht getan. Dabei würde es uns allen eine Menge Ärger erspart haben.» Er holte eine dünne lederne Ausweistasche hervor und klappte sie vor Charles' Augen auf.

United States Zollfahnder.

Charles starrte auf den Ausweis und dann auf Tinker. Die Tür zum Büro wurde geöffnet, und ein junger blonder Riese kam herein, der aus dem Kofferraum des Mercedes ein in braunes Papier eingewickeltes Paket brachte und dann wieder hinausging.

«Ich muß ja einen sehr zweifelhaften Charakter haben, wenn Sie annehmen konnten, Sohn, daß ich krumme Touren drehe», sagte Nigel traurig, während Tinker das braune Papier entfernte.

Unter dem hellen Oberlicht glühten und schimmerten die Farben des falschen Raphael, und Charles konnte Hollys Gesicht voller Zärtlichkeit auf das Kind auf ihrem Schoß blicken sehen.

«Ich hab Ihnen doch gesagt, daß es nicht dasselbe Bild ist...» begann er.

Tinker wirbelte zu ihm herum. «Bild? Zum Teufel mit dem Bild, Charley. Wo ist der gottverdammte Rahmen?»

20

Colonel Jackson sah Holly an. Verschwunden waren das etwas verwirrte und exzentrische Gehabe, die sanfte Stimme, der unsichere Schritt. Verschwunden war auch völlig jede Spur von Gebrechlichkeit. Er sah klein, ärgerlich und äußerst beängstigend aus.

«Wo ist das Bild?»

«Was für ein Bild?»

Jackson wandte sich ab, so als wolle er sich zusammenreißen, doch als er sich wieder umdrehte, war sein Gesicht weiß vor Zorn. «Das Bild, das im Studio Ihres Mannes zurückblieb, an seinem Todestag. Das Bild, das Ihr verdammter Schwiegervater die ganze Zeit irgendwo heimlich versteckt haben muß.»

«Ich weiß nicht, wovon Sie sprechen. Reg hat massenhaft Bilder von David – das heißt, er hatte sie. Ich nehme an, Sie waren es, der neulich hier eindrang und sie alle mitgenommen hat.»

«Wenn ich es gewesen wäre, meine Beste, dann würde ich das eine, das zählte, nicht übersehen haben», schnappte Jackson. «Wo ist es?»

«Aber sie sind doch alle gestohlen worden, sie...»

Ihr Kopf flog in den Nacken, als er sie hart erst auf die eine Wange, dann auf die andere schlug. Hollys Hände waren auf ihren Rücken gefesselt, schmerzhaft fest um einen Stuhl. Maddie sah ihnen von der Couch aus zu, ein kleines, erfreutes Lächeln um den Mund. «Sie und Ihr verdammter Konsulatsangestellter haben dieses Haus mit einem in braunes Papier gewickeltes Paket verlassen, in dem sich nur ein Bild befunden haben kann – nachdem Sie behaupteten, alle Bilder wären gestohlen. Und dann sind Sie zwei Tage lang verschwunden gewesen. Haben Sie es verkauft?»

«Das war kein Bild», sagte Holly. «Das war einer meiner Gobelins – wir haben ihn nach Alicante mitgenommen, damit ich die passende Wolle nachkaufen konnte ...»

Er schlug sie erneut. «Und Sie sind auch nicht in Alicante gewesen, meine Beste, das wissen wir. Kommen Sie, ich habe nicht viel überflüssige Zeit. Ich habe seit zwei Jahren gewartet, bis das Bild auftauchte. Ich dachte, die Polizei hätte es. Wo ist es?»

«Ich sagte Ihnen doch –»

Er schlug sie wieder. Und wieder. Und wieder.

«Lassen Sie mich Ihnen eine Geschichte erzählen», sagte Nigel Bland freundlich von seinem Vordersitz. Tinkers roter Mercedes war wie das Innere einer Trommel, während der Regen auf das versenkbare Dach prasselte. Charles saß hinten, neben dem narbengesichtigen Mann, und schwankte von einer Seite zur anderen, wenn der Wagen um Kurven bog und einen Hahnenschwanz von Staub hinter sich ließ.

«Die Geschichte betrifft einen alten Mann, der dauernd eine Schubkarre Heu über eine Grenze und wieder zurück schob. Die Zöllner stachen immer in das Heu, überzeugt, daß sich darunter irgendwelche Schmuggelware befinden müsse. Das ging so über Jahre. Endlich, als der alte Mann im Sterben lag, kam einer der Grenzer zu ihm. ‹Ihr habt uns die ganze Zeit zum Narren gehalten, und wir sind nie dahintergekommen. Wollt Ihr uns nicht jetzt, wo alles vorbei ist, sagen, was Ihr geschmuggelt habt?› Der alte Mann sah lächelnd zu ihm. ‹Schubkarren›, sagte er.» Nigel lachte. «Das hat Tinker gejagt, Sohn. Schubkarren.»

«Sie sprechen von den Rahmen? Auf Rahmen liegt kein Zoll», gab Charles zu bedenken.

«Nicht die Rahmen als solche», sagte Tinker über die Schulter. «Nur was in den Rahmen war.»

«Na, eben die Bilder.»

«Nein ... *in* den Rahmen. In dem Fiberglas. David Partridge transportierte oder verschiffte seine Bilder über die ganze Welt, und jeden einzelnen dieser Rahmen hatte er selber gemacht. Sie bestanden aus Waben, die mit Heroin gefüllt waren. Graebners Kontakte nahmen die Bilder in Empfang, nachdem sie durch den Zoll gegangen waren, wechselten die Rahmen aus und schickten die Bilder weiter. Aus den Rahmen holten sie das Heroin und brachten es in den Handel. Die Idee stammte von David, er hatte sie schon seit Jahren benutzt, aber nur für Marihuana. Dann wechselte er selber zu den harten Drogen über und Graebner machte seinen ‹Maulesel›

– so nennt man einen, der Schmuggelware für einen anderen durch den Zoll bringt. Manchmal wissen diese Leute selber nicht, was sie transportieren, aber Partridge wußte es wohl. Er mag zwar seine Skrupel gehabt haben, was Kunst betraf, aber nicht, wenn seine Sucht im Spiel war.»

«David Partridge war süchtig?» fragte Charles erstaunt. «Holly hat nie etwas davon erwähnt...»

«Sie wußte es nicht, Sohn», sagte Nigel traurig. «Ich glaube, auch Reg und Mary ahnten nichts. David war immer etwas exaltiert, und als er anfing, noch launischer zu werden, schrieb man es der Tatsache zu, daß seine Ehe in die Brüche ging. Dabei ging die Ehe nur kaputt, *weil* er süchtig geworden war. Das Zusammenleben mit solchen Typen ist nicht leicht, vor allem, wenn man nichts davon weiß.»

«Aber seine Arbeit? Wie konnte er noch arbeiten?»

«Wahrscheinlich hat Graebner immer für Nachschub gesorgt», sagte Nigel wütend. «Schließlich war er der ideale Maulesel, und Graebner mußte sich schließlich um seinen Stall kümmern. Davids Leistung litt darunter, und wahrscheinlich wußte er das auch – was die Sache nicht leichter machte. Aber solange er genügend Stoff bekam, konnte er mit der linken Hand alle möglichen Kopien anfertigen. Natürlich hätte ihn das Heroin eines Tages umgebracht, aber ich bin sicher, daß Graebner und den anderen bis dahin schon eine Alternative eingefallen sein würde.»

«Andere?» fragte Charles.

«O ja», sagte der narbengesichtige Mann, dessen Name sich als Burnett herausstellte und der als Verbindungsmann zwischen Zoll und Polizei arbeitete. Charles hatte Mühe, das wilde Aussehen des Mannes nicht mit der Rolle des Bösewichts zu vereinbaren, aber langsam gewöhnte er sich an das Umdenken. «Graebner war nur ein Glied in der Drogentransportkette, und ein ziemlich schwaches dazu.»

Der Mercedes kam jetzt an dem zerbrochenen Zaun und der Stelle vorbei, wo Charles' Wagen über die Straßenböschung gegangen war. «Dann waren es also diese anderen, die Holly und mich umbringen wollten?»

«Na, wir waren es ganz sicher nicht», meinte Tinker. «Als das passierte, wußten wir, daß wir uns der Lösung näherten. Ich arbeite schon lange an diesem Fall, aber wir sind nie an die Leute rangekommen, die das Unternehmen finanzierten. Wir hofften, zwischen all dem Zeug, das Holly in die Garage geschafft hatte, einen Hinweis zu finden, aber...»

«Dann haben Sie die Garage ausgeräumt?»

«Ja», sagte Burnett. «Und auch das Penthouse. Tut mir leid wegen des Chloroforms, aber Tinker fürchtete, Sie könnten ihn erkennen, und damals wollten wir die Karten noch nicht auf den Tisch legen. Wir waren darauf vorbereitet, daß alles mögliche passieren konnte, nachdem Graebner aus dem Gefängnis entlassen wurde, und warteten geduldig darauf, daß er stehenden Fußes zu den Leuten gehen würde, mit denen er arbeitete. Die Leute, die ihn zu töten versuchten, als sie fürchteten, er würde reden. Aber statt dessen ging er zu Davids Vater.»

«Und eine Zeitlang dachten wir ...» Nigel brach ab.

«Daß Mr. Partridge daran beteiligt war?»

«Ja.» Nigels Stimme klang rauh. «Und ebenso dachten wir, Sie könnten mit darin stecken.»

«Ich?» Charles war sprachlos. «Wie kommen Sie darauf?»

«Sie waren so an dem Bild interessiert, Sohn. Wir wußten, daß der Mann im Hintergrund Engländer war und irgendwo an der Costa lebte. Das hätte Alicante sein können, oder hier oder sonstwo. Man brachte Tinker mit mir in Kontakt, da man von mir wußte, daß ich sauber war. Aber derjenige, der in die Sache verwickelt war, mußte sich für das Bild interessieren – und das taten Sie.»

Etwas beschämt erzählte Charles von der Theorie, die Holly sich über die Goyas ausgedacht hatte. «Jetzt sehe ich natürlich, daß wir einem Phantom nachgejagt sind.»

«Scheint so», stimmte Tinker bei. «Ein paar der letzten Bilder brachten uns auf die Spur. Ein Rahmen war beim Transit beschädigt worden, und irgendein heller Inspektor bekam etwas von dem Staub auf Gesicht und Hände, als er die Kiste öffnete. Wir taten so, als ob wir an eine Fälschung glaubten, und ließen Graebner festnehmen, in der Hoffnung, daß er uns zu seinen Drahtziehern führen würde. Aber dann passierte dieser Autounfall und er weigerte sich, den Mund aufzumachen. Da haben wir die Sache fallengelassen.»

«Wo sind denn die Bilder jetzt?» erkundigte sich Charles.

Tinker zuckte die Achseln. «In einem Zollhaus in New York.»

«Sie waren also nie hinter den Bildern her, sondern nur hinter den Rahmen? Verrückte Sache!» sagte Charles.

«Was hat Sie eigentlich veranlaßt, das Bild aus dem Rahmen zu nehmen», wollte Burnett wissen.

Charles runzelte die Stirn. «Es war zu groß, um es in den Koffer zu packen, das war alles. Wie ich Ihnen gesagt habe, es ist bestimmt noch unter der Matratze, wo Holly es versteckt hat, ehe Lopez kam.» Das brachte ihn auf einen Gedanken. «Weiß Esteban eigentlich über das alles Bescheid?»

Tinker schüttelte den Kopf; sie waren jetzt an 400 Avenida de la

Playa angelangt. «Nein. Sie dürfen nicht vergessen, daß die Untersuchung schon länger als zwei Jahre läuft. Er wurde wegen des Todes von Graebner auf die Sache angesetzt. Ich kann Ihnen sagen, das hat uns ganz schön aus den Pantinen gekippt. Wir wissen immer noch nicht, warum er ermordet wurde oder warum man ihn vom Patio der Partridges hinuntergeworfen hat. Wir fühlten uns ziemlich schuldig, als man Reg verhaftete, aber wenn wir Lopez von unserem Verdacht erzählt hätten, würde das den Lauf der Dinge verändert haben können. Wir sind immer noch hinter dem Mann her, der die Sache leitet, und wir wollen ihn nicht aufscheuchen.»

«Und deswegen ließen Sie zu, daß Reg im Gefängnis verrottet?» fragte Charles empört.

«Nun regen Sie sich mal nicht auf, Sohn. Ich hatte mich schon überzeugt, daß sie etwas seinetwegen unternehmen müßten», sagte Nigel. «Das heißt, als er krank wurde ...» Er warf Tinker einen vorwurfsvollen Blick zu.

«Wollen wir doch erst einmal den Rahmen wiederfinden», sagte Tinker schnell und vermied Nigels Blick. «Dann können wir uns mit diesem Lopez in Verbindung setzen und ihm alles erzählen. Vielleicht findet er einen Sinn darin.»

Lopez beobachtete die vier Männer, die das Gebäude betraten, und warf Paco Bas einen Blick zu. «Interessant», meinte er.

«Ja, Sir», stimmte ihm Bas zu. Es war nicht nur interessant, es war absolut und total unerwartet. Bas seufzte. Nichts war einfach. Wenn sie nicht Morland einen Mann auf die Fersen geheftet hätten, würden sie die Spur von Señorita Partridge verloren haben. Sie hatten Llewellyn verloren, und plötzlich war er wieder da. Er drehte sich auf seinem Sitz herum und sah hinaus. Richtig, da fuhr gerade ein Wagen mit den beiden Männern vor, die man zur Beschattung von Bland und dem großen Amerikaner in Espina abgestellt hatte. «Das wächst sich langsam zu einer größeren Menschenmenge aus», bemerkte er.

Lopez warf einen Blick in den Rückspiegel, dann auf seine Uhr und danach hinauf zu den erleuchteten Fenstern des Penthouses. «Wir lassen ihnen zehn Minuten Zeit, dann gehen wir rauf», sagte er.

Sie hatten sie in das dunkle Schlafzimmer gebracht. Sie hatten sie gezwungen, im Krankenhaus anzurufen und nach Charles zu fragen, aber er war nicht da. Wo war er? Sie hatten natürlich gedacht, sie schwindele, aber sie war ebenso überrascht wie sie. Er hatte gesagt, er würde ins Krankenhaus kommen, wenn er einen Parkplatz für seinen Wagen gefunden hätte. Und das hatte er genauso gemeint. Irgendwas mußte ihm zugestoßen sein, das war die einzige Erklärung. Vielleicht etwas Schreckliches. Aber wenn das der Fall war, konnte es nur an Alastair, Jackson und Maddie liegen. Die Tränen traten ihr in die Augen.

Oh, wenn sie doch nur von Anfang an auf Charles gehört hätte!

Sie konnten das verdammte Bild haben, sie wollte es gar nicht. Sie hatte ihnen gesagt, daß es in einem Laden in der Gavilan Straße sei und Charles die Empfangsbestätigung habe – und jetzt hatten sie sich aufgemacht, um Charles zu finden. Danach ...

Klar, sie und Charles wußten zuviel.

Sie waren zu einem Problem geworden, so wie Graebner.

Und Leute wie Alastair und Colonel Jackson kannten nur eine Methode, mit Problemen fertig zu werden.

Sie schafften sie aus der Welt.

«Ich hab Marys Schlüssel», sagte Nigel. Er suchte aus dem Schlüsselbund einen Yaleschlüssel heraus.

Sie betraten das dunkle Penthouse, als die Nacht von einem Donnerschlag zerrissen wurde. Das Zentrum des Sturms bewegte sich jetzt weiter, aber sie hatten noch eine lange Nacht voll Regen und Wind vor sich. Im Penthouse herrschte Stille und dazu der schale Geruch von Räumen, die lange nicht gelüftet worden waren. Nigel knipste das Licht an.

«Sie werden mit uns nach Madrid kommen müssen, um das Bild zu holen», sagte Alastair und zerrte Holly wieder ins Licht. «Der Ladenbesitzer wird es keinem Fremden aushändigen, und Ihr alberner Freund ist abhanden gekommen.»

Holly sah von einem zum anderen, und ihre Gedanken überschlugen sich. Zwischen hier und Madrid würden sich bestimmt Möglichkeiten zur Flucht bieten. Und vielleicht würde Jaime auch argwöhnisch werden, wenn sie ohne Charles aufkreuzte ...

«Wenn Sie irgendwelche Mätzchen planen, vergessen Sie die lieber», sagte Colonel Jackson warnend. «Wir lassen Maddie hier, und sie wird sich Regs nur allzu gern annehmen, falls Sie Schwierigkeiten machen. Wir hätten ihn schon längst erledigt, wenn dieser verdammte Polizist ihn nicht eingesperrt hätte.»

Hollys Abneigung gegen den gewissenhaften Lopez durchlief eine unmittelbare 180-Grad-Kehrtwendung zum Besseren. Gott segne dein bürokratisches kleines Herz, Don Esteban, dachte sie. «Ich hoffe, es ist kein Goya, sondern wieder einmal eine Fälschung», fauchte sie Alastair an.

«Ein Goya?» wiederholte Alastair, dann lachte er. «Na, das wäre ja wohl eine Überraschung, was? Ein Goya, in der Tat! Sie sind eine Närrin.»

«Wir wollen das Bild ja nicht haben», sagte Jackson. «Wir suchen den Rahmen, Sie dumme Gans. Ihr Verflossener war ein Fälscher, und er arbeitete für uns. Aber er war zu clever – er kam sich jedenfalls sehr clever vor. Und darum hat er jedesmal ein bißchen zurückbehalten. Sich sozusagen einen kleinen Vorrat angelegt.»

«Ein bißchen – von was?»

Aber Jackson hörte ihr nicht zu; er war zu sehr mit seinem Haß beschäftigt. «Er wollte aussteigen. Er wollte eine Kur machen und dann ‹richtig arbeiten›. Der Idiot! Er hatte keinerlei Talent, außer zum Kopieren. Graebner begriff, was er vorhatte, als er an dem Tag ins Studio ging und den Bosch sah, gerahmt und zum Verschiffen nach London bereit. Aber ehe er etwas unternehmen konnte, traf die Polizei ein. Und dann kam es zu dem Autounfall – äußerst praktisch. Damit wurde ein Problem aus der Welt geräumt, aber ein anderes geschaffen.»

«Wollen Sie damit sagen – Sie haben David nicht umgebracht? Es war tatsächlich ein Unfall?»

«Im Gegenteil, meine Beste, ich hatte es vor und tat es auch», sagte der Colonel giftig.

«Jemand hat nebenan das Licht angeknipst», mischte sich Maddie plötzlich ein. «Ich kann im Moment nichts erkennen – oh!»

«Was ist?» fragte der Colonel abgelenkt.

«Der Mann – der aus dem Konsulat – ist drüben», sagte Maddie. «Und die anderen ... mein Gott, sie haben den Rahmen!»

«Was?» Beide, der Colonel und Alastair kamen zu ihr und blickten aus dem regennassen Fenster. Holly schob sich langsam auf die Tür zu, aber Maddie sah es aus einem Augenwinkel und kam ihr nach, wobei sie sie auf den Boden warf.

Holly kreischte.

Auf dem Patio des Penthouse der Partridges hatte sich der Wind des Tisches und des Sonnenschirms bemächtigt und fegte beides über die Fliesen. Dort rollten sie hin und her, je nachdem wie der Wind blies, wie hilflose Tiere. Charles, der als erster auftauchte, bekam den Regen mit aller Stärke ins Gesicht und schwankte kurz; dann wischte er sich die Augen. Nigel, Tinker und Burnett folgten ihm auf den Fersen, und während der Regen auf sie eintrommelte, starrten sie hinüber auf den nächsten Patio.

Dort starrten Colonel Jackson und Alastair Morland zurück, das Haar vom Regen an die Köpfe geklebt. Hinter ihnen war Maddie, die Hollys Hände mit einem bösartigen Griff auf den Rücken gedreht hatte, in dem offenen französischen Fenster zu sehen.

«Heh!» sagte Tinker und bewegte sich auf sie zu.

Der Colonel hatte plötzlich eine Pistole in der Hand. «Das genügt», sagte der Colonel. «Und jetzt möchten wir bitte den Rahmen haben.»

«Den Teufel werden Sie», sagte Tinker.

«Oder wir töten das Mädchen», fuhr der Colonel fort. «Uns macht das nichts aus.»

«Heiliger Bimbam», sagte Tinker. «Sie dreckiges Schwein.»

«Geben Sie ihm den Rahmen», sagte Charles; er mußte den Satz noch einmal lauter wiederholen, da ihm der Wind die Worte vom Mund riß.

«Nein», beharrte Tinker.

«Sie müssen, Mel», schrie Nigel. «Sie können nicht zulassen, daß man sie verletzt.»

«Sehr vernünftig», rief Alastair zurück. «Aber Sie waren ja schon immer der vernünftige Typ, Bland.» Die Wut in seiner Stimme drang sogar durch den Wind.

«Werfen Sie ihn rüber», schrie der Colonel.

«Dazu ist er zu leicht», widersprach Morland. «Er besteht ja nur aus Fiberglas, wenn der Wind ihn zu fassen kriegt ...»

«Dann bringen Sie ihn rüber.»

«Wenn sie nach unten gehen, können sie irgendwo anrufen», bemerkte Morland, doch der Colonel schüttelte den Kopf.

«So habe ich das nicht gemeint. Ich sagte ‹rüberbringen›, so wie ich in jener Nacht rüberkam. Stellen Sie diese Töpfe weg, die Holzunterlage reicht mühelos von einer zur anderen Brüstung.»

«So haben Sie's also geschafft», sagte Charles mehr zu sich selbst. Der Colonel konnte ihn nicht hören, aber er mußte im Licht, das vom Penthouse herausdrang, sein Gesicht gesehen haben. Er lächelte.

Morland stellte die schweren Geranientöpfe beiseite und schob die dicke Planke über die Patiobrüstung. Der Colonel händigte Maddie die Pistole aus, die sie mit sichtlicher Befriedigung auf Holly richtete. Dann half er Morland, das Brett über den Zwischenraum zu schieben.

«Zu zweit ist das verdammt viel leichter», bemerkte der Colonel. Die Planke reichte spielend von der einen zur anderen Seite. Die Brüstungen waren nur ungefähr zwei Fuß voneinander getrennt.

«Jetzt», sagte der Colonel und wischte sich mit dem Ärmel über das regennasse Gesicht. «Sie werden jetzt den Rahmen rüberbringen, Llewellyn.»

«Ich?» fragte Charles mit erstickter Stimme.

«Ganz richtig, Sie», sagte der Colonel. «Sie mußten sich ja unbedingt einmischen – und Sie sind zu dumm, um irgendwelche Tricks zu probieren. Sie bringen ihn her.»

«Aber ...»

«Wo dieser herkam, müssen doch noch massenhaft andere sein», rief Tinker. «Warum der ganze Umstand?»

«Seit Graebners Tod hat es keinen Nachschub mehr gegeben», sagte der Colonel. «Mit ihm ist seine Bezugsquelle versiegt. Und da die letzte Sendung nie eingetroffen ist, sitzen wir seitdem auf dem trockenen. Man hat uns nicht einmal bezahlt.»

«Aber Graebner ist doch ...»

«Halten Sie die Klappe und bringen Sie den Rahmen rüber, sonst stirbt das Mädchen auch», schrie der Colonel in den Wind. «Kommen Sie, hübsch langsam und vorsichtig, daß ich Sie beobachten kann.»

Tinker händigte Charles den leeren Rahmen aus, der ihn zögernd ergriff. Hollys und sein Blick begegneten sich über dem Zwischenraum, und er lächelte. Sie sah völlig verängstigt aus und schüttelte dauernd den Kopf, er solle es nicht tun, aber er sah keinen Ausweg; er mußte hinüber.

Er steuerte auf die Patiobrüstung zu, auf der die Planke lag, kletterte hinauf, während er sich den Rahmen um den Hals gehängt hatte.

«Ziehen Sie die Schuhe aus», schrie Tinker.

Charles schüttelte sie ab, richtete sich ein wenig auf und begann den Marsch über die schmale Planke. Über den Abgrund, der tief unter ihm lag.

Der Wind zerrte an ihm, als er in der Mitte angelangt war; er ließ sich auf die Knie fallen und klammerte sich verzweifelt an dem Holz an. Der Sturm hatte im Landesinneren etwas nachgelassen, aber er war noch nicht mit Puerto Rio fertig. Durch die Gesteinsmassen des Montgo geteilt, pfiff und wirbelte der Wind über die Ebene, wickelte sich um die hohen Gebäude, die an der Strandfront emporwuchsen, und schüttelte sie mit Wonne. Wie er so um die drei hochragenden Wohntürme an der 400 Avenida de la Playa herumtobte, wurde er zu einer konzentrierten Kraft, unkontrollierbar und unvorhersagbar.

Sich an die Planke klammernd, zog Charles den Kopf aus dem Rahmen und hielt ihn dem Colonel hin. «Weiter kann ich nicht», schrie er. «Wenn Sie das hier haben wollen, müssen Sie es sich schon holen.»

«Ich werde das Mädchen töten», warnte der Colonel.

«Das werden Sie nicht», schrie Charles. «Was Sie wollen, ist dies hier. Nehmen Sie es und hauen Sie ab. Wir werden Sie nicht verfolgen, wenn Sie das Mädchen in Frieden lassen. Kommen Sie, einer von Ihnen, und nehmen Sie den Rahmen.»

Lopez stand in der Halle. Er hatte gerade die Hand gehoben, um ein zweites Mal zu klopfen, als er durch den Wind diesen entsetzlichen Schrei hörte. Unwillkürlich trat er zurück.

«Brechen Sie die Tür ein», befahl er.

Als der Mann am ersten Fenster unterhalb der Patiobrüstung vorbeifiel, war Mr. Van Gelden gerade dabei, sich das Badewasser einzulassen und die Fichtennadelessenz hinzuzufügen. Er erstarrte, das Glas in der Hand.

Als der Mann am zweiten Fenster vorbeifiel, spiegelte sich sein Bild in der dunklen Fensterscheibe. Die Murphys waren unterwegs.

Als der Mann am dritten Fenster vorbeikam, war Professor Gottlieb gerade damit beschäftigt, die letzte Korrektur an seiner wissenschaftlichen Arbeit über Cervantes anzubringen. Der Kugelschreiber hielt mitten im Wort an und piekte durch das Papier.

Als der Mann das vierte Fenster erreicht hatte, erstarrte Mrs. Butler in den Armen des Mannes, der unbekleidet auf ihr lag und nicht Mr. Butler war, der aber nichts bemerkt hatte.

Als der Mann am fünften Fenster vorbeifiel, war er für Mrs. Greenes Katze, die kurz aufhörte, ihre Pfote zu waschen und voller Erstaunen hinaussah, nur ein verschwommener Schatten.

Beim Fallen überschlug und drehte sich der Körper des Mannes. Seine stierenden Augen reflektierten die Lichter im Inneren des Hauses, und sein offener Mund war wie eine Höhle. Und während er durch die Nacht fiel, schrie er und schrie und schrie.

Bis er auf den Boden auftraf.

Von dem Patio des Penthouse starrten Tinker, Nigel und Burnett in den Zwischenraum, der die beiden Wohntürme trennte. Die Planke war ebenfalls hinuntergefallen und traf nach Morlands Körper unten auf, splitternd und ihre Holzteile über die schrecklich zerbrochene Gestalt verstreuend, die da auf dem Zementboden lag. Neben ihr lag der Rahmen, der ebenso gesplittert war.

Charles, der fühlte, wie sich das Brett unter Morlands zusätzlichem Gewicht zu biegen begann, tat einen wilden Sprung, als es ihm unter den Füßen wegsackte. Seine rechte Hand bekam den steinernen Pflanztrog zu fassen, der auf der Brüstung entlanglief, und seine linke klammerte sich an die innere Kante der Rinne. Aber er konnte sich nicht bewegen, und sein Körper klebte nun an der Hauswand, während der Wind an ihm zerrte.

Über den Lärm des Sturms hinweg konnte er Holly schreien hören, und seine Füße suchten an der glatten Wandfläche nach Halt.

Der Colonel war zu Maddie zurückgerannt, nahm seine Pistole und war dabei, sich in sein Apartment zurückzuziehen, wobei er Holly wütend beiseite stieß. «Ich mache, daß ich hier fortkomme», schrie er in den Wind.

«Den Teufel werden Sie tun», brummte Tinker, trat von der Brüstung zurück und prüfte den Abstand mit abwägendem Blick.

«Hilfe!» rief Charles. Seine angelnden Füße hatten endlich irgendwo einen Halt gefunden, die winzige Öffnung eines Regenrohrs. Er zwängte den Fuß hinein, aber sein Eigengewicht und der Wind, der ihn beutelte, zerrten schmerzhaft an seinen Armen; er wußte, daß er das nicht sehr viel länger aushalten würde.

Wie er da hing, der Regen ihm ins Gesicht schlug und ihm die Sicht verwischte, war er sich nicht ganz sicher, was er da sah: Über seinem Kopf war, wie bei einem Raubvogel, das V von Mel Tinkers gespreizten Beinen zu sehen, wie er von einer Patiobrüstung auf die andere sprang und dabei einen wilden Schrei ausstieß, der einem das Blut zum Gerinnen bringen konnte. Es war der schrecklichste Laut, den Charles jemals gehört hatte; vor Schreck hätte er beinahe seinen verzweifelten Griff gelockert.

Beinahe, aber nicht ganz.

Auf den Schrei folgten laute Geräusche eines Kampfes. Wieder hörte er Holly kreischen, dann die scharfe Explosion eines Schusses.

«Hilfe!» schrie Charles noch einmal, aber seine Stimme war kaum vernehmbar.

«Nicht loslassen, Sohn!» Nigel rief ihm Mut zu, während er den Blick nicht von den Vorgängen auf dem entfernten Patio lösen konnte. Charles wagte nicht zu fragen, was er da sah, und hielt das

Gesicht gegen die Betonwand gepreßt, die Augen vor dem Regen zusammengekniffen.

Tinker, der den Sprung gerade eben geschafft hatte, war in der feuchten Erde des Pflanztrogs aufgekommen und verspritzte einen Schauer matschiger Erde. Er sprang auf die Fliesen hinunter, schlitterte vorwärts und bekam mit seinen ausgestreckten Armen den verblüfften Colonel zu fassen, der keine Ahnung davon gehabt hatte, daß sich Batman in der Nähe befand.

Alle gingen in einem Knäuel zu Boden. Holly rollte sich zur Seite, als die beiden Männer um die Pistole kämpften. Der Schuß löste sich wie ein erneuter Blitz aus dem sturmgepeitschten Himmel. Von der Stelle, an der Holly lag, konnte sie Charles' Arm über den Pflanztrog reichen sehen; die Knöchel der Hand traten weiß hervor. Sie konnte nichts tun, als gebannt zusehen, wie die Hand zur einen, dann zur anderen Seite rutschte.

Charles würde abstürzen!

Aus dem Inneren des Apartments konnte sie es klopfen hören, dann folgten weitere Schüsse. Einen Augenblick später stürzten Lopez und ein wildblickender Paco Bas durch die französischen Fenster. Außerdem konnte sie sehen, wie Maddie innen von einem anderen Mann festgehalten wurde.

«Hilfe!» schrie Charles. «Hilfe!»

«Hierher ... er kann sich nicht mehr halten!» schrie Burnett verzweifelt von dem anderen Patio hinüber.

Paco Bas erkannte die Lage, und sein untersetzter Körper reagierte überraschend schnell. Er reckte die Arme über die Brüstung und packte Charles an Kragen und Haaren. Seine Arme waren kaum lang genug, aber sie waren kräftig, und sein häßliches, von der Nässe glitzerndes Bulldoggengesicht grinste ermunternd auf Charles hinunter.

«*Momentito*», sagte Paco.

21

Mel Tinker half Paco Bas, Charles über die Kante der Brüstung zu hieven. Wie ein Kartoffelsack ließ er sich zerren; seine Kleidung war weißverfärbt von der getünchten Hauswand und voller Erdklümpchen aus dem Pflanztrog.

Willkommen im sonnigen Spanien! dachte er, als er auf den Fliesen auftraf und wenig elegant auf der Innenseite der Brüstung zwischen zwei massiven Geranientöpfen landete. Blinzelnd und sich das Gesicht mit dem Taschentuch trocknend, das Paco Bas aus einer Innentasche seines Jacketts zutage gefördert und ihm gereicht hatte, sah Charles zu, wie Tinker Holly auf die Füße half. Er benutzte ein Taschenmesser, um ihre Fesseln zu durchtrennen.

So sieht also ein Held aus, dachte Charles bei sich. Er wandte den Blick ab, als Tinker das letzte Stück Schnur entfernte und die Arme um Holly legte. Kein Grund, in Trübsal zu verfallen, Llewellyn, dachte Charles; manche Männer haben's und manche haben's nicht. Du bist nicht einmal in die Nähe davon gekommen. Du wüßtest nicht, wie sich ein Held zu benehmen hätte, selbst wenn ...

«O Charles, ich hatte solche Angst ... bist du auch ganz in Ordnung?» Holly klammerte sich an ihn, tastete ihn ab, nahm ihm das Taschentuch fort, um sein Gesicht abzuwischen, strich ihm das Haar aus den Augen, küßte sein Ohr, seine Nase, den Mund und wieder das Ohr.

Charles machte ein Auge auf, nur um festzustellen, daß Bas grinsend auf ihn herunterblickte. Tinker hinter ihm feixte. Lopez schob den Colonel ins Penthouse, rief Bas noch etwas zu und ging hinaus, zufrieden, daß er sich wieder seiner Arbeit zuwenden durfte, nun, da Charles in Sicherheit war.

Hollys Redeschwall floß ununterbrochen. «Ich dachte, du würdest sterben und ich würde dich nie wiedersehen ...» Sie hatte sich neben ihn auf die Knie niedergelassen, den Kopf auf seine Brust gelegt und schien Anstalten zu machen, sich nicht mehr von der Stelle zu rühren.

«Oh», sagte Charles; er hob die Arme, um sie seinerseits zu umfangen.

Nach einem Augenblick atemberaubender Seligkeit machte er wieder den Mund auf. «Und was ist mit meiner Frau und all den Kindern?»

«Die mußt du irgendwie loswerden», kam die erstickte Antwort.

Er dachte darüber nach. «Oh ... na schön», willigte er ein. «Wenn du darauf bestehst.»

«Wir scheinen irgendwie gegeneinander gearbeitet zu haben», sagte Lopez nicht sehr glücklich und sah Tinker an.

«Das war aber nicht beabsichtigt», behauptete Mel, der die Füße auf den Kaffeetisch des Colonel gelegt hatte. In den anderen Räumen setzte die Polizei ihre Durchsuchung fort. Charles und Holly saßen Seite an Seite auf dem Sofa, und er wagte nicht, sie anzusehen. «Als ich hier rüberkam, war es in Verfolgung dieser

Rauschgiftangelegenheit, das müssen Sie mir glauben. Und wenn Graebner nicht ermordet worden wäre, hätte sich auch nichts daran geändert. Wenn ich alle Informationen zusammengetragen hätte, würde ich mich über Interpol mit Ihnen in Verbindung gesetzt haben. Aber Graebners Tod hat die Dinge über den Haufen geworfen.»

«Warum haben Sie sich nicht zu dem Zeitpunkt an mich gewandt?» wollte Lopez wissen. Eine berechtigte Frage, fand Charles. Vielleicht empfand Tinker ähnlich, denn er errötete leicht.

«Ich wollte Ihre Untersuchung nicht stören. Ich hatte wirklich gedacht ...»

«Daß Reg es getan hatte?» fragte Holly grimmig.

Tinker nickte. «Tut mir leid, Holly, aber so war es. Das Beweismaterial war ziemlich vernichtend. Und Graebner war mein einziger Anhaltspunkt. Ich wartete auf ihn, bis er aus dem Gefängnis kam und er die nächsten Schritte unternahm. Als er dann getötet wurde, stand ich wieder am Anfang.»

«Ich begreife immer noch nicht, wie der Colonel es fertiggebracht hat. Oder warum», sagte Nigel.

«Ich glaube, ich weiß, wie er es gemacht hat», sagte Charles. «Es ist natürlich nur eine Vermutung, aber wenn ich mich an seine Stelle versetze, sein Körperbau und ...» Er brach ab.

«Weiter», ermunterte Lopez ihn. «Ich würde es auch gern erfahren.»

«Ich weiß nicht genau, nur ...» Charles wandte sich an Holly. «Erinnerst du dich an die Kratzer an dem Patio-Tisch von deiner Schwiegermutter?» Sie nickte. «Also, ich glaube, er hat Graebner dort drüben ermordet, und dann saß er plötzlich mit der Leiche da.»

«Aber er war doch im Kino», sagte Holly.

«Oh, ich glaube, er hat Graebner erstochen, ehe er ging. Das heißt, er ist wie üblich ins Kino, dann verließ er es durch den Notausgang und kam zurück. Er mußte auf jeden Fall jeden Verdacht von sich wenden, und die Tatsache, daß Reg sein Nachbar war, bot das perfekte Alibi und Motiv. Reg hatte schließlich Graebner schon einmal bedroht. Nur war da die Schwierigkeit, daß der Colonel ein kleiner Mann ist, und Graebner war ziemlich groß. Und ein Toter ist ein gehöriges Gewicht, ob groß oder klein. Er mußte ihn auf Regs Patio bringen, und er hatte nicht die Zeit, Morland um Hilfe zu bitten.

Er wird also, wie heute abend, die Planke über den Zwischenraum gelegt haben. Es war ein windstiller Abend. Dann band er ein Seil um Graebner, trug es rüber und befestigte es an den Beinen des Patio-Tischs. Danach brauchte er den Tisch nur zu drehen und weiter zu drehen, und so die Leiche über die Planke zu winden. Schlichte Schulphysik, zu der man wenig Kraft braucht.»

«Aber wie kann er Graebner hier mit Regs Degen getötet haben, wenn der doch da drüben war?» wollte Tinker wissen.

«Hat er ja gar nicht. Ich nehme an, er hat so ein Instrument zum Eiszerkleinern oder ein schmales Messer benutzt. Die Obduktion hat ergeben, daß er zweimal erstochen wurde – zumindest hat Moreno mir das gesagt.»

«Das stimmt.» Lopez nickte.

«Nun, der erste Versuch hat ihn wahrscheinlich nicht endgültig getötet; als ich über die Planke rutschte, hab ich Blutspritzer darauf gesehen. Das heißt, Graebner blutete immer noch, also war er noch am Leben, als er herübergezerrt wurde. Der Colonel wird gesehen haben, wie Reg mit dem Degen herumspielte, da brauchte er nur durch das französische Fenster zu gehen, ihn von der Wand zu nehmen, Graebner noch einmal zu erstechen und den Degen abzuwischen und wieder hinzuhängen. Darum stimmte die Todeszeit auch. Die Zeit des ersten Angriffs war sicher ziemlich viel früher, vor sieben, würde ich sagen.»

«Mir ist aufgefallen...» begann Paco Bas, dann errötete er.

Lopez wandte sich ihm zu. «Ja, was denn?»

«Im Schlafzimmer gibt es eine elektrische Decke. Vielleicht hat er die benutzt, um den Sterbenden warm zu halten und die Zeit des Todes zu verschleiern.»

«Sehen Sie sich mal die Matratze an», befahl Lopez.

Paco ging hinaus und kam gleich darauf triumphierend zurück. «Die Matratze ist blutverschmiert», verkündete er und setzte sich grinsend nieder.

Lopez nickte. «Das alles ist ja schön und gut – aber warum hat er ihn über die Brüstung geworfen?»

«Weil mitten in diesem ganzen Wirbel Reg nach Hause kam, das Licht anknipste und dann wieder fortging», sagte Charles prompt. «Meiner Meinung nach hatte Jackson bis zu diesem Zeitpunkt nichts anderes beabsichtigt, als Graebner rüber auf den Patio der Partridges zu bugsieren. Vielleicht hatte er sogar vor, ihn dort verbluten zu lassen, was sicher bis zum Morgen geschehen sein würde. Für Reg und Mary bestand kein Anlaß, beim Heimkommen auf den Patio hinauszugehen – sie kamen nie vor Mitternacht nach Hause.» Charles verzog das Gesicht. «Es ist sogar möglich, daß sich Jackson draußen auf dem Patio befunden haben kann, als Reg umkehrte, um Marys Brille zu holen. In dem Moment war für Jackson alles klar», fuhr Charles fort. «Er stieß ihn hinunter, um die Todeszeit genau mit Regs Auftauchen zu koordinieren. Die Armbanduhr,

Sie wissen sicher noch. Es muß für den Colonel ein ganz schöner Schock gewesen sein, als er nach Hause kam und entdeckte, daß die Leiche immer noch von niemandem gefunden worden war. Er hatte gehofft, mit seinem Kinobesuch ein felsenfestes Alibi zu haben.»

Holly kraulte Queenie sanft hinter den Ohren. «Arme Queenie, du hast's gewußt, nicht wahr?» Der Hund sah sie mit blanken Augen an.

«Sie wissen wohl, daß Ihr Schwiegervater die Operation gut überstanden hat, Señorita?» fragte Lopez. Er sieht mitgenommen aus, fand Charles. Er hatte nie diesen kummervollen Ausdruck bei Lopez erlebt, und das störte ihn.

«Sie werden ihn doch nicht ins Gefängnis zurückschicken, Esteban?» fragte er.

«Natürlich nicht. Ich habe schon heute morgen gewußt, daß er nichts mit dem Mord zu tun hatte, aber da hatte man ihn schon ins Krankenhaus gebracht.»

«Sie wußten, daß er unschuldig war?» fragte Nigel. «Dann haben Sie vor uns über den Colonel Bescheid gewußt?»

Lopez schüttelte den Kopf, stand auf und entfernte sich ein paar Schritte von ihnen. «Ich habe von Anfang an Verschiedenes gewußt. Zum Beispiel, daß keiner der Männer, die Graebner und David Partridge festnahmen, englisch sprach. Der alte Mr. Partridge erschien nämlich vor dem Studio, und sein Sohn rief ihm zu, er möge sich um das Bild kümmern, das auf der Staffelei stünde. Ich dachte damals, er müsse eigentlich andere Sorgen haben, aber dann, nach dem Unfall ...»

«Den der Colonel in die Wege leitete», warf Holly ein.

Lopez schüttelte den Kopf, aber er sah sie nicht an. «Nein, Señorita, der Unfall war tatsächlich ein Unfall. Der Colonel wußte zu dem Zeitpunkt noch nicht einmal, daß man Graebner verhaftet hatte, außerdem hätte er kaum etwas in dieser Art so schnell vorbereiten können.»

«Aber er sagte doch, er hätte David umgebracht, er sagte ... er hätte es vorgehabt und – der Gedanke hätte ihm Freude gemacht», sagte Holly mit leicht schwankender Stimme.

«Das stimmt. Aber sehen Sie, der Mann, der nach dem Unfall ins Krankenhaus gebracht wurde, war schwer verletzt. Er konferierte mit seinem Anwalt, Ribes, nur, indem er einen Daumen bewegte. Der einzige Teil seiner Hand, den er überhaupt bewegen konnte. Gesicht und Hände hatten Schnitt- und Brandwunden. Er litt Höllenqualen, nicht so sehr körperlich, dafür aber seelisch. Der Mann im Krankenhaus, der hierhergekommen war, um Jackson zu stellen, war nicht Horst Graebner. Es war Ihr Mann – David Partridge.»

«Ich glaub's tatsächlich», sagte Reg, der blaß in seinen Kissen lag.
«Ich ... kann nicht.» Mary verkrampfte die Hände im Schoß.
Charles und Holly beobachteten sie unbehaglich, während sie sich mit der neuen Wahrheit auseinandersetzten und dem neuen Kummer. Holly hatte ihren bereits fortgeweint, aber sie hatten es noch vor sich.

«Er war zu einem Entschluß gekommen», erzählte Holly. «Der Colonel sagte, er hätte sich geweigert, noch für irgendwen zu arbeiten, sondern würde lieber nach England gehen und eine Entziehungskur machen. Er wußte zuviel, und wahrscheinlich hatte Graebner versucht, ihm den Entschluß auszureden. Dann – kam es zu dem Unfall, und Davids Hände wurden zerstört. Er wußte, er würde nie mehr arbeiten können, und das zerstörte etwas in seinem Inneren. Ihr wißt, wie dickköpfig er sein konnte und wie er sich nie von den Gefühlen anderer beeinflussen ließ ...»

«Mary, es ist die Wahrheit», sagte Reg. «Kannst du es nicht akzeptieren? Sie haben es bewiesen. Der Mann in der Leichenhalle *ist* David, der auf dem *cementario* begraben liegt, ist Graebner. David lag im Krankenhausbett, schmerzgepeinigt, und das einzige, das ihn am Leben erhielt, war sein Haß auf den Mann, der ihm das angetan hatte.»

«Warum ist er nicht zu uns gekommen?» fragte Mary unglücklich. «Warum hat er uns nicht gesagt, daß er noch lebte?»

«Zu dem Zeitpunkt, da er langsam wieder ins Bewußtsein zurückkehrte, war alles längst gelaufen; Graebner war begraben», sagte Charles. «Esteban sagt, das war Wochen zuvor gewesen, ehe Graeb ... ehe David seine Umgebung wieder wahrnahm.»

«O Gott, was muß er durchgemacht haben!» weinte Mary schließlich, und Reg streckte eine Hand aus, um ihren gesenkten Kopf zu streicheln.

«Man hatte ihn unter schwere Schmerzmittel gesetzt», sagte Charles. «Das bedeutete, daß er die Entziehungssymptome gar nicht gemerkt hat, denn schließlich wußte man im Krankenhaus nichts von seiner Sucht. Die Arme waren verbrannt und damit auch die Spuren der Nadel.»

«Jetzt wird mir manches klar», sagte Reg und starrte gegen die Decke. «Damit erklärt sich vieles ...» Keiner sagte eine Zeitlang ein Wort; es war still im Zimmer, bis auf Marys leises Schluchzen.

«Was ich nicht begreife – obwohl ich es bewundere – war, woher er die Kraft nahm, sich ihnen plötzlich zu widersetzen», fuhr Reg nachdenklich fort. «Es benötigt eine immense Willenskraft, sich zu einer Entziehungskur durchzuringen, und David ...» Er schüttelte den Kopf.

Holly warf Charles einen Blick zu. «Wir sind uns noch nicht ganz sicher», sagte sie, «aber wir haben möglicherweise den Grund dafür entdeckt: Er muß etwas gefunden haben, hinter dem er schon lange her war, etwas, das ihm das Geld bringen würde, um neu anzufangen ...»

«Du meinst, die dreizehn Goyas?» fragte Reg.

«Nein, es hat nie dreizehn Goyas gegeben», sagte Holly. «Man hat die Bilder in Amerika untersucht; es waren alte, aber schlechte Bilder, die er übermalt hat.»

«Nein, dreizehn Goyas hat es nie gegeben», nahm Charles wieder das Wort. «Aber es gab einen, den David selber aufgefunden hat. Er hat es mit der Bosch-Kopie übermalt, um das Bild durch den Zoll und nach England zu bekommen. Das gleiche System wie gehabt. Das Komische war nur – als sie den Rahmen untersuchten, war es reines Fiberglas. Es war keine Spur von Heroin darin versteckt. Der Colonel vermutete natürlich das Gegenteil. Er glaubte auch, es wäre Graebner gewesen, der im Krankenhaus lag und dann im Gefängnis war. Er glaubte auch, daß Graebner diese Verabredung mit ihm für den Abend getroffen hätte und hatte vor, den Drogenhandel wieder anzukurbeln. Natürlich würde man nicht mehr den Trick mit Davids Kopien anwenden können, aber er war überzeugt, daß ihm schon was einfallen würde, möglicherweise auch mit dem Rahmen. Billige kleine Drucke für Geschenkläden, so in der Art. Und jetzt stellen Sie sich den Schock vor, als der Mann, der in seine Tür trat, seinen Namen nannte und erklärte, daß er sie alle auffliegen lassen würde. David machte den gleichen Fehler wie manch andere vor ihm – indem er Colonel Jackson für einen schwachen, alten Mann hielt. Dabei war er keineswegs schwach, und auch nicht entschlußlos. Er tötete David, ohne mit der Wimper zu zucken.»

«Und genausowenig störte es ihn, daß ich ins Gefängnis kam», bemerkte Reg. «Ich glaube, Ihr Freund hat mich von Anfang an für unschuldig gehalten, aber er hatte Angst, mein Leben könnte in Gefahr sein, wenn er nicht aufpaßte.»

«Das stimmt.» Jetzt lächelte auch Charles. «Er machte sich schlimme Vorwürfe, als Ihr Ulcus durchbrach, aber er wagte nicht, Ihnen die Wahrheit zu sagen; er hätte Ihnen ja eingestehen müssen, daß er Sie eingesperrt hat, damit die wirklichen Schuldigen sich hervorwagen mußten.»

«Wollen Sie damit sagen, daß er Sie und Holly gezielt diesen Gefahren ausgesetzt hat?» fragte Mary erstaunt.

«Er mußte seine Aufgabe erfüllen, und das war die einzige Art, wie er vorgehen konnte, ohne seine Beute ein für allemal zu verjagen», erklärte Charles. «Er nahm an, sie würden leichtsinnig werden, wenn sie annehmen mußten, daß Reg als Mörder verurteilt werden würde. David muß den Colonel vor seinem Tod wegen des Bildes, das ‹ihn reich machen würde›, ganz verrückt gemacht haben. Er nahm natürlich an, daß der Rahmen genau wie die anderen mit Heroin vollgefüllt sei, also mußte er ihn auf jeden Fall an sich bringen. Zum Glück war auch Mel Tinker hinter dem Bild her, ihm immer einen Schritt voraus. So war er vor dem Colonel in der Garage. Der Grund, warum man uns von der Straße gedrängt hatte, lag darin, daß sie glaubten, wir hätten das Bild aus der Garage geholt. Eine Weile nahmen sie dann an, das Bild sei im Auto verbrannt, aber dann sah Alastair das Paket in meinem Koffer. Sie dachten, wir würden nach Alicante fahren, aber wir gingen nach Madrid, und sie fanden unsere Spur erst wieder, als wir in Espina ankamen. Aber mittlerweile waren sie so auf ihren Plan versessen, daß sie beschlossen, sich zu erkennen zu geben. Sie hatten nichts mehr zu verlieren – und darauf hatte Esteban die ganze Zeit nur gewartet.»

Mary schnüffelte. «Und ich hielt ihn für so einen netten Mann.»

«Nun, wenn ich in den letzten paar Stunden etwas gelernt habe», sagte Holly, «dann die Tatsache, daß ein Äußeres täuschen kann.» Dabei warf sie Charles ein verstecktes Lächeln zu.

Charles lächelte zurück und lehnte sich etwas bequemer gegen die Wand, an der er stand, da es im Raum nicht genügend Stühle gab. Etwas Scharfes piekte ihn ins Schulterblatt, und er suchte eine andere Stellung, wobei er Holly die ganze Zeit anstrahlte.

In der Ferne hörte sie eine Feuersirene gehen.

22

Der Regen rann von den Schirmen und den Schultern der Leute, die auf der Straße bis zu den Stufen des Prados hinauf anstanden. Es war Anfang Dezember, aber für Spanien war das Weihnachtsfest diesmal etwas früher gekommen.

Die Schlange wand sich über die Galerien, und das Stimmengewirr und das Scharren der Füße tönte von den gewölbten Decken wider. Es war ein fröhlicher Laut, doch die Menge stieß und schubste nicht. Jeder, der endlich vor dem Bild stand, durfte sich Zeit nehmen, es zu betrachten und sich daran zu freuen, daß etwas Verlorengegangenes wieder nach Hause gefunden hatte.

Das Bild war nicht sehr groß, nur etwa 24 mal 20 Zoll, aber es strahlte ein ganz eigenes Licht aus. Es zeigte in der durch die berühmte Nackte Maja bekanntgewordenen hingestreckten Pose eine andere schöne Frau, in einem lockeren Gewand und mit einem kleinen, geheimnisvollen Lächeln. Das Lächeln sagte, sie wußte, daß sie schön war und ebenso, daß der Künstler sie schön fand und daß sie froh darüber war. Um den Kopf, auf den Schultern und den Kissen lag eine gelockte Flut flammendroten Haars.

Unter dem Bild war eine Plakette angebracht.

La Maja Roja
(Die rote Maja)

von

Francisco Goya
Dem spanischen Volk geschenkt

von

Mr. und Mrs. Reginald Partridge
und
Mr. und Mrs. Charles Llewellyn

«Dorothy L. Sayers' Kriminalromane verdanken ihre ungemeine Lesbarkeit in erster Linie dem gesellschaftlichen Rahmen, in dem sie spielen. Darin ist die Sayers von niemandem übertroffen worden.»
(«Luzerner Tageblatt»)

Dorothy L. Sayers

Diskrete Zeugen
«Clouds of Witness» 4783

Der Glocken Schlag
4547

Fünf falsche Fährten
4614

Keines natürlichen Todes
4703

Mord braucht Reklame
4895

Starkes Gift
4962

Zur fraglichen Stunde
5077

Ärger im Bellona-Club
5179

Aufruhr in Oxford
5271

Irene Rodrian

Ein bißchen Föhn und du bist tot
Kriminalroman [2334]

Die netten Mörder von Schwabing
Kriminalroman [2347]

Du lebst auf Zeit am Zuckerhut
Kriminalroman [2372]

Der Tod hat hitzefrei
Kriminalroman [2389]

… trägt Anstaltskleidung und ist bewaffnet
Kriminalroman [2419]

Tod in St. Pauli
Kriminalroman [2432]

Bis morgen, Mörder!
Kriminalroman [2467]

Schlaf, Bübchen, schlaf
Ein Kriminalroman. 132 Seiten. Geb. und als rororo [5084]

Wer barfuß über Scherben geht [2578]

Küßchen für den Totengräber
[2630]

erschienen in der Reihe rororo thriller